Esfera

Michael Crichton nació en Chicago en 1942. Cursó estudios en el Harvard College y se doctoró por la Facultad de Medicina de Harvard. Durante estos años escribió varios *thrillers* con el seudónimo de Jeffrey Hudson. En 1969 pasó a formar parte del Salk Institute, en La Jolla (California). Entre sus numerosas novelas, muchas de ellas llevadas al cine, destacan *La amenaza de Andrómeda*, *Congo*, *Devoradores de cadáveres*, *Sol naciente*, *Acoso*, *Parque Jurásico* y su secuela *El mundo perdido*, *Twister*, *Punto crítico* y *Esfera*. Crichton es también un brillante guionista cinematográfico y ha dirigido varias películas (*Almas de metal*, *Coma*, *El primer gran asalto al tren*, *Contra toda ley*), algunas de ellas basadas en sus propias obras.

ESFERA

Michael Crichton

GRANDES ÉXITOS

Título original: *Sphere*
Traducción: Daniel R. Yagolkowski

Pérez Galdós, 36 bis, 08012 Barcelona

Edición especial para este diario

Diseño de la cubierta: Joan Batallé
Ilustración de la cubierta: Warner Bros / Cortesía Kobal Collection

ISBN: 84-473-1352-2
Depósito Legal: B-24.212-1998

Impresión: Printer industria gráfica, S.A. Ctra. N-II, km 600
Cuatro Caminos, s/n. Sant Vicenç dels Horts (Barcelona)

Impreso en España - Printed in Spain

Para Lynn Nesbit

Cuando el científico ve cosas, de ningún modo está tomando en cuenta lo increíble.

LOUIS I. KAHN

No se puede embaucar a la Naturaleza.

RICHARD FEYNMAN

Durante la preparación de este original recibí la ayuda y el aliento de Caroline Conley, Kurt Villadsen, Lisa Plonsker, Valery Pine, Anne-Marie Martin, John Deubert, Lynn Nesbit y Bob Gottlieb. Estoy agradecido a todos ellos.

LA SUPERFICIE

AL OESTE DE TONGA

Durante mucho tiempo el horizonte había sido una monótona y lisa línea azul que separaba al océano Pacífico del cielo. El helicóptero de la Armada avanzaba con suma rapidez, volando bajo, cerca de las olas. A pesar del ruido y de la molesta vibración de las palas, Norman Johnson se quedó dormido. Se hallaba cansado, pues durante más de catorce horas había estado viajando en diversas aeronaves militares, y no era ésa la clase de actividad que acostumbraba hacer un licenciado en psicología, de cincuenta y tres años.

No tenía idea de cuánto tiempo había dormido. Cuando despertó vio que el horizonte seguía siendo plano; hacia adelante aparecían semicírculos blancos de atolones coralinos. A través del intercomunicador, preguntó:

—¿Qué es esto?

—Las islas de Ninihina y Tafahi —repuso el piloto—. En teoría forman parte de Tonga, pero están deshabitadas. ¿Ha dormido bien?

—No del todo mal.

Norman observó las islas a medida que pasaban con rapidez: una curva de arena blanca, unas cuantas palmeras, y luego todo desaparecía. La planicie del océano, una vez más.

—¿De dónde lo trajeron a usted? —preguntó el piloto.

—De San Diego —dijo Norman—. Salí ayer.

—¿De modo que llegó vía Honolulú-Guam-Pago?

—Así es.

—Un largo viaje —comentó el piloto—. ¿Qué clase de trabajo hace usted, señor?

—Soy psicólogo —respondió Norman.

—Un «exprimesesos», ¿eh? —bromeó el piloto con una amplia sonrisa—. ¿Por qué no? Han convocado prácticamente a todos.

—¿Qué quiere decir?

—Durante los dos últimos días hemos estado trasladando gente desde Guam: físicos, biólogos, matemáticos, lo que a usted se le ocurra. A todos los llevamos en avión hasta dejarlos en medio de ninguna parte, en el océano Pacífico.

—¿Qué está sucediendo? —preguntó Norman.

El piloto lo miró de soslayo; detrás de sus gafas oscuras, sus ojos eran inescrutables.

—No nos dicen nada, señor. ¿Y qué le dijeron a usted?

—Me explicaron que se había estrellado un avión —dijo Norman.

—Ajá. ¿Suelen llamarlo cuando se estrella un avión?

—Me llaman, sí.

Hacía ya una década que Norman Johnson integraba uno de los equipos de la FAA[1] que acudían al sitio donde había caído un avión. Dichos equipos estaban constituidos por expertos a quienes se avisaba enseguida para que investigaran los desastres de aeronaves civiles. La primera vez que lo llamaron fue cuando ocurrió el accidente de United Airlines, en San Diego, en 1976; después, le hicieron ir a Chicago, en 1978, y a Dallas, en 1982. En todos los casos el proceso era el mismo: la precipitada llamada telefónica, la frenética preparación del equipaje y la ausencia durante una semana o más. Esta vez su esposa, Ellen, se sintio muy fastidiada porque le habían hecho salir el primero de julio, lo que significaba que se perdería el asado que preparaban para el día cuatro. También estaba el hecho de que Tim regresaba tras haber terminado el segundo año de la facultad, en Chicago, y continuaría luego su viaje para hacerse cargo de un empleo de verano que había conseguido en Cascadas. Y Amy, que tenía dieciséis años, acababa de volver de Andover. Amy y Ellen no se llevaban muy bien, si Norman no se encontraba allí para actuar como mediador. (El Volvo estaba haciendo ruidos otra vez.) Y era posible que Norman se perdiera el cumpleaños de su madre, la semana siguiente.

—¿Qué accidente de avión es éste? —había preguntado Ellen—. No oí que hubiera habido accidente alguno.

Mientras Norman hacía la maleta, ella encendió la radio: en ningún momento dieron noticias sobre un accidente de aviación.

Cuando el automóvil se detuvo frente a su casa, Norman había quedado sorprendido al ver que era un sedán de la Armada y que el conductor llevaba uniforme.

—Nunca habían enviado un automóvil de la Armada —observó Ellen, mientras descendía, detrás de Norman, los escalones que llevaban a la puerta principal de la casa—. ¿Se trata de un accidente militar?

—No lo sé —respondió él.

—¿Cuándo estarás de regreso?

La besó y le dijo:

—Te llamaré. Lo prometo.

Pero no la había llamado; porque, a pesar de que todos se mostraban muy amables, lo habían mantenido lejos de los teléfonos.

1. *Federal Aviation Agency*: Organismo Federal de Aviación. Entidad que, en Estados Unidos, supervisa todo lo concerniente a vuelos civiles. *(N. del T.)*

Primero, en el Campo Hickham, en Honolulú; después, en el Apostadero de la Aviación Naval, en Guam, donde llegó a las dos y pasó media hora en una habitación que olía a gasolina de avión, con la vista clavada, como un estúpido, en un número del *American Journal of Psychology* que había llevado consigo antes de iniciar el vuelo. Llegó a Pago-Pago cuando empezaba a amanecer, y le hicieron entrar apresuradamente en el gran helicóptero *Sea Knight* que, de inmediato, despegó de la fría pista y enfiló hacia el oeste, sobre palmeras y tejados rojizos en dirección al Pacífico.

Norman había volado en el helicóptero durante dos horas, durmiendo parte del tiempo. Ahora, Ellen, Tim y Amy y el cumpleaños de su madre parecían estar muy lejos.

—¿Dónde nos hallamos con exactitud?

—Entre Samoa y Fidji, en el Pacífico Sur —respondió el piloto.

—¿Puede mostrarme el mapa?

—Sabe que no debo hacerlo, señor. De todos modos, el mapa no mostraría mucho, pues en este preciso momento nos encontramos a más de trescientos veinte kilómetros de cualquier parte, señor.

Norman observó con fijeza el horizonte, que todavía era azul, monótono y liso. «No me resulta difícil creerlo», pensó. Bostezó.

—¿No se aburre mirando eso?

—A decir verdad, no, señor —contestó el piloto—. Estoy contentísimo de verlo así, plano; por lo menos tenemos buen tiempo. Y no va a durar. Se está formando un ciclón en las islas Almirantazgo, y dentro de unos días girará hacia estos lugares.

—¿Qué ocurre en ese caso?

—Todo el mundo sale como alma que lleva el diablo. Las condiciones meteorológicas pueden ser muy duras en esta parte del mundo, señor. Soy de Florida y, cuando era niño, presencié algunos huracanes, pero seguramente usted nunca vio algo como un ciclón en el Pacífico, señor.

Norman asintió con la cabeza:

—¿Cuánto nos falta aún?

—Llegaremos de un momento a otro, señor.

Después de dos horas de monotonía, divisar aquel grupo de barcos les pareció de un interés excepcional. Había más de una docena de naves de diversos tipos dispuestas, más o menos, en círculos concéntricos. En el perímetro exterior, Norman contó ocho destructores grises de la Armada; más cerca del centro, había buques grandes, que tenían cascos dobles muy amplios, y parecían diques de carena flotantes; después, barcos cerrados, difíciles de clasificar, provistos de cubiertas llanas para helicópteros. Y en el centro, en medio de todo lo gris, dos barcos blancos, cada uno con una plataforma plana y una claraboya.

El piloto catalogó los barcos:

—Los destructores están en el exterior, con objeto de dar protección; más adentro, los ALV, que quiere decir Apoyo Lejano para Vehículos, son para los robots; después vienen los AAM, Abastecimiento y Apoyo para la Misión, y los BIEO, en el centro.

—¿BIEO?

—Barcos de Investigación y Exploración Oceánicas. —El piloto señaló las naves blancas—: El *John Hawes*, a babor, y el *William Arthur*, a estribor. Nos posaremos en el *Hawes*.

El piloto describió un círculo alrededor de la formación de naves, y Norman pudo ver lanchas que iban y venían veloces entre los barcos y dejaban estelas blancas sobre el azul intenso del agua.

—¿Y todo esto porque cayó un avión?

—Bueno —dijo el piloto con una amplia sonrisa—, nunca mencioné ningún accidente de avión. Le agradeceré que revise su cinturón de seguridad: estamos a punto de descender.

BARNES

La claraboya roja se hizo más grande y se deslizó por debajo al posarse el helicóptero. Norman estaba manipulando con torpeza la hebilla de su cinturón de seguridad, cuando un oficial uniformado de la Armada corrió hacia ellos y abrió la portezuela:

—¿El doctor Johnson? ¿Norman Johnson?

—Así es.

—¿Trae equipaje, señor?

—Sólo esto.

Norinan buscó detrás de él y sacó su bolso. El oficial lo cogió.

—¿Instrumentos científicos o cosas así?

—No. Eso es todo.

—Por aquí, señor. Mantenga la cabeza baja, sígame y no pase por la parte posterior del helicóptero, señor.

Norman bajó de la cabina, agachándose por debajo de las palas. Siguió al oficial y ambos salieron de la plataforma de aterrizaje y bajaron una estrecha escalera. El pasamanos metálico estaba caliente al tacto. Detrás de Norman, el helicóptero despegó y el piloto le hizo un ademán de despedida. Una vez que el aparato se hubo alejado, notó que el aire del Pacífico estaba inmóvil y era brutalmente cálido.

—¿Ha tenido un buen viaje, señor?

—Excelente.

—¿Necesita ir, señor?

—Acabo de llegar —repuso Norman.

—Quiero decir: ¿necesita usar el excusado?

—No —dijo Norman.

—Bien. No use los baños porque están todos tapados.

—Muy bien.

—Las cañerías se hallan estropeadas desde anoche. Estamos trabajando en el problema y esperamos resolverlo pronto. —Escrutó a Norman—. En estos momentos tenemos muchas mujeres a bordo, señor.

—Entiendo.

—Hay un inodoro químico, si lo necesita, señor.

—De momento no, gracias.

—En ese caso, el capitán Barnes quiere verlo de inmediato, senor.

—Me gustaría llamar a mi familia.

—Le puede mencionar eso al capitán Barnes, señor.

Con la cabeza agachada, pasaron por una puerta, alejándose del calor del sol, y entraron en un corredor iluminado con lámparas fluorescentes. Allí se estaba mucho más fresco.

—Últimamente el acondicionador de aire no falla —informó el oficial—. Eso es algo, por lo menos.

—¿Falla a menudo?

—Nada más que cuando hace calor.

Cruzaron otra puerta y penetraron en un gran taller: paredes metálicas, bastidores para herramientas, sopletes de acetileno que despedían chispas cuando los operarios se inclinaban sobre pontones metálicos y piezas de intrincadas maquinarias, y cables que se extendían por el suelo como serpientes.

—Aquí hacemos las reparaciones de los VOR —explicó el oficial, gritando por encima del estrépito—. La mayor parte del trabajo pesado se realiza en las barcazas transbordadoras. En este sitio tan sólo hacemos algo de lo electrónico. Vamos por aquí, señor.

Atravesaron otra puerta, recorrieron otro pasillo y desembocaron en una amplia sala, de techo bajo, atestada de monitores de televisión. En la semioscuridad poblada de sombras, una media docena de técnicos se hallaban sentados frente a la pantalla en color. Norman se detuvo para mirar.

—Aquí es donde hacemos el seguimiento de los VOR —dijo el oficial—. En un momento dado, llegamos a tener tres o cuatro robots en el fondo. Amén de los MSB[1] y los BC[2], naturalmente.

Norman oía la crepitación y el siseo de las comunicaciones de radio, débiles fragmentos de palabras que no podía distinguir. En una de las pantallas vio a un buzo que caminaba por el fondo del mar; se hallaba iluminado por una fuerte luz artificial y llevaba un tipo de vestimenta que Norman nunca había visto: un traje de gruesa tela azul y un casco de color amarillo brillante y de forma extraña.

Norman señaló la pantalla:

—¿A qué profundidad está ese buzo?

—No sé. Trescientos, cuatrocientos metros, algo así.

—¿Y qué encontraron?

1. Mini submarinos. *(N. del T.)*
2. Buzos de campo. *(N. del T.)*

—Hasta ahora nada más que la gran aleta de titanio. —El oficial echó un rápido vistazo en derredor—. Ahora no se capta en ningún monitor. Bill, ¿puede mostrarle la aleta al doctor Johnson?

—Lo siento, señor —dijo el técnico—. La PrinOpComs actual está trabajando al norte de aquí, en el cuadrante siete.

—Ah. El cuadrante siete está a casi ochocientos metros de la aleta —dijo el oficial a Norman—. ¡Qué lástima! Es algo impresionante. Pero la verá más tarde, estoy seguro. Por aquí llegaremos a donde está el capitán Barnes.

Caminaron un rato por el corredor; entonces, el oficial preguntó:

—¿Conoce usted al capitán, señor?

—No. ¿Por qué?

—Tan sólo deseaba saberlo. Él estaba muy ansioso por conocerle a usted; cada hora llamaba a los técnicos en comunicaciones para que le informaran de cuándo llegaba usted.

—No —respondió Norman—. Nunca lo he visto.

—Es un hombre muy agradable.

—No me cabe duda.

El oficial echó un rápido vistazo por encima del hombro y comentó:

—No sé si sabe que corre un dicho acerca del capitán.

—¿Ah, sí? ¿Cuál?

—Dicen que perro que ladra, no muerde.

Cruzaron otra puerta, en la que se leía «Comandante del Proyecto». Debajo de esa inscripción había una placa corrediza que rezaba «Cap. Harold C. Barnes, USN». El oficial se hizo a un lado y Norman entró en un camarote dividido por tabiques. Detrás de una pila de legajos se puso de pie un hombre fornido, en mangas de camisa.

El capitán Barnes era uno de esos militares que, por su buen estado físico, hacían que Norman se sintiera gordo y desmañado. Hal Barnes frisaba los cuarenta y cinco años. Tenía erguido porte militar, expresión alerta, cabello corto y vientre plano, y el apretón de manos fue tan firme como el de un político.

—Bienvenido a bordo del *Hawes*, doctor Johnson. ¿Cómo está usted?

—Cansado —contestó Norman.

—No lo dudo. ¿Vino desde San Diego?

—Sí.

—De modo que han sido unas quince horas. ¿Quiere descansar un rato?

—Me gustaría saber qué está pasando —planteó Norman.

—Es muy comprensible. —Barnes asintió con la cabeza—. ¿Qué le dijeron?

—¿Quiénes?

—Los hombres que lo recogieron en San Diego, los pilotos que lo trajeron aquí, los hombres de Guam. Quienquiera que sea.

—No me dijeron nada.

—¿Y se vio con algún reportero, con alguien de la Prensa?

—No, en absoluto.

Barnes sonrio:

—Bien. Me complace oír eso. —Con un movimiento de la mano, le indicó un asiento a Norman; el cual se sentó complacido—. ¿Le apetece tomar un café? —preguntó Barnes.

Cuando se dirigía a una cafetera eléctrica que tenía detrás de su escritorio, se apagaron las luces. La habitación quedó a oscuras, excepto por la claridad que llegaba desde una portilla lateral.

—¡Maldición! —exclamó Barnes—. ¡*Otra vez*, no! ¡Emerson! ¡*Emerson!*

Un alférez entró por una puerta que había al costado del camarote.

—¡Sí, señor! Estamos trabajando en eso, mi capitán.

—¿Qué ha sido esta vez?

—Fusibles quemados en Enfermería dos de VOR, señor.

—Creí que habíamos agregado líneas adicionales a Enfermería dos.

—Parece que sí. Pero, de todas maneras, se sobrecargaron, señor.

—¡Quiero eso reparado *ahora*, Emerson!

—Esperamos resolverlo pronto, señor.

La puerta se cerró; Barnes volvió a sentarse en su silla. Norman oyó su voz en la oscuridad:

—No es culpa de ellos, en realidad —dijo el capitán—. Estas naves no están construidas para la clase de carga eléctrica que les aplicamos ahora y... ¡ah, vamos!

Las luces se volvieron a encender. Barnes sonrió: —¿Dijo usted que quería café, doctor Johnson?

—Sin azúcar, por favor —pidió Norman.

Barnes le sirvió una taza.

—De todos modos, me alivia saber que no habló con nadie. En mi profesión, doctor Johnson, la seguridad es la preocupación principal..., en especial en algo como esto. Si se corre la voz respecto a este sitio, tendremos toda clase de problemas. Y ahora hay tanta gente que interviene... Demonios, CompacCinc ni siquiera quiso darme destructores, hasta que empecé a hablar sobre el reconocimiento por parte de los submarinos soviéticos: acto seguido conseguí cuatro destructores y después, ocho.

—¿Reconocimiento por parte de submarinos soviéticos? —preguntó Norman.

—Eso es lo que les dije en Honolulú. —Barnes le dirigió una amplia sonrisa—. Es parte del juego para lograr lo que se necesita en una operación como ésta. En la Armada moderna hay que saber cómo tiene que hacerse la solicitud de equipo. Pero los soviéticos no van a aparecer, por supuesto.

—¿No lo harán?

Norman percibía que se le escapaban los supuestos que estaban detrás de la conversación, y estaba tratando de recuperar el terreno perdido.

—Es muy poco probable. Claro que saben que nos hallamos aquí; nos descubrieron con sus satélites hace por lo menos dos días, pero estamos emitiendo un flujo continuo de mensajes descifrables, relativos a nuestros ejercicios de Búsqueda y Rescate en el Pacífico Sur. Los ejercicios de B y R tienen poca prioridad para los soviéticos, aun cuando suponen, sin duda alguna, que un avión se estrelló y que es verdad que estamos tratando de recuperar ojivas termonucleares, como hicimos frente al litoral de España en 1968. Pero nos dejarán solos... porque, en el aspecto político, no se quieren implicar en nuestros asuntos termonucleares, pues saben que, hoy en día, tenemos problemas con Nueva Zelanda.

—¿Es ése el tema de esta cuestión? —preguntó Norman—. ¿Ojivas termonucleares?

—No —dijo Barnes—, gracias a Dios. Si fuese algo termonuclear no faltaría, en la Casa Blanca, quien sintiera que es su deber hacerlo público. Pero este incidente lo mantuvimos alejado del personal de la Casa Blanca. La verdad es que, en este asunto, pasamos por alto hasta al JCS[1]. Todas las informaciones preliminares van directamente del secretario de Defensa al Presidente en persona. —Barnes dio unos golpecitos en el escritorio con los nudillos—. Hasta ahora, todo va bien. Usted es el último en llegar, y ahora que está aquí vamos a encerrarnos a cal y canto: nadie ni nada entrará, nadie ni nada saldrá.

Norman seguía sin entender lo que pasaba.

—Si no hay ojivas nucleares relacionadas con el accidente —preguntó—, entonces, ¿cuál es el motivo del secreto?

—Bueno —respondió Barnes—, ocurre que todavía no contamos con todos los datos.

—¿El accidente tuvo lugar en el océano?

—Sí. Debajo de donde nos hallamos sentados ahora.

—De modo que no puede haber supervivientes.

—¿Supervivientes? —Barnes pareció sorprendido—. No, no lo creo.

—Entonces ¿para qué me han llamado?

Barnes se mostró turbado.

—Bueno —explicó Norman—, por lo común me hacen ir al lugar donde hubo un accidente cuando hay alguien que ha logrado salvarse. Ése es el motivo de que hayan incluido un psicólogo en el equipo: para atender los agudos problemas traumáticos de los pasajeros que sobreviven o bien los de sus familiares: angustias, miedos, pesadillas reiterativas. Con frecuencia, la gente que sobrevive a un accidente aéreo experimenta toda clase de culpas y remordimientos, concernientes a

1. *Joint Chiefs of Staff:* Comando Conjunto de las Fuerzas Armadas (Armada, Ejército y Aeronáutica) de Estados Unidos. *(N. del T.)*

por qué sobrevivieron ellos y no los otros. Por ejemplo, una mujer estaba sentada junto a su marido y sus hijos y, súbitamente, todos mueren y ella es la única que queda viva. Esa clase de problemas. —Norman volvió a sentarse en la silla—. Pero, en este caso, el de un avión que se estrella debajo de unos trescientos metros de agua, no puede presentarse ninguno de esos problemas. ¿Por qué estoy aquí?

Barnes lo miraba con fijeza: parecía sentirse incómodo. Desparramó los legajos sobre el escritorio.

—En realidad, éste no es el sitio en el que se estrelló un avión, doctor Johnson.

—¿Qué es, entonces?

—Es el sitio donde se estrelló una *nave espacial.*

Se produjo un breve silencio. Norman asintió con la cabeza:

—Entiendo.

—¿No le sorprende? —preguntó Barnes.

—No —contestó Norman—. A decir verdad, explica muchas cosas: si una nave espacial militar se estrelló en el océano, entiendo por qué no oí nada de ello en la radio, por qué se mantuvo en secreto, por qué me trajeron aquí del modo en que lo hicieron... ¿Cuándo se estrelló?

Barnes vaciló una fracción de segundo antes de responder:

—Según la estimación que hemos podido hacer —dijo—, esta nave espacial se estrelló hace trescientos años.

FDV

Se produjo un silencio. Norman oía el zumbido sordo del acondicionador de aire, y, al fondo, de forma más débil, las comunicaciones de radio que tenían lugar en la habitación contigua. Miró la taza de café que tenía en la mano y notó que el borde estaba mellado. Luchaba por asimilar lo que Barnes le estaba diciendo, pero su mente se movía con morosidad, en círculos...

«Trescientos años atrás», pensó. Una nave espacial de trescientos años de antigüedad. Pero si el programa espacial no tenía trescientos años... Apenas si llegaba a los treinta. Entonces, ¿cómo una nave espacial podía tener trescientos años? Era imposible; Barnes tenía que estar equivocado... Pero ¿cómo podría Barnes caer en semejante equivocación? La Armada no enviaría todas esas naves, toda esa gente, a menos que se hallase segura de lo que había allí abajo... una nave espacial de hacía trescientos años.

¿Cómo era posible? No podía ser cierto. Tenía que haber algo más. Norman volvió sobre eso una y otra vez, y no llegó a ninguna parte. Tenía la mente aturdida y conmocionada.

—... absolutamente ninguna duda al respecto —estaba diciendo Barnes—. Podemos estimar la edad, con gran precisión, tomando como referencia el crecimiento del coral. El del Pacífico crece a razón de dos centímetros y medio por año, y el objeto, lo que quiera que sea, está cubierto por una capa de coral de unos cinco metros; eso es mucho coral. Por supuesto, esos pólipos no crecen a una profundidad de trescientos metros, lo que significa que, en algún momento del pasado, la actual meseta submarina se hundió hasta una profundidad mayor. Los geólogos nos dicen que eso ocurrió hace casi un siglo, por lo que podemos suponer que la nave espacial tiene alrededor de trescientos años. No obstante, podríamos estar equivocados, ya que, en verdad, podría ser mucho más antiguo... Podría tener mil años.

Barnes volvió a ordenar los papeles que tenía sobre su escritorio; formó pilas y les emparejó el borde.

—No tengo problema en decirle con toda franqueza, doctor Johnson, que este asunto me aterra, y que ése es el motivo por el que usted se halla aquí.

Norman movió la cabeza.

—Sigo sin entender.

—Lo hemos traído —explicó Barnes— debido a su relación con el proyecto FDV.

—¿El proyecto FDV? —se sorprendió Norman.

Estuvo a punto de agregar: «Pero si el FDV era una broma.» Aunque al ver lo serio que se mostraba Barnes, se alegró de haberse contenido a tiempo.

Sin embargo, el FDV era una broma. Todo en él había sido una broma, desde el mismísimo comienzo.

En 1979, en los días en que declinaba el gobierno de Carter, Norman Johnson era profesor adjunto de psicología en la Universidad de California en San Diego. Sus investigaciones se dirigían de modo especial a la dinámica de grupo y a las angustias y, en ocasiones, había prestado servicio en los equipos de la FAA en escenarios de desastres aéreos. En aquellos tiempos, los principales problemas de Norman habían sido los de hallar una casa para Ellen y los niños, continuar con sus publicaciones y preguntarse si la UCSD le concedería el nombramiento de profesor titular. Las investigaciones de Norman eran consideradas brillantes, pero la psicología tenía la mala fama de ser proclive a seguir las modas intelectuales, y el interés por el estudio de la angustia estaba decayendo, ya que muchos investigadores habían llegado a considerarla como un trastorno mental de naturaleza puramente bioquímica, al que sólo se podía tratar con terapia farmacológica. Un científico llegó a afirmar: «La angustia ya no es un problema para la psicología. Nada queda por estudiar.» De manera análoga, la dinámica de grupo se tenia por anticuada, una técnica que había conocido su momento de esplendor en las reuniones de creatividad, y en los *brainstorming* realizados en las empresas a comienzos de la década de los setenta, pero que ahora estaba atrasada, y marchita.

Norman no podía comprenderlo. Él tenía la impresión de que la sociedad norteamericana era, cada vez más, una sociedad en la que la gente trabajaba en grupos, no sola; que el furioso individualismo había sido reemplazado por las interminables reuniones de directivos empresarios y las decisiones tomadas en equipo. A Norman le parecía que, en esta nueva sociedad, la conducta de grupo era más importante, no menos. Y no creía que la angustia, considerada como problema clínico, se pudiera resolver con píldoras. Él creía que una sociedad en la que el medicamento que más se recetaba era el Valium, debía definirse como una sociedad con problemas sin resolver.

Hasta que no llegó la preocupación por las técnicas directivas japonesas, en los años ochenta, el campo de investigación de Norman no logró un nuevo punto de apoyo en la atención académica. Hacia la misma época, se reconoció que la dependencia que producía el Valium era motivo de grave preocupación, y se volvió a considerar todo el tópico de la terapia farmacológica para combatir la angustia. Mientras tanto, Johnson pasó varios años sintiéndose como si sus actividades carecieran de importancia. (Durante casi tres años no se le había aprobado una sola subvención para sus investigaciones.) De modo que, tanto el nombramiento para la cátedra, como hallar una casa, eran problemas muy reales.

Durante la peor etapa de esta época, a fines de 1979, un solemne abogado joven, que provenía del Consejo Nacional de Seguridad de Washington, fue a ver a Norman. El visitante se sentó con una pierna cruzada sobre la otra y daba nerviosos tironcitos a uno de sus calcetines. Le dijo a Norman que había ido para solicitar su ayuda como psicólogo.

Norman contestó que, si podía hacerlo, le ayudaría.

Sin dejar de tirar del calcetín, el abogado manifestó que deseaba hablarle sobre «una grave cuestión de seguridad nacional, a la que hoy se enfrenta nuestro país».

Cuando Norman le preguntó cuál era ese problema, el abogado le respondió:

—Sencillamente, que este país carece, por completo, de preparación para el caso de que se produzca una invasión de seres extraterrestres. No la tenemos en ningún terreno.

El hecho de que el abogado fuera joven y que, mientras hablaba, mirara su calcetín con fijeza, hizo que Norman pensara, al principio, que el hombre estaba turbado porque lo habían enviado a cumplir una misión descabellada; pero cuando el abogado levantó la mirada, Norman comprendió, para asombro suyo, que hablaba completamente en serio.

—Esta vez nos podría coger con la guardia baja —dijo el abogado—. Me refiero a una invasión extraterrestre.

Norman tuvo que morderse los labios.

—Es probable que sea cierto —admitió.

—Los del gobierno están preocupados.

—¿Sí?

—Existe la sensación, *en los niveles más altos*, de que se deberían trazar planes para una contingencia de ese tipo.

—Usted quiere decir planes para el caso de que se produzca una invasión de seres extraterrestres...

Norman se las arregló para no reír.

—Quizá «invasión» sea un término demasiado fuerte. Suavicémoslo y hablemos de «contacto». Contacto con seres extraterrestres.

—Entiendo.

—Usted ya interviene en los equipos que prestan ayuda én los accidentes de aviación civil, doctor Johnson. Sabe cómo funcionan esos grupos de emergencia. Necesitamos de usted para la composición óptima de un equipo destinado a ocuparse de accidentes de aviación que se enfrente con una invasión extraterrestre.

—Entiendo —dijo Norman mientras se preguntaba cómo podría salir con tacto de esa situación.

Se veía muy claro que la idea era absurda, y Norman sólo podía interpretarla como un desplazamiento: el gobierno, enfrentado a tremendos problemas que no podía resolver, había decidido pensar en alguna otra cosa.

Entonces el abogado tosió, propuso un estudio y nombró una cuantiosa cifra, equivalente a una subvención de dos años para investigaciones.

Norman vio la oportunidad de comprarse la casa, y acepto.

—Me complace que se halle usted de acuerdo en que el problema es real.

—Ah, sí —dijo Norman.

Se preguntó qué edad tendría aquel chico, y calculó que alrededor de veinticinco años.

—Tan sólo tendremos que conseguirle su pase de seguridad.

—¿Necesito un pase de seguridad?

—Doctor Johnson —dijo el abogado, cerrando de golpe su maletín—, este proyecto es ultrasecreto.

—No tengo inconveniente —dijo Norman.

Hablaba en serio. Aunque podía imaginar la reacción de sus colegas si alguna vez se enteraban de esto.

Lo que había empezado como una broma, pronto se volvió, lisa y llanamente, una extravagancia: durante el año siguiente, Norman voló cinco veces a Washington, para celebrar reuniones con funcionarios de alto nivel, del Consejo Nacional de Seguridad, por el tema del peligro inminente, incluso apremiante, de una invasión extraterrestre.

El trabajo que hacía se mantenía en el mayor secreto. A una de las primeras preguntas, respecto a si el proyecto se debería transferir a la DARPA[1] (entidad perteneciente al Pentágono), los funcionarios decidieron que no. Hubo preguntas acerca de si se debía pasar a la

1. *Defense Advanced Research Project Agency*: Departamento del Proyecto de Investigaciones Avanzadas para la Defensa. *(N. del T.)*

NASA y, una vez más, se decidió no hacerlo. Uno de los representantes del gobierno había dicho:

—Ésta no es una cuestión científica, doctor Johnson. Es una cuestión de seguridad nacional. Y no queremos airearla.

A Norman le sorprendía siempre el nivel de los funcionarios con los que se le decía que se reuniera. En cierta ocasión, uno de los subsecretarios de Estado más antiguos empujó a un lado los documentos que tenía sobre el escritorio (estaban relacionados con la crisis más reciente en Oriente Medio) y le preguntó:

—¿Qué piensa en relación a la posibilidad de que los extraterrestres nos puedan leer la mente?

—No sé —respondió Norman.

—Bueno, el problema que me planteo es éste: ¿cómo vamos a poder formular una posición oficial de negociación, si nos pueden leer el pensamiento?

—Podría ser uno de los problemas —coincidió Norman echando un furtivo vistazo a su reloj.

—Demonios, ya es bastante grave que los rusos intercepten nuestros cablegramas en clave; sabemos que los japoneses y los israelíes han descifrado todos nuestros códigos, y rezamos para que los rusos no puedan hacerlo todavía. Pero usted entiende lo que quiero decir, dónde radica el gran problema... Me refiero a la lectura de la mente.

—Ah, sí, claro.

—Su informe tendrá que tener eso en cuenta. Norman prometió que así sería.

Un miembro del personal de la Casa Blanca le dijo:

—Usted comprenderá que el Presidente deseará hablar en persona con esos extraterrestres: él es así.

—Ya —dijo Norman.

—Y lo que quiero decir es que el valor publicitario que hay aquí, en la aparición ante el público, es incalculable: el Presidente se encuentra con los extraterrestres en Camp David. ¡Qué importante para los medios de comunicación!

—Importantísimo —volvió a coincidir Norman.

—Por tanto, los extraterrestres necesitarán que un hombre, que vaya como avanzada, les informe de quién es el Presidente y cuál es el protocolo para hablar con él, pues no se puede permitir que el Presidente de Estados Unidos hable por televisión con gente de otra galaxia, o de donde fuere, sin preparación previa. ¿Cree usted que los extraterrestres hablen inglés?

—Es dudoso —respondió Norman.

—Así que es posible que alguien necesite aprender el idioma de ellos. ¿No es así?

—Resulta difícil de decir.

—Quizá los extraterrestres se sientan más cómodos si se encuentran con un hombre de avanzada que pertenezca a una de nuestras minorías étnicas —dijo el hombre de la Casa Blanca—. De todos modos, es una posibilidad. Piénselo.

Norman prometió que lo pensaría.

El enlace con el Pentágono, un general de División, llevó a Norman a almorzar y, durante el café, le preguntó, como de pasada:

—¿Qué clase de armamento cree usted que pueden tener estos seres?

—No estoy seguro—contestó Norman.

—Bueno, pues ése es el quid de la cuestión, ¿no? ¿Y qué piensa respecto a los puntos vulnerables que puedan tener? Quiero decir si estima que los extraterrestres son siquiera seres humanos.

—Es cierto. Podrían no serlo.

—A lo mejor son como insectos gigantes. Y nuestros insectos pueden soportar mucha radiación atómica.

—Sí —convino Norman.

—Podríamos ser incapaces de tocar esos seres —planteó el hombre del Pentágono con tono lúgubre; después, se le iluminó el rostro—. Pero dudo de que puedan resistir el impacto directo de un dispositivo nuclear de gran número de megatones. ¿No lo cree usted?

—No —contestó Norman—. No creo que puedan.

—Eso los desintegraría.

—Por supuesto.

—Las leyes de la física...

—Exacto.

—El informe que usted elabore tiene que dejar bien en claro este punto: la vulnerabilidad de los extraterrestres a un ataque nuclear.

—Sí—dijo Norman.

—No queremos que cunda el pánico —advirtió el hombre del Pentágono—. Sería un disparate hacer que todo el mundo se inquietase. ¿No es cierto? Sé que el JCS se va a tranquilizar cuando se les diga que estos seres son vulnerables a nuestras armas termonucleares.

—Tendré eso presente —prometió Norman.

Después de un tiempo, las reuniones terminaron y lo dejaron tranquilo para escribir su informe. Mientras pasaba revista a las conjeturas que se habían publicado respecto a la vida extraterrestre, consideró que el general de División del Pentágono no estaba tan equivocado, después de todo: la verdadera cuestión relativa al contacto con seres de otros planetas (si es que había alguna verdadera cuestión) era la referente al pánico. El pánico psicológico. La única experiencia humana importante con seres extraterrestres había sido la emisión radiofónica hecha por Orson Welles, en 1938, de *La guerra de los mundos*... y la respuesta humana fue inequívoca: la gente se había aterrorizado.

Norman presentó su informe, titulado *Contacto con posibles formas de vida extraterrestre*. El NSC[1] se lo devolvió, con la sugerencia de que modificara el título para que «sonase más técnico», y de

1. *National Security Council*: Consejo Nacional de Seguridad. *(N. del T.)*

que eliminara «cualquier sugerencia de que el contacto con seres de otros planetas sólo era una posibilidad, ya que, en algunos sectores del gobierno, ese contacto se tenía por cierto».

Una vez corregido, el trabajo de Norman fue clasificado como «Ultrasecreto», bajo el título: *Recomendaciones para las distintas actuaciones del equipo bumano de contacto con formas desconocidas de vida (FDV)*. Norman consideraba que ese Equipo de Contacto con las FDV exigía personas muy equilibradas. En su informe, el psicólogo había afirmado que...

Barnes abrió una carpeta y dijo:

—No sé si reconocerá esta cita: «Los equipos de contacto que se encuentren con una Forma Desconocida de Vida (FDV) tienen que estar preparados para recibir un serio impacto psicológico. Es casi seguro que se produzcan reacciones de ansiedad extrema. Hay que establecer cuáles son los rasgos de personalidad de quienes son capaces de soportar una angustia extrema, y esos individuos deben ser relacionados para componer con ellos el equipo.

»No hubo suficiente evaluación de la angustia que se podría generar al ocurrir la confrontación con formas desconocidas de vida. Se desconocen los miedos que puede desencadenar el contacto con una nueva forma de vida, y no se pueden predecir por completo. Pero la consecuencia más probable de ese contacto es el terror absoluto.» —Barnes cerró la carpeta con un movimiento brusco—. ¿Recuerda quién dijo eso?

—Sí —repuso Norman—. Lo recuerdo.

También recordaba por qué lo había dicho.

Como parte de las tareas para el NSC, Norman había dirigido estudios sobre dinámica de grupo referentes a la ansiedad psicológica. Siguiendo los procedimientos de Asch y Milgram, preparó varios ambientes para diversos ensayos; ninguno de los integrantes de los grupos sabía que estaba siendo sometido a una prueba. En uno de los casos, a un grupo de sujetos se le dijo que tomara un ascensor para ir a otro piso, donde participarían de una experiencia. El ascensor quedó detenido entre dos pisos; entonces, mediante un camara oculta de televisión, se observó a quienes se hallaban dentro.

Hubo muchas variaciones de este tipo de prueba: en ocasiones, al ascensor se le ponía un cartel que decía: «En reparación.» Unas veces, existía comunicación telefónica con un supuesto mecánico; en otras, no. Hubo casos en que se cayó el techo y las luces se apagaron; en otros, el suelo del ascensor estaba hecho de una resina acrílica transparente.

Un experimento consistía en que se hacía subir a los sujetos a un camión, y un «líder experimentado» los llevaba al desierto. Una vez allí, el líder se quedaba sin combustible y, después, sufría un «ataque cardíaco» y dejaba a todos desamparados.

En la versión más grave, a los sujetos se los hacía viajar en un avión privado y, en pleno vuelo, era el piloto quien sufría un «ataque cardíaco».

A pesar de las quejas tradicionales que se producían a causa de tales pruebas (que eran sádicas, que eran artificiales y que, de alguna manera, los sujetos percibían que las situaciones no eran reales), Johnson adquirió considerable información sobre el estrés que en esos grupos causaba la ansiedad.

Descubrió que las reacciones de miedo eran mínimas cuando se trataba de un grupo pequeño (cinco sujetos, o menos); cuando los miembros se conocían bien entre sí; cuando los integrantes del grupo se podían ver los unos a los otros y no estaban aislados; cuando compartían metas comunes definidas y límites fijos de tiempo; cuando en los grupos había gente de diferentes edades y de ambos sexos; y cuando los integrantes presentaban una personalidad con elevado grado de resistencia fóbica, medida a través de los tests de LAS[1] correspondientes a la ansiedad, lo que, a su vez, se relacionaba con la condición atlética.

Con los resultados de estos estudios se elaboraron densas tablas estadísticas, si bien, en esencia, Norman sabía que se había limitado a verificar lo que dictaba el sentido común: si uno quedara atrapado en un ascensor, sería preferible compartir ese problema con unas cuantas personas atléticas y relajadas, a las que uno conociera, y también que las luces se mantuvieran encendidas, y saber que alguien estaba trabajando para librarnos de esa situación. A pesar de ello, se daba cuenta de que los resultados que había obtenido contradecían lo que indicaba la intuición, como ocurría con la composición del grupo. Los integrados sólo por hombres o sólo por mujeres reaccionaban peor al estrés que los grupos mixtos; los conjuntos de personas que tenían más o menos la misma edad se desenvolvían mucho peor que los de gente de diferentes edades. Y quienes actuaban todavía peor eran los grupos preexistentes, los constituidos para el cumplimiento de otro propósito. En un momento dado, Norman había hecho participar a un equipo de baloncesto que luchaba por el campeonato, y ese grupo perdió su control emocional casi apenas comenzada la prueba.

Aunque sus investigaciones eran interesantes, Norman continuaba intranquilo respecto al objetivo subyacente a su trabajo (la invasión extraterrestre), al que, desde su punto de vista personal, consideraba una conjetura que lindaba con lo absurdo. Norman se sentía turbado por tener que presentar su trabajo; sobre todo después de haberlo reescrito a fin de que pareciese más importante de lo que él sabía que era.

1. *Liminal Anxiety Sensitivity*: Umbral de Sensibilidad a la Ansiedad: medición del valor más bajo de estimulación que produce la primera indicación de ansiedad. *(N. del T.)*

Se sintió aliviado cuando el gobierno de Carter se mostró en desacuerdo con el informe. No fue aprobada ninguna de las recomendaciones que había hecho el doctor Johnson. En el gobierno no estaban de acuerdo con él respecto a que el miedo representara un problema: opinaban que las emociones humanas predominantes serían el asombro y el respeto reverencial. Más aún: en las áreas gubernamentales se prefería que el contacto lo hiciera un equipo numeroso integrado por treinta personas entre las que debía haber tres teólogos, un abogado, un médico, un representante del Departamento de Estado y otro del Comando Conjunto de las Fuerzas Armadas, un grupo selecto del poder legislativo, un ingeniero aeroespacial, un exobiólogo, un físico nuclear, un antropólogo cultural y un periodista popular de la televisión, para que coordinara todas las informaciones.

Fuese como fuese, el presidente Carter no salió reelegido en 1980, y Norman no volvió a oír hablar de su propuesta FDV. No oyó absolutamente nada durante seis años.

Hasta ese momento.

Barnes dijo:

—¿Se acuerda del equipo FDV que propuso?

—Por supuesto.

Norman había propuesto un equipo integrado por cinco miembros: un astrofísico, un zoólogo, un matemático, un lingüista y un psicólogo. La tarea de este último consistía en controlar la conducta y las actitudes de los integrantes del equipo de trabajo.

—Déme su opinión sobre esto —pidió Barnes, y le tendió una hoja de papel.

EQUIPO PARA INVESTIGACIÓN DE ANOMALÍAS

PERSONAL DE LA USN[1] / MIEMBROS DE APOYO

1. Harold C. Barnes, capitán USN, comandante del proyecto.
2. Jane Edmunds, O.S. USN 1C, técnica en procesamiento de datos.
3. Tina Chan, O.S. USN 1C, técnica en electrónica.
4. Alice Fletcher, O.S. USN, jefe de apoyo habitáculo Satprof.
5. Rose C. Levy, 2C USN, apoyo habitáculo Satprof.

MIEMBROS CIVILES DEL EQUIPO

1. Theodore Fielding, astrofísico y geólogo planetario.
2. Elizabeth Halpern, zoóloga y bioquímica.
3. Harold J. Adams, matemático y especialista en Lógica.

1. *United States Navy*: Armada de Estados Unidos de Norteamérica. *(N. del T.)*

4. Arthur Levine, biólogo marino y bioquímico.
5. Norman Johnson, psicólogo.

Norman leyó la lista:

—Con excepción de Levine, éste es el equipo FDV civil que propuse originariamente. Hasta los entrevisté y los sometí a pruebas, en aquel entonces.

—Exacto.

—Pero usted mismo dijo que no era probable que hubiese supervivientes. Ni que existiese vida dentro de esa nave espacial.

—Sí —reconoció Barnes—. Pero ¿qué pasaría si estuviese equivocado? —El militar echó un vistazo a su reloj—. A las mil cien horas daré instrucciones a los miembros del equipo. Quiero que venga y me diga qué opina de ellos. Después de todo, obedecimos las recomendaciones que usted hizo en su informe sobre FDV.

«Ustedes obedecieron mis recomendaciones —pensó Norman, con una sensación angustiosa—. ¡Dios mío, si yo sólo lo hacía para pagar una casa!»

—Sabía que usted no desaprovecharía la oportunidad de ver sus ideas puestas en práctica —dijo Barnes—. Esa es la razón de que lo haya incluido como psicólogo del grupo, aunque un hombre más joven sería más apropiado.

—Aprecio eso —manifestó Norman.

—Estaba seguro de que lo haría —dijo Barnes, sonriendo con alegría, y le tendió una mano musculosa—. Bienvenido al equipo FDV, doctor Johnson.

BETH

Un alférez llevó a Norman hasta su camarote, que era pequeño y gris, más parecido a la celda de una prisión que a cualquier otra cosa. La bolsa que había traído estaba sobre la litera; en un rincón se hallaba una consola y un teclado de ordenador y, al lado, un grueso manual con tapas azules.

Se sentó sobre la dura e incómoda cama, y se reclinó contra una tubería de la pared.

—Hola, Norman —dijo una voz suave—. Me alegra ver que te metieron en esto a la fuerza. Todo este asunto es culpa tuya, ¿no?

En el vano de la puerta había una mujer de pie.

Beth Halpern, la zoóloga del equipo, era un paradigma de contrastes: alta y angulosa, de treinta y seis años, se le podía llamar bella, a pesar de sus rasgos fuertes y de las características casi masculinas de su cuerpo. En los años transcurridos desde que Norman la vio por última vez, Beth parecía haber acentuado aún más sus facetas masculinas. Era levantadora de pesas y también corredora pedestre, de manera que las venas y los músculos le resaltaban en el cuello y los antebrazos. Por debajo de los pantalones cortos asomaban unas poderosas piernas. Llevaba el cabello corto, apenas un poco más largo que el de un hombre. Pero al mismo tiempo usaba joyas y maquillaje, y se movía de modo seductor. Su voz era suave y los ojos grandes y límpidos, en especial cuando hablaba sobre los seres vivos que estudiaba; en esos momentos, Beth se volvía casi maternal. Uno de sus colegas de la Universidad de Chicago se había referido a ella como «madre naturaleza con músculos».

Norman se puso de pie y ella le dio en la mejilla un beso rápido e indiferente.

—Mi cuarto es contiguo al tuyo. Oí que habías llegado. ¿Cuándo entraste?

—Hace una hora. Me parece que todavía soy presa del *shock* —comentó Norman—. ¿Crees todo esto? ¿Crees que es real?

—Sí, lo creo.

Beth señaló el grueso manual azul que estaba al lado del ordenador.

Norman lo cogió y leyó el título: *Reglas que rigen la conducta del personal durante las operaciones militares secretas*. Hojeó páginas de denso texto jurídico.

—Viene a decir —resumió Beth— que debes mantener la boca cerrada o pasarás mucho tiempo en una prisión militar. Y nada de llamadas, ni internas ni al exterior. Sí, Norman, creo que tiene que ser real.

—¿Hay una nave espacial ahí abajo?

—Hay algo ahí abajo. Es muy emocionante. —Beth empezó a hablar con más rapidez—. ¡Vamos! Nada más que para la Biología, las posibilidades producen vértigo. Todo lo que sabemos sobre la vida es resultado de estudiar la que hay en nuestro propio planeta; pero en cierto modo toda la vida que hay en la Tierra es lo mismo: todo ser vivo, desde las algas hasta los seres humanos, está construido, básicamente, según el mismo plan, con el mismo ADN. Ahora tenemos la oportunidad de ponernos en contacto con vida que es por completo diferente. En todos los sentidos. Resulta emocionante. ¡Vaya si lo es!

Norman asintió con la cabeza, aunque en realidad estaba pensando en otra cosa.

—¿Qué dijiste respecto a que no se pueden hacer llamadas internas ni al exterior? Prometí a Ellen que la llamaría.

—Bueno, traté de llamar a mi hija y me dijeron que los enlaces de comunicación están cortados. No resulta fácil creerlo, porque la Armada tiene más satélites que almirantes; pero juran y perjuran que no hay línea disponible para llamar afuera. Barnes dijo que daría su aprobación a un cablegrama. Eso es todo.

—¿Qué edad tiene Jennifer ahora? —preguntó Norman.

Se sintió complacido por haber podido rescatar el nombre de la memoria. ¿Cómo se llamaba el marido? Era físico, según recordaba, o algo así. Un hombre de cabello muy rubio, color arena. Tenía barba y usaba corbatas de lazo.

—Nueve. Ahora es lanzadora de la Liga de Menores de Evanston. No es muy buena estudiante, pero es una excelente lanzadora. —En su voz había un matiz de orgullo—. ¿Cómo está tu familia? ¿Ellen?

—Muy bien, y los niños también. Tim se encuentra ya en segundo año de la facultad, en Chicago, y Amy se halla en Andover. ¿Cómo está...?

—¿George? Nos divorciamos hace tres años —dijo Beth—. George pasó un año en el CERN, en Ginebra, buscando partículas exóticas, y creo que encontró lo que quería: la mujer es francesa y él afirma que es una excelente cocinera. —Se encogió de hombros—. De todos modos, en mi carrera me va bien. Durante todo el año pasado estuve trabajando con cefalópodos: calamares y pulpos.

—¿Y fue interesante?

—Sí. Fue muy interesante llegar a conocer la apacible inteligencia de estos seres, de los pulpos, en particular. Produce una sensación extrañísima... No sé si sabes que el pulpo es más astuto que un perro, y sería una mascota muy superior. Se trata de un ser maravilloso, listo, muy emocional... Lo que sucede es que nunca pensamos en ellos de esa manera.

—¿Aún los comes?

—Ah, Norman —dijo Beth sonriendo—. ¿Todavía relacionas todo con la comida?

—Siempre que es posible —dijo él al tiempo que se daba unas palmadas en el vientre.

—Pues entonces no te va a gustar la comida de este sitio: es terrible. Pero, respondiendo a tu pregunta, he de decirte que no —aclaró ella, haciendo sonar los nudillos—. Nunca podría comer un pulpo, sabiendo lo que sé en la actualidad acerca de ellos..., lo cual me trae algo a la memoria: ¿qué sabes en realidad de Hal Barnes?

—Nada. ¿Por qué?

—Anduve haciendo preguntas, y resulta que Barnes no pertenece a la Armada. Es un ex de la Armada.

—¿Quieres decir que pasó al retiro?

—Pasó al retiro en mil novecientos ochenta y uno. Primero recibió preparación como ingeniero aeronáutico en el Instituto de Tecnología de California, y después de retirarse trabajó para la «Grumman» durante un tiempo. Luego fue miembro de la Comisión Naval de Ciencias, perteneciente a la Academia Nacional; después, subsecretario adjunto de Defensa, miembro del CAASD, el Consejo para Análisis de la Adquisición de Sistemas de Defensa, y miembro de la Comisión de Ciencias de Defensa, que asesora a los comandantes en jefe de las tres fuerzas y al secretario de Defensa.

—¿Sobre qué los asesora?

—Sobre adquisición de armas —dijo Beth—. Es un hombre que pertenece al Pentágono y que aconseja al Estado respecto a la compra de armas. Así que..., ¿cómo llegó a estar al frente de este proyecto?

—Ni idea —respondió Norman; sentado en su litera, se quitó cada zapato con el otro pie, y, de pronto, se sintió cansado; Beth estaba apoyada contra el marco de la puerta—. Pareces estar en muy buen estado físico.

«Hasta sus manos se ven fuertes», penso.

—Tal y como se hallan las cosas, ésa es otra cosa buena —dijo Beth—. Tengo mucha confianza en lo que se avecina. ¿Y con respecto a ti? ¿Crees que te las arreglarás bien?

—¿Yo? ¿Por qué no habría de hacerlo? —Norman se echó un rápido vistazo a la familiar barriga; Ellen siempre le estaba insistiendo para que hiciera algo al respecto y, de cuando en cuando, él se animaba e iba al gimnasio durante algunos días, pero nunca lograba deshacerse de la panza. En verdad, no le importaba demasiado: tenía cincuenta y tres años y era profesor universitario, ¡qué diablos!, pero en ese instante cayó en la cuenta de lo que había dicho Beth—. ¿Qué quieres decir con eso de que tienes confianza en lo que se avecina? ¿Qué es lo que se avecina?

—Bueno, son sólo rumores por ahora. Pero tu llegada parece confirmarlos.

—¿Qué rumores?

—Nos envían ahí abajo.

—¿Dónde es ahí abajo?

—Al fondo del mar. A la nave espacial.

—Pero se encuentra a trescientos metros. La están investigando con robots sumergibles.

—Hoy en día, trescientos metros no representan una profundidad tan grande —dijo Beth—. La tecnología le puede hacer frente. En este mismo instante hay allí buzos de la Armada y, según corre la voz, ellos han montado un habitáculo para que nuestro equipo pueda descender y vivir en el fondo del mar durante una semana, más o menos, y abrir la nave espacial.

Norman experimentó un súbito escalofrío. Cuando trabajaba con la FAA había estado expuesto a toda suerte de horrores. Una vez, en Chicago, en el sitio en el que se había precipitado un avión (cuyos restos estaban diseminados por todo el campo de una finca), había pisado algo esponjoso y lleno de líquido; pensó que era un sapo, pero se trataba de la mano cercenada de un niño, con la palma hacia arriba. En otra ocasión, había visto el cuerpo carbonizado de un hombre, todavía unido a su asiento por el cinturón de seguridad, sólo que el asiento había sido despedido y había caído, con el respaldo deshecho, en el patio trasero de una casa suburbana, al lado de la pequeña piscina de plástico de los ninos.

Y en Dallas, Norman se había quedado observando con fijeza a los investigadores técnicos que, subidos a los tejados de las casas de los suburbios, recogían partes de los cuerpos y los metían en bolsas...

Trabajar en un equipo dedicado a desastres aéreos exigía el ejercicio del más extraordinario control psicológico, para evitar ser abrumado por lo que se veía. Pero nunca existía peligro personal alguno, ningún riesgo físico. El único era el de las pesadillas.

Pero ahora, la perspectiva de descender trescientos metros bajo el océano para investigar un naufragio...

—¿Te encuentras bien? —preguntó Beth—. Estás pálido.

—No sabía que alguien estuviera hablando de *ir allá abajo*.

—No son más que rumores —lo tranquilizó Beth—. Descansa un poco, Norman. Creo que lo necesitas.

LA SESIÓN DE INSTRUCCIONES

El equipo FDV se reunió en la sala de instrucciones poco antes de las once. A Norman le interesaba ver el grupo que había elegido seis años antes, reunido ahora por vez primera.

Ted Fielding era macizo y buen mozo, y a los cuarenta años aún tenía el aspecto de un muchacho; se hallaba a sus anchas, con pantalones cortos y una camisa deportiva. Era astrofísico del Laboratorio de Propulsión a Chorro, en Pasadena, y había efectuado importantes trabajos sobre la estratigrafía planetaria de Mercurio y de la Luna, aunque había ganado popularidad por sus estudios sobre los canales Mangala Vallis y Valles Marineris, de Marte. Localizados en el ecuador marciano, estos enormes canales llegaban a los cuatro mil kilómetros de longitud y algo más de cuatro kilómetros de profundidad, lo que representa que son diez veces más largos y el doble de hondos que el Gran Cañón del Colorado. Y Fielding había estado entre los primeros que llegaron a la conclusión de que el planeta cuya composición era más parecida a la de la Tierra, no era en modo alguno Marte, como se había pensado con anterioridad, sino el diminuto Mercurio, con su campo magnético similar al de nuestro planeta.

Fielding tenía un modo de ser abierto, jovial y pomposo. Por pertenecer al JLP[1], había aparecido en televisión toda vez que se hacía un vuelo de circunvalación en una nave espacial y, a causa de ello, el astrofísico gozaba de cierto renombre. No hacía mucho se había vuelto a casar con una locutora que leía el pronóstico meteorológico en un canal de televisión de Los Angeles; tenían un hijo pequeno.

Ted era un viejo partidario de la teoría de que había vida en otros mundos, y también defensor del SETI[2], al que otros científicos consideraban una pérdida de tiempo y de dinero. Dirigió a Norman una amplia sonrisa.

1. *Jet Propulsion Laboratory*: Laboratorio de Propulsión a Chorro. *(N. del T.)*

2. *Search for extraterrestical Intelligence*: Búsqueda de Inteligencia Extraterrestre. *(N. del T.)*

—Siempre supe que esto iba a ocurrir, que tarde o temprano habríamos de obtener pruebas de vida inteligente de otros planetas. Ahora, por fin, las tenemos, Norman. Este es un momento grandioso. Y me complace, de manera especial, la forma.

—¿La forma de qué?

—Del objeto que hay allá abajo.

—¿Qué pasa con la forma?

Norman no había oído ningún comentario respecto a ella.

—Estuve en la sala de monitores observando la información televisual que envían los robots. Están empezando a definir la forma del objeto que se encuentra debajo del coral... y no es redonda. No es un platillo volante —dijo Ted—. ¡Gracias a Dios! A lo mejor esto hace que se llame a silencio el grupo de fanáticos de los platillos volantes. —Sonrió—. A quien sabe esperar le llega su recompensa, ¿eh?

—Creo que sí —concedió Norman.

En realidad no sabía bien qué quería decir Fielding, pero Ted tenía tendencia a hacer citas literarias, pues se veía a sí mismo como un hombre del Renacimiento, y las citas al azar, de Rousseau y Lao-tsé eran una manera de recordárselo a su interlocutor. Sin embargo, en Fielding no había maldad alguna. En una ocasión, alguien había dicho que Ted era «un tipo que se conocia todas las marcas registradas», y eso también se hacía extensivo a su manera de hablar. En Ted Fielding había una inocencia, casi una ingenuidad, entrañable y genuina. A Norman le caía simpático.

Pero no estaba tan seguro respecto de Harry Adams, el reservado matemático de Princeton, a quien Norman no había visto durante seis años. Harry era un hombre de color, alto y muy delgado, que usaba gafas con montura metálica y tenía el entrecejo siempre fruncido. Llevaba una camiseta con la leyenda: «Los matemáticos lo hacen en la forma correcta», que era la clase de prenda que se pondría un estudiante y, por cierto, Adams aparentaba tener menos de los treinta años que tenía; resultaba evidente que era el miembro más joven del grupo... y se podía demostrar que el más importante.

Muchos teóricos argumentaban que la comunicación con seres extraterrestres sería imposible porque los humanos no tendrían nada en común con ellos. Estos pensadores sostenían que así como el cuerpo humano representaba el resultado de muchas y sucesivas evoluciones, lo mismo ocurría con el pensamiento; al igual que pudo haber pasado con nuestro cuerpo, nuestra forma de pensar también pudo haber seguido un cauce diferente, no había nada de inevitable en nuestra manera de mirar el Universo.

Los hombres ya tenían problemas para comunicarse con seres inteligentes del propio planeta, como los delfines, por la sencilla razón de que estos animales viven en un ambiente muy distinto y poseen aparatos sensoriales también muy diferentes.

No obstante estas consideraciones, los hombres y los delfines podrían parecer casi idénticos, comparados con las vastas diferencias que nos separaban de un extraterrestre, un ser que era el producto de miles de millones de evoluciones divergentes ocurridas en otro ambiente planetario. Sería poquísimo probable que un ser así viera el mundo tal como lo vemos nosotros; de hecho, lisa y llanamente podría suceder que ni siquiera lo viese; tal vez fuera ciego, y conociera el mundo a través de un muy desarrollado sentido del olfato, o de la temperatura o de la presión. Podría no existir manera de comunicarse con un ser así, podría ser que no hubiera una base común de diálogo directa. Según lo planteó uno de esos científicos, «¿cómo se le explicaría el poema de Wordsworth sobre los narcisos a una culebra acuática ciega?».

El conocimiento que era más factible que pudiera ser compartido con los extraterrestres sería el de las matemáticas. Por eso el matemático del equipo iba a desempeñar un papel decisivo. Norman lo había seleccionado porque, a pesar de su juventud, Adams ya había hecho importantes contribuciones en varios campos diferentes.

—¿Qué piensas de todo esto, Harry? —preguntó Norman, dejándose caer sobre una silla que tenía a su lado.

—Pienso que está clarísimo —respondió Harry—. Es una pérdida de tiempo.

—¿Y esa aleta que hallaron bajo el agua?

—No sé lo que es, pero sí sé lo que *no es*: no es una nave espacial procedente de otra civilización.

Ted, que estaba de pie cerca de ellos, se volvió con gesto de disgusto. Era evidente que Harry y Ted ya habían sostenido esta misma conversación.

—¿Cómo lo sabes? —preguntó Norman.

—Un sencillo cálculo dijo Harry, agitando la mano con desdén—. Trivial, en realidad. ¿Conoces la ecuación de Drake?

Y aunque Norman la conocía ya que era una de las famosas propuestas que figuraban en la bibliografía sobre vida extraterrestre, pidió:

—Refréscame la memoria.

Harry suspiró con irritación y sacó una hoja de papel.

—Es una ecuación para un cálculo de probabilidades.

Escribió:

$$p = f_p \, n_h \, f_l \, f_i \, f_c \, .$$

—Esto quiere decir —continuó— que la probabilidad p de que en cualquier sistema cuyo centro sea una estrella se desarrolle vida inteligente es función de la probabilidad de que esa estrella tenga planetas, de la cantidad de planetas habitables, de la probabilidad de que formas simples de vida se desarrollen en un planeta habitable, de la probabilidad de que las formas inteligentes de vida se desarrollen a partir de las simples, y de la probabilidad de que esas formas inteligentes de vida intenten establecer una comunicación interestelar dentro de cinco mil millones de años. Eso es todo lo que dice la ecuación.

—Ya —murmuró Norman.

—Pero la cuestión es que no tenemos pruebas —continuó Harry—. Tenemos que hacer conjeturas sobre cada una de estas probabilidades, sin salvarnos de ninguna. Y es muy fácil conjeturar en un solo sentido, como hace Ted, y llegar a la conclusión de que es probable que haya miles de civilizaciones inteligentes. Es igualmente fácil conjeturar, como hago yo, que es probable que haya nada más que una sola civilización: la nuestra. —Alejó de sí el papel—. Y, en ese caso, sea lo que sea lo que está allá abajo, *no* proviene de una civilización extraterrestre, por lo que todos estamos malgastando nuestro tiempo aquí.

—Entonces, ¿qué es lo que hay allá abajo? —volvió a preguntar Norman.

—Es una absurda expresión de esperanza romántica —dijo Adams mientras se subía las gafas que se habían deslizado por la nariz.

En el matemático había una vehemencia que preocupaba a Norman. Seis años atrás, Harry Adams todavía era un chico de la calle, cuyo oscuro talento lo había llevado, en un solo paso, de un hogar deshecho de los barrios bajos de Filadelfia, hasta los cuidados prados verdes de Princeton. En aquel entonces, Adams era juguetón, estaba contento por el giro que había dado su suerte. ¿Por qué lo veía tan agrio ahora?

Adams era un teórico extraordinariamente dotado; su reputación era firme por sus estudios sobre las funciones de densidad probabilística pertenecientes a la mecánica cuántica, que estaban más allá de la comprensión de Norman, aunque Adams las había resuelto cuando tenía diecisiete años. Pero lo que sí podía entender Norman era a Adams mismo, y éste ahora parecía tenso y crítico, incómodo en el grupo. O quizá eso tenía que ver con la presencia del matemático. A Norman le había preocupado cómo se integraría Harry, ya que había sido un niño prodigio.

En realidad, solamente existían dos clases de niños prodigio: los matemáticos y los músicos. Algunos psicólogos sostenían que sólo había una clase, porque la música tenía una estrechísima relación con las matemáticas. Aunque existían niños precoces muy dotados en otras áreas, como la literatura, la pintura y el atletismo, los únicos campos en los que un chico podía situarse al mismo nivel que un adulto eran los de las matemáticas y la música. Desde el punto de vista psicológico, estos niños eran complejos: a menudo solitarios, aislados de sus pares, y hasta de su familia, como consecuencia de los dones que tenían, por los cuales eran tanto admirados como envidiados. Con frecuencia, las aptitudes de trato social se hallaban atrasadas, lo que hacía que las interacciones con un grupo fuesen incómodas. Y era probable que, por su condición de niño procedente de un barrio bajo, los problemas de Harry se hubieran visto aumentados. En una ocasión le había contado a Norman que, cuando él estaba aprendiendo las transformaciones de Fourier, los demás chicos aprendían a copular. Así que, a lo mejor, ahora Harry se estaba sintiendo incómodo en el grupo.

Pero parecía haber algo más... Daba la impresión de hallarse casi iracundo.

—Esperen un poco —dijo Adams—. Dentro de una semana van a tener que reconocer que todo esto no fue otra cosa que una tremenda falsa alarma. Nada más.

«Eso es lo que tú esperas», pensó Norman y, una vez más, se preguntó por qué.

—Bueno, yo creo que es emocionante —opinó Beth Halpern sonriendo con jovialidad—. En lo que a mí concierne, aun la más remota posibilidad de hallar una nueva forma de vida resulta emocionante.

—Es cierto —dijo Ted—. Después de todo, Harry, existen más cosas entre el cielo y la Tierra de las que puede soñar tu filosofía.

Norman miró al último miembro del equipo, Arthur Levine, el biólogo marino, que estaba en el otro extremo de la sala. Se trataba de la única persona a la que Norman no conocía. Era un hombre regordete, pálido e inquieto, sumido en sus propios pensamientos. Norman estaba a punto de preguntarle qué pensaba, cuando el capitán Barnes entró dando zancadas y con una pila de carpetas debajo del brazo.

—Bienvenidos a en medio de ninguna parte —dijo—, y ni siquiera pueden ir al baño. —Todos rieron con nerviosismo—. Les pido disculpas por haberles tenido esperando, pero no disponemos de mucho tiempo, así que vayamos derechos al grano. Si apagan las luces, podremos empezar.

La primera diapositiva mostraba un barco de gran tamaño, con una complicada superestructura en la popa.

—El *Rose Sealady* —dijo Barnes—. Es un buque tendedor de cables submarinos, contratado por Transpac Communications para establecer una línea telefónica submarina desde Honolulú hasta Sidney, Australia. El *Rose* zarpó de Hawai el veintinueve de mayo de este año y, para el dieciséis de junio, ya había alcanzado la parte occidental de las Samoa, en medio del Pacífico. Estaba tendiendo un nuevo cable de fibra óptica, que tiene una capacidad de conducción de veinte mil transmisiones telefónicas simultáneas y está cubierto por un denso entretejido de metal y plástico, de una excepcional resistencia a las roturas. El barco ya había tendido más de cuarenta y seis mil millas náuticas de cable, a través del Pacífico, sin que se produjeran contratiempos de ninguna índole. La siguiente.

Era un mapa del Pacífico, con un gran punto rojo.

—A las diez de la noche del diecisiete de junio la nave estaba situada aquí, a mitad de camino entre Pago Pago, en la Samoa norteamericana, y Viti Levu, en las Fidji, cuando un tremendo tirón hizo que la nave se estremeciera. Sonaron las alarmas y la tripulación se dio cuenta de que el cable se había desgarrado y roto por efecto del choque contra un obstáculo sumergido. De inmediato consultaron las cartas de navegación en busca de un escollo submarino, pero no hallaron obstáculo alguno. La tripulación izó el cable suelto, lo cual requirió varias horas, ya que, en el momento del accidente, había más de un kilómetro de cable arriado detrás del barco. Cuando examinaron el extremo cortado vieron que estaba limpiamente seccionado o, para decirlo con las palabras de un tripulante, «como si hubiera sido cortado con unas enormes tijeras». La siguiente.

Ésta mostraba una sección del cable de fibra, sostenido ante la cámara por la curtida mano de un marinero.

—Como pueden apreciar, la naturaleza de la rotura sugiere la existencia de alguna clase de obstrucción artificial. El *Rose* salió a todo vapor hacia el norte, de vuelta al escenario del hecho. La siguiente.

En esta diapositiva, se veía una serie de líneas blanquinegras desgarradas, con una región de picos pequeños.

—Éste es el barrido de sonar que el barco hizo originariamente. Si no saben leer barridos sonáricos les será difícil interpretarlo; pero aquí pueden ver la delgada obstrucción, en forma de filo de cuchillo, lo que es compatible con la idea de que un barco o un avión hundidos hayan producido el corte del cable.

»La compañía fletadora, la Transpac Communications, notificó lo ocurrido a la Armada y nos solicitó cualquier información que tuviésemos sobre esa obstrucción. Esto es un trámite de rutina: siempre que se produce la rotura de un cable submarino se le notifica a la Armada, por si tenemos conocimiento de algún obstáculo. Si se trata de un buque hundido que contiene explosivos, la compañía que tiende el cable necesita saberlo antes de comenzar las reparaciones. Pero, en este caso, la obstrucción no figuraba en los archivos de la Armada... y la Armada se interesó en el asunto. De inmediato destacamos la nave exploradora que teníamos más próxima al sitio del incidente, el *Ocean Explorer*, que salió de Melbourne y llegó al lugar el veintiuno de junio de este año. La razón del interés de la Armada era la posibilidad de que esa obstrucción fuera un submarino atómico chino, de la clase «Uujan», equipado con misiles SY-2, pues sabíamos que los chinos habían perdido uno de ese tipo, más o menos en esta zona, en mayo de mil novecientos ochenta y cuatro. El *Ocean Explorer* barrió el fondo del mar en ese lugar, para lo cual utilizó un complejo sonar de emisión lateral, que produjo esta imagen del fondo.

La imagen en colores tenía tal claridad que parecía tridimensional.

—Como pueden ver, el fondo del mar aparece plano, con excepción de esta sola aleta triangular, que sobresale unos ochenta y cuatro metros sobre el suelo oceánico. La ven aquí —dijo Barnes, señalando—. Ahora bien: la dimensión de esta aleta es mayor que la de cualquier aeronave conocida, ya sea de Estados Unidos o de la Unión Soviética. Todo esto resultó muy enigmático al principio. La siguiente.

Vieron un robot sumergible al que hacían descender, mediante una grúa, por el costado de un barco. El robot consistía en una serie de tubos horizontales, con cámaras y luces alojadas en el centro.

—Antes del veinticuatro de junio, la Armada había emplazado el transporte de VOD *Neptune IV*, y el Vehículo Operado a Distancia *Scorpion*, que ustedes ven aquí; se hizo descender para que fotografiara el ala. La imagen que devolvió mostraba, con claridad, algún tipo de plano de control. Aquí está.

En el grupo se oyeron murmullos: la imagen en colores, iluminada con crudeza, mostraba un fondo coralino plano, del que sobresalía una afilada aleta gris, de bordes agudos y apariencia aeronáutica y, sin duda alguna, artificial.

—Ustedes notarán que, en esta región, el fondo del mar consiste en masas achaparradas de coral muerto. El ala, o la aleta, desaparece dentro del coral, lo que sugiere que el resto de la nave podría estar sepultado debajo de ese coral. Se practicó una exploración del fondo con SLS[1] de resolución ultraalta para determinar cuál era la forma de lo que había debajo del coral. La siguiente.

Apareció otra imagen sonárica en colores, compuesta por puntos finos en vez de líneas.

—Como pueden ver, la aleta parece estar unida a un objeto cilíndrico sepultado debajo del coral. El objeto tiene un diámetro de cincuenta y siete metros y se extiende en una longitud de ochocientos veintiséis metros con veinte centímetros, hacia el oeste, antes de ahusarse y rematar en una punta.

Hubo más murmullos en el grupo de espectadores.

—Así es —continuó Barnes—: ese objeto cilíndrico tiene media milla marina de largo. Su forma es semejante a la de un cohete o una nave espacial, y por cierto que se le parece; pero, desde el principio, tuvimos el cuidado de referirnos a este objeto como «la anomalía».

Norman echó un vistazo a Ted, quien sonreía mientras miraba la pantalla. Pero al lado de Ted, en la oscuridad, Harry Adams frunció el entrecejo y se empujó las gafas hacia el puente de la nariz.

Después, la luz del proyector se apagó y la sala quedó sumida en la oscuridad. Se oyeron protestas y Norman escuchó que Barnes decía:

—¡Maldita sea, otra vez, no!

Alguien se apresuró para llegar a la puerta y entonces hubo un rectángulo de luz.

Beth se inclinó hacia Norman y dijo:

—Aquí se les corta la corriente todo el tiempo. Reconfortante, ¿eh?

1. *Side-looking sonar*: Sonar de emisión lateral. *(N. del T.)*

Instantes después, volvió la luz, y Barnes prosiguió:

—El veinticinco de junio, un vehículo SCARAB, que se controla a distancia, cortó un trozo de aleta de cola y lo trajo a la superficie. Se analizó y se descubrió que era de una aleación de titanio, dentro de un panal de resina epóxica. La tecnología necesaria para efectuar la adhesión de esos materiales metálico-plásticos es, hasta este momento, desconocida en la Tierra. Los expertos confirmaron que la aleta no pudo tener su origen en este planeta..., si bien dentro de diez o veinte años es probable que sepamos cómo fabricarla.

Harry Adams gruñó, se inclinó hacia adelante e hizo una anotación en su libreta.

—Mientras tanto —siguió explicando Barnes— se utilizaron otras naves robots para colocar cargas sísmicas en el lecho marino; los análisis sísmicos demostraron que la anomalía sepultada era de metal, que era hueca y que tenía una estructura interna compleja. Después de dos semanas de estudio intensivo llegamos a la conclusión de que la anomalía era alguna clase de nave espacial. La verificación final llegó el veintisiete de junio, por parte de los geólogos: las muestras testigo que habían extraído del fondo marino indicaban que el lecho oceánico había sido mucho menos profundo en el pasado, quizá de no más de veinticuatro o veintisiete metros de profundidad. Esto explicaría la presencia del coral, que cubría la nave con un espesor promedio de nueve metros. Los geólogos afirmaron que, por consiguiente, la nave había estado en nuestro planeta durante trescientos años, como mínimo, y tal vez desde mucho antes: quinientos y hasta cinco mil años.

»Aunque a regañadientes, la Armada llegó a la conclusión de que, en verdad, habíamos encontrado una nave espacial procedente de otra civilización. La decisión del Presidente, dada a conocer ante una asamblea especial del Consejo Nacional de Seguridad, fue que se debía abrir la nave espacial. De modo que, a partir del veintinueve de junio, se convocó a los miembros del equipo FDV. El día primero de julio, el habitáculo submarino DH-7 fue bajado hasta su emplazamiento previsto, cerca del sitio en el que estaba la nave espacial. El DH-7 albergaba nueve buzos de la Armada, quienes trabajaron en un ambiente saturado con gas exótico. Esos buzos procedieron a efectuar tareas preliminares de perforación... Y creo que lo dicho les pone al tanto de las novedades —concluyó Barnes—. ¿Preguntas?

—¿Se ha llegado a conocer la estructura interna de la nave espacial? —inquirió Ted.

—Por el momento, no. La nave parece estar construida de tal manera que las ondas de choque se transmiten alrededor de la coraza exterior, que es tremendamente fuerte y está bien diseñada, lo cual impide que las cargas sísmicas brinden una imagen clara del interior de la nave.

—¿Y si se emplean en este caso técnicas pasivas para ver lo que hay dentro?

—Lo hemos intentado —respondió Barnes—. Análisis gravimétrico, negativo. Termografía, negativa. Trazado de correspondencias de resistividad, negativo. Magnetómetros protónicos de precisión, negativos.

—¿Dispositivos de escucha?

—Desde el día uno tuvimos hidrófonos en el fondo del mar, pero no se registran sonidos procedentes de la nave..., por lo menos hasta ahora.

—¿Y qué sucedería con otros procedimientos de inspección a distancia?

—La mayoría de ellos entrañan el empleo de radiaciones, y no nos atrevemos a irradiar la nave en estos momentos.

Harry dijo:

—Capitán Barnes, observo que la aleta no parece haber experimentado daños, y que el casco da la impresión de ser un cilindro perfecto. ¿Cree usted que este objeto se estrelló en el océano?

—Sí—respondió Barnes, quien daba la impresión de estar inquieto.

—¿Así que este objeto soportó un impacto contra el agua, a elevada velocidad, y no sufrió ni un raspón ni una abolladura?

—Bueno, es de una extraordinaria fortaleza.

Harry asintió con la cabeza.

—Ya lo creo que tiene que serlo...

—¿Qué están haciendo, exactamente, los buzos que ahora se encuentran allí abajo? —preguntó Beth.

—Buscan la «puerta de calle» —sonrió Barnes—. Por el momento tuvimos que volver a los procedimientos arqueológicos clásicos: estamos cavando zanjas exploratorias en el coral, en busca de algún tipo de entrada o escotilla. Confiamos en hallarla dentro de las próximas cuarenta y ocho horas. Una vez que la hayamos descubierto, entraremos. ¿Alguna otra pregunta?

—Sí —dijo Ted—. ¿Cuál fue la reacción de los rusos ante este descubrimiento?

—No se lo hemos dicho a los rusos —respondió Barnes.

—¿No se lo han dicho?

—No, no lo hicimos.

—Pero éste es un acontecimiento increíble, un hecho sin precedentes en la historia de la Humanidad. No sólo en la historia de Norteamérica. No cabe duda de que deberíamos compartirlo con todas las naciones del mundo. Esta es la clase de descubrimiento que podría unir a la totalidad de la especie humana.

—Tendría usted que hablar con el Presidente dijo Barnes—. Desconozco las razones que hay detrás de ella, pero ésa fue la decisión que él tomó. ¿Alguna otra pregunta?

Nadie dijo nada; pero todos los miembros del equipo intercambiaron miradas.

—Entonces, supongo que eso es todo —concluyó Barnes.

Las luces se encendieron y se oyó el ruido de las sillas cuando los asistentes se pusieron de pie y se desperezaron. En ese momento, Harry Adams dijo:

—Capitán Barnes, debo manifestarle que me siento muy ofendido por esta reunión informativa.

Barnes quedó sorprendido.

—¿Qué quiere decir, Harry?

Los demás se detuvieron y miraron a Adams, que permanecía sentado en su silla, con una expresión de irritacion:

—¿Fue decisión suya revelarnos la noticia con delicadeza?

—¿Qué noticia?

—La noticia relativa a la puerta.

Barnes rió con nerviosismo.

—Harry, les acabo de decir que los buzos están cavando zanjas exploratorias en busca de la puerta...

—Yo diría que desde hace tres días, es decir, desde que empezaron a traernos en avión, ustedes ya tienen idea de dónde está la puerta. Es más: yo diría que en estos momentos ya lo saben con exactitud. ¿Me equivoco?

Barnes no dijo una palabra; sólo mantuvo en el rostro una sonrisa congelada.

«¡Por Dios! —pensó Norman, mirando a Barnes—, Harry tiene razón.» Se sabía que Harry poseía un cerebro tremendamente lógico, de una capacidad deductiva sorprendente y fría; pero Norman nunca lo había visto en acción.

—Sí —dijo al fin Barnes—, tiene razón.

—¿Conocen la situación de la puerta?

—La conocemos, sí.

Hubo un momento de silencio y entonces Ted exclamó:

—¡Pero esto es fantástico! ¡Es de lo más fantástico! ¿Cuándo descenderemos para entrar en la nave espacial?

—Mañana —dijo Barnes, sin quitar la vista de Harry, el cual, a su vez, lo miraba con fijeza—. Los minisubmarinos los bajarán de dos en dos, mañana por la mañana.

—¡Esto es emocionante! —se entusiasmó Ted—. ¡Fantástico! ¡Increíble!

—Así que —dijo Barnes, todavía observando a Harry— todos ustedes deberían tratar de dormir... si es que pueden.

—«Sueño inocente, sueño que entreteje la desmadejada seda de la cautela» —recitó Ted, el cual no dejaba de moverse en su silla, presa de gran excitación.

—Durante lo que resta del día vendrán oficiales técnicos y de suministros, para medirlos y equiparles a ustedes. Si hubiera otras preguntas —dijo Barnes— pueden verme en mi oficina.

Salió de la habitación y la reunión se disolvió. Cuando los demás salieron en fila, Norman se quedó atrás, con Harry Adams, que no se había movido de su asiento y observaba al técnico, mientras éste enrollaba la pantalla portátil.

—Lo que acabamos de ver fue todo una representación —dijo Norman.

—¿Sí? No veo por qué.

—Dedujiste que Barnes nos estaba ocultando lo de la puerta.

—Y hay mucho más que no nos confiesa —dijo Adams con tono frío—. No nos revela ninguna cosa importante.

—¿Por ejemplo?

—El hecho —manifestó Harry, poniéndose por fin de pie— de que el capitán Barnes sabe muy bien por qué el Presidente decidió mantener esto en secreto.

—¿Lo sabe?

—El Presidente no tenía alternativa, dadas las circunstancias.

—¿Qué circunstancias?

—Él sabe que el objeto que está ahí abajo no es una nave espacial extraterrestre.

—Entonces, ¿qué es?

—Creo que está bastante claro.

—Para mí, no —confesó Norman.

Adams sonrió por primera vez. Fue una sonrisa leve, despojada de buen humor.

—No lo creerías si te lo dijera —contestó.

Y salió de la sala.

EXÁMENES

Arthur Levine, el biólogo marino, era el único miembro de la expedición a quien Norman Johnson no había conocido antes. «Ésta es una de las cosas para las que no habíamos hecho planes», pensó Norman. Él supuso que cualquier contacto que se produjera con una forma desconocida de vida tendría lugar en tierra; no había tomado en cuenta la posibilidad más obvia: que si una nave espacial descendiera al azar en algún lugar del planeta, lo más probable era que lo hiciese en el agua, ya que cubre el setenta por ciento del globo. Al echar una mirada retrospectiva, resultaba evidente que el equipo FDV necesitaría un biólogo marino.

Norman se preguntó qué más resultaría obvio al echar una mirada retrospectiva.

Encontró a Levine inclinado sobre la barandilla de babor. El biólogo provenía del Instituto Oceanográfico de Woods Hole, en Massachusetts.

La mano de Levine estaba húmeda cuando Norman se la estrechó. El biólogo parecía hallarse incomodísimo y, al fin, admitió que se encontraba mareado.

—¿Mareado en el océano? ¿Un biólogo marino? —preguntó Norman.

—Yo trabajo en el laboratorio —repuso Levine—. En casa. En tierra firme. Donde las cosas no están moviéndose todo el tiempo. ¿Por qué se sonríe?

—Lo siento —manifestó Norman.

—¿Considera gracioso que un biólogo marino se maree en el mar?

—Me parece incongruente.

—Muchos de nosotros nos mareamos —informó Levine, y contempló el mar con fijeza—. Mire ahí —prosiguió—, miles de kilómetros de superficie lisa. Nada.

—Es el océano.

—Me da escalofríos —dijo Levine.

—¿Qué piensa usted? —preguntó Barnes, ya de nuevo en su oficina.

—¿Sobre qué?

—Sobre el equipo, ¡Cristo!

—Es el mismo equipo que elegí, pero seis años después. Básicamente es un buen grupo, formado por gente muy capaz, desde luego.

—Quiero saber quién se va a desquiciar.

—¿Por qué habrían de hacerlo? —preguntó Norman.

Contempló a Barnes y vio la delgada línea de sudor que el marino tenía sobre el labio superior: el comandante mismo estaba sometido a muchas presiones.

—¿A trescientos metros de profundidad? —planteó Barnes—. ¿Viviendo y trabajando en un pequeño habitáculo? Tenga presente que no voy a entrar con buzos militares, que fueron entrenados y que saben conservar el control de sí mismos. ¡Por Dios, voy a llevar a unos cuantos *científicos*! Y necesito que todos tengan una historia clínica limpia. Quiero estar seguro de que nadie se volverá loco.

—Tal vez le sorprenda lo que voy a decirle, capitán, pero los psicólogos no pueden predecir eso con mucha exactitud. Me refiero a quién puede sufrir trastornos.

—¿Aun cuando eso se deba al miedo?

—Por el motivo que fuere.

Barnes frunció el entrecejo.

—Creía que el miedo era su especialidad.

—La ansiedad es uno de los aspectos que me interesa investigar y, en función de los perfiles de personalidad, le puedo revelar quién es propenso a padecer una ansiedad aguda, en una situación de gran tensión emocional. Pero no puedo predecir quién, sometido a esa tensión, va a experimentar un colapso mental y quién no lo hará.

—Entonces ¿para qué sirve usted? —dijo Barnes con irritación, y lanzó un suspiro—. Lo lamento. ¿Quiere, al menos, entrevistarlos o someterlos a algunos tests?

—No existen esos tests —contestó Norman—. Al menos ninguno que sirva para algo.

Barnes volvió a suspirar.

—¿Y qué opina de Levine?

—Se marea en el mar.

—No hay movimiento alguno bajo el agua, así que eso no es problema. Pero ¿qué piensa de él como persona?

—Yo me preocuparía —repuso Norman.

—Tomaré debida nota de este comentario. ¿Y cuál es su opinión sobre Harry Adams? ¿Es arrogante?

—Sí; pero es probable que eso resulte conveniente. Estudios realizados demostraron que las personas que revelaban mayor eficacia para enfrentarse con las presiones eran de las que desagradaban a los demás, personas a las que se describía como arrogantes, seguras de sí mismas, irritantes.

—Puede que sea así —admitió Barnes—. Pero ¿qué pasó con el famoso trabajo de investigación de Adams? Hace unos años, él fue uno de los principales partidarios del SETI; y ahora, cuando encontramos algo, de pronto se vuelve muy negativo. ¿Recuerda usted ese trabajo de Adams?

Norman no lo recordaba y estaba a punto de decirlo, cuando entró un alférez.

—Capitán Barnes, aquí está el perfeccionamiento visual que usted quería.

—Bien —dijo Barnes, miró de soslayo una fotografía y la puso sobre el escritorio—. ¿Qué pasa con el clima?

—No hay cambios, señor. Los informes de satélite confirman que tenemos cuarenta y ocho más-menos doce sobre nuestro emplazamiento.

—¡Diablos! —exclamó Barnes.

—¿Hay problemas? —preguntó Norman.

—El clima se nos está poniendo malo —dijo Barnes—. Es posible que tengamos que abandonar nuestro apoyo de superficie.

—¿Eso significa que usted cancelará la inmersión?

—No. Bajaremos mañana, como se planeó.

—¿Por qué Harry cree que lo que hay allá abajo no es una nave espacial? —preguntó Norman.

Barnes frunció el entrecejo y empujó unos papeles que tenía sobre la mesa.

—Voy a decirle algo: Harry es un teórico y las teorías son nada más que eso, teorías. Yo trato con hechos concretos, y el hecho es que allá abajo tenemos una maldita cosa muy antigua y muy extraña. Y quiero saber qué es.

—Pero si no es una nave espacial extraterrestre, ¿qué es?

—Esperemos hasta llegar allá abajo, ¿le parece? —Barnes echó un vistazo a su reloj—. En estos momentos el segundo habitáculo ya debe de haber sido anclado en el lecho marino. Empezaremos a bajarlos a ustedes dentro de quince horas, y hasta entonces, tenemos mucho que hacer.

—No se mueva... así, doctor Johnson. —Norman estaba de pie, desnudo, y sintió que las dos puntas metálicas de un calibrador de compás le pinchaban la parte posterior de los brazos, justo por encima del codo—. Un poco más..., muy bien. Ahora se puede meter en el tanque.

El joven médico naval se hizo a un lado y Norman subió la escalerilla del tanque metálico, que estaba lleno de agua hasta el borde. Cuando Norman se sumergió, el agua se derramó por los costados del recipiente.

—¿Para qué es todo esto? —preguntó Norman.

—Lo siento, doctor Johnson, pero si usted quisiera sumergirse *por completo*...

—¿Qué...?

—Es nada más que un momento, señor...

Norman tomó aire, hundió la cabeza en el agua y volvió a emerger.

—Ya está bien. Puede salir —dijo el militar, y le tendió una toalla.

—¿Para qué es todo esto? —volvió a preguntar Norman, mientras bajaba por la escalerilla.

—Contenido adiposo total del cuerpo —dijo el militar—. Tenemos que conocerlo, para calcular sus *estads sat*.

—¿Mis *estads sat*?

—Sus estadísticas de saturación. —El médico hizo unas marcas en la planilla que tenía consigo—. ¡Dios mío! Usted se sale de la gráfica.

—¿A qué se debe eso?

—¿Hace mucho ejercicio, doctor Johnson?

—Algo.

Ahora Norman se estaba poniendo a la defensiva. Y la toalla era demasiado pequeña para envolverle la cintura. ¿Por qué la Armada usaba toallas tan raquíticas?

—¿Bebe?

—Un poco.

Norman ya estaba claramente a la defensiva: no había duda al respecto.

—¿Puedo preguntarle cuándo fue la última vez que consumió una bebida alcohólica, señor?

—No sé. Hace dos o tres días. —Tenía problemas para retroceder en los recuerdos hasta San Diego; ¡le parecía tan lejano!—. ¿Por qué?

—Está bien, doctor Johnson. ¿Tiene problemas con las articulaciones, las caderas o las rodillas?

—No. ¿Por qué?

—¿Episodios de síncope, desmayos, pérdida fugaz de la visión?

—No...

—¿Podría sentarse allí, señor?

El militar señaló un banquillo que estaba al lado de un dispositivo electrónico adosado a la pared.

—A decir verdad, me gustaría que me dieran algunas respuestas —dijo Norman.

—Tan sólo mire muy fijo el punto verde, con los ojos completamente abiertos...

Norman sintió una breve ráfaga de aire en los ojos y parpadeó de forma instintiva. Con un chasquido, salió del dispositivo una tira impresa de papel. El militar la arrancó y le echó un vistazo.

—Muy bien, doctor Johnson. Si quisiera venir por aquí...

—Le agradecería que me diese alguna información —pidió Norman—. Me gustaría saber qué pasa.

—Entiendo, señor, pero tengo que acabar su examen a tiempo para su siguiente sesión de instrucciones, que tendrá lugar a las mil setecientas horas.

Norman estaba tendido boca arriba, y varios técnicos le clavaron agujas en ambos brazos y otras en la pierna y en la ingle. El imprevisto dolor le hizo gritar.

—Esto es lo peor de todo, señor —explicó el militar, mientras guardaba las jeringuillas en un recipiente con hielo—. Trate de mantener este algodón apretado contra el pinchazo, aquí...

Un broche le apretaba las fosas nasales, y tenía una boquilla de aire entre los dientes.

—Esto es para medir su CO_2 dijo el militar—. Tan sólo espire. Así. Haga una profunda inspiración, ahora espire...

Norman espiró y miró el diafragma de goma que, al inflarse, hacía que una aguja subiera por una escala.

—Vuelva a intentarlo, señor. Estoy seguro de que puede hacerlo mejor.

Norman no pensaba lo mismo, pero de todos modos repitió la prueba.

Entró otro militar, que traía en la mano una hoja de papel cubierta de cifras.

—Aquí está su RS —dijo.

El primer militar frunció el entrecejo.

—¿Barnes ha visto esto?

—Sí.

—¿Y qué ha dicho?

—Que estaba bien, que se continuara.

—Excelente. Él es el patrón. —Se volvió hacia Norman—. Intentemos con una sola inspiración grande, doctor Johnson, si le parece bien...

Las agujas metálicas de los calibradores de compás le tocaron el mentón y la frente, y una cinta le rodeó la cabeza. Ahora los calibradores tomaban medidas desde la oreja hasta el mentón.

—¿Para qué es esto? —preguntó Norman.

—Para proveerlo de un casco de inmersión, señor.

—¿No bastaría con ponérmelo para probarlo?

—Éste es el método que seguimos aquí, señor.

La cena consistió en macarrones con queso, que estaban quemados por abajo. Norman los apartó a un lado después de comer un poco.

El militar apareció en la puerta.

—Hora de la reunión informativa de las mil setecientas horas, señor.

—No voy a ir a ninguna parte —declaró Norman— hasta que me den algunas respuestas. ¿Qué demonios es todo esto que me están haciendo?

—Examen rutinario de *satprof*, señor. Las disposiciones de la Armada exigen que se haga antes de que un hombre descienda al fondo del mar.

—¿Y por qué estoy fuera de la gráfica?

—¿Cómo dice, señor?

—Usted comentó que yo estaba fuera de la gráfica.

—Ah, *eso*. Usted es un poco más pesado que lo que indican las tablas de la Armada, señor.

—¿Hay algún problema con mi peso?

—No creo que lo haya, señor.

—Y los otros exámenes, ¿qué mostraron?

—Señor, tiene usted muy buena salud, considerando su edad y su estilo de vida.

—¿Y qué hay respecto a la inmersión? —preguntó Norman, esperando, en parte, no estar en condiciones de hacerla.

—¿Respecto a ir allá abajo? Hablé con el capitán Barnes. No habrá problema alguno, señor. Ahora, si me hiciera el favor de venir por aquí a la sesión de instrucciones, señor...

Los demás miembros estaban sentados con indolencia; todos tenían una tacita para café, hecha de espuma de estireno. Norman se sintió contento de ver a los otros integrantes del equipo. Se dejó caer en una silla, al lado de Harry.

—¡Jesús! ¿Te hicieron el maldito examen médico?

—Sí —respondió el matemático—. Me lo hicieron ayer.

—Me pincharon la pierna con una aguja larga —explicó Norman.

—¿De veras? A mí no me hicieron eso.

—¿Y qué te pareció respirar con ese broche en la nariz?

—Tampoco me hicieron eso —dijo Harry—. Parece que recibiste una especie de tratamiento especial.

Norman estaba pensando lo mismo, y no le agradaron las conclusiones a las que llegó. Se sintió cansado de repente.

—Muy bien, tenemos muchas cosas que tratar y tan sólo tres horas para hacerlo —dijo un hombre enérgico que apagó las luces al tiempo que entraba en la sala. Norman ni siquiera había podido verlo bien, y ahora era una voz en la oscuridad—. Como saben, la ley de Dalton rige las presiones parciales de mezcla de gases o, tal como se representa aquí, en forma algebraica...

Apareció el primero de los gráficos:

$$PP_a = P_{tot} X \text{ \% } VOL_a.$$

—Ahora pasemos revista a cómo se podría hacer el cálculo de la presión parcial, en valor absoluto expresado en atmósferas, que es el procedimiento que empleamos con más frecuencia...

Las palabras carecían de sentido para Norman. Trató de prestar atención, pero a medida que los gráficos seguían apareciendo y la voz zumbaba en forma monótona, sus párpados se volvían cada vez más pesados y terminó por quedarse dormido.

—... se les llevará abajo en el submarino y, una vez que estén en el módulo-hábitat, se les someterá a una presión de treinta y tres atmósferas. En ese momento haremos que cambien a una mezcla de gases, ya que, más allá de las dieciocho atmósferas, no es posible respirar la atmósfera de la Tierra...

Norman dejó de escuchar, pues lo único que lograban estos detalles técnicos era aterrorizarlo. Volvió a quedarse dormido; pero se despertaba de tanto en tanto.

—... pues el carácter tóxico del oxígeno sólo se hace presente cuando el PO_2 va más allá de cero coma siete ATA durante períodos prolongados...

»La narcosis causada por el nitrógeno, en la que éste se comporta como anestésico, se produce en atmósferas compuestas por mezclas de gases, si, en el tenor de DSD, el valor de las presiones superiores llega más allá de uno coma cinco ATA...

»... en general, es preferible el circuito abierto de demanda, pero ustedes usarán un circuito semicerrado, con fluctuaciones de inspiración comprendidas entre seiscientos ocho y setecientos sesenta milímetros...

Norman volvió a dormirse.

Cuando terminó la sesión regresaron andando a sus camarotes.

—¿Me perdí algo? —preguntó Norman.

—En verdad, no. —Harry se encogió de hombros—. Tan sólo un montón de física.

Norman llegó a su diminuto cuarto gris y se metió en la litera. En la pared brillaba un reloj que marcaba: 23.00. Norman tardó un rato en entender que eso quería decir «11 p.m.»[1]. «Dentro de nueve horas —pensó— comenzaré a descender.» Después, se durmió.

1. En algunos países el sistema horario no es de veinticuatro horas sino de dos lapsos de doce horas. Para indicar las primeras doce horas se pospone a la cifra la abreviatura «a.m.» (*ante meridiem*: antes del mediodía), y para las doce últimas, «p.m.» (*post meridiem*: después del mediodía). En Estados Unidos el sistema de veinticuatro horas solamente se usa en el ámbito militar. *(N. del T.)*

EN LO PROFUNDO

EL DESCENSO

A la luz de la mañana, el submarino *Charon V* cabeceaba en la superficie del mar, montado en la plataforma de un pontón. Era de color amarillo brillante y parecía un juguete infantil para bañera que se hubiera posado sobre una cubierta de bidones de petróleo.

Una lancha «Zodiac» de goma recogió a Norman; el psicólogo subió a la plataforma y estrechó la mano del timonel, el cual no podía tener más de dieciocho años; era más joven que Tim, el hijo de Norman.

—¿Listo para partir, señor? —preguntó el muchacho.

—Por supuesto —respondió.

Nunca se había sentido tan dispuesto.

Visto de cerca, el submarino no parecía un juguete: era increíblemente macizo y fuerte. Norman vio una sola portilla, de acrílico curvo, que se mantenía en su sitio mediante pernos grandes como sus puños. El psicólogo los tocó para percibir su resistencia.

El timonel sonrió.

—¿Quiere patear los neumáticos, señor?

—No; confío en usted.

—La escalerilla está por aquí, señor.

Norman subió los estrechos peldaños, llegó a la parte superior del submarino y vio que la pequeña escotilla circular se abría. Vaciló.

—Siéntese aquí, en el borde —le indicó el timonel—, y deje caer las piernas hacia adentro; después, siga la caída con todo el cuerpo. Puede ser que tenga que contraer un poco los hombros y meter para adentro su... Eso es, señor.

A través de la pequeña escotilla, Norman serpenteó hacia un interior tan bajo, que no se podía permanecer de pie. El submarino se hallaba atestado de diales y maquinaria. Ted ya estaba abajo, en la parte de atrás, encorvado, y sonriendo como un niño.

—¿No es fantástico?

Norman le envidiaba el fácil entusiasmo, porque él se sentía enclaustrado y un poco nervioso. Por encima de su cabeza, el timonel cerró la pesada escotilla, que retumbó como una campana, y se dejó caer para tomar los controles.

—¿Están bien?

Los científicos asintieron con la cabeza.

—Lamento lo del panorama dijo el timonel, echándoles un vistazo por encima del hombro. Lo que ustedes, caballeros, van a ver más que nada son mis cuartos traseros. Empecemos. ¿Les parece bien escuchar algo de Mozart? —Apretó el botón de un grabador de cinta y sonrió—. Tenemos treinta minutos de descenso hasta el fondo del mar y la música lo hace un poquito más fácil. Si no les gusta Mozart, les podemos ofrecer alguna otra cosa.

—Mozart está bien —aceptó Norman.

—Mozart es maravilloso —manifestó Ted—. Sublime.

—Muy bien, caballeros.

El submarino siseó. Hubo un parloteo en la radio; el timonel habló con suavidad por un micrófono. En la portilla apareció un buzo autónomo, que saludó con la mano; el timonel le correspondió con un movimiento de la suya.

Se produjo un sonido de chapoteo; después, el ruido profundo y prolongado de algo que rodaba, y comenzaron el descenso.

—Como pueden ver, toda la narria desciende —explicó el timonel—. El submarino no es estable en la superficie, por lo que se lleva arriba y abajo deslizándolo por la narria. A unos treinta metros, más o menos, la abandonamos.

A través de la portilla vieron al buzo, de pie, en la cubierta; ahora el agua le llegaba a la cintura; después el agua cubrió la portilla, y del equipo respirador autónomo del buzo salieron burbujas.

—Estamos bajo el agua —dijo el timonel mientras ajustaba varias válvulas que tenía por encima de la cabeza. Oyeron el silbido del aire, que sonaba alarmantemente alto, y otro gorgoteo. Desde la portilla llegaba al submarino una luz de un hermoso color azul.

—Maravilloso —dijo Ted.

—Ahora abandonamos la narria —informó el timonel.

Los motores ronronearon y el submarino se desplazó hacia adelante; el buzo desapareció por uno de los costados. En ese momento, a través de la portilla, solamente se veía agua de un azul uniforme. El timonel dijo algo por radio y encendió el grabador. Se oyó música de Mozart.

—No tienen más que sentarse, caballeros. Descendemos a razón de veinticuatro metros por minuto.

Norman oía el zumbido sordo de los motores eléctricos, pero no había una verdadera sensación de movimiento. Todo lo que ocurría era que el ambiente exterior se volvía cada vez más oscuro.

—¿Sabes? —dijo Ted—, en realidad somos muy afortunados al habernos tocado este sitio. La mayoría de los lugares que conforman el fondo del Pacífico son tan profundos que podría suceder que nunca llegásemos a posarnos en ellos. El vasto océano Pacífico, que cubre la mitad de la superficie de la Tierra, tiene una profundidad promedio de más de tres mil metros. Sólo existen unos pocos lugares en los que esa profundidad es menor. Uno de ellos es el relativamente pequeño rectángulo delimitado por las Samoa, Nueva Zelanda, Australia y Nueva Guinea, rectángulo que, en realidad, es una gran planicie submarina similar a las del oeste de Norteamérica, con la diferencia de que ésta del Pacífico tiene una profundidad media de seiscientos metros. Eso es lo que estamos haciendo ahora: descendemos a esa llanura.

Ted hablaba con rapidez. ¿Estaría nervioso? Norman no lo podía discernir; lo que sí sentía era cómo latía con fuerza su propio corazón. El exterior estaba oscuro por completo; el panel de instrumentos brillaba con una luz verde. Haciendo un movimiento rápido y leve, el timonel encendió luces interiores rojas.

El descenso continuaba.

—Ciento veinte metros. —El submarino dio un bandazo y luego prosiguió con suavidad—. Éste es el río.

—¿Qué río? —preguntó Norman.

—Señor, estamos en una corriente de salinidad y temperatura diferentes que se comporta como si fuera un río dentro del océano. Tenemos la costumbre de detenernos en esta zona, señor. El submarino se mete en el río y nos lleva a dar un paseíto.

—Ah, sí —dijo Ted. Introdujo la mano en el bolsillo y le dio al timonel un billete de diez dólares.

Norman echó a Ted una mirada interrogativa.

—¿No te lo han dicho? Es una antigua tradición: cuando se está descendiendo, siempre se le paga al timonel para atraer la buena suerte.

—No me vendría mal un poco de suerte —comentó Norman. Hurgó con desmaña en su bolsillo y encontró un billete de cinco dólares; pero lo pensó mejor y, en vez de uno de cinco, sacó un billete de veinte dólares.

—Gracias, caballeros, y que tengan una buena estancia en el fondo —dijo el timonel.

Los motores eléctricos volvieron a encenderse.

El descenso continuó. El agua estaba oscura.

—Ciento cincuenta metros dijo el timonel—. Estamos a mitad de camino.

El submarino produjo un fuerte crujido y después varias detonaciones. Norman estaba aterrorizado.

—Ése es el ajuste a la presión. Es normal, no hay problema.

—Ajá dijo Norman.

Se secó el sudor con la manga de la camisa. Le parecía que el interior del submarino era ahora mucho más pequeño, que las paredes estaban más cerca de su cara.

—En realidad —explicó Ted—, si no recuerdo mal, a esta región del Pacífico se le llama Cuenca Lau, ¿no es así?

—Así es, señor, Cuenca Lau.

—Es una meseta submarina encerrada entre dos cadenas montañosas, la de Fidji del Sur, o Cordillera Lau, al oeste, y la Cordillera Tonga al este.

—Exacto, doctor Fielding.

Norman lanzó una fugaz mirada al tablero de los instrumentos y vio que estaba cubierto de humedad; el timonel tuvo que frotarlo con un paño para poder leer los indicadores. ¿Habría una filtración de agua en el submarino? «No —pensó—, nada más que condensación.» El interior estaba cada vez más frío. «Trata de mantenerte tranquilo», se dijo.

—Doscientos cuarenta metros —informó el timonel.

En esos momentos, afuera ya estaba totalmente negro.

—Esto es muy emocionante —comentó Ted—. ¿Alguna vez hiciste algo así, Norman?

—No.

—Ni yo. Es estremecedor.

A Norman le hubiera gustado que Ted se callara. Pero continuó:

—¿Sabes? Cuando abramos esa nave extraterrestre y hagamos nuestro primer contacto con otra forma de vida, va a ser un momento grandioso en la historia de la especie humana. He estado preguntándome qué es lo que deberíamos decir.

—¿Qué deberíamos decir...?

—Sí. Qué palabras diremos en el umbral, mientras las cámaras estén filmando.

—¿Habrá cámaras?

—Ah, estoy seguro de que habrá toda clase de documentación. Eso es lo que corresponde, dadas las circunstancias. Así que necesitamos preparar algo para decir una frase memorable, y se me ha ocurrido la siguiente: «Éste es el acontecer de un acontecimiento muy importante en la historia de la especie humana.»

—¿El acontecer de un acontecimiento? —dijo Norman, frunciendo el entrecejo.

—Tienes razón —admitió Ted—. Es chabacana, estoy de acuerdo. Podría ser: «Es un momento decisivo en la historia de la Humanidad.»

Norman negó con la cabeza.

—¿Qué te parece: «Es una encrucijada en la evolución de la especie humana.»?

—¿Puede tener encrucijada la evolución?

—No veo por qué no —objetó Ted.

—Porque una encrucijada es un cruce de caminos. ¿La evolución es un camino? No creía que lo fuera, creía que la evolución carecía de dirección.

—Tomas las cosas demasiado al pie de la letra.

—Lectura del fondo —comunicó el timonel—. Doscientos setenta metros.

Redujo la velocidad de descenso, y se oyó el intermitente *ping* que producía el sonar.

—¿Te gusta más ésta?: «Es un nuevo umbral en la evolución de la especie humana.»

—Sí, ésa sí. ¿Crees que lo será?

—¿El qué?

—Un nuevo umbral.

—¿Por qué no?

—¿Qué sucederá si abrimos esa nave y en el interior no hay más que un montón de chatarra herrumbrosa y nada que posea un valor esclarecedor?

—Buen argumento —comentó Ted.

—Doscientos ochenta y cinco metros. Luces exteriores encendidas —dijo el timonel.

A través de la portilla vieron manchitas blancas; el timonel les explicó que se trataba de material en suspension.

—Contacto visual. Tengo el fondo.

—¡Ah, veamos! —exclamó Ted.

El piloto se hizo a un lado amablemente y los dos científicos miraron; Norman vio una planicie chata, muerta, de un marrón desvaído, que se extendía hasta el límite de las luces. Más allá, sólo negrura.

—Me temo que en este preciso lugar no haya mucho para ver —dijo el timonel.

—Es de lo más lúgubre —dijo Ted, sin la menor pizca de decepción—. Me sorprende. Esperaba ver más seres vivos.

—Bueno, está bastante frío, la temperatura del agua es de... veamos, dos grados Celsius.

—Casi el punto de congelación —apuntó Ted.

—Sí, señor. Veamos si podemos encontrar su nuevo hogar.

Los motores rugieron y el sedimento de lodo se agitó frente a la portilla. El submarino giró y se desplazó hacia el fondo. Durante varios minutos lo único que vieron fue el paisaje marrón. Después aparecieron luces.

—Ahí están.

Había un agrupamiento de luces, ordenadas según un patrón rectangular.

—Ésa es la rejilla —explicó el timonel.

El submarino se elevó y planeó con suavidad sobre la iluminada parrilla, que se extendía unos ochocientos metros. A través de la portilla vieron varios buzos que estaban trabajando dentro de la estructura, y que saludaron al submarino que pasaba. El timonel hizo sonar una bocina de juguete.

—¿Los buzos pueden oír eso?

—Claro que sí. El agua es una excelente conductora.

—¡Dios mío! —exclamó Ted.

Justo frente al submarino y sobre el fondo del océano se erguía la gigantesca aleta de titanio. Norman no estaba preparado para esas dimensiones: cuando el submarino viró a babor, la aleta le bloqueó todo el campo visual durante cerca de un minuto. El metal era gris mate y, a excepción de unas manchitas blancas consecuencia de formas de vida marina adheridas, carecía de marcas por completo.

—No hay corrosión —observó Ted.

—No, señor —corroboró el timonel—. Todo el mundo lo ha mencionado. Se cree que se debe a que es una aleación de metal y plástico, pero no me parece que nadie esté seguro del todo.

La aleta dio la impresión de deslizarse hacia popa; el submarino volvió a virar. Directamente al frente, se vieron más luces, dispuestas en hileras verticales; Norman contempló un solo cilindro de acero, pintado de amarillo, con portillas brillantes. Al lado del cilindro había una cúpula metálica baja.

—Ése es DH-7, el habitáculo de los buzos, a babor —dijo el timonel—. Es bastante utilitario. Ustedes estarán en el DH-8, que es mucho más agradable, créanme.

El piloto viró a estribor, y después de un instante de negrura total, vieron otro conjunto de luces. A medida que se acercaban, Norman contó cinco cilindros diferentes, algunos verticales, y otros horizontales, interconectados de modo complejo.

—Ya llegamos: el DH-8, su hogar lejos del hogar —les comunicó el timonel—. Denme un minuto para atracar.

Se oyó un sonido como de campanas producido por el choque del metal contra otro metal; hubo una brusca sacudida y luego los motores se apagaron. Silencio. El aire silbó. El piloto avanzó dando tumbos para abrir la escotilla y, cosa sorprendente, a los tripulantes del submarino les llegó una ráfaga de aire frío.

—La esclusa de aire está cubierta, caballeros —dijo el timonel, y se hizo aun lado.

Norman miró a lo alto, a través de la esclusa, y vio series de lámparas rojas. Trepó para salir del submarino y penetró en un gran cilindro de acero, de dos metros y medio de diámetro, más o menos, que tenía agarraderas todo alrededor, dos estrechos bancos de metal y, por encima de todo ello, las refulgentes lámparas generadoras de calor, si bien no parecían servir de mucho.

Ted trepó a su vez y se sentó en el banco que estaba frente al de Norman. Se hallaban tan próximos, que se tocaban las rodillas. Por debajo de sus pies, el timonel cerró la escotilla, ambos miraron cómo giraba la rueda, oyeron un *clac* cuando el submarino se soltó de sus amarras y, luego, el zumbido de los motores de la nave al alejarse.

Después, nada.

—¿Qué pasa ahora? —preguntó Norman.

—Nos adaptan a la presión —respondió Ted—. Tienen que pasarnos a una atmósfera de gases exóticos porque aquí abajo no podemos respirar aire.

—¿Por qué no? —preguntó Norman. Ahora que se encontraba aquí, en el fondo del mar, contemplando las frías paredes de acero del cilindro, deseó haberse mantenido despierto durante la sesión de instrucciones.

—Porque la atmósfera de la Tierra es letal. Uno no se da cuenta, pero el oxígeno es un gas corrosivo; pertenece a la misma familia química que el cloro y el flúor, y el ácido fluorhídrico es el ácido más corrosivo que se conoce. Esa misma cualidad tiene el oxígeno, y es lo que hace que una manzana cortada se vuelva marrón, o que el hierro se oxide. El oxígeno es increíblemente destructor para el cuerpo humano, si se le expone a demasiada cantidad. Sometido a presión, este gas es tóxico... como una venganza. Por eso reducen la cantidad de oxígeno que recibimos. En la superficie, respiramos un veintiuno por ciento de oxígeno; aquí abajo, un dos por ciento. Pero no apreciarás ninguna diferencia...

A través de un megáfono se oyó una voz:

—Ahora empezamos a adaptarlos a la presión.

—¿Quiénes? —preguntó Norman.

—Barnes —repuso la voz.

Pero no sonaba como la voz de Barnes: era áspera como grave y artificial.

—Tiene que ser laringófono —dijo Ted, y rió. Su voz tenía un tono notablemente más alto—. Es helio, Norman. Emplean helio para adaptarnos a la presión.

—Suenas como el Pato Donald —comentó Norman, y también rió. Su propia voz salía chillona, semejante a la de un personaje de dibujos animados.

—Mira quién habla, Mickey —chilló Ted.

—Nene quede lete y mamadeda —dijo Norman.

Ambos reían, al oírse la voz.

—Acaben ustedes dos —pidió Barnes a través del intercomunicador—. Esto no es una broma.

—Sí, señor capitán —se puso Ted; pero su voz tenía ya un tono tan alto que era casi ininteligible, y los dos hombres volvieron a prorrumpir en carcajadas; sus tintineantes voces, que parecían las de dos colegiales, vibraban dentro del cilindro de acero.

El helio hacía que la voz sonara atiplada y chillona, pero también surtía otros efectos.

—¿Se están congelando, muchachos? —preguntó Barnes.

Por supuesto que se estaban enfriando. Norman vio que Ted tiritaba, y él mismo tenía piel de gallina en las piernas. Era como si el viento estuviera soplando a través de la piel... con la diferencia de que no había viento alguno; la liviandad del helio aumentaba la evaporación, lo que hacía que sus cuerpos se enfriaran.

Desde el otro lado del cilindro, Ted dijo algo, pero Norman ya no lo podía entender porque la voz del astrofísico tenía un tono demasiado alto como para ser comprensible; no era más que un débil chillido.

—Cualquiera creería que ahí dentro hay ahora un par de ratas —dijo Barnes, con satisfacción.

Ted giró los ojos hacia el megáfono y dijo algo, pero su voz fue apenas un susurro.

—Si quieren hablar, tomen un laringófono —indicó Barnes—. Los hallarán en la gaveta que hay debajo del asiento.

Norman encontró una gaveta metálica y, al abrirla de golpe, el metal chirrió de forma ruidosa, como una tiza sobre la pizarra. Todos los sonidos que se producían en la cámara eran agudos. Dentro de la gaveta, Norman vio dos almohadillas de plástico negro, cada una unida a una especie de collarín.

—Simplemente deslícenlos sobre el cuello y pongan la almohadilla a la altura de la laringe.

—Muy bien —respondió Ted, y parpadeó, sorprendido: su voz sonaba un poco ronca, pero normal en todos los demás aspectos.

—Estas cosas tienen que alterar la frecuencia de vibración de las cuerdas vocales —dijo Norman.

—¿Por qué no prestaron ustedes atención a las reuniones de instrucción? —preguntó Barnes—. Esto es, precisamente, lo que hacen los laringófonos. Tienen que llevarlos todo el tiempo que estén aquí. Por lo menos si quieren que alguien les entienda. ¿Todavía sienten frío?

—Sí —contestó Ted.

—Bueno, aguanten un poco. Ya están casi adaptados a la presión.

Después se produjo otro silbido y se abrió una puerta lateral deslizable. Barnes estaba allí de pie, con chaquetillas livianas en el brazo.

—Bienvenidos al DH-8 —dijo.

DH-8

—Ustedes son los últimos en llegar —comentó Barnes—. Apenas tenemos tiempo para hacer un recorrido rápido, antes de que abramos la nave espacial.

—¿Ya están listos para abrirla? —preguntó Ted—. Maravilloso. Estaba hablando de eso con Norman. Éste es un momento tan importante, nuestro primer contacto con vida extraterrestre, que tendríamos que preparar un breve discurso para cuando abramos esa cosmonave.

—Habrá tiempo para pensar en eso —dijo Barnes, echándole un rápido vistazo a Ted—. Primero les mostraré el habitáculo. Por aquí.

Les explicó que el habitáculo DH-8 consistía en cinco cilindros grandes, designados con letras, de la A hasta la E, y que el Cilindro A, en el que estaban en ese momento, era la esclusa de aire. Luego los llevó a un vestuario adyacente; allí había trajes de tela gruesa que colgaban fláccidos, en la pared, junto a cascos amarillos moldeados, del tipo de los que Norman había visto usar a los buzos; los cascos tenían aspecto futurista. Dio varios golpecitos con los nudillos a uno de ellos: era de plástico, y sorprendentemente ligero. Vio el nombre «JOHNSON» esparcido sobre el cristal del visor.

—¿Vamos a usar estos cascos? —preguntó.

—Exacto —repuso Barnes.

—Entonces, ¿iremos al exterior?

Norman sintió una punzada de alarma.

—En algún momento, iremos. No se preocupe por eso ahora. ¿Siguen sintiendo frío?

Ambos asintieron. Barnes hizo que cambiaran su ropa por monos ajustados de poliéster azul, que se adherían al cuerpo. Ted frunció el entrecejo.

—¿No crees que nos dan un aspecto bastante ridículo?

—Es posible que no sean el último grito de la moda —dijo Barnes—, pero evitan la pérdida de calor debida al helio.

—El color no es favorecedor —objetó Ted.

—Al cuerno con el color —fue la respuesta de Barnes, quien les entregó luego dos chaquetillas ligeras.

Norman sintió algo pesado en uno de los bolsillos, y extrajo de él una batería eléctrica.

—Las chaquetillas tienen un circuito en su interior, que las calienta mediante electricidad —explicó Barnes—. Son como las mantas eléctricas, que es lo que ustedes van a usar para dormir. Síganme.

Fueron al Cilindro B, que alojaba los sistemas de energía y de sustentación de la vida. A primera vista, el cilindro parecía un gran cuarto de calderas, pues estaba lleno de tuberías multicolores y de ajustes auxiliares utilitarios.

—Aquí es donde generamos todo nuestro calor, energía y aire. —Barnes señaló las características destacadas del lugar—. Generador de CI en ciclo cerrado, de doscientos cuarenta ciento diez; celdas de combustible accionadas por hidrógeno y oxígeno; monitores SED; procesador de líquidos, que funciona con baterías de platacinc. Y allí está la suboficial principal, Fletcher, Alice Fletcher.

Norman vio una figura de huesos grandes, que, con una pesada llave inglesa en la mano, trabajaba entre las cañerías, de espaldas a ellos. Alice Fletcher se volvió, les brindó una amplia sonrisa y los saludó agitando una mano llena de grasa.

—Parece saber lo que está haciendo —observó Ted con aprobación.

—Así es —dijo Barnes—, aunque todos los sistemas principales de apoyo son superfluos. Fletcher es tan sólo nuestra redundancia final. En realidad, van a darse cuenta de que todo el habitáculo es autorregulable.

Sobre el mono de cada uno, Barnes prendió una pesada placa.

—Llévenlas en todo momento, aun cuando no son más que una precaución, ya que las alarmas se activan de forma automática si las condiciones para el mantenimiento de la vida caen por debajo de un nivel óptimo. Pero eso no va a ocurrir porque hay sensores en cada sala del habitáculo. Ustedes se habituarán al hecho de que el ambiente se ajusta en forma continua ante la presencia de una persona. Las luces se encienden y se apagan, al igual que las lámparas térmicas, y los respiraderos producen un silbido para seguir el rastro de las cosas. Todo es automático, no deben preocuparse. Los sistemas principales son superfluos: podemos perder corriente, podemos perder aire, podemos perder el agua por completo, y estaremos bien durante ciento treinta horas.

Para Norman, ciento treinta horas no parecía ser un período muy largo. Hizo el cálculo mentalmente: algo más de cinco días. Cinco días tampoco parecían ser demasiado tiempo.

Pasaron al cilindro siguiente; las luces se encendieron con un sonido seco cuando los tres hombres entraron. El Cilindro C estaba destinado al alojamiento del personal. Había literas, retretes y duchas «con abundancia de agua caliente, como van a comprobar». Barnes les mostraba el lugar con orgullo, como si se tratara de un hotel.

Todo el alojamiento tenía un grueso aislamiento. El suelo se hallaba acolchado y las paredes y los techos estaban cubiertos con capas de suave espuma de goma, lo que hacía que el interior tuviera el aspecto de un sofá demasiado mullido. No obstante, y a pesar de los colores brillantes y del evidente cuidado que se había tenido al hacer la decoración, a Norman el lugar seguía pareciéndole estrecho y agobiante, pues las portillas eran diminutas y sólo mostraban la negrura del océano que les rodeaba. Y en todos los resquicios que dejaba libre el tapizado veía gruesos pernos y espeso blindaje de acero que servían para recordar dónde se hallaban realmente los ocupantes del cilindro. Norman se sentía como si estuviera dentro de un enorme pulmón de acero... y pensó que esa comparación no estaba muy lejos de la verdad.

Agachando la cabeza, los tres hombres pasaron estrechos mamparos e ingresaron en el Cilindro D, el cual era un pequeño laboratorio con bancos y microscopios en el nivel superior, y una unidad compacta de equipo electrónico en el inferior.

—Ésta es Tina Chan —dijo Barnes, presentándoles una mujer muy serena.

Todos se estrecharon la mano. Norman pensó que Tina Chan mostraba una calma casi antinatural, hasta que se dio cuenta de que la mujer era una de esas personas que casi nunca parpadean.

—Deben ser buenos con Tina —estaba diciendo Barnes– porque ella es nuestro único enlace con el exterior. Se halla a cargo de las operaciones de comunicación y también de los sistemas sensores. De hecho, de toda la parte electrónica.

Tina Chan estaba rodeada por los monitores más voluminosos que Norman había visto en su vida. Tenían el aspecto de los televisores de los años cincuenta. Barnes explicó que algunos equipos no funcionaban bien en la atmósfera de helio, comprendidos los tubos de los televisores; dijo que en los primeros tiempos de los habitáculos submarinos, esos tubos tenían que ser reemplazados casi a diario, pero que ahora estaban revestidos y blindados con sumo detalle, y que ésa era la razón de que fueran tan voluminosos.

Al lado de Tina Chan había otra mujer, Jane Edmunds, a quien Barnes presentó como la archivista de la unidad.

—¿Qué es una archivista? —preguntó Ted.

—Soy suboficial de primera clase, y trabajo en el procesamiento de datos, señor —aclaró la mujer con formalidad.

Jane Edmunds llevaba gafas y estaba de pie, muy tiesa. A Norman le hacía pensar en una bibliotecaria.

—Procesamiento de datos... —repitió Ted.

—Mi misión consiste en atender las grabaciones digitales, los materiales visuales y las cintas de vídeo, señor. Cada aspecto de este momento histórico se está registrando, y yo mantengo todo bien archivado.

«En realidad, *es* una bibliotecaria», pensó Norman.

—Ah, excelente —comentó Ted—. Me complace oír eso. ¿Película o cinta?

—Cinta, señor.

—Conozco bien la cámara de vídeo dijo Ted sonriendo—. ¿En qué tipo de cinta graban? ¿De media pulgada o de tres cuartos?

—Señor, empleamos una imagen producida por exploración de datos, con una resolución de dos mil pixels por cuadro, con polarización lateral, y cada pixel lleva una escala de doce tonos de gris.

—Ah...

—Es un poco mejor que los sistemas comerciales con los que usted puede estar familiarizado, señor.

—Sí, entiendo —dijo Ted; pero se recuperó con facilidad y charló un rato con ella sobre asuntos técnicos.

—Ted, parece estar muy interesado en cómo vamos a registrar esto —observó Barnes, el cual daba la impresión de estar incómodo.

—Sí, así parece.

Norman se preguntó por qué eso molestaba a Barnes. ¿Estaba preocupado por el registro visual o era que pensaba que Ted iba a tratar de robar el espectáculo? ¿Y realmente Ted intentaba robar el espectáculo? ¿Le preocupaba a Barnes que todo eso apareciera como una operación civil?

—No, las luces exteriores son de un gas halógeno contenido en un tubo de cuarzo, con una potencia de ciento cincuenta vatios —decía Jane Edmunds—. Estamos grabando en el equivalente a medio millón de ASA, lo que es bastante. El verdadero problema es que se produce una dispersión de retorno; no cesamos de luchar contra ella.

—Observo que el equipo de apoyo se halla formado, en su totalidad, por mujeres —dijo Norman.

—Sí —confirmó—. Todos los estudios realizados sobre buceo a gran profundidad demuestran que, para las operaciones hechas en inmersión, las mujeres son superiores a los hombres, ya que desde el punto de vista físico tienen menor tamaño y consumen menos alimentos y aire, y en el aspecto fisiológico son más fuertes y poseen mayor resistencia. El hecho es que, desde hace mucho tiempo, la Armada reconoció que todos sus submarinistas deberían ser mujeres.

—Barnes rió—. Pero pruebe a instrumentar esa conclusión. —Echó un vistazo a su reloj—. Será mejor que nos pongamos en marcha. ¿Vamos, Ted?

Reanudaron el recorrido. El cilindro final, el Cilindro E, era más espacioso que los demás. Había allí almacenes de cinta, un televisor y un amplio salón de estar y, en la cubierta de abajo, un comedor y una cocina. La marinera Rose Levy, la cocinera, era una mujer de cara enrojecida y acento sureño; estaba de pie debajo de gigantescos ventiladores de succión. Le preguntó a Norman cuál era su postre favorito.

—¿Mi postre favorito?

—Sí doctor Johnson. Me gusta hacerle a todo el mundo su postre favorito, si es que puedo. Y usted, doctor Fielding, ¿tiene preferencia por alguno?

—Por la tarta de lima —repuso Ted—. Me encanta la tarta de lima.

—Puede hacerse, señor —dijo Rose Levy con una gran sonrisa; luego, se volvió hacia Norman—. Todavía no me ha dicho cuál es el suyo, doctor Johnson.

—El pastel de fresas.

—No hay problema, pues en el último transbordador submarino bajaron unas preciosas fresas de Nueva Zelanda. ¿Quizá le gustaría comer el pastel esta noche?

—Me encantaría, Rose —contestó Norman con toda franqueza.

Después, miró por el negro cristal de la portilla. Desde las portillas del Cilindro D podía ver la parrilla rectangular iluminada que se extendía por el fondo del mar a lo largo de la sepultada astronave de ochocientos metros de longitud. Varios buzos, luminosos como luciérnagas, se desplazaban sobre la refulgente superficie de la parrilla.

Norman pensó: «Estoy a trescientos metros por debajo de la superficie del océano y estamos hablando sobre la posibilidad de tomar de postre pastel de fresas.» Pero cuanto más lo pensaba, más sentido le encontraba: la mejor manera de hacer que alguien se sienta cómodo en un ambiente nuevo consiste en ofrecerle comida que le sea familiar.

—Las fresas me producen urticaria dijo Ted.

—Su tarta la haré con moras —dijo Rose sin inmutarse.

—¿Y crema batida? —preguntó Ted.

—Bueno, pues...

—No se puede tener todo —arguyó Barnes—. Y una de las cosas que no se pueden tener a treinta atmósferas de una mezcla de gases es crema batida, porque la crema no se puede batir. Pongámonos en marcha.

Beth y Harry estaban aguardando en la pequeña y acolchada sala de conferencias, que se hallaba justo encima del comedor. Ambos llevaban puesto un mono y una chaquetilla provista de calefacción. En el momento en que entraron los tres hombres, Harry estaba meneando la cabeza.

—¿Os gusta nuestra celda acolchada? —Hizo presión contra las paredes cubiertas de aislante y les produjo leves depresiones—. Es como vivir en una vagina.

—¿No te gustaría volver al útero, Harry? —preguntó Beth.

—No —respondió Harry—. Ya estuve ahí. Y con una vez fue suficiente.

—Estos monos son bastante malos —comentó Ted, dando tirones del poliéster que se le adheria.

—Realza muy bien tu panza —bromeó Harry.

—Calmémonos —sugirió Barnes.

—Con algunas lentejuelas podrías pasar por Elvis Presley —dijo Harry.

—Elvis Presley está muerto.

—Ahora es tu oportunidad —respondió Harry.

Norman miró en derredor y preguntó:

—¿Dónde está Levine?

—Levine no lo logró —se apresuró a responder Barnes—. Sintió claustrofobia en el submarino que lo traía y tuvimos que enviarlo de regreso. Esas cosas pasan.

—Entonces, ¿no tenemos biólogo marino?

—Nos arreglaremos sin él.

—Odio este condenado mono —protestó Ted—. Realmente lo odio.

—A Beth le queda muy bien el suyo.

—Sí, a Beth sí.

—Y también hay mucha humedad aquí —se quejó Ted—. ¿Siempre hay tanta humedad?

Norman ya había notado que la humedad era un problema, pues todo lo que tocaban se hallaba un poco mojado, pegajoso y frío. Barnes había previsto el peligro de infecciones y de resfriados leves, y les había entregado frascos de una loción para la piel y gotas para los oídos.

—Creí oírle decir que la tecnología estaba por completo resuelta —dijo Harry.

—Lo está —respondió Barnes—. Créanme, esto es un lujo en comparación con los habitáculos de diez años atrás.

—Diez años atrás —dijo Harry— dejaron de hacer habitáculos porque la gente seguía muriendo en ellos.

Barnes frunció el entrecejo.

—Eso fue un accidente.

—Hubo dos accidentes —le recordó Harry—, con un total de cuatro personas muertas.

—Eran circunstancias especiales —objetó Barnes— que no tuvieron que ver ni con la tecnología ni con el personal de la Armada.

—Maravilloso —dijo Harry—. ¿Cuánto tiempo dijo que vamos a permanecer aquí abajo?

—Como máximo, setenta y dos horas.

—¿Está seguro de eso?

—Es el reglamento de la Armada.

—¿Por qué? —preguntó Norman perplejo.

Barnes agitó la cabeza.

—Nunca —dijo—, nunca pregunte las razones de las reglamentaciones de la Armada.

El intercomunicador hizo un ruido seco, y Tina Chan dijo:

—Capitán Barnes, tenemos una señal de los buzos. Ahora están montando la esclusa de aire. Faltan pocos minutos para la apertura.

El ambiente de la sala cambió de inmediato: la excitación era palpable. Ted se frotó las manos y dijo:

—Supongo que se han dado cuenta de que, aun sin abrir la nave espacial, ya hemos realizado un descubrimiento de suma, de trascendente importancia.

—¿Sí? ¿Y cuál es? —preguntó Norman.

—Hemos mandado al diablo la hipótesis del suceso único —dijo Ted, echando una rápida mirada a Beth.

—¿La hipótesis del suceso único? —preguntó Barnes.

—Se refiere al hecho de que los físicos y químicos tienen tendencia a creer en la existencia de vida inteligente extraterrestre —dijo Beth—, en tanto que los biólogos no. Muchos biólogos opinan que el desarrollo de vida *inteligente* en la Tierra precisó de tantas etapas peculiares que eso representa un suceso único en el universo, suceso que no puede haberse reproducido jamás en otra parte.

—¿La inteligencia no surgiría una y otra vez? —inquirió Barnes.

—Pues, apenas si surgió en la Tierra —dijo Beth—. La Tierra tiene cuatro mil quinientos millones de años de antigüedad, y la vida unicelular apareció hace tres mil novecientos millones de años, es decir, apareció casi de inmediato hablando en términos geológicos. Pero la vida *siguió siendo unicelular* durante los tres mil millones de años siguientes. Después, en el período cámbrico, alrededor de seiscientos millones de años atrás se produjo una explosión de complejas formas de vida. Al cabo de cien millones de años el océano estaba lleno de peces; luego se pobló la tierra firme; a continuación, el aire. Pero, en realidad, no se sabe por qué tuvo lugar la explosión. Y, puesto que dicha explosión no se produjo durante tres mil millones de años, lo más probable es que, en otro planeta, nunca llegue a producirse. Y aun después del cámbrico, la cadena de acontecimientos que condujo hasta el hombre parece ser tan especial, tan incierta, que los biólogos creen que hubiera sido posible que no se produjera jamás. Tan sólo tomemos en cuenta el hecho de que si los dinosaurios no hubiesen sido eliminados, hace sesenta y cinco millones de años, por un cometa o por lo que fuere, entonces los reptiles podrían seguir siendo la forma dominante en la Tierra, y los mamíferos nunca habrían tenido la oportunidad de asumir el control. Sin mamíferos no hay primates, sin primates no hay simios, y sin simios no hay hombre... En la evolución se dan muchos factores aleatorios, existe mucho de suerte. Ésa es la razón por la que los biólogos creen que la vida inteligente podría ser un suceso único en el Universo, un suceso que sólo se dio aquí.

—Excepto que ahora —intervino Ted— sabemos que *no es* un suceso único, porque ahí afuera hay una enorme nave espacial.

—Personalmente, no podría sentirme más satisfecha —declaró Beth, y se mordió el labio.

—No pareces estar satisfecha —observó Norman.

—Te diré: no puedo evitar sentirme nerviosa. Hace diez años, Bill Jackson, en Stanford, dictó una serie de seminarios sobre vida extraterrestre. Esto ocurrió inmediatamente después de haber obtenido el premio Nobel de Química. Jackson nos había dividido en dos grupos: uno diseñó la forma de vida extraterrestre y resolvió todo de manera científica. El otro grupo trató de determinar la forma de vida y comunicarse con ella. Jackson dirigía todos los trabajos y, como científico riguroso que era, no permitía que nadie se dejara llevar por el entusiasmo. En una ocasión le presentamos el boceto del ser que proponíamos, y Jackson nos dijo con mucha dureza: «Muy bien. Pero, ¿dónde está el ano?» Ésa fue su crítica, aunque lo cierto es que muchos animales de la Tierra carecen de ano, pues existen toda clase de mecanismos excretores que no precisan de un orificio especial. Jackson supuso que el ano era necesario, sin embargo no lo es. Y ahora... —Beth se encogió de hombros—, ¿quién sabe qué habremos de encontrar?

—Lo sabremos, y bien pronto —dijo Ted.

El intercomunicador volvió a sonar:

—Capitán Barnes, los buzos tienen la esclusa de aire montada en su sitio. Ahora, el robot está listo para penetrar en la nave espacial.

—*¿Qué robot?* —preguntó Ted.

LA PUERTA

—No creo en absoluto que eso sea lo adecuado dijo Ted en tono airado—. Bajamos hasta aquí a fin de que fueran seres humanos quienes entraran en esa nave extraterrestre, y opino que deberíamos hacer aquello para lo que hemos venido: llevar a cabo una entrada *con seres humanos*.

—De ninguna manera —respondió Barnes—. No podemos correr ese riesgo.

—Tiene que pensar en esto —arguyó Ted— como si fuera un sitio de excavaciones arqueológicas. Es más grandioso que Chichén Itzá, más grandioso que Troya, más grandioso que la tumba de Tutankamón. No cabe duda alguna de que es el campo arqueológico más importante de la historia de la especie humana. ¿Y usted pretende que sea un maldito *robot* quien abra esa nave? ¿Dónde está su sentido de destino humano?

—¿Y dónde está su sentido de autoconservación? —preguntó Barnes a su vez.

—Expreso mi profundo desacuerdo, capitán Barnes.

—Queda debidamente registrado —repuso el capitán, y se dio la vuelta para no mirarlo—. Ahora, prosigamos con esto. Tina, dénos la información televisada.

Ted farfullaba, pero se quedó callado cuando dos grandes monitores, situados frente a ellos, se encendieron de repente. En la pantalla de la izquierda vieron la compleja estructura tubular metálica del robot, que dejaba expuestos motores y engranajes. Estaba colocado ante la nave espacial, cuya pared era de metal gris y convexa.

En esa pared había una puerta, que se parecía mucho a la portezuela de un avión de pasajeros. La segunda pantalla brindaba una vista más próxima. Esta imagen provenía de una cámara de vídeo montada en el robot mismo.

—Es bastante similar a la puerta de un avión —comentó Ted.

Norman le echó una rápida mirada a Harry, que sonreía en forma enigmática. Después, miró a Barnes, que no parecía estar sorprendido; Norman se dio cuenta de que Barnes ya sabía lo de la puerta.

—Me pregunto cómo se explica tal paralelismo en el diseño de la puerta —dijo Ted—. La probabilidad de que eso haya ocurrido por casualidad es astronómicamente pequeña. ¡Caramba! ¡Esa puerta es del tamaño y de la forma perfectos para un ser humano!

—Es cierto —reconoció Harry.

—Es increíble —observó Ted—. Absolutamente increíble.

Harry sonrió, pero no dijo nada.

La cámara televisiva del robot se desplazó a izquierda y a derecha, recorriendo el casco de la astronave. Se detuvo sobre la imagen de un panel rectangular, montado a la izquierda de la puerta.

—¿Pueden abrir ese panel?

—Estamos trabajando en ello, señor.

Con un zumbido constante, la garra del robot se extendió hacia el panel. Pero la zarpa era desmañada: arañaba el metal, en el que dejaba una serie de rasguños centelleantes; no obstante, el panel permanecía cerrado.

—Ridículo dijo Ted—. Es como mirar a un bebé.

La garra prosiguió arañando el panel.

—Eso deberíamos hacerlo nosotros mismos —insistió Ted.

—Usar succión —pidió Barnes.

Otro brazo se extendió, éste provisto con una ventosa de goma.

—Ah, el amigo del fontanero —dijo Ted con desdén.

Mientras observaban, la ventosa se adhirió a la superficie y se aplastó contra ella. Después, con un «clic», se abrió la tapa del panel.

—¡Por fin!

—No puedo ver...

Aunque la vista del interior del panel era borrosa, pues estaba desenfocada, se podía distinguir lo que parecía ser una serie de protuberancias metálicas redondas de color rojo, amarillo y azul, sobre las cuales había intrincados símbolos en blanco y negro

—Miren: rojo, azul y amarillo. Ésta es una revelación importantísima —dijo Ted.

—¿Por qué? —preguntó Norman.

—Porque sugiere que los extraterrestres tienen el mismo equipo sensorial que nosotros. En lo visual, pueden percibir el universo de la misma manera, con los mismos colores, utilizando la misma parte del espectro electromagnético. Eso ayudará, de modo incalculable, a establecer contacto con ellos. Y todas esas marcas en blanco y negro... ¡Tiene que ser parte de su escritura! ¡Imaginaos, escritura de seres de otro planeta! —sonrió con entusiasmo—. ¡Éste es un gran momento! Me siento un verdadero privilegiado por estar aquí.

—Foco —pidió Barnes.

—Estamos enfocando ahora, señor.

La imagen se volvió aún más borrosa.

—No, para el otro lado.

—Sí, señor. Nos hallamos enfocando.

La imagen cambió lentamente y se resolvió en un enfoque nítido. Ahora se veía que, en realidad, las protuberancias que habían visto borrosas eran tres botones de color amarillo, rojo y azul, cada uno de los cuales tenía dos centímetros y medio de diámetro y presentaba bordes moldeados o fresados. También vieron con toda claridad que los símbolos que estaban sobre los botones eran una serie de rótulos nítidamente estarcidos.

De izquierda a derecha, los rótulos rezaban «EMERGENCIA LISTA», «EMERGENCIA BLOQUEADA» y «EMERGENCIA ABIERTA».

En inglés.

Se produjo un instante de silencio, debido al estupor. Y entonces, con mucha suavidad, Harry Adams se echó a reír.

LA NAVE ESPACIAL

—Eso es *inglés* dijo Ted, sin apartar los ojos de la pantalla—. *Inglés* escrito.

—Sí —corroboró Harry—. Ya lo creo que lo es.

—¿Qué ocurre aquí? —preguntó Ted—. ¿Se trata de una broma?

—No —dijo Harry, que se hallaba tranquilo y casi ajeno a la cuestión.

—¿Cómo es posible que esta astronave tenga trescientos años de antigüedad y lleve instrucciones en inglés moderno?

—Piensa un poco —le aconsejó Harry.

Ted frunció el entrecejo.

—Quizá esta nave espacial extraterrestre está, de alguna manera, presentándose ante nosotros de un modo que haga que nos sintamos cómodos.

—Piensa un poco más —dijo Harry.

Se produjo un breve silencio.

—Bueno, *si es* una astronave extraterrestre...

—No es una astronave extraterrestre —dijo Harry. Se produjo otro silencio. Después, Ted planteó:

—Bueno, ¿por qué no nos dices, de una buena vez, lo que es, ya que estás tan seguro de ti mismo?

—Muy bien —admitió Harry—. Es una nave espacial norteamericana.

—¿Una nave espacial norteamericana? ¿De ochocientos metros de largo? ¿Fabricada con tecnología que no poseemos? ¿Y estuvo sepultada durante trescientos años?

—Por supuesto —dijo Harry—. Fue obvio desde el comienzo. ¿Estoy en lo cierto, capitán Barnes?

—Lo habíamos tomado en cuenta —reconoció Barnes—. El Presidente lo había tomado en cuenta.

—Y ésa es la razón por la que los rusos no fueron informados...

—Exactamente.

Ted se sentía frustradísimo. Cerró los puños, como si quisiera golpear a alguien y miró a cada integrante del grupo.

—Pero ¿cómo lo supiste?

—La primera pista —dijo Harry— provino del estado de la nave en sí: no muestra daño alguno; su aspecto es el que tenía originariamente. Y, sin embargo, cualquier nave espacial que se estrelle en el agua tiene que experimentar daños. Aun a velocidades bajas de entrada, a unos tres mil doscientos kilómetros por hora, digamos, la superficie del agua es tan dura como el hormigón. No importa cuán fuerte sea esta nave, cabría esperar un cierto grado de destrucción a causa del impacto contra el agua. No obstante, la nave está indemne.

—¿Y eso qué significa?

—Significa que no descendió en el agua.

—No entiendo. Tuvo que haber volado hasta aquí...

—No voló hasta aquí. *Llegó* aquí.

—¿Desde dónde?

—Desde el futuro —dijo Harry—. Esta es alguna especie de astronave terrestre que se fabricó, en realidad que se fabricará, en el futuro, y que viajó hacia atrás en el tiempo y apareció bajo nuestro océano hace varios centenares de años.

—¿Por qué iba a hacer eso la gente del futuro? —gimió Ted. Resultaba evidente que se sentía desilusionado porque lo había privado de su nave espacial, de su gran momento histórico. Se derrumbó sobre una silla y clavó la mirada en la pantalla de los monitores.

—No sé por qué la gente del futuro puede hacer eso contestó Harry—. No estamos allá aún. Quizá fue un accidente, tal vez no tuvieron esa intención.

—Sigamos adelante y ábranla —decidió Barnes.

—Abriendo, señor.

La mano del robot se desplazó hacia adelante, en dirección al botón «ABIERTA», y apretó varias veces. Se produjo un sonido como de campanas al entrechocar los metales, pero nada ocurrió.

—¿Qué es lo que anda mal? —preguntó Barnes.

—Señor, no logramos hacer presión sobre el botón; el brazo extensor es demasiado grande y no cabe dentro del panel.

—Está bien.

—¿Intento con la sonda?

—Intente con la sonda.

La garra retrocedió y una delgada sonda de aguja se extendió hacia el botón. La sonda se deslizó hacia adelante, ajustó su posición con delicadeza, tocó el botón, apretó... y resbaló.

—Intentando de nuevo, señor.

Otra vez la sonda apretó el botón; y volvió a resbalar.

—Señor, la superficie es demasiado resbaladiza.

—Sigan tratando de conseguirlo.

—¿Saben? —dijo Ted, pensativo—, ésta *sigue siendo* una situación notable. En realidad es más notable que el contacto con seres de otro planeta. Yo ya estaba casi seguro de que la vida extraterrestre existe en el universo, pero... ¡el viaje por el tiempo! Con franqueza, en mi condición de astrofísico, tenía mis dudas. Por todo lo que sabemos es imposible, lo contradicen las leyes de la física. Y, sin embargo, ahora tenemos la prueba de que viajar por el tiempo *es* posible... ¡y que nuestra propia especie lo hará en el futuro!

Ted estaba sonriente con los ojos muy abiertos y feliz otra vez. «Hay que admirarlo», pensó Norman. ¡Era tan maravillosamente indomable!

—Y henos aquí... —continuó Ted— ¡en el umbral de nuestro primer contacto con nuestra especie procedente del futuro! Piensen en esto: ¡vamos a encontrarnos con nosotros mismos que venimos, o vienen, de un tiempo futuro!

La sonda apretó de nuevo; y una vez más, sin éxito. —Señor, no podemos hacer presión sobre el botón.

—Ya lo veo —dijo Barnes, poniéndose de pie—. Muy bien, apáguelo y sáquenlo de allí. Ted, parece que, después de todo, se va a cumplir su deseo: tendremos que entrar y abrirla de forma manual. Pongámonos los trajes.

DENTRO DE LA NAVE

En el vestuario del Cilindro A, Norman se puso su traje. Tina y Jane le ayudaron a colocarse bien el casco, y cerraron el cerrojo de resorte del aro que había en el cuello del traje. Norman sintió el gran peso de los tanques de respiración autónoma que tenía a la espalda, y las correas apretadas sobre los hombros. Notó gusto a aire metálico, y hubo un chasquido cuando se activó el intercomunicador de su casco.

Las primeras palabras que oyó fueron:

—¿Qué opinas de «Estamos en el umbral de una grandiosa oportunidad para la especie humana»?

Norman rió, agradecido porque la voz de Ted había roto la tensión.

—¿Lo encuentras gracioso? —preguntó Ted, ofendido.

Norman miró al otro lado de la habitación y vio a Ted, enfundado en su traje y con su casco amarillo en el que se leía: «FIELDING».

—No —respondió Norman—. Es sólo que estoy nervioso.

—Yo también —confesó Beth.

—No hay por qué estarlo —dijo Barnes—. Confíen en mí.

—¿Cuáles son las tres mentiras más grandes que se dicen en el DH-8? —preguntó Harry, y volvieron a reír.

Se apiñaron en la diminuta esclusa de aire, hubo un entrechocar de cabezas protegidas por cascos, y la escotilla de la izquierda se cerró herméticamente mediante el giro de un volante. Barnes dijo:

—Muy bien, basta respirar en forma normal —abrió la escotilla externa y dejó al descubierto la masa de agua negra, pero el agua no subió al compartimiento—. El habitáculo está bajo presión positiva —dijo Barnes—, así que el nivel del agua no ascenderá. Ahora mírenme y procedan como yo lo hago. No quiero que se desgarren el traje.

Desplazándose con torpeza debido al peso de los tanques, Barnes se puso en cuclillas al lado de la escotilla, se cogió a las agarraderas laterales, se dejó ir y desapareció con un suave chapoteo.

Uno tras otro, se dejaron caer al lecho oceánico. Norman jadeó cuando el agua, a una temperatura muy próxima a la de congelación, le envolvió el traje. De inmediato, el psicólogo oyó el leve zumbido de un minúsculo ventilador, al ponerse en marcha los calefactores eléctricos del traje.

Los pies de Norman tocaron un suave suelo lodoso. En la oscuridad, miró en derredor y vio que estaba debajo del habitáculo. Justo delante, a unos cien metros, se hallaba la refulgente parrilla rectangular. Barnes ya estaba adelantándose a zancadas, inclinándose dentro de la corriente, desplazándose con lentitud, como si caminase sobre la superficie lunar.

—¿No es *fantástico*?

—Cálmate, Ted —aconsejó Harry.

Beth dijo:

—En realidad, resulta extraño ver qué poca vida hay aquí abajo. ¿Lo habéis observado? Ni una gorgonia, ni un caracol, ni una esponja, ni un pez solitario. Nada, excepto un vacío suelo marino de color pardo. Éste tiene que ser uno de esos puntos muertos que hay en el Pacífico.

Una luz brillante le llegó a Norman desde atrás, proyectando su propia sombra hacia adelante, sobre el lecho del mar. El psicólogo se dio vuelta y vio a Jane Edmunds, que sostenía una cámara y un foco, encerrados dentro de una voluminosa cobertura impermeable.

—¿Estamos grabando todo esto?

—Sí, señor.

—Trata de no hacer mal tu papel —bromeó Beth.

—Lo estoy intentando.

Se encontraban ya más próximos a la parrilla. Norman se sintió mejor al ver a los otros buzos que estaban trabajando allí. A la derecha se encontraba la erguida aleta, que se extendía fuera del coral; era una enorme y suave superficie oscura que, al alzarse hacia la superficie, empequeñecía a los buzos que tenía a su lado.

Barnes los guiaba; pasaron la aleta y descendieron por un túnel practicado en el coral. Tenía unos dieciocho metros, era estrecho y estaba recorrido por un rosario de luces. Caminaban en fila india. «La impresión es como la de bajar a una mina», pensó Norman.

—¿Esto es lo que cortaron los buzos?

—En efecto.

Norman vio una estructura parecida a una caja, de acero acanalado, rodeada por tanques de presión.

—Exclusa adelante. Ya casi llegamos —indicó Barnes—. ¿Están todos bien?

—Hasta ahora, sí —respondió Harry.

Entraron en la exclusa y Barnes cerró la puerta. El aire entró con un siseo intenso. Norman miraba cómo el agua descendía hasta más abajo del visor de su casco; después, hasta la cintura, las rodillas y, finalmente, hasta el suelo. El siseo se detuvo. Todos pasaron por otra puerta y luego la cerraron herméticamente.

Norman se volvió hacia el casco metálico de la astronave. El robot había sido apartado a un lado. Norman tenía la sensación de estar parado al lado de un gran avión de pasajeros: una superficie metálica curva y una portezuela al ras de esa superficie. El color era gris mate, lo que le confería un aspecto desagradable. A su pesar, Norman estaba nervioso; y al escuchar el modo de respirar de los demás, se dio cuenta de que también ellos lo estaban.

—¿Todo bien? —preguntó Barnes—. ¿Se encuentran todos aquí?

—Esperen la videograbación, por favor —pidió Jane Edmunds.

—Muy bien.

Todos se alinearon al lado de la puerta, pero seguían con los cascos puestos. «Esta imagen no va a ser gran cosa», pensó Norman.

Edmunds: Corre la cinta.

Ted: Querría decir algunas palabras.

Harry: Por Cristo, Ted. ¿Nunca vas a terminar con eso?

Ted: Creo que es importante.

Harry: Adelante, pronuncia tu discurso.

Ted: Hola. Soy Ted Fielding. Aquí, al lado de la puerta de la astronave desconocida que se descubrió...

Barnes: Un momento, Ted. «Aquí, al lado de la puerta de la astronave desconocida» suena como «aquí, en la tumba del soldado desconocido».

Ted: ¿No le agrada?

Barnes: Bueno, creo que produce asociaciones equívocas.

Ted: Supuse que le agradaría.

Beth: *¿Tienen algún inconveniente en que sigamos adelante*, por favor?

Ted: Bueno no importa.

Harry: ¿Qué, ahora te vas a poner a hacer pucheritos?

Ted: No importa. Nos arreglaremos sin comentarios sobre este momento histórico.

Harry: Muy bien, excelente. Abrámosla.

Ted: Creo que todos saben cómo me siento. Considero que debimos haber hecho algunos breves comentarios para la posteridad.

Harry: ¡Muy bien, *haz* tus malditos comentarios!

Ted: Oye, hijo de puta, ya estoy harto de tu actitud de superioridad, de sabelotodo...

Barnes: Detened la cinta, por favor.

Edmunds: Cinta detenida, señor.

Barnes: Dejemos que los ánimos se serenen.

Harry: Considero que toda esta ceremonia es completamente ajena a la cuestión.

Ted: Pues bien, yo considero que no es ajena a la cuestión. Es lo apropiado.

Barnes: Bueno. Yo lo haré. Que ruede la cinta.

Edmunds: Cinta rodando.

Barnes: Les habla el capitán Barnes. Ahora estamos a punto de abrir la tapa de la escotilla. Presentes conmigo, en esta histórica ocasión, se hallan Ted Fielding, Norman Johnson, Beth Halpern y Harry Adams.

Harry: ¿Por qué soy el último?

Barnes: He dicho los nombres de izquierda a derecha, Harry.

Harry: ¿No es extraño que al único negro del grupo se le mencione al final?

Barnes: Harry, les he nombrado *de izquierda a derecha*, según nos hallábamos situados.

Harry: Y después de la única mujer. Yo soy profesor titular, y Beth solamente es profesora adjunta.

Ted: Sabes, Hal, quizá se nos deba identificar por nuestro título académico completo y por las instituciones a las que pertenecemos...

Harry: ¿Qué tiene de malo el orden alfabético...?

Barnes: ¡Ya es el colmo! ¡Ni pensarlo! No hay vídeo.

Edmunds: Cámara apagada, señor.

Barnes: ¡Por Dios!

Dio la espalda al grupo mientras meneaba la cabeza, cubierta por el casco. Con un movimiento seco, levantó la placa metálica, dejó al descubierto los tres botones y apretó uno: una luz amarilla parpadeó: «LISTA.»

—Que todo el mundo se mantenga con el aire interno —ordenó Barnes.

Los visitantes continuaron respirando por medio de sus tanques, por si los gases del interior de la nave espacial fuesen tóxicos.

—¿Todos listos?

—Listos.

Barnes apretó el botón que decía: «ABIERTA.» Centelleó una señal: «AJUSTE DE LA ATMÓSFERA.» Luego, con un sonido sordo de rodamiento, la puerta se abrió, deslizándose en sentido lateral, exactamente como la de un avión. Durante unos momentos, Norman no vio nada más allá, excepto negrura. Los investigadores avanzaron con cautela, encendieron sus linternas y las enfocaron a través de la puerta abierta: vieron vigas y un conjunto de tubos metálicos.

—Verifique el aire, Beth.

Beth apretó el émbolo de un pequeño monitor de gas que llevaba en la mano, y la pantalla de lectura se encendió.

—Helio, oxígeno, vestigios de CO_2 y vapor de agua. Las proporciones son correctas. Es la atmósfera presurizada.

—¿La nave corrige su propia atmósfera?

—Así parece.

—Bien. De uno en uno.

Barnes fue el primero en quitarse el casco; inhaló el aire.

—Parece bueno. Metálico, produce una ligera comezón, pero está bien.

Hizo unas cuantas inhalaciones profundas, y después asintió con la cabeza. Los demás se quitaron el casco y lo colocaron sobre la cubierta.

—Así está mejor.

—¿Vamos?

—¿Por qué no?

Hubo una breve vacilación y entonces Beth pasó rápidamente entre los demás.

—Las damas primero.

Los restantes miembros del grupo la siguieron. Norman echó un vistazo hacia atrás y vio todos los cascos amarillos sobre el suelo. Jane Edmunds, sosteniendo la cámara de vídeo contra el ojo, dijo:

—Siga adelante, doctor Johnson.

Norman se dio la vuelta y pasó al interior de la nave espacial.

EL INTERIOR

Se detuvieron en una pasarela de metro y medio de ancho, suspendida en lo alto. Norman dirigió su linterna hacia abajo, y el haz luminoso brilló a través de doce metros de oscuridad antes de llegar al casco inferior. Rodeando a los investigadores, borrosa en la oscuridad, había una densa red de puntales y vigas.

—Es como estar en una refinería de petróleo —comentó Beth.

Dirigió la luz de su linterna hacia una de las viguetas de acero. Escrito sobre ella se leía «AVR-09». Todas las inscripciones estaban en inglés.

—La mayor parte de lo que ven forma parte de la estructura —dijo Barnes—. Armazón de puntales entrecruzados para soportar esfuerzos, lo que confiere un tremendo apoyo a lo largo de todos los ejes. La nave está construida con mucha solidez, como sospechábamos. Ha sido diseñada para soportar esfuerzos deformantes extraordinarios. Es probable que, más adentro, haya otro casco.

Norman recordó que Barnes era también ingeniero en aeronáutica.

—No sólo eso —dijo Harry, dirigiendo su luz sobre el casco exterior—. Miren esto: es una capa de plomo.

—¿Blindaje contra radiaciones?

—Seguramente. Tiene más de quince centímetros de espesor.

—Así que esta nave está construida para que resista mucha radiación.

—Muchísima —corroboró Harry.

Había una especie de neblina en la nave, y una sensación ligeramente oleosa en el aire. Las vigas metálicas parecían recubiertas con aceite, pero cuando Norman las tocó ninguna grasa se le adhirió a los dedos. Se dio cuenta entonces de que el metal en sí tenía una textura fuera de lo común: era resbaladizo y suave al tacto, casi como el caucho.

—Interesante —comentó Ted—. Es un tipo de material nuevo. Nosotros relacionamos la resistencia con la dureza; pero este metal, si se trata de metal, es tan fuerte como suave. Parece evidente que, desde nuestra época, la tecnología de los materiales avanzó mucho.

—Desde luego —admitió Harry.

—Pues tiene lógica —opinó Ted—. Si se piensa en la Norteamérica de hace cincuenta años, comparada con la de hoy en día uno de los cambios más grandes consiste en la inmensa variedad de materiales plásticos y cerámicos que tenemos ahora, y que en aquel entonces ni siquiera se imaginaban...

Continuó hablando y el eco de sus palabras retumbaba en el cavernoso recinto; pero Norman percibió la tensión de su voz: «Ted está silbando en la oscuridad», pensó.

Se adentraron en la nave. Norman sentía vértigo, al estar tan alto en medio de las tinieblas. Llegaron a una bifurcación de la pasarela. Resultaba difícil ver, con tantas cañerías y puntales, pues era como estar en un bosque de metal.

—¿Para qué lado?

Barnes tenía una brújula de muñeca que refulgía con luminosidad verde:

—A la derecha.

Siguieron la red de pasarelas durante diez minutos más. Norman pudo ir comprobando que Barnes tenía razón, ya que había un cilindro central construido dentro del externo, y separado de éste por una densa disposición de puntales y soportes: una nave espacial dentro de otra nave espacial.

—¿Por qué habrán construido la nave de esta manera?

—Habrías de preguntárselo a ellos.

—Las razones tienen que haber sido imperiosas —opinó Barnes— por las exigencias de energía que plantea un doble casco, con tanto blindaje de plomo... Resulta difícil imaginar el motor que se precisaría para hacer que vuele algo tan grande.

Después de tres o cuatro minutos llegaron a la puerta que había en el casco interior; tenía el mismo aspecto que la de fuera.

—¿Hay que encender otra vez los respiradores?

—No lo sé. ¿Podemos correr el riesgo?

Sin esperar respuesta Beth levantó, con un movimiento seco, el panel de botones, apretó el de «ABIERTA», y al tiempo que se producía un rugido sordo, la puerta se abrió: más oscuridad les aguardaba. Traspusieron la puerta. Norman sintió que el suelo era blando bajo sus pies, y la luz de su linterna mostró una moqueta de un tono café con leche grisáceo.

Los haces de las linternas recorrieron el lugar y les permitieron ver una gran consola color tostado y tres asientos acolchados de respaldo alto. Resultaba evidente que la sala estaba construida para seres humanos.

—Tiene que ser el puente de mando o el sollado.

Pero las pantallas de la consola se hallaban completamente muertas, y no había instrumental de clase alguna. Y los asientos estaban vacíos. En la oscuridad, los científicos movían los haces de luz hacia adelante y hacia atrás.

—Parece un simulador de vuelo, en vez de una verdadera cabina.

—*No puede* ser un simulador.

—Bueno, pues da la impresión de serlo.

Norman pasó la mano sobre el suave contorno de la consola: estaba moldeada con delicadeza y era agradable al tacto. Apretó la superficie y la sintió ceder a la presión; también este material tenía las características del caucho.

—Otro material nuevo.

La linterna de Norman mostró unos pocos artefactos; pegada con cinta adhesiva en el extremo opuesto de la consola, había una ficha de archivo en la que alguien había escrito: «¡VAMOS, CHICO, VAMOS!» Cerca de donde estaba Norman se encontraba una estatuilla plástica de un lindo animal, una especie de ardilla colorada. En la base decía: «Lemontina de la Suerte.» ¡Quién sabe lo que significaba!

—¿Estos asientos son de cuero?

—Eso parece.

—¿Dónde estarán los malditos controles?

Norman siguió apretando con un dedo la consola color tostado y, de repente, la superficie adquirió profundidad, y pareció contener instrumentos, pantallas... De alguna manera todo el instrumental estaba *dentro* de la superficie de la consola, como si fuera una ilusión óptica o un holograma. Norman leyó las referencias que se veían sobre los instrumentos: «Impulsores post»... «Reforzadores de émbolo F3»... «Planeador»... «Tamices»...

—Más tecnología nueva —dijo Ted—. Hace pensar en los cristales líquidos, pero es muy superior. Alguna especie de optoelectrónica evolucionada.

De repente, todas las pantallas de la consola empezaron a brillar con su luz roja, y se oyó un sonido agudo e intermitente. Espantado, Norman dio un salto hacia atrás: el panel de control se estaba poniendo en funcionamiento.

—¡Todo el mundo alerta!

Un solo relámpago refulgente, de intensa luz blanca, inundó la sala y dejó una desagradable imagen retrospectiva.

—¡Oh, Dios...!

Otro relámpago... y otro... y después se encendieron las luces del techo, que iluminaron por completo la sala. Norman vio rostros espantados, aterrorizados. Suspiró, y exhaló con lentitud.

—Jesús...

—¿Cómo diablos ha ocurrido esto? —preguntó Barnes.

—Fui yo —respondió Beth—. Apreté este botón.

—Les pido que no vayan por ahí apretando botones —dijo Barnes con irritación.

—Tenía el rótulo: «Luces sala», y me pareció que encenderlas era lo adecuado.

—Tratemos de trabajar juntos en esto —sugirió Barnes.

—Bueno, por Dios, Hal...

—¡No toque ningún otro botón, Beth!

Todos los integrantes del equipo se estaban desplazando por la cabina, observando el panel de instrumentos y los asientos. Todos, menos Harry, el cual permanecía de pie en mitad de la sala muy quieto. Pregunto:

—¿Vio alguien una fecha en alguna parte?

—No hay fechas.

—Tiene que haberlas —dijo Harry, repentinamente tenso—. Y hemos de encontrarlas, porque ésta es, sin lugar a dudas, una cosmonave norteamericana procedente del futuro.

—¿Qué está haciendo aquí? —preguntó Norman.

—¡Y yo qué diablos sé! —respondió Harry, y se encogió de hombros.

Norman frunció el entrecejo.

—¿Qué es lo que anda mal, Harry?

—Nada.

—¿Está seguro?

—Sí, seguro.

«Harry se dio cuenta de algo, y ese algo le preocupa; pero no nos lo dice», pensó Norman.

—Así que éste es el aspecto que tiene una máquina para viajar por el tiempo —comentó Ted.

—No lo sé —dijo Barnes—, pero si piden mi opinión, este tablero de instrumentos parece ser el de una aeronave y también esta sala tiene el aspecto de ser un puente de mando de una nave aérea.

Norman pensaba lo mismo. Todo lo que había en la sala le recordaba una cabina de pilotaje: los tres asientos para piloto, copiloto y navegante; la distribución de los instrumentos... Era una máquina que volaba, Norman estaba seguro de ello. Sin embargo, algo no encajaba...

Se introdujo en uno de los asientos contorneados; el material, parecido al cuero, era casi demasiado confortable. Norman oyo un gorgoteo. ¿Había agua en el interior?

—Espero que no vayas a hacer volar este pichón —bromeó Ted.

—No, no.

—¿Qué es ese zumbido?

El asiento apresó a Norman, el cual, por un instante, sintió pánico al notar que el asiento se movía y le cubría el cuerpo, le comprimía los hombros y le envolvía las caderas. El tapizado de cuero se le deslizó alrededor de la cabeza, le cubrió los oídos y descendió sobre su frente. Norman se hundía cada vez más, desaparecía dentro del asiento, que parecía estar tragándoselo.

—¡Oh, Dios...!

Y entonces el asiento se movió hacia adelante como un resorte y se detuvo con brusquedad frente a la consola de control. Y el zumbido cesó.

Después, nada.

—Creo que el asiento piensa que vas a pilotar la nave dijo Beth.

—Humm —murmuró Norman, tratando de controlar su respiración y su pulso acelerado—. Me gustaría saber qué hay que hacer para salir de aquí.

La única parte de su cuerpo que seguía estando libre eran las manos, de modo que Norman movió los dedos, palpó un panel de botones que vio en uno de los apoyabrazos del asiento y apretó un botón al azar.

El asiento se deslizó hacia atrás, se abrió como si fuera una suave almeja y lo liberó. El psicólogo salió de él y observó la impresión que había dejado su cuerpo, y que lentamente iba desapareciendo mientras el asiento zumbaba y se autorregulaba.

A modo de experimento, Harry hizo presión con los dedos sobre uno de los almohadoncillos de cuero, y oyó otra vez el gorgoteo.

—Está lleno de agua.

—Obedece a una lógica perfecta —dijo Barnes—, ya que el agua es incompresible. Una persona que viaje en un asiento como éste puede soportar enormes fuerzas de aceleración de la gravedad.

—Y la nave misma está construida de manera que pueda soportar grandes esfuerzos de deformación —observó Ted—. ¿Será que el viaje a través del tiempo impone un gran esfuerzo desde el punto de vista estructural?

—Es posible. —Norman se mostró dubitativo—. Pero creo que Barnes tiene razón al afirmar que esta nave fue hecha para volar.

—Quizá sólo lo parezca —dijo Ted—. Después de todo, sabemos cómo viajar por el espacio, pero ignoramos cómo hacerlo por el tiempo. Conocemos que, en realidad, espacio y tiempo son aspectos de una misma cosa, el espacio-tiempo. A lo mejor, viajar por el tiempo exige que se haga de la misma manera que por el espacio. Puede ser que el viaje a través del tiempo y el viaje a través del espacio sean más parecidos de lo que ahora creemos.

—¿No estamos olvidando algo? —preguntó Beth—. ¿Dónde están los tripulantes? Si es que hubo gente que viajó en este aparato, ya sea a través del tiempo o del espacio, ¿dónde se encuentra esa gente?

—Es probable que en alguna otra parte de la nave.

—No estoy tan seguro —dijo Harry—. Miren el cuerpo de estos asientos: está flamante.

—A lo mejor era una nave nueva.

—No, lo que quiero decir es que permanece intacto. Este cuero no muestra raspones, cortes, alguna salpicadura de café, una mancha... No hay nada que sugiera que alguien haya ocupado estos asientos.

—Quizá no hubo tripulación.

—¿Para qué iban a poner asientos, si no hubiera tripulación?

—Puede que sacasen a la tripulación en el último momento. Parece que les preocupaba la radiación, porque el casco interno también está blindado con plomo.

—¿Por qué tendría que haber radiaciones durante un viaje a través del tiempo?

—Yo lo sé —declaró Ted—. Probablemente la nave fue lanzada por accidente. Quizá estaba en la plataforma de lanzamiento y alguien apretó el botón antes de que la tripulación subiera, por lo que la nave despegó vacía.

—¿Quieres decir que luego alguien exclamó: «¡Huy, me equivoqué de botón!»?

—Un error insignificante —comentó Norman.

Barnes meneó la cabeza:

—No lo acepto. En primer lugar, una nave tan grande como ésta nunca pudo haber sido lanzada desde la Tierra. Tuvo que haber sido fabricada y armada en órbita, y lanzada desde el espacio.

—¿Qué opinan de esto? —preguntó Beth.

Señaló otra consola que estaba próxima a la parte posterior de la cubierta de mando. Casi pegado a ella, había un cuarto asiento.

El cuerpo envolvía una figura humana.

—No bromees...

—¿Hay un hombre ahí?

—Miremos.

Beth apretó los botones del apoyabrazos y el asiento se alejó de la consola, emitiendo un zumbido, y se desenvolvió solo. En el asiento había un hombre que tenía los ojos abiertos y miraba fijamente hacia adelante.

—Dios mío, después de todos estos años está perfectamente conservado —comentó Ted.

—Es lo que cabría esperar... —dijo Harry— teniendo en cuenta que se trata de un maniquí.

—Pero es tan real...

—A nuestros descendientes hay que reconocerles que han avanzado —dijo Harry—. Nos llevan medio siglo de ventaja.

Empujó el maniquí hacia adelante y dejó al descubierto un cordón de alimentación situado en la espalda del muñeco, a la altura de la base de las caderas.

—Alambres...

—Alambres no —dijo Ted—. Vidrio. Cables ópticos. Toda esta nave emplea tecnología óptica, y no recurre a la electrónica.

—Sea como sea, el misterio ya está resuelto dijo Harry, mirando al maniquí—. Es evidente que esta nave ha sido construida para ir tripulada, pero se la mandó sin tripulación.

—¿Por qué?

—Es probable que el viaje que se pretendía hacer fuese demasiado peligroso. Enviaron un vehículo no tripulado antes de enviar uno con tripulación.

—¿Y adónde lo enviaron? —preguntó Beth.

—Cuando se trata de un viaje a través del tiempo no se envia algo a *dónde*, se lo envía a *cuándo*.

—Bien, bien. Entonces, ¿a *cuándo* lo enviaron?

Harry se encogió de hombros.

—No hay información aún —contesto.

«Otra vez ese apocamiento», se dijo Norman. ¿Qué era lo que Harry pensaba en realidad?

—Bueno, esta nave tiene ochocientos metros de longitud —les recordó Barnes—, de modo que nos queda mucho por ver.

—Me pregunto si tenían una grabadora de vuelo —dijo Norman.

—¿Quieres decir como la que hay en un avión comercial de pasajeros?

—Sí. Algo para registrar la actividad de la nave durante su viaje.

—Tienen que tenerla —opinó Harry—. Sigan el cable del maniquí hasta su origen; seguro que ahí la van a encontrar. A mí también me gustaría ver esa grabadora. Para ser sincero, diría que es crucial.

Norman estaba mirando la consola y levantó un panel de teclado:

—Miren aquí —dijo—. Acabo de encontrar una fecha.

Todos se apiñaron. En el plástico, debajo del teclado, había una inscripción: «INTEL, INC. MADE IN USA N.º DE SERIE: 98 004 007 8/5/43.»

—¿Cinco de agosto del año dos mil cuarenta y tres?[1]

1. En inglés, al escribir las fechas, primero se indica el mes y luego el día. *(N.del T.)*

—Así parece.

—De manera que estamos caminando por una nave a la que le faltan cerca de cincuenta años para ser construida...

—Esto me está produciendo dolor de cabeza.

—Observen esto. —Beth había avanzado desde la cubierta de consolas y había entrado en lo que parecía ser la cabina de la tripulación, en la que había veinte literas.

—¿Una tripulación de veinte personas? Si se necesitaban tres para pilotar esta nave, ¿qué objeto tenían las otras diecisiete?

Nadie poseía respuesta para eso.

A continuación pasaron por una cocina grande, un retrete y una especie de salón de estar. Todo era nuevo y de líneas estilizadas; pero fácil de reconocer.

—Sabe, Hal, esto es muchísimo más confortable que el DH-8.

—Sí, quizá debamos mudarnos aquí.

—De ningún modo —respondió Barnes—. Estamos estudiando esta nave y no vamos a vivir en ella. Nos espera muchísimo trabajo antes de que comencemos a saber de qué se trata realmente.

—Sería más eficaz vivir aquí mientras la exploramos.

—No quiero vivir aquí —declaró Harry—. Me da escalofríos.

—A mí también —concordó Beth.

Llevaban ya una hora a bordo de la nave, y a Norman le dolían los pies. Ésta era otra de las cosas que no habían previsto: que mientras se está explorando una nave espacial del futuro los pies podrían empezar a doler.

Pero Barnes siguió adelante.

Al dejar la cabina de la tripulación penetraron en una amplia zona de estrechas pasarelas que partían de grandes compartimientos herméticamente cerrados, los cuales se extendían hasta donde alcanzaba la vista, y resultaron ser pañoles de inmenso tamaño. Abrieron uno y descubrieron que estaba lleno de pesados recipientes de plástico, bastante parecidos a los contenedores de carga de los actuales aviones comerciales, pero con la diferencia de que eran varias veces mayores. Los miembros del equipo FDV abrieron uno de los recipientes.

—¿Qué les parece esto? —dijo Barnes, escudriñando el interior.

—¿Qué es?

—Comida.

Las porciones de comida estaban envueltas en capas de papel metálico y plástico, como las raciones de la NASA. Ted cogió una.

—¡Comida que viene del futuro! —dijo, y se lamió los labios.

—¿Vas a comer eso? —preguntó Harry.

—Ni lo dudes —respondió—. Una vez me bebí una botella de «Dom Pérignon 1897»; pero ésta será la primera vez que coma algo del futuro, del año dos mil cuarenta y tres.

—Pero también tiene trescientos años de antigüedad —objetó Harry.

—Quizá usted desee filmar esta escena: yo, comiendo —agregó Ted.

Jane Edmunds, obediente, se puso la cámara ante el ojo y, con un movimiento rápido, encendió la luz.

—No hagamos eso —indicó Barnes—. Tenemos que llevar a cabo otras tareas.

—Esto tiene interés humano —arguyó Ted.

—Ahora, no —decidió Barnes con firmeza.

Abrió un segundo recipiente y luego un tercero: todos contenían comida. Los científicos fueron hasta el pañol siguiente y abrieron más recipientes.

—Comida. Nada más que comida.

La nave había transportado una enorme cantidad de comida. Aun considerando una tripulación de veinte personas, había alimentos suficientes para un viaje de varios años.

Todos empezaron a sentirse muy cansados, así que fue un alivio cuando Beth descubrió un botón y dijo:

—Me pregunto para qué sirve...

—Beth... —comenzó a decir Barnes.

Pero la pasarela empezó a desplazarse y la banda de caucho a rodar hacia adelante con un leve sonido, continuo y ahogado.

—Beth, le ruego que deje de apretar cada maldito botón que ve.

Pero nadie hizo ninguna objeción porque era un alivio viajar sobre la pasarela móvil. Pasaron delante de docenas de pañoles idénticos y, por último, llegaron a una nueva sección, que se hallaba mucho más adelante. Norman calculó que se encontraban ya a unos cuatrocientos metros de la cabina de la tripulación, instalada hacia la popa, lo cual significaba que se hallaban más o menos a la mitad de la enorme nave espacial.

Descubrieron un compartimiento con equipo para mantenimiento de la vida, y veinte trajes espaciales colgados.

—¡Eureka! —exclamó Ted—. Por fin las cosas se aclaran. Esta nave fue pensada para viajar a las estrellas.

Los demás hicieron diversos comentarios, estimulados por esa posibilidad. De repente todo adquiría coherencia: el gran tamaño de la nave, la amplitud de su interior, la complejidad de las consolas de control...

—¡Oh, por Dios! —les interrumpió Harry—. No es posible que haya sido construida para viajar a las estrellas. Resulta evidente que ésta es una nave convencional, si bien de muy grandes dimensiones. Y a las velocidades convencionales, la estrella más cercana está a doscientos cincuenta años de distancia.

—Quizá tenían una nueva tecnología.

—¿Dónde está? No hay evidencias de ninguna tecnología nueva.

—Bueno, tal vez...

—Contempla los hechos, Ted —le invitó Harry—. A pesar de su enorme tamaño la nave está aprovisionada para unos pocos años, quince o veinte, a lo sumo. ¿A qué distancia podría llegar en ese tiempo? Apenas si saldría del sistema solar. ¿No te parece?

Ted asintió con la cabeza, disgustado.

—Es cierto. La astronave *Voyager* tardó cinco años en alcanzar Júpiter, y nueve en llegar a Urano. Al cabo de quince años... Quizá se dirigían a Plutón.

—¿Para qué querría alguien ir a Plutón?

—No sabemos aún, pero...

Las radios graznaron y se oyó la voz de Tina Chan:

—Capitán Barnes, de superficie quieren establecer una comunicación cifrada de seguridad con usted, señor.

—Muy bien —respondió el capitán—. Es hora de volver, de todos modos.

Atravesaron la vasta nave y regresaron al lugar por el que habían entrado.

ESPACIO Y TIEMPO

Sentados en el salón de esparcimiento del DH-8, los integrantes del equipo estaban mirando a los buzos, quienes trabajaban en la rejilla. Barnes se hallaba en el cilindro de al lado, hablando con la superficie. Rose Levy preparaba el almuerzo, o la cena..., una cualquiera de las comidas del día. Todos estaban confundidos respecto de lo que el personal de la Armada llamaba «hora de superficie».

—La hora de superficie no importa aquí abajo —dijo Jane Edmunds, con su perfecto tono de bibliotecaria—. Día o noche es igual; no existe diferencia alguna. Una se acostumbra a eso.

Asintieron vagamente con la cabeza. Norman notó que todos estaban cansados, pues el esfuerzo y la tensión de la exploración habían causado estragos. Beth ya había sido vencida por el sueño; tenía los pies sobre la mesa de café, y los musculosos brazos cruzados sobre el pecho.

Detrás de la portilla, tres pequeños submarinos habían descendido y estaban dando vueltas sobre la rejilla. Varios buzos se encontraban apiñados alrededor de ella, mientras otros se dirigían de vuelta a su habitáculo, el DH-7.

—Parece que está ocurriendo algo —observó Harry.

—¿Algo relacionado con la llamada de Barnes?

—Podría ser. —Harry seguía estando preocupado, alterado—. ¿Dónde está Tina Chan?

—Tiene que hallarse con Barnes. ¿Por qué?

—Necesito hablar con ella.

—¿Sobre qué? —preguntó Ted.

—Es personal —repuso Harry.

Ted alzó las cejas, pero no dijo nada más. Harry salió y se dirigió al Cilindro D. Norman y Ted se quedaron solos.

—Es una persona extraña —comentó Ted.

—¿A ti te lo parece?

—Sabes que lo es, Norman. Y también arrogante. Supongo que se debe a que es negro. Ley de las compensaciones. ¿No crees?

—No sé.

—Yo diría que siempre anda buscando pelea. Parece sentirse molesto por todo lo que concierne a esta expedición —suspiro—. Por supuesto, todos los matemáticos son extraños. Es probable que Harry no tenga vida alguna, quiero decir, vida privada, mujeres y cosas por el estilo. ¿Te dije que me volví a casar?

—Lo leí en alguna parte.

—Es periodista de televisión. Una mujer maravillosa —explicó Ted, y sonrió—. Cuando nos casamos me dio un Corvette, un hermoso Corvette modelo 1958, como regalo de boda. ¿Conoces ese lindo color rojo que tenían los coches de bomberos de los años cincuenta? Bueno, pues así. —Ted se paseó despacio por la habitación y echó un vistazo a Beth—. Todo esto me parece increíblemente emocionante. No me sería posible dormir.

Norman asintió con la cabeza. Le resultaba interesante ver cuán diferentes eran entre sí los miembros del equipo: Ted eternamente optimista, con el burbujeante entusiasmo de un niño; Harry con su actitud glacial y crítica, la mente fría, la mirada fija y sin pestañear; Beth, ni tan intelectual ni tan cerebral; más física y más emocional, y ésa era la razón por la que, a pesar de que todos estaban exhaustos, solamente ella podía dormir.

—Dime, Norman, creo recordar que dijiste que esto iba a ser aterrador.

—Pensé que lo sería.

—Bueno; pues, de toda la gente que pudo haberse equivocado respecto a esta expedición, me alegro de que hayas sido tú.

—Yo también me alegro.

—Lo que no me cabe en la cabeza es por qué elegiste a un hombre como Harry Adams para integrar este equipo. No es que carezca de méritos, pero...

Norman no quería hablar acerca de Harry:

—Ted, ¿recuerdas que cuando estábamos en la nave dijiste que el espacio y el tiempo son aspectos de la misma cosa?

—Espacio-tiempo, sí.

—En realidad, nunca lo entendí.

—¿Por qué? Es bastante fácil.

—¿Me lo puedes explicar?

—Por supuesto.

—¿En lenguaje comprensible?

—¿Lo que quieres decir es que te lo explique sin recurrir a las matemáticas?

—Sí.

—Bueno, lo intentaré.

Ted frunció el entrecejo, pero Norman sabía que se sentía complacido porque le encantaba dictar cátedra.

El astrofísico se detuvo un instante, y después dijo:

—Muy bien. Veamos por dónde hemos de comenzar. ¿Estás familiarizado con la idea de que la gravedad no es más que geometría?

—No.

—¿Con la curvatura del espacio y del tiempo?

—No, en realidad no.

—Ah. ¿Y con la teoría general de la relatividad, de Einstein?

—Lo siento —se disculpó Norman.

—No importa. —Sobre la mesa había un frutero; Ted lo vació y puso las frutas sobre la mesa—. Muy bien. Esta mesa es el espacio. Un lindo y plano espacio.

—Está bien —convino Norman.

Ted empezó a continuación a poner las frutas en determinados lugares.

—Esta naranja es el Sol. Y éstos son los planetas, que se desplazan en círculos alrededor del Sol. Así que, en esta mesa, tenemos el sistema solar.

—Muy bien.

—Excelente. Ahora bien, el Sol —dijo Ted, y señaló la naranja que había en el centro de la mesa— es muy grande, por lo que tiene mucha gravedad.

—Exacto.

Ted le dio a Norman la bolita de un cojinete.

—Ésta es una nave espacial. Quiero que la envíes a través del sistema solar, de manera que pase muy cerca del Sol.

Norman tomó la bola y la hizo rodar de modo que pasara cerca de la naranja.

—Ya está.

—Te habrás dado cuenta de que ha rodado en línea recta de un punto a otro de la mesa plana.

—Así es.

—Pero, en la vida real, ¿qué le ocurriría a tu nave espacial cuando pasara cerca del Sol?

—El Sol la absorbería.

—Sí. Decimos que «caería dentro» del Sol. La nave espacial, a partir de una trayectoria recta, describiría una curva hacia dentro y chocaría con el Sol. Pero tu nave no lo hizo.

—No.

—Eso demuestra que la mesa plana no es lo correcto —declaró Ted—. El espacio verdadero no puede ser plano como la mesa.

—¿No? —preguntó Norman.

—No —dijo Ted; cogió el frutero vacío y puso la naranja en el fondo—. Ahora haz rodar tu bolita en línea recta haciéndola pasar frente al Sol.

Con un movimiento corto y seco, Norman lanzó la bola dentro del frutero; la bolilla describió una curva y descendió por el interior del recipiente recorriendo una trayectoria en espiral hasta que chocó con la naranja.

—Muy bien —exclamó Ted—. La nave espacial chocó con el Sol, tal y como ocurriría en la realidad.

—Pero si le diera suficiente velocidad —argumentó Norman— la bola pasaría de largo por la naranja. Bajaría rodando por la pared del frutero, ascendería por la pared de enfrente y volvería a salir del cuenco.

—Así es —aprobó Ted—. También sucedería en la realidad: si la nave espacial tiene suficiente velocidad, se escapa del campo de gravedad del Sol.

—Entiendo.

—Así que lo que estamos demostrando es que una astronave que, en la realidad, pasa frente al Sol, se comporta como si estuviera penetrando en una región del espacio que es curva alrededor del Sol. El espacio que rodea al Sol es curvo, como este frutero.

—Muy bien...

—Y si tu bolita contara con la velocidad adecuada, no se escaparía del recipiente, sino que se limitaría a recorrer eternamente una espiral sobre la cara interna del borde del frutero. Y eso es lo que están haciendo los planetas: están recorriendo a perpetuidad una trayectoria en espiral dentro del «frutero» producido por el Sol. —Ted volvió a poner la naranja sobre la mesa—. En la realidad hay que imaginar que la mesa está hecha de goma y que los planetas, mientras se apoyan sobre esa goma, le producen depresiones. Y así es el espacio en realidad: el espacio verdadero es curvo... y la curvatura varía en función de la cantidad de gravedad.

—Sí...

—Así pues, al espacio lo curva la gravedad.

—Entendido.

—Y eso quiere decir que puedes representar la gravedad como si fuera nada más que la curvatura del espacio. La Tierra tiene gravedad porque es la misma Tierra la que curva el espacio que tiene alrededor.

—Ya lo comprendo.

—Con la diferencia de que no es tan sencillo —agregó Ted.

Norman suspiró:

—No creí que lo fuera.

Harry volvió a entrar en la habitación y miró las frutas que había sobre la mesa, pero no dijo nada.

—Ahora bien —continuó Ted—, cuando haces rodar tu bolita por el frutero te das cuenta de que no sólo describe una trayectoria espiral descendente sino que, también, va más rápido. ¿Estoy en lo cierto?

—Sí.

—Bien. Pues cuando un objeto va más rápido, el tiempo, en ese objeto, transcurre con más lentitud. Einstein lo demostró a comienzos de este siglo. Lo que esto quiere decir es que puedes pensar que la curvatura del espacio también es representativa de una curvatura del tiempo, y que cuanto más profunda es la curva que se describe en el frutero, más despacio pasa el tiempo.

—Bueno... —comenzó a decir Harry.

—Son términos para un profano —le atajó Ted—. Hay que darle un respiro.

—Sí —dijo Norman—. Dame un respiro.

Ted sostuvo el frutero en alto:

—Ahora, si haces todo esto en forma matemática, lo que descubres es que el frutero curvo no es ni el espacio ni el tiempo sino una combinación de ambos, a la que se denomina espacio-tiempo. Este frutero es espacio-tiempo, y los objetos que en él se desplazan lo están haciendo en espacio-tiempo. No pensamos de esa manera respecto al movimiento, pero eso es lo que realmente ocurre.

—¿De veras?

—Claro que sí. Piensa en el béisbol.

—Es un juego idiota —comentó Harry—. Odio los deportes.

—¿Conoces el béisbol? —preguntó Ted a Norman.

—Sí.

—Muy bien. Imagínate que el bateador le hace un tiro horizontal al mediocampista; la bola avanza con una trayectoria casi recta y tarda medio segundo, digamos.

—De acuerdo.

—Imagina ahora que el bateador le hace, a ese mismo mediocampista, un tiro con elevación; esta vez la pelota sube en el aire y pasan seis segundos antes de que el mediocampista la agarre.

—De acuerdo.

—Las trayectorias de ambas pelotas, la del lanzamiento horizontal y la del tiro con elevación, nos parecen diferentes. Pero esas dos pelotas se desplazaron exactamente lo mismo, en el *espacio-tiempo*.

—No —rechazó Norman.

—Sí—dijo Ted—. Y, en cierto sentido, tú ya lo sabes. Supongamos que te pida que le lances el tiro con elevación al mediocampista, pero que la pelota le llegue en medio segundo, en vez de seis.

—Eso es imposible —dijo Norman.

—¿Por qué? Tan sólo debes hacer ese tiro por elevación golpeando la pelota con más fuerza.

—Si la golpeo más fuerte irá más alto y necesitará más tiempo para llegar.

—De acuerdo. Entonces lanza un tiro horizontal de modo que la pelota tarda seis segundos en llegar hasta el mismo centro del campo.

—Tampoco puedo hacerlo.

—Es cierto. Por eso, lo que en realidad me estás diciendo es que no puedes hacer que la pelota haga todo lo que deseas. Existe una relación fija que rige la trayectoria de la pelota a través del espacio y del tiempo.

—Por supuesto. Porque existe la gravedad de la Tierra.

—Sí, y ya estuvimos de acuerdo en que la gravedad es la curvatura del espacio-tiempo, como lo es la curvatura del frutero. En la Tierra cualquier pelota de béisbol tiene que desplazarse a lo largo de la misma curva espacio-tiempo, igual que lo hace, a lo largo de nuestro frutero, esta bolita de cojinete. —Ted puso otra vez la naranja en el recipiente—. Mira: aquí está la Tierra —colocó dos dedos en lados opuestos de la naranja—. Aquí está el bateador, y aquí el mediocampista. Ahora haz rodar la bolita de un dedo al otro, y verás que tienes que adaptarte a la curvatura del frutero. O la lanzas con suavidad y la bola rodará cerca de la naranja o bien le das un gran impulso y ascenderá por la pared del frutero y luego caerá nuevamente hacia el otro lado. Pero no puedes hacer que esta bolita haga cualquier cosa que quieras, porque se está desplazando a lo largo de un cuenco curvo. Y eso es lo que la pelota de béisbol hace realmente: se desplaza en un espacio-tiempo curvo.

—En cierto modo, lo entiendo. Pero ¿qué tiene que ver esto con el viaje por el tiempo? —preguntó Norman.

—Bueno, pensamos que el campo de gravedad de la Tierra es poderoso porque cuando nos caemos, por ejemplo, sentimos dolor, pero, en realidad, ese campo es muy débil; casi inexistente. Así, el espacio-tiempo que hay en torno a la Tierra no es demasiado curvo; lo es mucho más alrededor del Sol. Y en otras partes del Universo es muy curvo, lo que produce una especie de trayectoria de montaña rusa, y puede ocasionar toda clase de distorsiones en el tiempo. De hecho, si tomas en cuenta un agujero negro...

Ted se interrumpió de pronto.

—¿Qué, Ted? ¿Un agujero negro?

—¡Oh, Dios mío! —murmuró Ted en voz baja.

Harry se subió las gafas sobre el puente de la nariz, y dijo:

—Ted, por única vez en tu vida, podría ser que tuvieras razón.

Los dos hombres empezaron a escribir con entusiasmo.

—No podría ser un agujero Schwartzchild...

—... No, no: tiene que estar rotando...

—... el momento angular aseguraría que...

—... y no te podrías aproximar a la singularidad...

—... No, las fuerzas de la marea...

—... te despedazan...

—Pero si acabas de hundirte por debajo del horizonte de los sucesos...

—¿Es posible? ¿Tuvieron el coraje de hacerlo?

Los dos científicos se concentraron, sin dejar de hacer cálculos y de mascullar.

—¿Qué es eso del agujero negro? —preguntó Norman; pero ya no le escuchaban.

En ese momento se oyó la voz de Barnes por el intercomunicador.

—Atención. Habla el capitán Barnes. Quiero que todo el personal esté en la sala de conferencias, ya mismo.

—Estamos en la sala de conferencias —dijo Norman.

—Ya mismo. Ahora.

—Ya estamos, Hal.

—Eso es todo —dijo Barnes, y el intercomunicador emitió el sonido de cierre de transmisión.

LA CONFERENCIA

—Acabo de hablar, por el cifrador de comunicaciones, con el almirante Spaulding, del CinComPac de Honolulú —dijo Barnes—. Al parecer, Spaulding se enteró de que yo había llevado a civiles a profundidades de saturación para la realización de un proyecto del que él nada sabía... y eso le disgustó mucho.

Hubo un silencio. Todos miraron a Barnes.

—Ha exigido que todos los civiles sean enviados a cubierta de superficie.

«Bien», pensó Norman. Estaba decepcionado por lo que habían encontrado hasta el momento, y no le atraía la perspectiva de pasar otras setenta y dos horas en ese ambiente húmedo que le causaba claustrofobia, mientras investigaban una nave espacial vacía.

—Creí que teníamos autorización expresa del Presidente —dijo Ted.

—La tenemos —confirmó Barnes—; pero está la cuestión de la tormenta.

—¿Qué tormenta? —preguntó Harry.

—Informan que en la superficie hay vientos de quince nudos y marejadas que vienen del sudeste. Parece un ciclón del Pacífico y se desplaza en dirección a nosotros y nos alcanzará dentro de veinticuatro horas.

—¿Va a haber tormenta aquí? —preguntó Beth.

—No *aquí* —puntualizó Barnes—. Aquí abajo no sentiremos nada, pero se va a poner difícil en la superficie. Es posible que todos nuestros buques de apoyo tengan que retirarse y poner proa hacia puertos de Tonga que les den abrigo.

—¿Así que quedaríamos solos aquí abajo?

—Durante un tiempo entre veinticuatro y cuarenta y ocho horas, sí; aunque eso no sería problema porque somos autosuficientes por completo, pero a Spaulding le pone nervioso la idea de retirar el apoyo de superficie habiendo civiles abajo. Quiero saber qué opinan ustedes. ¿Prefieren irse o permanecer aquí y seguir explorando la nave?

—Permanecer, sin ninguna duda dijo Ted.

—¿Beth? —preguntó Norman.

—Vine aquí para investigar una forma desconocida de vida —repuso—. Pero no hay vida en esa nave. No es lo que pensé que sería... lo que tuve la esperanza de que iba a ser. Yo digo que nos vayamos.

—¿Norman?

—Admitamos las cosas como son: no nos hallamos entrenados para un ambiente saturado, y aquí abajo no estamos lo que se dice cómodos. Yo no lo estoy, al menos. Y tampoco somos los más aptos para evaluar esta nave espacial. En estos momentos la Armada se encontraría en mejores condiciones de hacerlo, con un equipo de ingenieros de la NASA. Mejor que nos vayamos.

—¿Harry?

—Larguémonos de aquí cuanto antes.

—¿Por algún motivo en particular? —preguntó Barnes.

—Llamémosle intuición.

—No puedo creer que hayas dicho tal cosa, Harry, justo cuando tenemos esa fabulosa idea nueva respecto a la nave... —protestó Ted.

—Eso no viene al caso ahora —dijo Barnes con tono cortante—. Haré los arreglos con la superficie para que nos saquen al cabo de otras doce horas.

—¡Maldición! —exclamó Ted.

Pero Norman estaba mirando a Barnes, quien no parecía estar perturbado. «Quiere irse —pensó Norman—. Está buscando una excusa para irse, y nosotros se la estamos proporcionando.»

—Mientras tanto —dijo Barnes— podemos hacer otro viaje, y quizá un par de ellos, a la nave. Descansaremos las próximas dos horas y después volveremos. Esto es todo, por ahora.

—Hay algunas cosas que me gustaría decir...

—Esto es *todo*, Ted. Ya se hizo la votación. Descansen un poco.
Mientras se dirigían hacia sus literas, Barnes dijo:

—Beth, me gustaría hablar unas palabras con usted, por favor.

—¿Sobre qué?

—Beth, cuando volvamos a la nave no quiero que a usted se le ocurra apretar cada botón que encuentre.

—Todo lo que hice fue encender las luces, Hal.

—Sí, pero eso no lo sabía cuando...

—Por supuesto que lo sabía. El botón decía «Luces sala». Estaba bien claro.

Mientras se alejaban, se oyó que Beth decía:

—No soy uno de sus marineritos de la Armada a quienes puede tener de un lado para otro dándoles órdenes, Hal...

Después, Barnes dijo algo más, y las voces se desvanecieron.

—¡Maldición! —volvió a exclamar Ted; y dio patadas contra una de las paredes de hierro, que retumbó con sonido a hueco. Camino de las literas, entraron en el Cilindro C.

—No puedo creer que vosotros queráis iros —dijo Ted—. Éste es un descubrimiento emocionante. ¿Cómo podéis abandonarlo?

En especial tú, Harry. ¡Piensa tan sólo en las posibilidades matemáticas! La teoría del agujero negro...

—Te diré por qué: quiero irme porque Barnes se quiere ir.

—Barnes no se quiere ir —arguyó Ted—. Pero vamos, si fue él quien lo sometió a votacion...

—Sé lo que hizo. Pero Barnes no quiere aparecer ante los ojos de sus superiores como que tomó una decisión equivocada, o como que se está echando atrás. Por eso nos dejó decidir a nosotros. Pero yo te lo aseguro: Barnes se quiere ir.

Norman estaba sorprendido, pues la manida imagen que se poseía de los matemáticos era la de que tenían la cabeza en las nubes, eran distraídos, no prestaban atención... Pero Harry era astuto: nada se le escapaba.

—¿Por qué quiere irse Barnes? —preguntó Ted.

—Creo que está claro: debido a la tormenta de la superficie —respondió Harry.

—La tormenta todavía no ha llegado hasta aquí —dijo Ted.

—No —admitió Harry—. Pero cuando llegue no sabemos cuánto tiempo va a durar.

—Barnes dijo que de veinticuatro a cuarenta y ocho horas...

—Ni Barnes ni nadie puede predecir cuánto va a durar la tormenta —afirmó Harry—. ¿Qué pasará si dura cinco días?

—Podemos soportar todo ese tiempo. Tenemos aire y suministros para cinco días. ¿Qué es lo que te preocupa tanto?

—No estoy preocupado —respondió Harry—. Pero creo que Barnes sí lo está.

—¡En nombre de Cristo! Nada va a salir mal —dijo Ted—. Creo que deberíamos quedarnos.

En ese momento hubo un sonido de chapoteo. Miraron la alfombra que tenían debajo de los pies y vieron que estaba oscura, empapada.

—¿Qué es esto?

—Diría que es agua —observó Harry.

—¿Agua *salada*? —inquirió Ted; se agachó, tocó la mancha mojada y luego se lamió el dedo—. No tiene gusto salado.

Por encima de ellos, una voz dijo:

—Eso se debe a que es orina.

Al mirar hacia lo alto vieron a Alice Fletcher, que estaba de pie en una plataforma, entre una red de tuberías, cerca de la parte curva que constituía la zona superior del cilindro.

—Todo se halla controlado, caballeros. Fue nada más que una pequeña pérdida en el caño para eliminación de desechos líquidos, que va hacia el recirculador de H_2O.

—*¿Desechos líquidos?* —preguntó Ted meneando la cabeza.

—Fue sólo una pequeña pérdida —insistió Alice—. No hay problema, señor.

La mujer roció uno de los tubos con espuma blanca procedente de un cartucho aspersor; la espuma se endureció sobre la tubería.

—Cuando descubrimos una pérdida la rociamos con uretano, que constituye un cierre hermético perfecto.

—¿Con cuánta frecuencia se producen estas pérdidas? —preguntó Harry.

—*¿Desechos líquidos?* —volvió a preguntar Ted.

—Es difícil decirlo, doctor Adams. Pero no se preocupe. En serio.

—Me encuentro mal —manifestó Ted.

Harry le palmeó la espalda.

—Vamos, vamos, no te va a matar. Vayamos a dormir un poco.

—Creo que voy a vomitar.

Apenas entraron en el dormitorio, Ted corrió al retrete; lo oyeron toser y vomitar.

—Pobre Ted —comentó Harry, moviendo la cabeza.

—¿Qué es todo este asunto de un agujero negro? —preguntó Norman.

—Un agujero negro —explicó Harry— es una estrella muerta y comprimida. En síntesis, una estrella se puede comparar a una pelota grande de playa. Las explosiones atómicas que se producen en su interior inflan la estrella; pero cuando ésta envejece y se le agota el combustible termonuclear se va aplastando hasta adquirir un tamaño mucho menor. Si se aplasta mucho, se vuelve tan densa y tiene tanta gravedad que sigue comprimiéndose sobre sí misma, hasta que llega a ser *muy* densa y *muy* pequeña, con apenas unos pocos kilómetros de diámetro. Entonces, es un agujero negro. No existe en el Universo ninguna otra cosa que sea tan densa como un agujero negro.

—¿Así que son negros porque están muertos?

—No. Son negros porque atrapan toda la luz. Los agujeros negros tienen tanta gravedad que arrastran todo hacia ellos, como si fueran aspiradoras. Atraen todo el gas y el polvo interestelar y hasta la luz misma. Sencillamente, la absorben.

—¿Absorben *luz*? —preguntó Norman, para quien era difícil concebir aquello.

—Sí.

—¿Sobre qué estabais vosotros haciendo cálculos, tan excitados?

—Ah, es una larga historia, y no son más que conjeturas. —Harry bostezó—. Es probable que no signifique nada, de todos modos. ¿Hablamos luego acerca de eso?

—Bueno —aceptó Norman.

Harry se dio vuelta y se durmió. Ted todavía estaba en el retrete, tosiendo y escupiendo. Norman volvió al Cilindro D, a la consola de Tina.

—¿Harry logró encontrarla? —le preguntó—. Sé que quería verla.

—Sí señor. Y ahora tengo la información que él me solicitó. ¿Por qué? ¿Usted también quiere hacer su testamento?

Norman frunció el entrecejo.

—El doctor Adams dijo que no había dejado testamento y que deseaba redactar uno. Parecía creer que era bastante urgente. De todos modos lo consulté con la superficie y me dijeron que no se puede hacer debido a cierto problema jurídico relacionado con el hecho de que el testamento debe estar redactado de puño y letra del testador. No se puede transmitir la última voluntad a través de líneas electrónicas.

—Entiendo.

—Lo siento, doctor Johnson. ¿Se lo debo comunicar a los demás?

—No —dijo Norman—. No moleste a los demás. Pronto iremos a la superficie. En cuanto le echemos un último vistazo a la nave.

EL CRISTAL GRANDE

Esta vez, dentro de la nave espacial se dividieron en grupos: Barnes, Ted y Jane Edmunds pasaron ante los amplios pañoles y siguieron hacia adelante para investigar las partes de la nave que aún permanecían inexploradas. Norman, Beth y Harry permanecieron en lo que ahora llamaban cubierta de vuelo, para buscar la grabadora de vuelo.

Las palabras de despedida de Ted fueron:

—Esto es lo más extraordinario que he hecho en mi vida.

Después se alejó.

Jane Edmunds les dejó un pequeño monitor de vídeo a los que formaban el segundo grupo, para que conocieran el progreso del otro equipo en la sección anterior de la nave. Podían oír a Ted, que hablaba sin cesar a Barnes, para darle sus puntos de vista respecto a las características estructurales del ingenio sumergido. A Ted le parecía que el diseño de los grandes pañoles tenía reminiscencias de las construcciones en piedra de los antiguos habitantes de Micenas en Grecia; en particular, la rampa de la Puerta de los Leones, que estaba en aquella antigua ciudad...

—Ted siempre tiene al alcance de la mano más datos sin relación con lo que se habla que cualquier hombre de los que yo conozco. ¿Podemos bajar el volumen? —propuso Harry.

Al tiempo que bostezaba, Norman apagó el monitor. Estaba cansado, pues las literas del DH-8 eran húmedas; y las mantas eléctricas, pesadas e incómodas. Casi no había podido dormir. Y, por añadidura, Beth había irrumpido en el dormitorio después de su conversación con Barnes.

Ahora seguía estando enojada.

—Maldito Barnes —comentó—. ¿Por qué no dirá las cosas sin rodeos?

—Está haciéndolo lo mejor que puede, como todos los demás —lo defendió Norman.

Beth se dio vuelta con rapidez:

—A veces eres tan psicológico que resultas demasiado comprensivo... Ese hombre es un idiota. Un verdadero idiota.

—Dediquémonos a buscar la grabadora de vuelo. ¿Os parece bien? —sugirió Harry—. Eso es lo que importa ahora.

Harry estaba siguiendo el cable de alimentación que salía de la parte posterior del maniquí y se hundía en el suelo. Levantaba los paneles del pavimento, siguiendo los alambres en dirección a popa.

—Lo siento —dijo Beth—, pero él no le hablaría así a un hombre. Por cierto que no le hablaría así a Ted. Como habréis notado, Ted está acaparando todo el protagonismo del espectáculo, y no veo razón alguna para que se le permita hacerlo...

—¿Qué tiene que ver Ted con...? —empezó a decir Norman.

—Ese tipo es un parásito, eso es lo que es. Toma las ideas de los demás y las presenta como si fuesen suyas. Hasta su modo de citar frases famosas... es ultrajante.

—¿Tienes la sensación de que Ted se apropia de las ideas ajenas? —preguntó Norman.

—Pues oye: cuando estábamos en la superficie le dije que deberíamos tener algunas palabras preparadas para cuando abriéramos la cosa ésta, y de repente me encuentro con que Ted está pronunciando frases y poniéndose frente a la cámara.

—Bueno...

—¿Bueno *qué*, Norman? No me vengas con *bueno*, por el amor de Dios. Fue idea mía, y la utilizó sin siquiera decirme «gracias».

—¿Le comentaste algo al respecto? —preguntó Norman.

—No, no le dije nada. Estoy segura de que no lo recordaría si se lo planteara. Me saldría con: «¿Tú sugeriste eso, Beth? Supongo que es posible que hayas mencionado algo por el estilo, sí...»

—Sigo opinando que deberías hablar con él.

—Norman, no me estás escuchando.

—Si le hablaras, por lo menos no estarías tan enojada ahora.

—Cháchara de psicólogo —dijo Beth, meneando la cabeza—. Mira, Ted hace lo que quiere en esta expedición, pronuncia sus estúpidos discursos y se porta como le da la gana. Pero yo paso primero por la puerta y Barnes me arma un escándalo. ¿Por qué no debería ir yo primero? ¿Qué hay de malo en que una mujer sea la primera, por una vez, en la historia de la ciencia?

—Beth...

—Y después tuve el atrevimiento de encender las luces. ¿Sabes lo que Barnes me dijo sobre eso? Arguyó que pude haber iniciado un cortocircuito y poner en peligro a todos. Declaró que yo no sabía lo que hacía, que yo era *impulsiva*. Jesús, impulsiva... Cretino militar cavernícola...

—Vuelve a subir el volumen —pidió Harry—. Creo que prefiero oír a Ted.

—Por favor... Todos estamos sometidos a mucha presión, Beth —la calmó Norman—. Nos va a afectar a cada uno de una manera.

Beth le echó a Norman una mirada llameante.

—¿Estás insinuando que Barnes tenía razón?

—Estoy diciendo que todos estamos sometidos a una gran presión. Incluido él. Incluida tú.

—Jesús, vosotros, los hombres, siempre os mantenéis unidos. ¿Sabes por qué sigo siendo profesora adjunta y no titular?

—¿Por tu personalidad afable y serena? —intervino Harry.

—Puedo pasar muy bien sin bromas. De veras que sí.

—Beth —dijo Harry—, ¿ves de qué manera se extienden estos cables? Corren hacia ese mamparo de allá. Ve a comprobar si suben por la pared que está al otro lado de la puerta.

—¿Estás tratando de deshacerte de mí?

—De ser posible...

Beth rió, y la tensión se quebró.

—Muy bien. Iré a mirar al otro lado de la puerta.

Una vez que se hubo ido, Harry comentó:

—Está bastante irritada.

—¿Conoces el asunto con Ben Stone? —preguntó Norman.

—¿Cuál?

—Beth hizo su trabajo de licenciatura en el laboratorio de Stone.

—Ah...

Norman le contó que Benjamin Stone era bioquímico en la Universidad de California. Hombre pintoresco y atractivo, Stone tenía reputación de ser un buen investigador que utilizaba a sus alumnos graduados como ayudantes de laboratorio, pero que se apropiaba de los resultados que ellos obtenían y los hacía aparecer como si los hubiera logrado él. En cuanto a explotar el trabajo de los demás, Stone no era un caso aislado en la comunidad académica, pero él actuaba con un poco más de crueldad que sus colegas.

—Además Beth vivía con él.

—Ajá.

—Parece ser que a comienzos de la década de los setenta, Beth realizó una serie de experimentos importantes sobre el aspecto energético de los cuerpos de inclusión ciliar. Por entonces, la pareja tuvo una fuerte discusión y Stone cortó su relación con Beth. Ella abandonó el laboratorio y el bioquímico publicó cinco trabajos, obra de Beth, sin que en ninguno se la mencionara.

—Muy bonito —murmuró Harry—. ¿Así que ahora ella levanta pesas?

—Bueno; se siente maltratada, y yo la comprendo.

—Sí —dijo Harry—, pero la cuestión es que quien con niños se acuesta amanece mojado. No sé si soy claro.

Beth acababa de regresar.

—¡Jesús! —exclamó—. Eso es lo mismo que decir que la chica que padece una violación siempre es porque la está buscando. ¿Es eso lo que tratas de demostrar?

—No —dijo Harry, que continuaba levantando paneles del suelo, en seguimiento de los alambres de conexión—. Pero a veces hay que preguntarse qué está haciendo la chica en un callejón oscuro, a las tres de la mañana, en un sector malo de la ciudad.

—Se hallaba enamorada de ese hombre.

—Sigue siendo una parte mala de la ciudad.

—Tenía veintidós años.

—¿Hasta qué edad se es ingenuo?

—Vete al diablo.

Harry meneó la cabeza.

—¿Ves los alambres, hombrecito?

—Sí, los veo. Entran en una especie de rejilla de vidrio.

—Echemos un vistazo —dijo Norman, mientras iba hacia la siguiente puerta.

El psicólogo había visto ya, en otras ocasiones, grabadoras de vuelo. Eran largos cajones rectangulares de color rojo o anaranjado brillante, que hacían pensar en las cajas de seguridad de los bancos.

—Si ésta fuera...

Se detuvo y se quedó contemplando un cubo de vidrio trasparente de unos treinta centímetros de lado, dentro del cual había una intrincada trama de finas líneas azules incandescentes, entre las cuales parpadeaban, de forma intermitente, unas luces también azules. Montados en la parte superior del cubo había dos manómetros y tres émbolos y en la superficie externa, en la cara Izquierda, se veían una serie de franjas y rectángulos plateados. El objeto no se parecía a ninguna cosa que Norman hubiese visto hasta entonces.

—Interesante. —Harry escudriñó el interior del cubo—. Algún tipo de memoria optrónica, eso es lo que supongo. No tenemos nada que se le parezca. —El matemático tocó las franjas plateadas del exterior—. No es pintura: es alguna clase de material plástico. Puede que sea legible para alguna máquina.

—¿Para qué máquina? Desde luego ninguna que tengamos nosotros.

—No. Es probable que para algún tipo de dispositivo robot de recuperación.

—¿Y los manómetros?

—El cubo está lleno de algún gas sometido a presión. Quizá contenga componentes biológicos para lograr que sea tan compacto. Como quiera que sea, apuesto a que este cristal grande es un dispositivo de memoria.

—¿Una grabadora de vuelo?

—Su equivalente, sí.

—¿Cómo tendremos acceso al cubo?

—Observad esto —dijo Beth, al tiempo que regresaba a la cubierta de vuelo; empezó a apretar secciones oprimibles de la consola para ponerla en funcionamiento—. No se lo contéis a Barnes —dijo por encima del hombro.

—¿Cómo sabes dónde apretar?

—No creo que eso importe —repuso Beth—. Imagino que la consola puede percibir dónde estamos.

—¿El panel de control sigue los pasos del piloto?

—Algo por el estilo.

Frente a los tres investigadores, una sección de la consola adquirió un brillo incandescente y conformó una pantalla con representación visual en amarillo sobre fondo negro.

RV-LHOOQ DCOMI U.S.S. STAR VOYAGE

Después, nada.

—Ahora nos va a dar la mala noticia —vaticinó Harry.

—¿Qué mala noticia? —preguntó Norman, a quien intrigaba saber por qué Harry se había quedado atrás para buscar la grabadora de vuelo, en vez de ir con Ted y Barnes a explorar el resto de la nave. ¿Por qué estaba tan interesado en la historia de esta cosmonave?

—Quizá no sea mala —apuntó Harry.

—¿Por qué piensas que podría serlo?

—Porque si lo consideras desde un punto de vista lógico, algo de importancia vital está faltando en esta nave...

En ese momento la pantalla se llenó de columnas escritas.

SISTEMAS DE LA NAVE	SISTEMAS DE PROPULSIÓN
SISTEMAS PARA LA VIDA	ADMISIST DE DESECHOS (V9)
SISTEMAS DE DATOS	ESTADO OM2 (EXTERIOR)
CABO DE BRIGADAS	ESTADO OM3 (INTERIOR)
REGISTROS DE VUELO	ESTADO OM4 (PROA)
OPERACIONES CENTRALES	ESTADO DV7 (POPA)
CONTROL DE CUBIERTA	ESTADO DV7 (RESUM)
INTEGRACIÓN (DIRECTA)	ESTADO REGOM (2)
ENSAYO LSS 1.0	LÍNEA A9-11

—¿Qué se van a servir los caballeros? —preguntó Beth con las manos apoyadas sobre la consola.

—Registro de vuelo —decidió Harry, y se mordió un labio.

RESÚMENES DE DATOS DE VUELO RV-LHOOQ

RDV 01/01/43-12/31/45
RDV 01/01/46-12/31/48
RDV 01/01/49-12/31/51
RDV 01/01/52-12/31/53
RDV 01/01/54-12/31/54

RDV 01/01/55-06/31/55
RDV 07/01/55-17/31/55
RDV 01/01/56-01/31/56
RDV 02/01/56-SUCESO DE ENTRADA
RDV SUCESO DE ENTRADA
RDV RESUMEN DEL SUCESO DE ENTRADA
8&6 ¡¡OZ/010/IMPAR-000/XXX/X
F$S XXX/X%Î/XXX-X X/X¡X/X

—¿Qué opinas de eso? —preguntó Norman.

Harry estaba observando la pantalla:

—Como podéis ver, los primeros registros se hacen con intervalos de tres años. Después, en lapsos más breves, un año; luego, seis meses y, por último, un mes. Y, al final de todo eso, surge el asunto del suceso de entrada.

—Así que los registros los hacían en forma cada vez más cuidadosa —concluyó Beth—, a medida que la nave se aproximaba al suceso de entrada, lo que sea que quiera decir eso.

—Tengo una idea bastante buena de lo que era declaró Harry—. Pero no puedo creer que... Empecemos. ¿Qué os parece «resumen del suceso de entrada»?

Beth oprimió varios botones.

En la pantalla apareció un campo de estrellas, y alrededor de los bordes del campo, gran cantidad de números. La imagen tenía tres dimensiones, lo que daba la ilusión de profundidad.

—¿Holográfica?

—No exactamente. Pero similar.

—Ahí hay varias estrellas de gran magnitud...

—O planetas.

—¿Qué planetas?

—No lo sé. Esa es tarea para Ted —dijo Harry—. Él es capaz de identificar la imagen. Prosigamos.

Harry tocó la consola y la pantalla cambió.

—Más estrellas.

—Sí, y más números.

Los números que aparecían en el borde de la pantalla eran titilantes y variaban con rapidez.

—Las estrellas no parecen moverse, pero los números están cambiando.

—No, mirad: también las estrellas se están desplazando. Podían ver que todas las estrellas se alejaban del centro de la pantalla, que ahora estaba negra y vacía.

—No hay estrellas en el centro y todo se está yendo... —dijo Harry, meditabundo.

Las estrellas que se hallaban en la parte exterior se desplazaban con mucha rapidez y se precipitaban hacia afuera. El centro negro se estaba expandiendo.

—¿Por qué el centro está así vacío, Harry? —preguntó Beth.

—No creo que esté vacío.

—Yo no veo nada.

—No; sin embargo no está vacío. Antes de un minuto debemos ver... ¡Ahí!

Un denso enjambre blanco de estrellas apareció de repente en el centro de la pantalla. Mientras los investigadores observaban, el enjambre se extendía.

Norman pensó que era un efecto extraño: todavía existía un discernible anillo exterior que se ensanchaba hacia fuera, con estrellas en la parte externa y en la interna. Daba la impresión de que estuvieran volando a través de un gigantesco anillo negro.

—¡Dios mío! —dijo Harry suavemente—. ¿Sabéis qué es lo que estáis viendo?

—No —repuso Beth—. ¿Qué es ese enjambre de estrellas en el centro?

—Es otro Universo.

—*¿Seguro?*

—Bueno, está bien. Es *probable* que sea otro Universo. También podría ser una región diferente de nuestro propio Universo. Realmente nadie lo sabe con seguridad.

—¿Qué es ese aro negro? —preguntó Norman.

—No es un aro: es un agujero negro. Lo que estáis contemplando es el registro que se hizo cuando esta cosmonave pasó a través de un agujero negro y penetró en otro... ¿Alguien está llamando?

Harry se volvió y levantó la cabeza; tenía el cuello tenso. Los tres investigadores se quedaron en silencio, pero nada oyeron.

—¿Qué quieres decir al mencionar otro Universo...?

—Chissst...

Hubo un breve silencio y luego se oyó una débil voz que gritaba:

—Holaaa...

—¿Qué es eso? —preguntó Norman, que se esforzaba por escuchar.

La voz era muy queda, pero sonaba igual que si fuese humana; quizá hubiera más de una voz. Provenía de algún lugar del interior de la nave espacial.

—¡Hola! ¿Hay alguien ahí? Holaaa...

—¡Oh, por el amor de Dios! —exclamó Beth—. Son *ellos*, en el monitor.

La zoóloga alzó el volumen del pequeño monitor que Jane Edmunds les había dejado. En la pantalla vieron a Ted y a Barnes que, de pie en alguna de las cabinas de la astronave, seguían gritando:

—Holaaa... Holaaa...

—¿Les podemos contestar?

—Sí. Aprieta ese botón que hay en el costado.

—Les oímos —dijo Norman.

—¡Ya era hora, maldición! —exclamó Ted.

—Cierto —dijo Barnes—. Ahora, presten atención.

—¿Qué estáis haciendo vosotros *allá atrás*? —preguntó Ted.

—Atiendan —dijo Barnes. Se hizo a un lado y dejó ver un equipo multicolor—. Ya sabemos para qué es esta nave.

—También nosotros —respondió Harry.

—¿Lo sabemos? —preguntaron al unísono Beth y Norman. Pero Barnes no estaba escuchando.

—Y parece que en sus viajes la astronave ha recogido algo.

—¿Que ha recogido algo? ¿Qué recogió?

—No lo sé —dijo Barnes—, pero es algo procedente de otro planeta...

«ALGO PROCEDENTE DE OTRO PLANETA»

La pasarela móvil les hizo pasar frente a innumerables bodegas. Iban hacia la proa de la nave para unirse a Barnes, Ted y Jane Edmunds. Y para ver el descubrimiento que éstos habían hecho: algún organismo que provenía de otro mundo.

—¿Por qué se le ocurriría a alguien enviar una nave espacial a través de un agujero negro? —preguntó Beth.

—Debido a la gravedad contestó Harry—. Verás: los agujeros negros tienen tanta gravedad que distorsionan espacio y tiempo de un modo increíble. ¿Recuerdas lo que decía Ted respecto de que los planetas y las estrellas producen hendiduras en la tela del espacio-tiempo? Bueno, pues los agujeros negros producen *rasgaduras* en esa tela. Y algunos científicos sostienen que es posible volar a través de esas desgarraduras, con lo que se penetra en otro Universo o en otra parte de nuestro Universo... o en otro tiempo.

—¡En otro tiempo!

—¡Ésa es la idea! —reveló Harry.

—¿Ya están viniendo? —Era la voz estridente de Barnes, en el monitor.

—Nos hallamos en camino —repuso Beth, y dirigió una mirada amenazadora a la pantalla.

—No te puede ver —dijo Norman.

—No me importa.

Pasaron frente a más bodegas.

—Estoy impaciente por ver la cara de Ted cuando se lo digamos —confesó Harry.

Por fin, llegaron al final de la pasarela; atravesaron una sección media, constituida por puntales y vigas maestras, y entraron en una gran sala, la que antes habían visto en el monitor, situada en la parte delantera de la nave. Dicha sala era muy amplia, y su techo estaba a casi treinta metros de altura.

Norman pensó que, en ella, se podría poner un edificio de seis pisos. Al mirar hacia lo alto vio que había una capa de neblina, una especie de bruma.

—¿Qué es eso?

—Una nube dijo Barnes, meneando la cabeza—. La sala es tan grande que, al parecer, tiene su propio clima. Quizá, en ocasiones, hasta llueve aquí dentro.

La sala estaba llena de maquinarias de inmensas proporciones. Al primer golpe de vista, las máquinas tenían la apariencia de equipos grandísimos para el desplazamiento de tierra y de escombros, pero con la diferencia de que estaban pintados con brillantes colores primarios y relucían de aceite. Después, Norman empezó a percibir algunos detalles: había gigantescas garras prensiles, brazos tremendamente poderosos, ruedas dentadas móviles. Y una exhibición impresionante de baldes y receptáculos.

De repente, Norman se dio cuenta de que lo que estaba mirando era muy parecido a las pinzas y garras montadas en la parte frontal del sumergible *Charon V*, en el cual él había hecho su viaje al fondo del mar, el día de ayer... ¿O había sido anteayer? ¿O seguía siendo el mismo día? ¿Qué día? ¿Era el 4 de julio? ¿Cuánto tiempo llevaban estando allí abajo?

—Si observan con atención —estaba diciendo Barnes— podrán ver que algunos de estos dispositivos parecer ser armas en gran escala. Otros, como aquel largo brazo extensor y los diversos accesorios para recoger cosas, hacen que esta nave sea, virtualmente, un gigantesco robot.

—Un robot...

—Un robot...

—No bromeen —pidió Beth.

—Creo que, después de todo, habría sido apropiado que un robot abriera esta nave —comentó Ted, meditativo—. Quizá hasta habría encajado.

—Encajado, con ajuste perfecto —dijo Beth.

—Encajado como las cañerías —corroboró Norman.

—¿Algo así como un contacto íntimo robot-robot, quieres decir? —inquirió Harry—. ¿Una especie de encuentro de tornillos y tuercas?

—¡Eh! —protestó Ted—. Yo no me burlo de tus comentarios, aunque sean estúpidos.

—No estaba al tanto de que lo fueran —dijo Harry.

—En ocasiones, dices tonterías. Cosas absurdas.

—Chicos —dijo Barnes—, ¿podemos volver al asunto que tenemos entre manos?

—Indícamelo la próxima vez, Ted.

—Lo haré.

—Me agradará saber cuándo digo algo tonto.

—No hay problema.

—Algo que *tú* consideres que es tonto.

—Se me ha ocurrido una cosa —le dijo Barnes a Norman—: cuando regresemos a la superficie, dejemos a estos dos aquí abajo.

—No es posible que piensen en regresar *ahora* —replicó Ted.

—Ya hemos votado.

—Pero eso fue antes de que encontráramos el *objeto*.

—¿Dónde está ese objeto? —preguntó Harry.

—Por aquí, Harry —dijo Ted con una amplia sonrisa perversa—. Veamos qué es lo que tus legendarios poderes de deducción infieren de esto.

Se adentraron en la sala, caminando entre las gigantescas pinzas y garras. Allí, delicadamente alojada en la garra acolchada de una de las pinzas de agarre, vieron una gran esfera plateada, perfectamente pulida, de unos nueve metros de diámetro. La esfera carecía de marcas o rasgos distintivos de ninguna clase.

Los científicos pasaron alrededor de ella y se vieron reflejados en el bruñido metal. Norman reparo en que una extraña iridiscencia cambiante, con débiles tonalidades irisadas en azul y rojo, centelleaba en él.

—Tiene el aspecto de una enorme bolita de cojinete —opinó Harry.

—Sigue caminando, genio.

En el lado opuesto descubrieron una serie de profundas estrías en espiral, labradas en la superficie. Formaban un intrincado patrón que resultaba sumamente impresionante. En ese momento Norman no podía decir por qué. El dibujo no era geométrico; tampoco era amorfo u orgánico. Resultaba difícil de definir. Norman nunca había visto algo así, y mientras seguía mirándolo se sentía cada vez más seguro de que éste era un patrón que nunca se había hallado en la Tierra. No había sido creado por hombre alguno. Jamás fue concebido por una imaginación humana.

Ted y Barnes se encontraban en lo cierto. Norman estaba seguro de eso.

Aquella esfera era algo que provenía de otro planeta.

PRIORIDADES

Harry contempló la esfera en silencio durante largo rato.

—Estoy seguro de que querrás acudir a nosotros en este asunto —dijo Ted—. En relación a de dónde vino y cosas por el estilo.

—En realidad, sé de dónde vino —dijo, y le habló de la grabación sideral y del agujero negro.

—A decir verdad —explicó Ted—, desde hace algún tiempo sospechaba que esta cosmonave estaba construida para viajar a través de un agujero negro.

—¿De veras? ¿Cuál fue tu primera pista?

—El espeso blindaje contra las radiaciones.

Harry asintió con la cabeza.

—Es cierto. Es probable que hayas conjeturado el significado de eso antes que yo —dijo, y sonrió—, pero no se lo comunicaste a nadie.

—¡Eh! —exclamó Ted—. No puede haber dudas al respecto: fui yo quien propuso primero lo del agujero negro.

—¿De veras?

—Sí. Eso es indiscutible. ¿No recuerdas que, en la sala de conferencias, le estaba dando a Norman una explicación sobre el espacio-tiempo y que empecé a hacer los cálculos para el agujero negro? Después, tú entraste y te uniste. Norman, ¿no lo recuerdas? Yo lo planteé primero.

—Es cierto, tú tuviste la idea —reconoció Norman.

Harry sonrió.

—No me dio impresión de que fuera una *propuesta*; sino más bien una *conjetura*.

—O una especulación —dijo Ted—. Harry, estás reescribiendo la historia. Hay testigos.

—Puesto que te hallas mucho más adelantado que todos nosotros —dijo Harry—, ¿qué te parece decirnos cuáles son tus propuestas en cuanto a la naturaleza de este objeto?

—Con mucho gusto —aceptó Ted—. Este objeto es una esfera bruñida, de unos diez metros de diámetro; no es sólida y está compuesta por una aleación metálica densa, de naturaleza aún desconocida. Las marcas cabalísticas que hay en este lado...

—¿A esas estrías les llamas marcas cabalísticas?

—¿Te importa dejarme terminar? Las marcas cabalísticas que aparecen en este lado sugieren claramente una ornamentación artística o religiosa, evocadora de una categoría ceremonial, y esto indica que el objeto tiene gran importancia para quienquiera que lo haya fabricado.

—Creo que podemos estar seguros de que *eso* era cierto.

—Personalmente, abrigo la creencia de que esta esfera tiene el propósito de servir como una forma de contacto con nosotros. Visitantes de otra estrella, de otro sistema solar... Es algo así como un saludo, un mensaje o un trofeo. La evidencia de que existe una forma superior de vida en el Universo.

—Todo lo que dices es precioso... pero no viene al caso dijo Harry—. ¿Qué es lo que la esfera *hace*?

—No estoy seguro de que haga algo. Creo que tan sólo *es*. Es lo que es.

—Muy Zen.

—Pues bien, ¿cuál es tu idea?

—Repasemos lo que sabemos —propuso Harry—, por contraposición con lo que *imaginamos* en un vuelo de la fantasía; ésta es una nave espacial que viene del futuro, construida con toda suerte de materiales y tecnología que aún no hemos creado, aunque los vamos a crear. La nave en la que estamos fue enviada por nuestros descendientes a través de un agujero negro, hacia otro Universo o a otra parte de nuestro Universo.

—Sí.

—Esta nave espacial no está tripulada, pero se encuentra equipada con brazos robots. Se ve claro que fueron diseñados para recoger cosas que la nave pueda encontrar. Por eso, podemos pensar en esta nave como si fuera una enorme versión de la astronave no tripulada *Mariner* que, en los años setenta, enviamos a Marte para investigar si había vida en aquel planeta. Este vehículo procedente del futuro es mucho más grande y más complicado; pero, en lo esencial, es la misma clase de máquina: es una sonda.

—Sí...

—De modo que la sonda penetró en otro Universo, donde se topa con esta esfera. Cabe suponer que se hallaba flotando en el espacio. O quizá la esfera fue enviada para que se encontrara con la nave.

—Exacto —concedió Ted—. Fue enviada para que se encontrara con la nave. Como si se tratase de un emisario. Eso es lo que creo.

—En cualquier caso, nuestra cosmonave-robot, siguiendo sabe Dios qué criterio que tenga incorporado en su dotación de instrucciones, decide que esta esfera es interesante. De manera automática toma la esfera con esta gran tenaza que vemos aquí, la trae al interior de la nave y se la lleva a casa.

—Con la diferencia de que, al volver a casa, va demasiado lejos: va hacia el pasado.

—El pasado de la nave —dijo Harry—. Nuestro presente.

—Justo.

Barnes bufó con impaciencia.

—Magnífico. Así que este vehículo espacial sale, recoge una esfera plateada de otro planeta, y la trae al regresar. Vayamos al grano. ¿Qué *es* esta esfera?

Harry se adelantó hacia la esfera y apretó la oreja contra el metal en tanto le daba unos golpes secos con los nudillos. Tocó las estrías y sus manos desaparecieron dentro de las profundas hendiduras. La esfera estaba tan pulida que Norman podía ver la cara distorsionada de Harry reflejada en el metal convexo.

—Sí. Tal como sospechaba, estas marcas cabalísticas, según tú las llamas, no son en modo alguno decorativas. Cumplen un propósito muy distinto: ocultar una pequeña solución de continuidad en la superficie de la esfera. Así pues, representan una puerta.

Harry retrocedió.

—¿Qué *es* la esfera?

—Voy a decir lo que creo —anunció Harry—. Pienso que esta esfera es un recipiente hueco, que hay algo en su interior y que ese algo me aterroriza hasta lo indecible.

PRIMERA EVALUACIÓN

—No, señor secretario —dijo Barnes en el micrófono—. Estamos absolutamente seguros de que es un artefacto de otro planeta. No parece haber duda alguna al respecto.

Dirigió una mirada a Norman, que estaba sentado en el otro extremo de la sala.

—Sí, señor —continuó Barnes—. Es de lo más emocionante.

Apenas regresaron al habitáculo, Barnes había llamado a Washington. Estaba tratando de demorar el retorno de los científicos a la superficie.

—No, aún no la hemos abierto. Bueno, pues no la *pudimos* abrir. La puerta tiene una forma extrañísima y está fresada en forma muy fina... No, no se podría meter ninguna cuña en la hendidura.

Volvió a mirar a Norman y puso los ojos en blanco.

—No, eso lo intentamos también. No parece haber controles externos... Tampoco hay mensajes en la parte de afuera... Ni rótulos... Todo lo que puedo decirle es que es una esfera sumamente pulida, con algunas estrías en espiral en uno de los lados... ¡¿Qué ?! ¿Abrirla con explosivos?

Norman dio media vuelta y se alejó. Estaba en el Cilindro D, en la sección de comunicaciones operada por Tina Chan. Con su calma habitual, la mujer estaba ajustando una docena de monitores. Norman le dijo:

—Usted parece ser la persona más relajada de aquí.

—Tan sólo inescrutable, señor —repuso sonriendo.

—¿Eso es todo?

—Tiene que serlo, señor —dijo Tina Chan, mientras ajustaba la ganancia vertical de un monitor cuya imagen giraba; la pantalla mostró la esfera bruñida—. En realidad, siento que el corazón me late con violencia, señor. ¿Qué cree que hay dentro de esa esfera?

—No tengo la menor idea —confesó Norman.

—¿Considera posible que dentro haya un extraterrestre? Quiero decir alguna clase de ser vivo.

—Quizá.

—¿Y estamos tratando de abrirla? A lo mejor debiéramos dejarla como está, con lo que sea que tenga adentro.

—¿No siente curiosidad? —preguntó Norman.

—No demasiada, señor.

—No veo cómo podría funcionar la voladura —estaba diciendo Barnes por el micrófono—. Sí, tenemos SMTMP.[1] Entiendo. Diferentes tamaños... Pero no creo que puedan abrir esta cosa mediante una explosión. No. Bueno, si la viera, lo comprendería. Es un objeto *perfectamente* construido. Es perfecto.

Tina ajustó un segundo monitor, de modo que tuvieron dos vistas de la esfera, y pronto habría una tercera. Edmunds estaba situando cámaras para vigilar la esfera. Ésa había sido una de las suge-

1. Explosivos especiales para pruebas y sondeos submarinos. Se usan para determinar las características geológicas de suelos marinos, así como la posible existencia de depósitos minerales. *(N. del T.)*

rencias de Harry, quien había dicho: «Sométanla a vigilancia. Tal vez haga algo de cuando en cuando, quizá exhiba cierta actividad.»

En la pantalla, Norman vio la red de cables que habían sido conectados a la esfera. Se contaba con una impresionante exhibición de sensores pasivos: sonido y todo el espectro electromagnético, desde el infrarrojo hasta los rayos gamma y X. Las lecturas de los sensores aparecían en una batería de instrumentos, instalada a la izquierda de los monitores.

Entró Harry.

—¿Nada todavía?

Tina meneó la cabeza:

—Hasta ahora, nada.

—¿Ha regresado Ted?

—No —respondió Norman—. Sigue allí.

Ted se había quedado en la bodega con el propósito ostensible de ayudar a Jane Edmunds a montar las cámaras, pero, en verdad, todos sabían que Ted trataría de abrir la esfera. Lo estaban viendo en el segundo monitor, palpando las estrías, tocando, empujando.

Harry sonrió y dijo:

—Le falta recitar una plegaria.

—Harry, ¿recuerdas cuando estábamos en la cubierta de vuelo y dijiste que querías hacer testamento porque se notaba que en esta astronave faltaba algo? —preguntó Norman.

—Ah, eso —dijo Harry—. Olvídalo. No viene al caso ahora.

Barnes estaba diciendo:

—No, señor secretario, llevarla a la superficie sería poco menos que imposible... Bueno, señor, es que, en estos momentos, se encuentra dentro de una bodega que está a más de quinientos metros adentro de la nave, y ésta se halla sepultada bajo nueve metros de coral, y la esfera en sí tiene sus buenos nueve metros de diámetro... Es del tamaño de una casa pequeña...

—Lo que yo me pregunto es qué hay *en* la casa —dijo Tina. En el monitor, Ted, presa de la mayor frustración, pateó la esfera.

—Ni con una plegaria —volvió a decir Harry—. Nunca logrará que se abra.

En ese momento, entró Beth y preguntó:

—¿Cómo *conseguiremos* abrirla?

—¿Cómo? —Harry contempló, meditativo, la esfera, que refulgía en el monitor, y se produjo un silencio—. Quizá no podamos.

—¿No la podremos abrir? ¿Nunca?

—Es una de las posibilidades.

—Ted se suicidaría —dijo Norman riendo.

Barnes decía:

—Bueno, señor secretario, si usted tuviera a bien asignar los recursos navales necesarios para llevar a cabo una recuperación en gran escala, desde trescientos metros, podríamos intentarlo dentro de seis meses, contados desde hoy, cuando se nos asegure que en esta región haya, durante un mes, buenas condiciones meteorológicas en la superficie. Sí..., ahora es invierno en el sur del Pacífico, sí.

—Ya puedo imaginarme todo —dijo Beth—. Con grandes gastos, la Armada lleva una misteriosa esfera extraterrestre a la superficie. La transportan a una instalación estatal ultrasecreta, en Omaha, y convocan a expertos de todas las disciplinas para que intenten abrirla. Pero nadie puede hacerlo.

—Como *Excalibur* —comentó Norman.

Beth prosiguió:

—Conforme pasa el tiempo van intentándolo con métodos cada vez más poderosos y violentos. Al final tratan de abrirla haciendo estallar un pequeño dispositivo nuclear, y tampoco lo consiguen. Llega un momento en el que ya nadie tiene más ideas. La esfera sigue posada allí. Transcurren décadas. Y nunca logran abrir la esfera. —Agitó la cabeza—. Una gran frustración para la especie humana...

—¿De verdad crees que puede ocurrir eso? ¿Que nunca seamos capaces de abrirla? —preguntó Norman a Harry.

—Nunca es mucho tiempo —le contestó.

—No, señor —decía ahora Barnes—. Dado este nuevo acontecimiento, permaneceremos abajo hasta el último minuto. El clima de superficie se mantendrá durante seis horas más, por lo menos, señor, a juzgar por los informes de Metsat. Bueno, tengo que depender de ese juicio. Sí, señor. Cada hora. Sí, señor.

Colgó el radioteléfono y se volvió hacia el grupo:

—Muy bien. Tenemos autorización para permanecer aquí abajo de seis a doce horas más, en tanto las condiciones meteorológicas persistan. Tratemos de abrir esa esfera en el tiempo que nos queda.

—Ted está trabajando en eso ahora —informó Harry.

En el monitor de vídeo vieron que Ted golpeaba la esfera con las manos y le gritaba:

—¡Ábrete! ¡Ábrete, Sésamo! ¡Ábrete, hija de puta!

La esfera no se inmutó.

«EL PROBLEMA ANTROPOMÓRFICO»

—En serio —dijo Norman—. Creo que alguien tiene que hacer la pregunta: ¿No deberíamos tomar en cuenta la posibilidad de *no* abrirla?

—¿Por qué? —preguntó Barnes—. Escuchen, acabo de largar el teléfono...

—Lo sé —respondió Norman—. Pero quizá debamos pensar esto dos veces.

Con el rabillo del ojo vio que Tina asentía enérgica con la cabeza; Harry parecía ser escéptico, y Beth se frotaba los ojos, soñolienta.

—¿Tiene usted miedo, o cuenta con algún argumento de peso? —preguntó Barnes.

—Me da la impresión —dijo Harry— de que Norman está a punto de citar material de sus propios trabajos.

—Pues, sí —admitió Norman—. Sí, puse esto en mi informe. En dicho informe, Norman le había llamado «el problema antropomórfico». Básicamente, el problema consistía en que todos los que alguna vez habían pensado o escrito sobre la vida extraterrestre imaginaron que la vida es, en esencia, humana. Incluso si las formas de vida extraterrestre no tuvieran aspecto humano, si fueran como un reptil o un insecto grande, o un cristal inteligente, seguirían actuando en forma humana.

—Usted está hablando de las películas dijo Barnes.

—También estoy hablando de trabajos de investigación. Toda concepción de la vida de otros planetas, ya se deba a un director cinematográfico o a un profesor universitario, ha sido, *en lo básico*, humana. Siempre se han supuesto valores humanos, comprensión humana, maneras humanas de enfocar un Universo comprensible para los seres humanos, y, por lo general, también un aspecto humano: dos ojos, una nariz, una boca y demás.

—¿Y qué?

—Eso es a todas luces un desatino —opinó Norman—. En principio porque en el comportamiento humano existe suficiente variación como para hacer que el entendimiento, ya dentro de nuestra propia especie, sea muy dificultoso. Las diferencias entre norteamericanos y japoneses, por poner un ejemplo, son enormes. Los norteamericanos y los japoneses en modo alguno miran el mundo del mismo modo.

—Sí, sí —dijo Barnes con impaciencia—. Todos sabemos que los japoneses son diferentes...

—Y cuando se trata de una nueva forma de vida, las diferencias, literalmente, pueden ser inabarcables. Los valores y la ética que sustente esta nueva forma de vida han de ser por completo diferentes.

—Quiere usted decir que esa forma de vida puede no creer en la bondad ni en el «no matarás» —anticipó Barnes, impaciente.

—No —repuso Norman—. Quiero decir que puede ocurrir que a ese ser no se le pueda matar y que, en consecuencia, puede carecer del concepto de «matar», en primer lugar.

Barnes tuvo un sobresalto.

—¿Sería posible que se tratara de un ser al que *no se le pudiera dar muerte*?

Norman asintió con la cabeza:

—Como dijo alguien alguna vez, no se le pueden romper los brazos de un ser que no los tiene.

—¿Que no se puede matar? ¿Quiere decir que sea inmortal?

—No sé —dijo Norman—. Ése es el quid.

—Lo que yo me planteo, por Cristo, es que a un ser al que no se puede matar... —dijo Barnes—. ¿Cómo lo mataríamos? —Se mordió el labio. No me gustaría abrir esa esfera y liberar un ser al que no se le pudiese dar muerte.

—No habría ascensos por un acto así, Hal —comentó Harry riendo.

Barnes miró los monitores, que brindaban varias vistas de la pulida esfera. Al final, el militar dijo:

—No, eso es ridículo. Ningún ser vivo es inmortal. ¿Estoy en lo cierto, Beth?

—En realidad, no —contestó ella—. Se podría argumentar que algunos seres vivos de nuestro propio planeta son inmortales; por ejemplo, ciertos organismos unicelulares, como las bacterias y las levaduras, tienen, al parecer, capacidad de vivir de modo indefinido.

—Levaduras —resopló Barnes—. No estamos hablando de *levaduras*.

—Y, prácticamente, a un virus se le podría considerar inmortal.

—¿Un *virus*? —Barnes tuvo que sentarse en una silla: no había tomado en cuenta a los virus—. Pero ¿cuál es la probabilidad de que se trate de eso? ¿Harry?

—Creo que las posibilidades van mucho más allá de lo que hayamos mencionado hasta el momento —dijo el interpelado—, pues nos hemos limitado a considerar seres tridimensionales, como los que existen en nuestro Universo de tres dimensiones... o, para ser más precisos, en el Universo que percibimos como constituido por tres dimensiones, porque hay quienes piensan que nuestro Universo tiene nueve u once dimensiones.

Barnes tenía aspecto de estar agotado.

—Pero las otras seis u ocho dimensiones son casi imperceptibles, por eso no las notamos.

Barnes se frotó los ojos.

—Por consiguiente, este ser —prosiguió Harry— puede ser multidimensional, por lo que, en un sentido literal, no existiría, al menos no por completo, en nuestras tres dimensiones conocidas. Para tomar el caso más sencillo: si fuese un ser de cuatro dimensiones...

—Esperen un momento. ¿Por qué ninguno de ustedes mencionó todo esto antes?

—Supusimos que usted lo sabría —dijo Harry.

—¿Que yo sabía algo acerca de seres de cinco dimensiones a los que no se puede matar? Nadie me dijo nunca una palabra. —Movió la cabeza—. Abrir esa esfera podría resultar peligrosísimo.

—En efecto.

—Lo que tenemos aquí es nada menos que la caja de Pandora.

—Es cierto.

—Bueno —dijo Barnes—. Consideremos las peores probabilidades. ¿Qué es lo peor que podemos encontrar?

Fue Beth quien respondió.

—Creo que está claro: independientemente de que se trate de un ser multidimensional o de un virus o de lo que fuere, al margen de que comparta nuestros valores morales o de que lisa y llanamente no tenga valores morales, el caso peor es que nos dé un golpe bajo.

—¿Y eso qué quiere decir?

—Eso quiere decir que se comporte de un modo que se interfiera en nuestros mecanismos vitales básicos. Un buen ejemplo es el virus del sida. El motivo por el que el sida es tan peligroso no estriba en que sea un virus nuevo. Obtenemos virus nuevos todos los años..., todas las semanas. Y todos los virus funcionan de la misma manera: atacan las células y transforman la maquinaria de éstas para que elaboren más virus. Lo que hace que el virus del sida sea tan peligroso es que ataca las células específicas que utilizamos para defendernos contra los virus. El sida interfiere nuestro mecanismo básico de defensa. Y no tenemos defensa contra eso.

—Bueno —dijo Barnes—, si esta esfera contiene un ser que pueda interferir nuestros mecanismos básicos, ¿cómo sería ese ser?

—Podría inhalar aire y exhalar gas cianuro —sugirió Beth.

—Podría excretar desechos radiactivos —apuntó Harry.

—Podría perturbar nuestras ondas cerebrales —aventuró Norman—, interferir nuestra capacidad de pensar.

—O simplemente podría perturbar la conducción de impulsos eléctricos cardíacos y hacer que nuestro corazón deje de latir —agregó Beth.

—¿Y si produjera una vibración sonora que resonase en nuestro sistema óseo y nos hiciera añicos los huesos? —dijo Harry, y sonrió a los otros integrantes del equipo—. De todas las hipótesis, ésta es la que más me gusta.

—Ingenioso —comentó Beth—; pero, como siempre, pensamos en nosotros mismos. Podría ocurrir que ese ser en ningún momento nos hiciera un daño directo.

—Ah —dijo Barnes.

—Simplemente podría exhalar una toxina que matase los cloroplastos, de modo que las plantas ya no pudiesen transformar la luz solar. Entonces, morirían las plantas que existen en la Tierra... y, en consecuencia, también lo haría toda la vida que hay en ella.

—Ah —volvió a decir Barnes.

—Verán —intervino Norman—, al principio pensé que el «problema antropomórfico», el hecho de que sólo podamos concebir la vida extraterrestre como básicamente humana, representaba falta de imaginación: el Hombre es Hombre y todo lo que conoce es el Hombre, y en todo lo que puede pensar es en lo que él conoce. Sin embargo, como pudieron apreciar, eso no es cierto. Podemos pensar en muchas otras cosas más... pero no lo hacemos. Así que tiene que haber otra razón por la que sólo podemos concebir a los extraterrestres como seres humanos. Y creo que la respuesta es que, en realidad, somos animales terriblemente débiles, y no nos gusta que se nos recuerde cuán débiles somos, cuán delicados son los equilibrios que se producen dentro de nuestro cuerpo, cuán breve es nuestra permanencia sobre la Tierra y con cuánta facilidad concluye. Así que imaginamos que otras formas de vida deben ser como nosotros, con lo que no tenemos que pensar en la verdadera amenaza, la terrorífica amenaza que pueden representar, sin que siquiera lo intenten.

Se produjo un silencio; luego, Barnes dijo:

—Tampoco debemos olvidar otra posibilidad: podría ser que la esfera encerrara algún extraordinario beneficio para nosotros. Algún maravilloso conocimiento nuevo, alguna idea nueva, una tecnología superior, algo que nos deje atónitos y que mejore las condiciones de vida de la especie humana, algo que supere nuestros sueños más fantásticos.

—Aunque esa posibilidad existe —dijo Harry—, no habría ninguna idea nueva que nos pueda ser de utilidad.

—¿Por qué? —preguntó Barnes.

—Bueno, digamos que los extraterrestres están mil años adelantados a nosotros tal como nosotros lo estamos, por ejemplo, en relación a la Europa medieval. Suponga que usted retrocede a esa Europa con un televisor: no habría ningún lugar donde enchufarlo.

Barnes los miró con fijeza durante largo rato.

—Lo siento —dijo—. Esta es una responsabilidad demasiado grande para mí. No puedo tomar la decisión de abrir la esfera. Tengo que llamar a Washington para consultar.

—Ted no va a sentirse feliz —opinó Harry.

—Al diablo con Ted —exclamó Barnes—. Voy a comunicarle esto al Presidente. Y hasta que no recibamos noticias suyas, no quiero que nadie trate de abrir esa esfera.

Barnes propuso un período de descanso de dos horas, y Harry se retiró a su habitación camarote para acostarse. Beth anunció que también ella se iba a dormir, pero se quedó en el puesto de monitores, con Tina Chan y Norman. El lugar de trabajo de Tina tenía cómodos asientos con respaldos altos, y Beth hacía girar uno de ellos, balanceando las piernas hacia atrás y hacia adelante; al tiempo que jugaba con su cabello, haciéndose rulitos al lado de la oreja. Tenía la mirada fija en el vacío espacio.

«Está cansada —pensó Norman—. Todos lo estamos.» Observó a Tina, quien, tensa y alerta, se movía de forma suave, pero continua, para ajustar los monitores, revisar la información de los sensores y cambiar los casetes de vídeo. Como Jane Edmunds, estaba en la nave espacial con Ted, además de atender su propia consola de comunicaciones, Tina tenía que hacerse cargo de las unidades de grabación. Esta mujer, que pertenecía a la Armada, no parecía hallarse tan cansada como los científicos. Claro que no había estado dentro de la astronave; la cual, para ella, era sólo algo que veía en los monitores, un programa de televisión, una abstracción. Tina no se había visto cara a cara con la realidad del nuevo ambiente, con la agotadora lucha mental para entender qué estaba pasando, qué significaba todo aquello.

—Tiene aspecto de cansado, señor —dijo Tina.
—Sí. Todos estamos cansados.
—Es la atmósfera —explicó Tina—. Por respirar helio.
«Está todo dicho sobre las explicaciones psicológicas», pensó Norman.
—La densidad del aire aquí abajo causa efecto en el organismo. Nos encontramos a treinta atmósferas. Si estuviéramos respirando aire normal a esta presión, sería casi tan denso como un líquido. El helio es más ligero; pero es mucho más denso que lo que estamos habituados a respirar. Uno no se da cuenta, pero nada más que respirar, mover los pulmones, cansa.
—Sin embargo, usted no parece cansada.
—Ah, yo estoy acostumbrada. Ya antes estuve en ambientes saturados.
—¿De veras? ¿Dónde?
—La verdad es que no se lo puedo decir, doctor Johnson.
—¿Operaciones navales?
La mujer sonrió.
—Se sobrentiende que no debo hablar de eso.
—¿Es ésa su sonrisa inescrutable?
—Así lo espero, señor. ¿Pero no cree usted que debería intentar dormir?
—Probablemente —asintió Norman.
Tomó en cuenta la idea de irse a dormir; pero la perspectiva de acostarse en su húmeda litera no le resultaba atractiva. De modo que prefirió bajar al comedor, con la esperanza de encontrar alguno de los postres de Rose Levy. Ella no estaba allí, pero había un poco de tarta de coco debajo de una tapa de plástico. El psicólogo buscó un plato, cortó una porción y se la llevó hacia una de las portillas. Pero afuera todo estaba negro; las luces de la parrilla se hallaban apagadas y los buzos se habían retirado. Norman vio luces en las portillas del DH-7, el habitáculo de los buzos, situado a unos pocos metros de distancia. Aquellos hombres estarían preparándose para regresar a la superficie o tal vez ya se hubieran ido.
En la portilla, el psicólogo vio reflejado su propio rostro: se vio cansado y viejo. «Éste no es un lugar para un hombre de cincuenta y tres años», pensó al contemplar su imagen.
Mientras miraba descubrió unas luces que se movían a lo lejos: después un breve relumbrón amarillo; uno de los minisubmarinos se detuvo debajo de un cilindro, el DH-7. Instantes después llegó un segundo submarino, que atracó junto al primero; las luces de éste se apagaron. Un momento después, el segundo submarino zarpó hacia las negras aguas; el primer submarino se quedó atrás.
«¿Qué está sucediendo?», se preguntó Norman, aunque sabía que aquello era algo que no le importaba realmente. Se sentía demasiado cansado. Estaba más interesado en el sabor de la tarta. Miró el plato: la porción de pastel ya no estaba; sólo quedaban algunas migajas.

«Estoy cansado —pensó—. Muy cansado.» Puso los pies sobre la mesa de café, echó la cabeza hacia atrás y la apoyó sobre el frío acolchado de la pared.

Debió de haberse quedado dormido durante un largo rato, porque se despertó desorientado, en medio de la oscuridad. Se sentó y, de inmediato, las luces se encendieron. Entonces vio que todavía estaba en la cocina.

Barnes le había prevenido respecto al modo en que el habitáculo se adaptaba a la presencia de las personas. Según parecía, los sensores de movimiento dejaban de registrar la presencia de la persona cuando ésta se quedaba dormida, y automáticamente, apagaban las luces de la habitación. Después, cuando esa persona se despertaba y se movía, las luces se volvían a encender. Norman se preguntó si las luces permanecerían encendidas cuando la persona roncaba. ¿Quién había diseñado todo aquello? Los ingenieros y planificadores que trabajaron en el habitáculo de la Armada, ¿habrían tomado en cuenta el ronquido? ¿Habría un sensor de ronquidos?

Comería otra ración dulce.

Se puso de pie y se dirigió hacia la mesa de la cocina: ahora faltaban varias porciones de tarta. ¿Se las había comido él? No estaba seguro: no podía recordar.

—Muchas casetes de vídeo —dijo Beth.

Norman se dio vuelta.

—Sí dijo Tina—. Estamos grabando todo lo que ocurre en este habitáculo; y también en la nave. Tendremos una gran cantidad de material.

Había un monitor montado justo sobre la cabeza de Norman; mostraba a Beth y Tina arriba, delante de la consola de comunicaciones. Ambas estaban comiendo tarta.

«De modo que es ahí adonde fue a parar la tarta de coco», pensó Norman.

—Cada doce horas las cintas se transfieren al submarino —dijo Tina.

—¿Para qué? —preguntó Beth.

—De ese modo, si algo ocurriera aquí abajo, el submarino ascendería a la superficie de forma automática.

—Ah, grandioso —dijo Beth—. Pero no quiero pensar demasiado en eso. ¿Dónde está el doctor Fielding ahora?

—Desistió de abrir la esfera y fue a la cubierta principal de vuelo. Está con Jane Edmunds —informó Tina.

Norman observó el monitor: la encargada de las comunicaciones había salido del campo visual; y Beth estaba sentada de espaldas al monitor, comiendo dulce de coco. En el monitor que se encontraba detrás de ella, Norman podía ver, con toda claridad, la refulgente esfera. «Monitores que muestran monitores —pensó—. El personal naval que, en última instancia, revise estas grabaciones se va a volver loco.»

—¿Cree que alguna vez lograrán abrir la esfera?

—Quizá. No lo sé —respondió Beth sin dejar de comer su porción de tarta.

Y, en ese instante, en el monitor que estaba detrás de Beth Norman vio, horrorizado, que la puerta de la esfera se estaba deslizando lentamente. La gran bola metálica se estaba abriendo y revelaba la negrura de su interior.

ABIERTA

Tenían que haber pensado que estaba loco, al verlo correr a través de la esclusa hacia el Cilindro D, subir a trompicones las estrechas escaleras, y llegar al nivel superior gritando:

—¡Está abierta! ¡Está abierta!

Llegó a la consola de comunicaciones en el preciso momento en que Beth se quitaba de los labios las últimas migajas de coco. La mujer soltó el tenedor.

—¿Qué es lo que está abierto?

—¡La esfera!

Beth giró sobre la silla y Tina corrió desde el grupo de VCR. Ambas miraron el monitor que se encontraba a la espalda de Beth.

Se produjo un silencio embarazoso.

—Me da la impresión de que está cerrada, Norman.

—*Estaba abierta. La vi.* —Les explicó lo que había observado en el monitor de la cocina—. Fue hace unos pocos minutos, nada más, y estoy seguro de que la esfera se abrió. Se tiene que haber vuelto a cerrar mientras yo venía hacia aquí.

—¿Estás seguro?

—El monitor de la cocina es muy pequeño...

—Lo he visto —insistió Norman—. Repitan la grabación, si no me creen.

—Buena idea —reconoció Tina, y fue hacia las grabadoras para volver a pasar la cinta.

Norman estaba respirando pesadamente, tratando de recuperar el aliento. Era la primera vez que hacía un esfuerzo en esa densa atmósfera, y sentía mucho los efectos. «El DH-8 no es un buen lugar para excitarse», penso.

Beth lo estaba observando:

—¿Te encuentras bien, Norman?

—Sí, muy bien. Te digo que lo vi. Se abrió. ¿Tina?

—Tardaré un segundo.

Entró Harry bostezando.

—Las camas de este lugar son grandiosas, ¿no? Es como dormir en una bolsa de arroz húmedo, una especie de combinación de cama y ducha fría —suspiró—. Irme de aquí me va a destrozar el corazón.

—Norman cree que la esfera se abrió —dijo Beth.

—¿Cuándo? —preguntó Harry, y volvió a bostezar.

—Hace pocos segundos.

Harry asintió reflexivo.

—Interesante, interesante. Veo que ahora está cerrada.

—Estamos rebobinando las cintas para volver a verlas.

—Ajá. ¿Queda algo de esa tarta?

«Harry parece muy sereno —pensó Norman—. Éste es un hecho importantísimo, y él no se muestra excitado ni lo más mínimo.» ¿Por qué? ¿Tampoco Harry le creía? ¿Era que aún estaba soñoliento, no del todo despierto... o había algo más?

—Aquí es —dijo Tina.

El monitor mostró líneas distorsionadas y, después, la imagen adquirió nitidez. En la pantalla volvieron a aparecer Tina y Beth, y se oyó el diálogo que habían sostenido:

—*... horas. Las cintas se transfieren al submarino.*

Beth:

—*¿Para qué?*

Tina:

—*De ese modo, si algo ocurriera aquí abajo, el submarino ascendería a la superfie de forma automática.*

Beth:

—*Ah, grandioso. Pero no quiero pensar demasiado en eso. ¿Dónde está el doctor Fielding ahora?*

Tina:

—*Desistió de abrir la esfera y fue a la cubierta principal de vuelo. Está con Jane Edmunds.*

En la pantalla, Tina salía del campo visual, y Beth se quedaba sola en la silla, comiendo tarta, con la espalda vuelta hacia el monitor. Se oyó la voz de Tina, preguntaba:

—*¿Cree que alguna vez lograrán abrir la esfera?*

Y Beth, sin dejar de comer, respondía:

—*Quizá. No lo se.*

Se produjo una breve pausa y entonces, en el monitor que estaba detrás de Beth, se vio que la puerta de la esfera se abría deslizándose hacia un lado.

—¡Eh! ¡Sí, se abrió!

—¡Sigan adelante con la grabación!

En pantalla, Beth no miraba el monitor. Tina, todavía en algún sitio fuera de la pantalla, decía:

—*Esto me asusta.*

Beth:

—*No creo que haya motivos para tener miedo.*

Tina:

—*Es lo desconocido.*

—*Por supuesto* —decía Beth—, *pero no es probable que algo desconocido sea peligroso y aterrador. Lo más probable es que sea inexplicable, nada más.*

—*No sé cómo puede decir eso.*

—*¿Le tiene miedo a las serpientes?* —preguntaba Beth en pantalla.

Durante todo el transcurso de esta conversación la esfera permaneció abierta.

Mientras observaba, Harry dijo:

—¡Qué lástima que no podamos ver su interior!

—A lo mejor puedo ayudar en ese aspecto —dijo Tina—. Por mediación del ordenador haré que la imagen se intensifique un poco.

—Casi parece como si hubiera lucecitas —dijo Harry—. Lucecitas móviles dentro de la esfera...

En la pantalla, Tina volvió a entrar en el campo visual:

—*Las serpientes no me molestan.*

—*Bueno, pues yo no las puedo soportar. Son viscosas, frías, repugnantes.*

—Ah, Beth –dijo Harry, observando el monitor—. ¿Tienes envidia de la serpiente?

En la pantalla, Beth seguía diciendo:

—*Si yo fuese un marciano que llega a la Tierra y me tropezara con una serpiente, una forma de vida extraña y fría, que repta y tieneforma de tubo, no sabría qué pensar de ella. Pero la probabilidad de que tropiece con una víbora venenosa es muy pequeña, pues menos del uno por ciento de las serpientes son venenosas. Así que, en mi calidad de marciano, no me encontraría en peligro como consecuencia de mi descubrimiento de las serpientes: estaría perplejo. Y eso es lo más probable que nos ocurriera con nosotros: estaríamos perplejos. De todos modos no creo que alguna vez lleguemos a conseguir que la esfera se abra, no lo creo.*

—*Confío en que no* —decía Tina.

Detrás de ella, en el monitor, la esfera se cerró.

—¡Uh! —exclamó Harry—. En total, ¿cuánto tiempo estuvo abierta?

—Treinta y tres segundos coma cuatro —respondió Tina.

Detuvo la cinta y preguntó:

—¿Alguien la quiere ver de nuevo?

Se la veía pálida.

—En este preciso momento, no —dijo Harry. Tamborileó con los dedos sobre el apoyabrazos de su asiento, con la mirada fija, pensativo.

Nadie pronunció una palabra. Todos aguardaban pacientemente a que Harry hablara. Norman percibió de qué modo el grupo se subordinaba al matemático. «Harry es la persona que nos resuelve siempre las cosas —pensó—. Lo necesitamos, dependemos de él.»

—Muy bien —dijo Harry por fin—. Aún no es posible sacar conclusiones. Carecemos de datos suficientes. La cuestión es si la esfera estaba respondiendo a algo de su ambiente inmediato, o si simplemente se abrió obedeciendo a razones propias. ¿Dónde está Ted?

—Ted abandonó la esfera y fue a la cubierta de vuelo.

—Ya estoy de regreso —dijo el aludido, con una amplia sonrisa—. Y tengo algunas novedades sensacionales.

—También nosotros —le comunicó Beth.

—Eso puede esperar —arguyó Ted.

—Pero...

—*Sé adónde fue esta nave* —dijo Ted, excitado—. Estuve en cubierta, analizando los resúmenes de los datos de vuelo, y observando los campos siderales, y sé dónde está situado el agujero negro.

—Ted —le atajó Beth—, la esfera se abrió.

—¿Se abrió? ¿Cuándo?

—Hace unos minutos. Después, se volvió a cerrar.

—¿Qué indicaron los monitores?

—No hay peligro biológico. Parece ser segura.

Ted miró la pantalla.

—¿Y qué demonios estamos haciendo aquí?

En ese momento entró Barnes.

El período de descanso de dos horas terminó. ¿Todo el mundo listo para retornar a la nave y echar un último vistazo?

—Decir solamente que estamos listos para exponer las cosas con suma delicadeza —dijo Harry.

Llegaron hasta donde estaba la esfera, bruñida, silenciosa, cerrada. Los investigadores la rodearon y contemplaron sus distorsionadas imágenes reflejadas en el metal. Nadie hablaba. Se limitaron a caminar alrededor de la esfera.

Al final, Ted dijo:

—Tengo la impresión de que éste es un test para medir el coeficiente intelectual, y que no lo estoy aprobando.

—¿Quieres decir algo así como el Mensaje Davies? —preguntó Harry.

—Ah, eso —corroboró Ted.

Norman sabía a qué se referían. El Mensaje Davies era uno de los episodios que los promotores del SETI deseaban olvidar. En 1979 había tenido lugar en Roma una importante reunión de los científicos que integraban el SETI (Búsqueda de Inteligencia Extraterrestre).[1] Básicamente, dicho organismo solicitaba que se efectuara una investigación radioastronómica del cosmos. Durante la reunión los científicos trataron de decidir qué clase de mensaje se debía usar.

Emerson Davies, un físico de Cambridge, Gran Bretaña, ideó un mensaje basado en constantes físicas fijas, como la longitud de onda que emite el hidrógeno y que cabía suponer que eran las mismas en todo el Universo. Davies dispuso estas constantes en forma de ilustración binaria.

1. En inglés, *Search of Extratetrestiial Intelligence. (N. del T.)*

Como Davies pensó que ésta sería exactamente la clase de mensaje que podría enviar una inteligencia de otro planeta, supuso que sería fácil de resolver para la gente que tomaba parte en el SETI. De modo que entregó una copia de esa gráfica a cada uno de los asistentes al congreso.

Nadie pudo interpretarla.

Cuando Davies la explicó, todos estuvieron de acuerdo en que era una idea ingeniosa y un mensaje perfecto para ser enviado por seres de otro planeta. Pero quedó de manifiesto el hecho de que ninguno de los científicos había sido capaz de captar ese mensaje perfecto.

Una de las personas que había tratado de resolverlo, sin éxito, había sido Ted.

—Bueno, no nos esforzamos demasiado —argumentó—. En el congreso había muchos asuntos por tratar. Y no te teníamos allí, Harry.

—Lo único que querías era un viaje gratis a Roma dijo éste.

—¿Es mi imaginación, o las marcas de la puerta se han modificado? —preguntó Beth.

Norman observó: a primera vista, las profundas estrías parecían ser las mismas, pero quizá el diseño fuese diferente. De ser así, el cambio era casi imperceptible.

—Podemos compararlo con las antiguas grabaciones de vídeo —dijo Barnes.

—A mí me parece igual —declaró Ted—. De todos modos es metal; dudo de que pueda cambiar.

—Lo que llamamos «metal» no es más que líquido que fluye con lentitud a temperatura ambiente —puntualizó Harry—. Es posible que este metal esté cambiando.

—Lo dudo —manifestó Ted.

—Se supone que los expertos son ustedes. Sabemos que esta cosa se puede abrir; ya estuvo abierta. ¿Cómo lograremos que lo haga de nuevo? —dijo Barnes.

—Lo estamos intentando, Hal.

—No da la impresión de que hagan ninguna cosa.

De tanto en tanto le echaban un vistazo a Harry, pero el matemático se limitaba a contemplar la esfera; tenía una mano en la barbilla y, con aire reflexivo, se golpeaba suavemente el labio inferior con un dedo.

—¿Harry?

No respondió.

Ted se acercó a la esfera y la golpeó con la palma de la mano; el objeto emitió un sonido apagado, pero nada ocurrió. Ted la aporreó con el puño, después de lo cual dio un respingo de dolor y se frotó la mano.

—No creo que podamos forzar el acceso a la esfera. Me parece que es ella la que nos tiene que permitir el ingreso —dijo Norman.

Por un momento nadie pronunció una palabra.

—Mi equipo campeón, cuidadosamente seleccionado —les dijo Barnes, punzante—. Y todo lo que pueden hacer es quedarse inmóviles y contemplar la esfera.

—¿Qué quiere que hagamos, Hal? ¿Tirarle una bomba atómica?

—Si no consiguen abrirla, habrá gente que lo intentará. —Barnes miró su reloj—. Mientras tanto, ¿tienen alguna otra idea brillante?

Nadie la tenía.

—Muy bien —decidió—. Nuestro tiempo ha terminado. Volvamos al habitáculo y preparémonos para ser transportados a la superficie.

LA PARTIDA

Estaban en el Cilindro C. Norman sacó de debajo de su litera el pequeño bolso provisto por la Armada. Fue al baño a buscar sus elementos para afeitarse, cogió su libreta y su par adicional de calcetines y metió todo en el bolso; luego corrió la cremallera y lo cerro.

—Estoy listo.

—Yo también —dijo Ted, que se sentía desdichado y que no quería partir—. Supongo que ya no lo podemos demorar más. El clima está empeorando. Del DH-7 sacaron ya a todos los buzos, y ahora sólo quedamos nosotros.

Norman sonrió ante la perspectiva de estar otra vez en la superficie.

—Nunca imaginé que aguardaría con gusto el momento de ver el color gris naval reglamentario de un barco; pero así es. ¿Dónde están los demás?

—Beth ya recogió sus cosas. Creo que está con Barnes, en comunicaciones. Harry también, supongo. —Ted dio unos tirones de su mono—. Te diré una cosa: me sentiré contento de ver este traje por última vez.

Salieron del camarote y se dirigieron hacia comunicaciones. En el angosto corredor se cruzaron con Alice Fletcher, que iba hacia el Cilindro B.

—¿Lista para partir? —le preguntó Norman.

—Sí, señor, todo está pronto para la batalla —respondió, pero sus rasgos estaban tensos y parecía tener mucha prisa y estar sometida a una gran presión.

—¿No va usted en sentido contrario? —preguntó Norman.

—Tan sólo estoy revisando los diesel de reserva.

«¿Los diesel de reserva? ¿Para qué revisar los motores de reserva ahora que nos estamos yendo?», se preguntó Norman.

—Es probable que Jane Edmunds haya dejado encendido algo que no debía —sugirió Ted, moviendo la cabeza.

En la consola de comunicaciones el ambiente era lúgubre. Barnes estaba hablando por el micrófono con las naves de superficie.

—Dígalo otra vez —pidió. Quiero oír quién autorizó eso.

Miraron a Tina y alguien le pregunto:

—¿Cómo está el clima en la superficie?

—Parece que empeora con rapidez.

Barnes giró sobre sí mismo:

—*¡¿Por qué no hablan más bajo, idiotas?!*

Norman dejó caer su bolsa en el suelo. Beth estaba sentada al lado de las portillas; se la veía cansada y se frotaba los ojos. Tina apagaba uno a uno los monitores cuando súbitamente se detuvo.

—¡Miren!

En un monitor se veía la pulida esfera.

Harry estaba parado junto a ella.

—¿Qué está haciendo ahí?

—¿No vino con nosotros?

—Creía que sí.

—No me di cuenta. Supuse que había venido.

—¡Maldición! Creí haberles dicho... —comenzó a barbotar Barnes, pero se detuvo y miró con fijeza la pantalla.

En ella, Harry se volvió hacia la cámara de televisión, hizo una breve reverencia y dijo:

—Damas y caballeros, atención, por favor. Creo que lo que van a ver les resultará interesante.

Harry se volvió para enfrentarse a la esfera. Se quedó inmóvil, con los brazos caídos a los costados, relajados. Ni se movió ni habló. Cerró los ojos e hizo una inspiración profunda.

La puerta que daba acceso a la esfera se abrió.

—No está mal, ¿eh? —dijo Harry, con una amplia y repentina sonrisa.

Después, penetró en la esfera y la puerta se cerró detrás de él.

Todos empezaron a hablar al mismo tiempo. La voz de Barnes se alzaba por encima de todas las demás, intentando hacerles callar; pero nadie le prestaba atención. De pronto las luces del habitáculo se apagaron y quedaron inmersos en la oscuridad.

—¿Qué ha pasado? —preguntó Ted.

La única luz mortecina que llegaba a través de las portillas era la de los reflectores de la parrilla. Luego, también esa luz se apagó.

—No hay corriente...

—Traté de decírselo —dijo Barnes.

Se produjo un chirrido, las luces parpadearon y después se volvieron a encender.

—Tenemos corriente interna; ahora están funcionando nuestros diesel.

—¿Porqué?

—¡Miren! —exclamó Ted, señalando hacia afuera de la portilla. En el exterior vieron lo que parecía una enorme serpiente plateada que se sacudía. Entonces, Norman se dio cuenta de que era el cable que los conectaba con la superficie, que se deslizaba hacia atrás y hacia adelante, frente a ellos. A medida que iba tocando el fondo del mar, se iba enroscando y formando grandes anillos.

—¡Se soltaron de nosotros!

—Así es —ratificó Barnes—. Arriba están sufriendo los efectos de vientos huracanados y ya no pueden conservar los cables para suministro de energía y para comunicaciones; y tampoco pueden usar los submarinos. Hicieron subir a todos los buzos, pero los submarinos no pueden regresar por nosotros. Durante algunos días, por lo menos, hasta que el mar se calme.

—¿Entonces estamos varados aquí abajo?

—En efecto.

—¿Por cuánto tiempo?

—Varios días —respondió Barnes.

—¿Cuánto?

—Quizá una semana.

—Dios mío —exclamó Beth.

Ted lanzó su bolsa sobre el sofá y dijo:

—¡Qué fantástica suerte hemos tenido!

Beth se giró para mirarlo.

—¡¿Te has vuelto loco?!

—Mantengamos la calma —pidió Barnes—. Todo está bajo control. Ésta no es más que una demora temporal. No hay motivo para alarmarse.

Norman no estaba alarmado, pero de pronto se sintió exhausto. Beth, en cambio, se había puesto de mal humor; estaba enojada pues consideraba que había sido engañada. Ted se mostraba excitado y ya estaba planeando otra expedición a la nave espacial, para lo cual organizaba al equipo, junto con Jane Edmunds.

Pero Norman sólo se sentía cansado. Los párpados le pesaban y llegó a pensar que iba a quedarse dormido allí mismo, de pie, frente a los monitores. Se excusó de modo apresurado, regresó a su camarote y se tendió en la litera; no le importó que los cobertores estuviesen pegajosos, que la almohada se hallase fría, y tampoco le importó que los motores diesel ronronearan y vibraran en el cilindro de al lado. «Ésta es una reacción muy fuerte de escapismo», pensó. Y después se quedó dormido.

MÁS ALLÁ DE PLUTÓN

Norman se bajó de la litera y buscó su reloj de pulsera, pero como allí abajo había perdido el hábito de usarlo, no tenía idea de qué hora era ni de cuánto tiempo había dormido. Miró por la portilla y no vio más que agua negra. Las luces de la parrilla seguían apagadas. Volvió a tenderse de espaldas y miró los caños grises que tenía justo por encima de la cabeza: parecían estar más bajos que antes, como si se hubieran acercado mientras dormía. Todo daba la impresión de ser más estrecho, más opresivo, más asfixiante.

«Varios días más de esto —pensó—. ¡Dios!»

Tenía la esperanza de que la Armada se lo notificara a su familia ya que, después de tantos días, Ellen empezaría a preocuparse. Norman la imaginó, llamando primero a la FAA y después a la Armada, tratando de saber qué había pasado. Naturalmente, nadie sabría absolutamente nada, porque el proyecto era ultrasecreto. Ellen estaría enloquecida.

Después dejó de pensar en Ellen. «Es más fácil preocuparse por los seres queridos que por uno mismo», pensó. Pero no había razón para inquietarse. Ellen estaría bien. Y lo mismo le ocurriría a él. No era más que cuestión de esperar. Conservar la calma y aguardar a que pasara la tormenta.

Al ir a ducharse se preguntó si seguirían teniendo agua caliente, ya que el habitáculo estaba funcionando con energía de emergencia. La tenían, y Norman se sintió menos tenso después de haberse duchado. Le resultaba extraño hallarse a trescientos metros bajo el agua y gozar los efectos sedantes de una ducha caliente.

Se vistió y se dirigió hacia el Cilindro C. Oyó que la voz de Tina decía: *¿... Cree que alguna vez lograrán abrir la esfera?*

Y Beth respondia:

—*Quizá. No lo sé.*

—*Esto me asusta.*

—*No creo que haya motivo para tener miedo.*

—Es lo desconocido —decía Tina.

Cuando Norman entró, encontró a Beth pasando la videocinta, viéndose a sí misma y a Tina.

—*Por supuesto* —decía Beth en la cinta—, *pero no es probable que algo desconocido sea peligroso y aterrador. Lo más probable es que sea inexplicable, nada más.*

—*No sé cómo puede decir eso* —decía Tina.

—*¿Les tiene miedo a las serpientes?* —preguntaba Beth en la pantalla.

Beth apagó el videorreproductor.

—Solamente estaba tratando de ver si podía dilucidar qué había ocurrido —dijo.

—¿Tuviste suerte? —preguntó Norman.

—Hasta ahora, no. —En el monitor adyacente podían ver la esfera: continuaba cerrada.

—¿Harry todavía está dentro? —inquirió Norman.

—Sí —respondió Beth.

—¿Cuánto tiempo lleva ahí?

Beth miró hacia arriba, por encima de las consolas.

—Poco más de una hora.

—¿Sólo he dormido una hora?

—Sí.

—Me estoy muriendo de hambre —confesó Norman.

Bajó a la cocina para comer algo. La tarta de coco se había terminado, y el psicólogo estaba buscando alguna otra cosa cuando apareció Beth:

—No sé qué hacer, Norman —dijo ella.

—¿Respecto a qué?

—Nos están mintiendo.

—¿Quién nos está mintiendo?

—Barnes. La Armada. Todo el mundo. Todo esto es una tramoya, Norman.

—Vamos, Beth. No empecemos ahora con ideas de conspiraciones. Tenemos bastante para preocuparnos, sin...

—Voy a hacerte ver algo —dijo Beth.

Condujo a Norman otra vez arriba; allí, con movimientos secos, rápidos, activó una consola y apretó varias teclas.

—Empecé a reunir todas las piezas del rompecabezas cuando Barnes hablaba por teléfono —explicó—. Él estaba conversando con alguien en el preciso instante en que el cable empezó a enroscarse... Pero el hecho es que ese cable tiene trescientos metros de largo, Norman; así que en superficie tienen que haber cortado las comunicaciones varios minutos antes de desprenderlo.

—Es probable, sí.

—Entonces, ¿con quién estuvo hablando Barnes hasta el último minuto? Con nadie.

—Beth...

—Mira dijo la zoóloga, señalando la pantalla:

RESUMEN COM DH-SURCOM/1:

0910 BARNES A SURCOM/1:

PERSONAL CIVIL Y DE ARMADA VOTÓ. AUNQUE SE LES INFORMÓ SOBRE RIESGOS, TODO EL PERSONAL OPTA POR PERMANECER LECHO OCEÁNICO MIENTRAS DURE TORMENTA, PARA CONTINUAR INVESTIGACIÓN DE ESFERA EXTRATERRESTRE Y NAVE ESPACIAL CONCOMITANTE.

BARNES, USN.

—Es una broma —dijo Norman—. Creí que Barnes deseaba irse.

—Lo deseaba; pero cambió de opinión cuando vio ese último compartimiento y no se molestó en decírnoslo. Me gustaría matar a ese bastardo. Tú sabes de qué se trata. ¿No es así, Norman?

Él asintió con la cabeza:

—Espera encontrar una nueva arma.

—Exacto. Barnes pertenece al Pentágono, y quiere encontrar una nueva arma.

—Pero no es probable que la esfera...

—No se trata de la esfera —dijo Beth—. En realidad, a Barnes no le importa la esfera. Lo que le interesa es la «nave espacial concomitante». Porque, según la teoría de las congruencias, es la nave espacial lo que tiene probabilidades de rendir dividendos. No la esfera.

La teoría de las congruencias era un asunto enojoso para quienes pensaban en la vida extraterrestre. Dicho en forma simple, los astrónomos y físicos que consideraban la posibilidad de contacto con vida extraterrestre imaginaban que de tal contacto se derivarían maravillosos beneficios para la especie humana. Pero otros pensadores, filósofos e historiadores no preveían beneficio alguno derivado de tal contacto.

Los astrónomos, por ejemplo, creían que si se lograba establecer comunicación con habitantes de otros mundos, la Humanidad experimentaría una conmoción tal, que cesarían las guerras en la Tierra y empezaría una nueva era de cooperación pacífica entre las naciones.

Pero los historiadores pensaban que eso era un disparate, y se basaban en el hecho de que, cuando los europeos descubrieron el Nuevo Mundo, descubrimiento que, de manera análoga, también hizo añicos el concepto que en ese momento se tenía del mundo, no detuvieron sus incesantes luchas. Ocurrió todo lo contrario: lucharon con más ardor todavía. Los europeos sencillamente hicieron del Nuevo Mundo una extensión de las animosidades preexistentes. El Nuevo Mundo se convirtió en otro sitio para luchar, y por el que luchar.

Los astrónomos, por su parte, también imaginaban que cuando los humanos se encontraran con seres de otros planetas, se produciría un intercambio de información y tecnología, lo que le brindaría a la Humanidad un maravilloso progreso.

Los historiadores de la ciencia pensaban que eso también era una necedad: señalaban que lo que denominábamos «Ciencia» consistía, en realidad, en una concepción bastante arbitraria del Universo, y que no era probable que tal concepción fuera compartida por seres extraterrestres. Nuestras ideas sobre la Ciencia son las ideas de seres parecidos a los simios, en quienes predomina el sentido de la vista y a los que les gustaba alterar su ambiente físico; pero si los extraterrestres fuesen ciegos y se comunicaran a través de olores, podrían haber desarrollado una ciencia muy diferente, que describen un Universo muy distinto. Y podrían haber elegido opciones dispares, en relación con los senderos que habría de explorar su ciencia. Por ejemplo, esos seres tal vez se hubiesen desentendido por completo del mundo físico y desarrollado, en cambio, una compleja ciencia de la mente. En otras palabras, era posible que hubiesen hecho exactamente lo opuesto a lo que hizo la Ciencia de la Tierra. Era posible que la tecnología de los habitantes de otro planeta fuera puramente mental, sin ninguna intervención de la parte física.

Este problema era el nudo de la teoría de las congruencias, la cual afirmaba que, a menos que los extraterrestres fuesen seres notablemente similares a nosotros, no era probable que se produjera un intercambio de informaciones. Naturalmente, Barnes conocía esta teoría, por lo que sabía que de una esfera procedente de otro planeta no era probable que se pudiera extraer ninguna tecnología útil; pero sí era probable que se la pudiera extraer de la nave espacial en sí, ya que ésta había sido construida por hombres y en este caso la congruencia era elevada.

Y Barnes les había mentido para mantenerlos en el fondo del mar, a fin de hacer que la investigación continuara.

—¿Qué debemos hacer con este bastardo? —preguntó Beth.

—Nada, por el momento —dijo Norman.

—¿No quieres enfrentarte a él? Pues yo sí.

—No serviría de nada —le advirtió Norman—. A Ted no le importará y todo el personal de la Armada está obedeciendo órdenes. De todos modos, aun cuando se hubiera dispuesto que partiéramos según lo planeado, ¿te habrías ido abandonando a Harry en la esfera?

—No —admitió Beth.

—Pues entonces todo esto no es más que una discusión académica...

—Por Dios, Norman...

—Ya sé. Pero ahora estamos aquí y, durante los próximos dos días, no existe una maldita cosa que podamos hacer al respecto. Afrontemos la realidad lo mejor que podamos, y señalemos con el dedo más tarde.

—¡Ya lo creo que voy a señalar con el dedo!

—Está bien. Pero no ahora, Beth.

—Muy bien. No ahora —repitió Beth con un suspiro. Y volvió a irse arriba.

Una vez solo, Norman se quedó mirando fijamente la consola. Ya se había fijado la tarea que tenía que cumplir: mantener a todo el mundo en calma durante los próximos días.

Nunca había estudiado el sistema para procesamiento electrónico de datos. Empezó a oprimir botones y muy pronto encontró un archivo rotulado: BIOG EQUIPO CONTACTO FDV.

Miembros Civiles del Equipo:

1. Theodore Fielding, astrofísico/geólogo planetario.
2. Elizabeth Halpern, zoóloga/bioquímica.
3. Harold J. Adams, matemático/especialista en lógica.
4. Arthur Levine, biólogo marino/bioquímico.
5. John F. Thompson. Psicólogo.

Elegir uno:

Norman se quedó contemplando la lista, pues no podía creer lo que veía.

Conocía a John Thompson, joven y entusiasta psicólogo de Yale. Había alcanzado renombre mundial por sus investigaciones sobre la psicología de los pueblos primitivos; y, durante el año anterior, había estado en algún lugar de Nueva Guinea, estudiando las tribus nativas.

Norman apretó otros botones.

PSICÓLOGO EQUIPO FDV: OPCIONES EN FUNCIÓN DE CLASIFICACIÓN

1. John F. Thompson, Yale: aprobado.
2. William L. Hartz, UCB: aprobado.
3. Jeremy White, UT: aprobado (supeditado a certificación de Seguridad).
4. Norman Johnson, SDU: rechazado (edad).

Norman los conocía a todos: Bill Hartz, de Berkeley, estaba seriamente enfermo de cáncer. Jeremy White había ido a Hanoi durante la guerra de Vietnam, y nunca obtendría el visto bueno de Seguridad. Sólo quedaba él, Norman.

Ahora entendía por qué había sido el último en ser llamado. Ahora entendía el por qué de los exámenes especiales. Sintió una oleada de intensa ira contra Barnes, contra todo el sistema que lo había llevado allí abajo a pesar de su edad, sin la menor preocupación por su seguridad. A los cincuenta y tres años, Norman Johnson no tenía por qué hallarse a trescientos metros bajo el agua, en un ambiente constituido por un gas exótico sometido a presión... y la Armada lo sabía.

«Es un ultraje», pensó. Tenía ganas de ir arriba y poner a Barnes de vuelta y media, y en términos que no dejaran lugar a ninguna ambigüedad. «Ese mentiroso hijo de puta...»

Aferró los brazos de su asiento y se recordó a sí mismo lo que le había dicho a Beth: fuera lo que fuera lo ocurrido hasta ese momento, ninguno de los científicos podía hacer nada al respecto. Por cierto que él pondría a Barnes de vuelta y media, se prometió a sí mismo que lo haría; pero sólo cuando estuvieran de regreso en la superficie. Hasta entonces, de nada serviría crear problemas.

Meneó la cabeza y lanzó una maldición.

Después, apagó la consola.

Las horas transcurrieron con lentitud. Harry seguía en la esfera.

Tina hizo pasar la intensificación que, en un intento por ver detalles del interior, le había dado la imagen de la videocinta, en la que se veía la esfera abierta.

—Por desgracia, en el habitáculo contamos con limitada potencia de procesamiento de datos —dijo—. Si pudiéramos conectar un cable con la superficie, yo haría un verdadero trabajo de intensificación, pero tal como están las cosas...

Se encogió de hombros.

La joven mostró a los investigadores una serie de fotogramas ampliados, con imágenes «congeladas» de la esfera abierta. Las imágenes pasaban unas tras otras, con intervalos de un segundo mientras la cinta producía un sonido seco e intermitente al saltar cada fotograma. La calidad era mala y aparecía una carga estática intermitente que producía interferencias con forma de dientes de sierra.

—Las únicas estructuras internas que podemos ver en la negrura —dijo Tina, señalando la abertura— son estas numerosas fuentes puntiformes de luz. Parecen desplazarse de un fotograma a otro.

—Es como si la esfera estuviera llena de luciérnagas —observó Beth.

—Salvo que estas luces son mucho más mortecinas que las de las luciérnagas, y no parpadean. Son muy numerosas y dan la impresión de moverse juntas, siguiendo patrones ondulantes...

—¿Una especie de enjambre de luciérnagas?

—Algo por el estilo.

La cinta se terminó y la pantalla quedó a oscuras.

—¿Eso es todo? —preguntó Ted.

—Temo que sí, doctor Fielding.

—Pobre Harry —murmuró Ted, con tristeza.

De todo el grupo, era el único que mostraba su inquietud por Harry. Siguió mirando fijamente en el monitor la esfera cerrada mientras insistía:

—¿Cómo lo hizo? Espero que se encuentre bien.

Lo repitió tantas veces que al final, Beth dijo:

—Creo que sabemos cuáles son tus sentimientos, Ted.

—Estoy muy preocupado por él.

—También yo. Todos lo estamos.

—¿Piensas que estoy celoso, Beth? ¿Es eso lo que quieres decir?

—¿Por qué habría de pensar eso, Ted?

Norman cambió de tema, pues consideraba que era crucial evitar los choques entre los miembros del grupo. Le hizo a Ted algunas preguntas sobre el análisis que el astrofísico había hecho de los datos de vuelo, a bordo de la nave espacial.

—Es muy interesante —repuso Ted, entusiasmado por hablar de su tópico—. El detallado examen que hice de las primeras imágenes de los datos de vuelo me convenció de que esas imágenes muestran tres planetas: Urano, Neptuno y Plutón, y, al fondo, muy pequeño, el Sol. Por consiguiente, las fotografías fueron tomadas desde un punto que está mas allá de la órbita de Plutón. Esto sugiere que el agujero negro no se halla muy alejado de nuestro propio sistema solar.

—¿Es posible? —preguntó Norman.

—Ah, por supuesto. En verdad, durante los últimos diez años, algunos astrofísicos pensaron que existe un agujero negro, no muy grande, pero agujero negro al fin, justo en el exterior de nuestro sistema solar.

—No lo sabía.

—Ah, sí. De hecho, algunos de nosotros hemos sostenido que, si fuese lo bastante pequeño, dentro de unos pocos años podríamos salir al espacio y capturar ese agujero negro; podríamos traerlo, ponerlo en órbita alrededor de la Tierra, y emplear la energía que genera para alimentar todo el planeta.

—¿Cazadores de agujeros negros? —comentó Barnes sonriendo.

—En teoría, no existe razón alguna por la que no se pueda hacer. Entonces, piensen nada más que en esto: todo el planeta se emanciparía de su dependencia de los combustibles fósiles... Se alteraría el sistema de vida de la Humanidad.

—Es probable que también constituya un arma tremenda —conjeturó Barnes.

—Un agujero negro, incluso de lo más diminuto, sería demasiado poderoso para utilizarlo como arma.

—¿Así que usted piensa que esta astronave salió para capturar un agujero negro?

—Lo dudo —contestó Ted—. Esta nave espacial está construida con tanta solidez, está tan protegida contra las radiaciones, que sospecho que tenía el propósito de *pasar a través* de un agujero negro. Y es lo que hizo.

—¿Y por eso la nave viajó hacia atrás en el tiempo? —preguntó Norman.

—No estoy seguro —repuso Ted—. Verán: un agujero negro se encuentra, en realidad, en el borde del Universo. Lo que ocurre allí no está claro para nadie que viva en el momento presente. Pero algunos científicos piensan que no se «va a través del agujero», sino que ocurre algo así como que se roza y se avanza a saltos, como sucede con un guijarro que salta sobre la superficie del agua, cuando se arroja al ras, y lo que consigue es rebotar hacia un tiempo, un espacio, o un Universo diferente.

—¿Así que la nave rebotó?

—Sí, y es posible que más de una vez. Y cuando rebotó de vuelta a la Tierra, hizo una entrada corta y llegó a esta época, unos pocos siglos antes de haber partido.

—¿Y fue en uno de sus rebotes cuando recogió eso? —preguntó Beth, señalando el monitor.

Todos miraron la pantalla: la esfera seguía cerrada, pero tendido a su lado, con los brazos y las piernas extendidos en una posición extraña, estaba Harry Adams.

Durante un instante pensaron que se encontraba muerto. Después, Harry levantó la cabeza y lanzó un quejido.

EL SUJETO

Norman escribió en su libreta: *El sujeto es un matemático negro de treinta y tres años, que pasó tres horas dentro de una esfera de origen desconocido. En el momento de recuperarlo, fuera de la esfera, el sujeto se hallaba en estado de estupor y no reaccionaba a estímulos: no sabía cuál era su nombre, ni dónde estaba ni qué año era. Fue traído de vueha al habitáculo y durmió durante una media hora; después despertó de repente y se quejó de tener dolor de cabeza.*

—¡Oh, Dios!

Harry estaba sentado en su litera, sosteniéndose la cabeza entre las manos y gimiendo.

—¿Te duele? —preguntó Norman.

—De una manera brutal. Machacante.

—¿Algo más?

—Tengo sed. ¡Dios! —Se lamió los labios—. Estoy muy sediento.

Extremada sed, escribió Norman.

Rose Levy, la cocinera, apareció con un vaso de limonada. Norman le pasó el vaso a Harry, el cual se lo bebió de un solo trago, y lo devolvió.

—Más.

—Mejor traiga una jarra —sugirió Norman.

Levy salió y Norman se volvió hacia Harry, que todavía se sostenía la cabeza y gemía.

—Tengo que hacerte una pregunta.

—¿Qué pregunta?

—¿Cuál es tu nombre?

—Norman, no necesito que me psicoanalicen en este preciso instante.

—Tan sólo dime tu nombre.

—Harry Adams, por el amor de Dios. ¿Qué te pasa? ¡Oh, mi cabeza!

—Antes no lo recordabas... —dijo Norman—. Cuando te encontramos.

—¿Cuando me encontraron? —preguntó Harry.

Parecía estar otra vez confuso.

Norman asintió con la cabeza.

—¿Te acuerdas de cuando te hallamos?

—Tiene que haber sido... afuera.

—¿Afuera?

Harry miró hacia arriba, súbitamente furioso, y con los ojos relampagueantes de ira:

—*¡Afuera de la esfera, remaldito idiota! ¿De qué crees que estoy hablando?*

—Tómalo con calma, Harry.

—¡Tus preguntas me están volviendo loco!

—Muy bien, muy bien. Tranquilo.

Norman hizo más anotaciones: *Emocionalmente inestable. Furia e irritabilidad.*

—¿Tienes que hacer *tanto ruido*?

Norman alzó la vista, perplejo.

—Tu lápiz —dijo Harry—. Suena como las cataratas del Niágara.

Norman dejó de escribir. Tenía que ser una jaqueca, o algo similar. Harry se sostenía la cabeza con las manos, con delicadeza, como si su cráneo estuviera hecho de cristal.

—¿Por qué no pueden darme una aspirina, en el nombre de Dios?

—No queremos darte ningún medicamento durante algún tiempo porque, en el caso de que te hayas lastimado, tenemos que saber dónde está el dolor.

—El *dolor*, Norman, está en mi *cabeza*. ¡Está en mi remaldita cabeza! Ahora, ¿por qué no me dan una aspirina?

—Barnes dijo que no lo hiciéramos.

—¿Barnes está aquí todavía?

—Todos estamos aquí todavía.

Harry alzó la vista con lentitud.

—Pero se dijo que subirían a la superficie.

—Lo sé.

—¿Por qué no os habéis ido?

—El clima empeoró mucho y no nos pudieron enviar los submarinos.

—Pues deberíais marcharos. No tendríais que estar aquí, Norman.

Rose Levy llegó con más limonada. Mientras bebía, Harry miró a la mujer.

—¿También usted sigue aquí?

—Sí, doctor Adams.

—En total, ¿cuánta gente hay aquí abajo?

—Somos nueve, señor —respondió Rose.

—¡Jesús! —Harry devolvió el vaso y Rose lo volvió a llenar—. Todos ustedes deberían irse. Deberían abandonar este sitio.

—Harry —dijo Norman—, no nos podemos ir.

—*Tenéis* que iros.

Norman se sentó en la litera que estaba frente a la de Harry, lo observó mientras éste bebía. El matemático tenía manifestaciones, bastante típicas, de *shock emocional*: irritabilidad, flujo nervioso maníaco de ideas, temor inexplicable por la seguridad de los demás... todo eso era característico de quienes, a consecuencia de accidentes graves, como un accidente automovilístico de importancia o la caída de un avión, sufrían un *shock* emocional. Al producirse un hecho de este tipo, el cerebro lucha por asimilarlo; por darle sentido, por rearmar el mundo mental, aun cuando, en torno de éste, el mundo físico estuviese hecho añicos. La mente entra en una especie de marcha forzada y trata presurosamente de rearmar las cosas, de hacer que vuelvan a estar como deben, de restablecer el equilibrio.

Sin embargo, ése es un período confuso, en el que todo gira como un remolino.

Tan sólo había que esperar que pasara.

Harry terminó la limonada y devolvió el vaso.

—¿Más? —preguntó Levy.

—No, ya está bien. El dolor de cabeza se me ha calmado.

«Quizá fuese deshidratación», pensó Norman... ¿Y por qué iba a estar Harry deshidratado tras haber pasado tres horas en la esfera?

—Harry...

—Dime una cosa, Norman, ¿tengo aspecto diferente?

—No.

—¿Te parezco el mismo?

—Sí. Yo creo que sí.

—¿Estás seguro?

Harry se incorporó de un salto, se dirigió a un espejo colocado en la pared y se estudió el rostro.

—¿Qué aspecto crees tener? —preguntó Norman.

—No sé. Diferente.

—¿Diferente en qué sentido?

—*¡No lo sé...!* —Harry dio un fuerte golpe sobre la pared acolchada, al lado del espejo, y la imagen que aparecía en éste vibró; se dio vuelta, volvió a sentarse en la litera y suspiró—. Tan sólo diferente.

—Harry...

—¿Qué?

—¿Recuerdas lo que pasó?

—Por supuesto.

—¿Qué pasó?

—Entré.

Norman aguardó, pero Harry no agregó más: se limitó a fijar la vista en el suelo alfombrado.

—¿Recuerdas haber abierto la puerta?

Harry permaneció en silencio.

—¿Cómo abriste la puerta, Harry?

Harry alzó la vista hacia Norman:

—Se daba por hecho que todos ustedes partirían, que regresarían a la superficie. No esperaba que permanecieran aquí.

—¿Cómo abriste la puerta, Harry?

Se produjo un prolongado silencio.

—La abrí dijo luego el matemático.

Se sentó, con la espalda bien recta, las manos a los costados. Parecía estar recordando, reviviendo lo sucedido.

—¿Y después?

—Entré.

—¿Y qué pasó dentro?

—Era hermoso...

—¿Qué es lo que era hermoso?

—La espuma —dijo Harry.

Y en ese instante volvió a quedar en silencio, con la mirada vacía y fija en un punto del espacio.

—¿La espuma? —lo incitó Norman.

—El mar. La espuma. Hermoso...

¿Estaría hablando de las luces?, se preguntó Norman. ¿Del conjunto de luces que remolineaban?

—¿Qué es lo que era hermoso, Harry?

—Vamos, no te burles —dijo el matemático—. Prométeme que no vas a burlarte.

—No me burlaré.

—¿Crees que se me ve igual?

—Sí, lo creo.

—¿No cambié en absoluto?

—No. Al menos en nada que yo pueda apreciar. ¿Crees *tú* que cambiaste?

—No sé. Quizá... Yo...

—¿Ocurrió algo en la esfera que te cambió?

—No entiendes lo de la esfera.

—Entonces, explícamelo —pidió Norman.

—Nada ocurrió en la esfera.

—Estuviste en ella durante tres horas...

—Nada ocurrió. Dentro de la esfera, nunca ocurre nada. Siempre es lo mismo... dentro de la esfera.

—¿Qué es lo que siempre es lo mismo? ¿La espuma?

—La espuma siempre es diferente. La esfera siempre es la misma.

—No entiendo —dijo Norman.

—Sé que no entiendes —dijo Harry, y movió la cabeza—. ¿Qué puedo hacer?

—Dime algo más.

—No hay nada mas.

—Entonces, dímelo todo de nuevo.

—No serviría —dijo Harry—. ¿Piensas que os iréis pronto?

—Barnes dijo que no nos iríamos hasta dentro de varios días.

—Creo que deberíais marcharos cuanto antes. Habla con los demás. Convéncelos de que tienen que irse.

—¿Por qué, Harry?

—No puede ser... No lo sé.

Harry se frotó los ojos y se recostó sobre la litera.

—Tendrás que disculparme —dijo—; pero estoy muy cansado. Quizá podamos continuar con esto en alguna otra ocasion. Habla con los demás, Norman. Haz que se vayan. Es... peligroso permanecer aquí.

Se acostó del todo y cerró los ojos.

CAMBIOS

—Está durmiendo —informó Norman a los demás—. Se encuentra en estado de *shock* emocional. Se muestra confuso, pero, en apariencia, no hay daños.

—¿Qué te dijo con respecto a lo que pasó allí adentro? —preguntó Ted.

—Se halla muy alterado —repuso Norman—, pero se esta recuperando. Cuando lo hallé, en el primer momento, ni siquiera recordaba su nombre. Ahora, sí. También recuerda mi nombre, y dónde está. Sabe que entró en la esfera, y creo que también se acuerda de lo que sucedió dentro de ella... aunque no lo dice.

—Grandioso —comentó Ted.

—Mencionó el mar, y la espuma, pero no dejó claro lo que quería decir con eso.

—Miren afuera —dijo Tina, señalando las portillas.

Norman tuvo una visión inmediata de luces, de miles de luces que llenaron la negrura del océano, y su primera reacción fue la de un terror irracional: las luces de la esfera venían para atraparlos. Pero entonces se dio cuenta de que cada una de las luces tenía forma, y que se desplazaban agitándose con movimientos serpenteantes.

Los investigadores apretaron la cara contra las portillas, para mirar.

—Calamares —declaró Beth, por fin—. Calamares bioluminiscentes.

—Varios millones.

—Menos —dijo la zoóloga—. Calculo que hay medio millón como máximo rodeando todo el habitáculo.

—Hermoso.

—El tamaño del cardumen es asombroso —opinó Ted.

—Impresionante, pero nada fuera de lo común —dijo Beth—. La fecundidad del mar es muy grande, en comparación con la de tierra firme. El mar es el lugar en el que comenzó la vida, y en el que apareció por vez primera la intensa competencia entre los animales. Una de las respuestas a la competencia es producir ingentes cantidades de crías. Muchos animales marinos lo hacen. Tenemos tendencia a creer que los animales salieron de la tierra para dar un paso hacia adelante en la evolución de la vida. Pero la verdad es que los primeros seres fueron arrojados fuera del océano, estaban simplemente tratando de alejarse de la competencia. Pueden ustedes imaginar que cuando los primeros peces-anfibios treparon por la playa, asomaron la cabeza para mirar la tierra y vieron esta vasta extensión seca, sin competencia en absoluto, tuvo que parecerles la Tierra Prometida... —Beth se interrumpió de repente y se volvió hacia Barnes—. ¡Pronto! ¿Dónde guardan las redes para especímenes?

—No quiero que vaya afuera.

—Tengo que hacerlo —respondió Beth—. Estos calamares tienen seis tentáculos.

—¿Y qué hay con eso?

—No se conoce ninguna especie de calamar que tenga seis tentáculos; se trata de una especie no catalogada. Tengo que ir a recoger muestras.

Barnes le indicó dónde estaban el vestuario y los equipos, y Beth salió. Norman miró con renovado interés el cardumen de calamares.

Los animales tenían cerca de treinta centímetros de largo y parecían transparentes.

Los grandes ojos se destacaban con claridad en el cuerpo, que refulgía con un tono azul pálido.

Al cabo de pocos minutos, Beth apareció en el exterior; estaba en medio del cardumen y movía su red de un lado a otro para atrapar algunos ejemplares. Furiosos, varios calamares descargaron chorros de tinta.

—Son encantadores —dijo Ted—. ¿Saben? El desarrollo de la tinta del calamar es una muy interesante...

—¿Qué les parecería que preparara calamares para la cena? —preguntó Rose Levy.

—Diablos, no —respondió Barnes—. Si es una especie no estudiada no la vamos a comer. Lo que menos falta hace es que todos enfermen debido a una intoxicación por la comida.

—Muy sensato —reconoció Ted—. Nunca me gustó el calamar, de todos modos. Tiene un interesante mecanismo de propulsión pero su textura es gomosa.

En ese instante se produjo un zumbido y uno de los monitores se encendió solo. Mientras los investigadores miraban, la pantalla se llenó rápidamente de números:

```
0003212525263203262930132104261037183016061
8082132290330051822042610130830162137160 40
830162118220330131304320003212525263 20326
29301321042610371830160618082132290330051 8
22042610130830162371160408301621182203301 3
1304320003212525263203262932104261037183016
0618082132290330051822042610130830162137
1604083016211822033013130432000321 2525263
203262930132104261037183016061808213229033
0051822042610130830162137160408301621 18220
3301313043200032125252632032629301321042610
3718301606180821322903300518220426101308
3016213716040831621182203301313043200032 12
5252632032629301321042610371830160618082 13
22903300518220426101308301621371604083016 2
```

—¿De dónde viene eso? —preguntó Ted—. ¿De la superficie?

Barnes negó con la cabeza.

—Hemos cortado el contacto directo con la superficie.

—¿Entonces lo están transmitiendo bajo el agua, de alguna manera?

—No —repuso Tina—. Es demasiado rápido para ser una transmisión subacuática.

—¿Hay otra consola en el habitáculo? ¿No? ¿Puede ser del DH-7?

—El DH-7 está vacío ahora. Los buzos se fueron.

—En tal caso, ¿de dónde viene eso?

—A mí me parece aleatorio —dijo Barnes.

Tina asintió con la cabeza:

—Puede ser una descarga procedente de una memoria intermedia temporal que estuviera en alguna parte del sistema cuando nos pasamos a alimentación interna producida por los diesel...

—Es probable que sea eso —admitió Barnes—. Una descarga de una memoria intermedia, cuando se hizo el cambio de fuente de alimentación.

—Creo que debería conservarse —sugirió Ted, sin dejar de contemplar la pantalla—, por si acaso resulta ser un mensaje.

—¿Un mensaje de dónde?

—De la esfera.

—¡Diablos! —exclamó Barnes—. No puede ser un mensaje.

—¿Cómo lo sabe?

—Porque no hay modo de que se pueda transmitir un mensaje: no estamos conectados con *nada*. Y, por supuesto, tampoco con la esfera. Tiene que ser un volcado de memoria, cuyo origen está en algún lugar de nuestro propio sistema de procesamiento electrónico de datos.

—¿Cuánta memoria tenemos?

—Una buena cantidad. Diez gigas,[1] más o menos.

—Puede ser que el helio esté afectando los microprocesadores —conjeturó Tina—. Quizá sea un efecto de la saturación.

—Así y todo, sigo creyendo que se debería conservar —insistió Ted.

Norman no había dejado de observar la pantalla, y aunque él no era matemático, había visto muchísimas estadísticas en su vida, al buscar patrones en los datos. Eso era algo para lo cual el cerebro humano tenía capacidad natural: el hallazgo de patrones en el material visual. Norman no lo podía reconocer con absoluta certeza, pero tenía la sensación de que en este conjunto de números había un patrón.

—Tengo la sensación de que estos numeros no están puestos al azar —dijo.

—Entonces, conservémoslos —decidió Barnes.

Tina se adelantó hacia la consola, pero cuando sus manos tocaron las teclas, la pantalla quedó en blanco.

—Eso fue todo en cuanto a los números —dijo Barnes—. Se fueron. ¡Qué lástima que no tuviéramos a Harry para que los mirara con nosotros!

—Sí —reconoció Ted, con tono lúgubre—. ¡Qué lástima!

1. Apócope de *gigabyte*, unidad de capacidad de memoria de un dispositivo. Es igual a 2^{30} *bytes*. (El *byte* u octeto es la forma de representar un carácter en un procesamiento electrónico de datos.) *(N. del T.)*

—Échale un vistazo a este calamar —pidió Beth—. Aún vive.

Norman y Beth estaban en el pequeño laboratorio biológico situado cerca de la parte superior del Cilindro D. Desde su llegada ninguno de los miembros del equipo había estado en ese laboratorio porque nadie encontró ningún organismo vivo. Ahora, con las luces apagadas, el psicólogo y la bióloga observaban cómo el calamar se desplazaba dentro de un recipiente de vidrio.

El espécimen tenía aspecto delicado. El fulgor azul se concentraba en franjas situadas a lo largo del dorso y de los costados.

—Sí —dijo Beth—, las estructuras bioluminiscentes parecen estar localizadas en la zona dorsal. Son bacterias, claro.

—¿*Qué* son bacterias?

—Las zonas bioluminiscentes. Los calamares no pueden producir luz por sí mismos. Los seres que la generan son bacterias. Así que los animales bioluminiscentes que hay en el mar incorporaron estas bacterias a su cuerpo. Lo que estás viendo son bacterias que refulgen a través de la piel.

—¿Así que es como una infección?

—Sí, en cierto sentido.

Los grandes ojos del calamar miraban con fijeza, y sus tentáculos se movían.

—Y puedes ver todos los órganos internos —indicó Beth—. El cerebro está oculto detrás del ojo. Esa bolsa es la glándula digestiva; por detrás de ella está el estómago, y debajo de éste, el corazón. ¿Lo ves latir? Ese órgano grande que se encuentra delante es la gónada[1] y, bajando desde el estómago, hay una especie de embudo desde el cual el calamar despide la tinta y se propulsa a sí mismo.

—¿De verdad es una nueva especie? —preguntó Norman.

Beth suspiró y dijo:

—No lo sé. En el aspecto interno es típico, pero el hecho de que tenga menos tentáculos lo acreditarían como una especie nueva, sí.

—¿Le vas a llamar *Calamarus bethus*?

—*Architeuthis bethis* —rectificó Beth sonriendo—. Suena como si fuera un problema dental. *Architeuthis bethis* significa que se necesita un tratamiento de conducto.

—¿Qué le parece, doctora Halpern? —inquirió Rose Levy, metiendo la cabeza entre los dos investigadores—. Tengo algunos buenos tomates y pimientos y sería una pena desperdiciarlos. ¿Realmente son venenosos los calamares?

—Lo dudo. Nunca se ha sabido que los calamares lo sean. Adelante —le dijo a Rose—, creo que comerlos es una buena idea.

Cuando Rose se hubo ido, Norman dijo:

—Creí que habías dejado de comer estas cosas.

1. En este caso se trata del órgano reproductor que genera las células sexuales. *(N. del T.)*

—Nada más que pulpos —precisó Beth—. El pulpo es bello e inteligente. Los calamares, en cambio, son bastante... antipáticos.

—Antipáticos...

—Bueno, se comen unos a otros y son un tanto asquerosos... —Beth alzó una ceja—. ¿Otra vez me estás psicoanalizando?

—No. Es nada más que curiosidad.

—Como zoóloga se da por hecho que debo ser objetiva —explicó Beth—, pero tengo sentimientos respecto a los animales, como le ocurre a cualquier persona; siento un cálido afecto por los pulpos. Son inteligentes, ¿sabes? Una vez tuve uno en un tanque de investigación. Aprendió a matar cucarachas y a emplearlas como cebo para atrapar cangrejos. El cangrejo, curioso, se acercaba a la cucaracha muerta, y entonces el pulpo salía de su escondrijo y se abalanzaba sobre él.

»Es un ser muy inteligente, pero la principal limitación de su conducta es su período de vida; vive nada más que tres años; y no es tiempo suficiente como para desarrollar algo tan complicado como una cultura o una civilización. A lo mejor, si los pulpos vivieran tanto como nosotros habrían conquistado el mundo hace ya mucho tiempo. Pero los calamares son diferentes. No albergo ningún sentimiento hacia ellos, con la salvedad de que me gusta comérmelos.

—Bueno —dijo Norman sonriendo—, por lo menos has encontrado al fin alguna forma de vida aquí abajo.

—Es extraño, ¿sabes? —comentó Beth—. ¿Recuerdas qué estéril se veía todo ahí afuera? No había nada sobre el fondo del mar...

—Claro que sí. Muy llamativo.

—Pues cuando fui a pescar estos calamares di la vuelta por el costado del habitáculo y vi que sobre el fondo hay toda clase de gorgonias de bellos colores: azules, púrpura y amarillas. Algunas son bastante grandes.

—¿Crees que aparecieron de pronto?

—No. Tienen que haber estado siempre en ese lugar, pero nunca fuimos para allá. Tendré que investigarlo más tarde. Me gustaría saber por qué están localizadas en ese sitio en particular, al lado del habitáculo.

Norman fue hasta la portilla; había encendido las luces exteriores del habitáculo y la iluminación le permitió ver, en el fondo del mar, muchas gorgonias grandes, de color púrpura, rosa y azul que oscilaban suavemente por la acción de la corriente del mar. Estos pólipos se extendían más allá de la zona exterior iluminada y se adentraban en la oscuridad.

—En cierto sentido —continuó Beth— es tranquilizador que estemos tan en lo profundo, porque la mayor parte de la vida oceánica se encuentra en los primeros treinta metros de agua; pero aun así, este habitáculo está situado en el ambiente marino más variado y abundante del mundo.

Los científicos que habían hecho el recuento de especies dejaron establecido que el sur del Pacífico tenía más especies de coral y esponjas que cualquier otro mar de la Tierra.

—Por eso estoy contenta de que finalmente hayamos encontrado vida —manifestó Beth, y mirando hacia las estanterías llenas de sustancias químicas y reactivos, agregó—: Y estoy contenta, sobre todo, de poder ponerme a trabajar en algo.

Harry se hallaba en el comedor comiendo huevos revueltos con tocino. Los demás investigadores no dejaban de observarlo, aliviados al ver que el matemático se encontraba bien. Le contaron las novedades; Harry los escuchaba con interés, hasta que mencionaron que se había acercado un gran cardumen de calamares.

—*¿Calamares?*

Alzó la vista bruscamente y casi dejó caer el tenedor.

—Sí, montones —corroboró Rose Levy—. Estoy cocinando unos cuantos para la cena.

—¿Todavía están ahí? —preguntó Harry.

—No, ya se han ido.

El matemático se relajó y aflojó los hombros.

—¿Pasa algo, Harry? —preguntó Norman.

—Odio los calamares —respondió—. No los puedo —tolerar.

—Para mí su gusto es insípido dijo Ted.

—Terrible —declaró Harry, asintiendo con la cabeza. Reanudó su comida y la tensión pasó.

Entonces Tina gritó desde el Cilindro D.

—¡Los tengo otra vez! ¡Estoy recibiendo los números de nuevo!

00032125252632 032629 301321 04261037 18 3016 06180
82132 29033005 1822 04261013 0830162137 1604 083016
21 1822 033013130432 00032125252632 032629 301321 0
4261037 18 3016 0618082132 29033005 1822 04261013 08
30162137 1604 08301621 1822 033013130432 000321252
52632 032629 301321 04261037 18 3016 0618082132 290
33005 1822 04261013 0830162137 1604 08301621 1822 03
3013130432 00032125252632 032629 301321 04261037 1
8 3016 0618082132 29033005 1822 04261013 0830162137
1604 08301621 1822 033013130432 00032125252632 032
629 301321 04261037 18 3016 0618082132 29033005 1822
04261013 0830162137 1604 08301621 1822 033013130432
0003212525252632 032629 301321 04261037 18 3016 06
18082132 29033005 1822 04261013 0830162137 1604 083
01621 1822 033013130432 0003212525632 032629 301321

—¿Esto es lo que se recibió antes? —preguntó Harry.

—Así parece, salvo que el espacio entre números es diferente.

—Eso se debe a que esto, sin lugar a dudas, no es algo que salga al azar —explicó Harry—. Es una sola secuencia, repetida una y otra vez.

00032125252632 032629 301321 04261037 18 3016 06180
82132 29033005 1822 04261013 0830162137 1604 083016
21 1822 033013130432 00032125252632 032629 301321 0
4261037 18 3016 0618082132 29033005 1822 04261013 08
30162137 1604 08301621 1822 033013130432 000321252
52632 032629 301321 04261037 18 3016 0618082132 290
33005 1822 04261013 0830162137 1604 08301621 1822 03
3013130432 00032125252632 032629 301321 04261037 1
8 3016 0618082132 29033005 1822 04261013 0830162137
1604 08301621 1822 033013130432 00032125252632 032
629 301321 04261037 18 3016 0618082132 29033005 1822
04261013 0830162137 1604 08301621 1822 033013130432
0003212525252632 032629 301321 04261037 18 3016 06
18082132 29033005 1822 04261013 0830162137 1604 083
01621 1822 033013130432 0003212525632 032629 301321

—El doctor Adams tiene razón —reconoció Tina.

—Fantástico —se admiró Barnes—. Es increíble que usted lo haya visto a la primera ojeada.

Impaciente, Ted tamborileó sobre la consola con los dedos.

—Elemental, estimado Barnes —dijo Harry—. Esa parte es fácil. Lo difícil es saber qué quiere decir.

—Seguramente es un mensaje —opinó Ted.

—Parece posible que lo sea —admitió Harry—, pero también podría ser alguna especie de descarga de información generada desde dentro del ordenador, o el resultado de un error de programación, o un fallo de funcionamiento del equipo debido a un problema con el voltaje. Podríamos pasarnos horas traduciéndolo nada más que para descubrir que dice «Copyright Acme Computer Systems, Silicon Valley», o algo parecido.

—Bueno... —dijo Ted.

—Lo más probable es que esta serie de números se origine en el interior del ordenador en sí —advirtió Harry—; pero permítanme realizar el intento.

Tina hizo que el equipo imprimiera lo que se veía en la pantalla del monitor, y le entregó la copia a Harry.

—También a mí me gustaría probar —se apresuró a decir Ted.

—Por supuesto, doctor Fielding —respondió Tina, e imprimió una segunda hoja.

—Si es un mensaje —dijo Harry— hay muchas posibilidades de que se trate de un sencillo código de sustitución, como el código ASCII.[1] Significaría una gran ayuda poder ejecutar un programa descifrador en el ordenador. ¿Alguien puede programar este ordenador?

1. El código ASCII es el más generalizado para la representación, en el procesamiento electrónico de datos (EDP), de letras y números (caracteres alfanuméricos). *(N. del T.)*

Todos negaron con la cabeza.

—¿Usted tampoco puede hacerlo? —preguntó Barnes.

—No. Y supongo que no hay forma de transmitirle esto a la superficie. A las computadoras descifradoras de códigos que tiene la NASA en Washington les bastarían unos quince segundos para hacerlo.

Barnes movió la cabeza:

—No hay contacto. Yo ni siquiera pondría un cable de radio unido a un globo, pues el último informe meteorológico dice que en superficie hay olas de doce metros que arrancarían el cable de inmediato.

—¿De modo que estamos aislados?

—Así es. Estamos aislados.

—Creo que hay que volver al viejo método del lápiz y el papel. Siempre lo digo: las herramientas tradicionales son las mejores..., en especial cuando no hay otra cosa —declaró Harry, y salió de la habitación.

—Yo diría que de muy buen humor —agregó Norman.

—Quizá un poquito demasiado bueno —observó Ted—. ¿Tal vez un poco maníaco?

—No —dijo Norman—. Es nada más que buen humor.

—Creí que Harry estaba algo eufórico —dijo Ted.

—Dejemos que permanezca así —bufó Barnes—, si eso le ayuda a descifrar este código.

—Yo voy a intentarlo también —le recordó Ted.

—De acuerdo —aceptó Barnes—. Inténtelo usted también.

TED

—Te digo que esta confianza que han puesto en Harry es una equivocación. —Ted caminaba de un extremo al otro de la estancia y miraba a Norman de soslayo—. Harry es un maníaco y está descuidando cosas. Cosas obvias.

—¿Cuáles, por ejemplo?

—Pues el hecho de que no hay posibilidad alguna de que los números impresos sean únicamente una descarga de memoria del ordenador.

—¿Cómo lo sabes?

—Por el procesador —respondió Ted Fielding—. El procesador es un *chip*[1] 68090, lo que significa que cualquier vuelco de memoria estaría en *hexa*.

—¿Qué significa *hexa*? —preguntó Norman.

—Existen muchas maneras para representar los números —dijo Ted—. El microprocesador 68090 utiliza la representación de base

1. Un *chip*, o microprocesador, es un circuito integrado constituido por una fina lámina de silicio, sobre la que se colocan películas muy delgadas de metal que actúan como circuitos. Es el corazón de los ordenadores modernos. *(N. del T.)*

dieciséis, llamada «hexadecimal». La *hexa* es completamente diferente de la representación decimal común y corriente. Tiene un aspecto distinto.

—Pero el mensaje usaba número desde cero hasta nueve —dijo Norman.

—Eso es exactamente lo que estoy diciendo, y demuestra que no provino del ordenador. Tengo la absoluta convicción de que es un mensaje de la esfera. Más aún: aunque Harry piensa que es un código de sustitución, yo opino que es una representación visual directa.

—¿Quieres decir una imagen?

—Sí —admitió Ted—. ¡Y creo que es la imagen de ese ser! —El astrofísico buscó entre varias hojas de papel—. Empecé con esto:

```
0011101011100111001110101000000     111101011101
  11110110110101     10011010101010100101
1001011110100000    11010010100010101100000
11101111110101    1001010110    10011010101010101101
    1000111101000010101100101    10000100
1000111101000010101    1001010110
1111110110111011001000000
0011101011100111001110101000000     111101011101
11110110110101    10011010101010100101    10010
1111010000    11010010100010101100000
11101111110101    1001010110    10011010101010101101
    1000111101000010101100101    10000100
1000111101000010101    1001010110
1111110110111011001000000
0011101011100111001110101000000     111101011101
  11110110110101     10011010101010100101    10010
  1111010000    11010010100010101100000
11101111110101    1001010110    10011010101010101101
    1000111101000010101100101    10000100
```

—Aquí he traducido el mensaje al sistema binario. Puedes percibir, en forma inmediata, el patrón visual, ¿no?

—En realidad, no —confesó Norman.

—Pues es bastante sugerente —dijo Ted—. Te diré algo: todos estos años pasados en el JPL mirando imágenes de los planetas hicieron que desarrollara un ojo clínico para estas cosas. Así que el paso siguiente que di fue regresar al mensaje originario y llenar los espacios. Y obtuve esto:

• •00032125252632• •032629• •301321• •04261037• •18
•3016• •0618082132• •29033005• •1822• •04261013•
•0830162137• •1604• •08301621• •1822• •03301313043
•00032125252632• •032629• •301321• •04261037• •18•
•3016• •0618082132• •29033005• •1822• •04261013•
•0830162137• •1604• •08301621• •1822• •03301313043
•00032125252632• •032629• •301321• •04261037• •18•
•3016• •0618082132• •29033005• •1822• •04261013•
•0830162137• •1604• •08301621• •1822• •03301313043
•00032125252632• •032629• •301321• •04261037• •18•
•3016• •0618082132• •29033005• •1822• •04261013•
•0830162137• •1604• •08301621• •1822• •03301313043
•00032125252632• •032629• •301321• •04261037• •18•
•3016• •0618082132• •29033005• •1822• •04261013•
•0830162137• •1604• •08301621• •1822• •03301313043
•00032125252632• •032629• •301321• •04261037• •18•
•3016• •0618082132• •29033005• •1822• •04261013•
•0830162137• •1604• •08301521• •1822• •03301313043
•00032125252632• •032629• •301321• •04261037• •18•
•3016• •0618082132• •29033005• •1822• •04261013•
•0830162137• •1604• •08301621• •1822• •03301313043
•00032125252632• •032629• •301321• •04261037• •18•
•3016• •0618082132• •29033005• •1822• •04261013•
•0830162137• •1604• •08301621• •1822• •03301313043
•00032125252632• •032629• •301321• •04261037• •18•

—Ajá... —dijo Norman.

—Estoy de acuerdo: no se parece a nada —reconoció Ted—. Pero variando el ancho de pantalla, se obtiene *esto*:

• •00032125252632• •032629• •301321•
•04261037• •18• •3016• •0618082132• •29033005•
•1822• •04261013• •0830162137• •1604•
•08301621• •1822• •033013130432•
•00032125252632• •032629• •301321• •04261037•
•18• •3016• •0618082132• •29033005• •1822•
•04261013• •0830162137• •1604• •08301621•
•1822• •033013130432• •00032125252632•
•032629• •301321• •04261037• •18• •3016•
•0618082132• •29033005• •1822• •04261013•
•0830162137• •1604• •08301621• •1822•
•033013130432• •00032125252632• •032629•
•301321• •04261037• •18• •3016• •0618082132•
•29033005• •1822• •04261013• •0830162137•
•1604• •08301621• •1822• •033013130432•
•00032125252632• •032629• •301321• •04261037•
•18• •3016• •0618082132• •29033005• •1822•
•04261013• •0830162137• •1604• •08301621•
•1822• •033013130432• •00032125252632•
•032629• •301321• •04261037• •18• •3016•

—¿Y qué? —murmuró Norman.

—No me digas que no ves el patrón.

—No, no lo veo.

—Míralo con los ojos entrecerrados.

Norman miró entrecerrando los ojos.

—Lo siento.

—Pues resulta *obvio* que es una imagen del extraterrestre —dijo Ted—. Mira: ese es el torso vertical, tres piernas, dos brazos. No hay cabeza, por lo que cabe suponer que la cabeza de ese ser está situada dentro del torso mismo. Estoy seguro de que ves eso, Norman.

—Ted.

—Esta vez Harry no entendió en absoluto el verdadero significado. ¡El mensaje no es una simple imagen: es un autorretrato!

—Ted...

El científico se relajó y suspiró:

—Me vas a decir que estoy esforzándome demasiado.

—No quisiera apagar tu entusiasmo... —se disculpó Norman.

—¿Pero no lo ves al extraterrestre?

—No, la verdad es que no.

—¡Demonios! —Ted tiró los papeles a un lado—. Odio a ese hijo de puta. Es tan arrogante, me saca de tal modo de mis casillas... y encima de todo, ¡es joven!

—Tienes cuarenta años —le recordó Norman—. Yo no diría que eso es pertenecer a otra generacion.

—Para la física, lo es —declaró Ted—. En ocasiones, los biólogos pueden hacer investigaciones importantes a edad avanzada. Darwin tenía cincuenta años cuando publicó *El origen de las especies*. Y los químicos, a veces, hacen buenos trabajos cuando ya no son jóvenes. Pero en física, si no lograste algo a los treinta y cinco, es muy probable que nunca lo logres.

—Pero tú eres una personalidad respetada en tu campo.

Ted negó con la cabeza.

—Nunca he llevado a cabo un trabajo fundamental. Analicé datos, llegué a algunas conclusiones interesantes, pero nunca nada fundamental. Esta expedición es mi oportunidad de hacer algo importante..., de conseguir que... mi nombre figure en los libros.

Ahora Norman tenía una impresión diferente del entusiasmo y de la energía de Ted, de ese modo de ser implacablemente juvenil. Ted no presentaba retraso emocional: estaba sometido a una pulsión. Y se aferraba a su juventud porque experimentaba la sensación de que el tiempo se le estaba escapando y él todavía no había logrado nada. La situación no era odiosa. Era triste.

—Bueno —le animó Norman—, la expedición no ha terminado aún.

—No —reconoció Ted, con el rostro iluminado de repente—. Tienes razón. Tienes toda la razón. Hay más experiencias maravillosas aguardándonos. Estoy seguro de que las hay. Y llegarán. ¿No es cierto?

—Sí, Ted —vaticinó Norman—. Llegarán.

—¡Maldita sea, nada funciona! —Con un ademán, Beth abarcó la mesa de su laboratorio—. ¡Ni uno solo de los productos químicos o de los reactivos que hay aquí vale un comino!

—¿Qué intentó hacer? —preguntó Barnes con calma.

—Zenker-Formol, H y E, y los demás colorantes. Extracciones proteolíticas, descomposiciones enzimáticas. Lo que se le ocurra. No hay ninguna cosa que sirva. ¿Sabe lo que creo? Que quienquiera que haya abastecido este laboratorio lo llenó de productos caducados.

—No —dijo Barnes—. Es la atmósfera.

Y le explicó que el ambiente en el que se hallaban contenía nada más que un dos por ciento de oxígeno y un uno por ciento de bióxido de carbono, pero nada de nitrógeno.

—Las reacciones químicas son impredecibles —manifestó—. Alguna vez le tendría que echar un vistazo al recetario de Rose Levy. Nunca en su vida habrá visto usted algo así. Cuando ella termina de prepararla, la comida tiene un aspecto normal, pero créame que en modo alguno la prepara de manera normal.

—¿Y el laboratorio?

—El laboratorio fue abastecido sin que se conociera la profundidad a la que íbamos a permanecer. Si nos encontrásemos más cerca de la superficie estaríamos respirando aire comprimido, y todas las reacciones químicas que usted intenta hacer se producirían... solo que de un modo muy rápido. Pero con el helio las reacciones son impredecibles. Y si no se producen, bueno...

Barnes se encogió de hombros.

—¿Qué esperan que yo haga? —preguntó Beth.

—Lo mejor que pueda —contestó Barnes—. Lo mismo que todos nosotros.

—Pues lo único que puedo hacer son análisis anatómicos gruesos. Todo esto es inútil.

—Entonces haga la anatomía gruesa.

—Si al menos tuviera más capacidad en el laboratorio...

—Hay lo que hay —dijo Barnes—. Acéptelo, y siga adelante.

Ted entró en la estancia.

—Será mejor que echen un vistazo afuera —dijo, señalando las portillas—. Tenemos más visitantes.

Los calamares se habían ido. Por un momento, Norman no vio nada, salvo el agua y el sedimento blanco en suspensión, que era visible por acción de las luces.

—Miren hacia abajo. Hacia el lecho oceánico.

El fondo estaba vivo. Literalmente vivo: reptaba, serpenteaba y palpitaba, hasta donde las luces permitían ver.

—¿Qué es *eso*?

—Son camarones. Un enorme cardumen de camarones —dijo Beth, y salió corriendo a buscar su red.

—Ahora sí, *eso* es lo que tendríamos que estar comiendo —comentó Ted—. Me encantan los camarones. Y éstos parecen tener el tamaño perfecto: un poco más pequeños que los langostinos. Tienen que estar deliciosos. Recuerdo que una vez, en Portugal, mi segunda esposa y yo comimos los langostinos más fabulosos...

Norman se sentía un poco inquieto:

—¿Qué están haciendo aquí?

—No sé. ¿Qué suelen hacer los camarones? ¿Emigran?

—Y yo qué sé —replicó Barnes—. Siempre los compro congelados porque mi esposa odia pelarlos.

Norman seguía inquieto, aunque no sabía por qué. Ahora podía ver con toda claridad que el fondo del mar estaba cubierto de camarones. Pululaban por todas partes. ¿Por qué tenía que molestarle eso?

Norman se apartó de la portilla con la esperanza de que si miraba alguna otra cosa, la sensación de vaga desazón se le fuera. Pero no ocurrió así, sino que se le quedó, como un nudito tenso, en lo más profundo del estómago. Aquella sensación no le gustaba en absoluto.

HARRY

—Harry...

—Ah, hola, Norman. Oí la agitación. Hay montones de camarones ahí afuera, ¿no?

Harry se sentó en su litera. Sobre las rodillas estaba el formulario de ordenador en el que aparecían los números; en las manos tenía un lápiz y un bloc de notas con las páginas cubiertas de cálculos, tachaduras, símbolos y flechas.

—Harry, ¿qué está sucediendo? —preguntó Norman.

—No tengo la más remota idea.

—Simplemente me preguntaba por qué, de repente, encontramos vida aquí abajo: calamares, camarones..., cuando antes no había nada. Nada en absoluto.

—Ah, eso. Creo que el motivo está bastante claro.

—¿Sí?

—Por supuesto. ¿Qué hay de diferente entre entonces y ahora?

—Que estuviste dentro de la esfera.

—No, no. Quiero decir qué hay de diferente en el ambiente exterior.

Norman frunció el entrecejo, pues no llegaba a comprender a dónde quería ir a parar Harry.

—Bueno, pues mira fuera —le aconsejó el matemático—. ¿Qué podías ver antes que no puedes ver ahora?

—¿La parrilla?

—Ajá. La parrilla y los buzos. Mucha actividad... y mucha electricidad. Creo que eso ahuyentó a la fauna natural de la zona. No olvides que estamos en el sur del Pacífico, de modo que este lugar tendría que hervir de vida.

—¿Y ahora que los buzos se han ido, los animales regresan?

—Es lo que yo supongo.

—¿Ésa es la única causa? —inquirió Norman, frunciendo el entrecejo.

—¿Por qué me lo preguntas a mí? Pregúntaselo a Beth; ella te dará una respuesta definitiva. Pero yo sé que los animales son sensibles a toda clase de estímulos, incluso a los que nosotros no percibimos; así que no puedes pretender que, a través de cables submarinos, se hagan pasar Dios sabe cuántos millones de voltios para encender una rejilla de ochocientos metros, en un ambiente que nunca antes vio luz, y que eso no acarree alguna consecuencia.

En el razonamiento de Harry existía algo que produjo escozor en el fondo de la mente de Norman. Había algo que él ya sabía, en relación a todo este asunto; pero en ese momento no lograba comprender qué era.

—Harry...

—Sí, Norman. Te veo un poco preocupado... Por mi parte debo decirte que este código de sustitución es un verdadero problema, y no estoy seguro de poder descifrarlo. La dificultad consiste en que, si se trata de una sustittición de letras, se pueden necesitar dos dígitos para describir una sola letra, porque en el alfabeto hay veintiséis letras,[1] suponiendo que no se incluyan los signos de puntuación, que aquí tanto pueden haberlos incluido como haberlos dejado fuera. Por eso, cuando veo un dos al lado de un tres, no sé si se trata de la letra dos seguida de la letra, tres, o si es la letra veintitrés. Trabajar con las permutaciones me está llevando mucho tiempo. ¿Entiendes lo que quiero decir?

—Harry...

—Sí, Norman...

—¿Qué pasó dentro de la esfera?

—¿Es eso lo que te tiene preocupado?

—¿Qué te hace pensar que yo esté preocupado por algo?

—Tu cara —declaró Harry—, eso es lo que me hace pensar que estás preocupado.

—Quizá lo esté —admitió Norman—. Pero respecto a la esfera...

—¿Sabes? Estuve pensando mucho en esa esfera.

—¿Y qué?

—Es de lo más asombroso; pero la verdad es que no recuerdo qué ocurrió.

—Harry...

—Me siento bien, me siento cada vez mejor, lo juro por Dios. Recuperé las energías y ya no me duele la cabeza. Al principio recordaba todo lo concerniente a esa esfera y lo que había dentro de ella.

1. Se refiere al alfabeto inglés. *(N. del T.)*

Pero cada minuto que pasa, ese recuerdo parece desvanecerse. Igual que se desvanece un sueño... Lo recuerdas cuando te despiertas, pero una hora después ha desaparecido.

—Harry...

—Recuerdo que era maravilloso y bello. Me acuerdo de unas luces que remolineaban... Pero eso es todo.

—¿Cómo conseguiste que la puerta se abriese?

—Oh, eso lo tuve muy claro todo el tiempo. Recuerdo que lo había resuelto, que sabía qué hacer con exactitud.

—¿Qué hiciste?

—Estoy seguro de que me va a volver a la memoria.

—¿No recuerdas cómo abriste la puerta?

—No. Solamente recuerdo esa súbita percepción, esa certeza respecto de cómo se hacía. Pero no puedo recordar los detalles. ¿Por qué, hay alguien más que es indudable que desea entrar? Ted, probablemente.

—Estoy seguro de que a Ted le gustaría entrar...

—No creo que sea una buena idea. Con franqueza, no creo que Ted deba entrar. Piensa cuánto aburrirá con sus discursos, después de que salga. «Visité una esfera extraterrestre», por Ted Fielding. Sería una narración inacabable.

Y lanzó una risita aguda y nerviosa.

«Ted tiene razón —pensó Norman—. Harry es, indudablemente, un maníaco.» En él se observaba un talante vivo, excesivamente jovial; su característico sarcasmo había desaparecido y había sido reemplazado por un modo de ser muy vivaz, abierto, alegre. Y una especie de risueña indiferencia ante todo, un desequilibrio en su modo de considerar la importancia de las cosas: había dicho que no podía descifrar el código, había dicho que no podía recordar qué había ocurrido dentro de la esfera, ni cómo la había abierto... y no parecía creer que eso tuviera importancia.

—Harry, no bien saliste de la esfera parecías estar preocupado.

—¿De veras? Tenía un feroz dolor de cabeza, eso sí lo recuerdo.

—Repetías que debíamos ir a la superficie.

—¿Eso decía?

—Sí. ¿Por qué lo decías?

—Sólo Dios lo sabe. Estaba muy confundido.

—También dijiste que era peligroso que nosotros permaneciéramos aquí.

Harry sonrió:

—Norman, no Puedes tomar eso demasiado en serio: yo no sabía si iba o si venia.

—Harry, necesitamos que recuerdes esas cosas. Si te empiezan a volver a la memoria, ¿me lo dirás?

—Pues claro, Norman. Sin dudarlo. Puedes contar conmigo. Te lo diré de inmediato.

—No —dijo Beth—. Nada de eso tiene lógica. En primer lugar, los peces pasan por alto las zonas en las que nunca habían encontrado seres humanos, a menos que éstos los capturen o los pesquen, y los buzos no lo hicieron. En segundo lugar, si los buzos agitaron el fondo, eso, en realidad, habrá soltado sustancias alimenticias, lo que haría que acudiesen más animales. Tercero, a muchas especies las atraen las corrientes eléctricas, por lo que, en todo caso, tanto los camarones como otros animales tendrían que haber sido atraídos antes por la electricidad, y no ahora, cuando la energía está cortada.

La zoóloga estaba examinando los camarones bajo el microscopio.

—¿Cómo está?

—¿Harry?

—Sí.

—No lo sé.

—¿Se encuentra bien?

—No sé. Creo que sí.

Sin dejar de mirar por el ocular del microscopio, Beth preguntó:

—¿Te dijo algo respecto de lo que pasó dentro de la esfera?

—Todavía no.

Beth ajustó el microscopio y meneó la cabeza con fastidio.

—¡Que me parta un rayo!

—¿Qué pasa? —preguntó Norman.

—Placas dorsales extranumerarias.

—¿Y eso qué significa?

—Que es otra especie nueva.

—*¿Camaronis bethus?* Estás haciendo una gran cantidad de descubrimientos, y con mucha facilidad, Beth.

—Ajá... Asimismo revisé las gorgonias porque parecían tener un patrón no común de crecimiento radial, y también son una nueva especie.

—Eso es grandioso, Beth.

La mujer se volvió y lo miró.

—No, no es grandioso, Norman. Es terrorífico. —Encendió una lámpara de mucha intensidad y, con un bisturí, abrió en canal uno de los camarones—. Es lo que había pensado.

—¿Qué pasa?

—Norman, durante varios días no vimos vida aquí abajo y, de repente, encontramos tres especies nuevas. Eso no es normal.

—No sabemos qué es lo normal a trescientos metros de profundidad.

—Yo te aseguro que no es normal.

—Pero, Beth, tú misma dijiste que, simplemente, no habíamos advertido antes las gorgonias. Y en cuanto a los calamares y los camarones, ¿no podría ser que estén emigrando, que se hallen de paso por esta región, o algo por el estilo? Barnes dijo que nunca antes habían preparado científicos para que vivieran a tanta profundidad en un sitio determinado del lecho oceánico. A lo mejor estas migraciones son normales, y lo que ocurre es que nosotros ignoramos que se producen.

—No lo creo —insistió Beth—. Cuando salí para capturar estos camarones tuve la sensación de que su comportamiento no era típico. En primer lugar, estaban demasiado juntos; en el fondo del mar los camarones conservan entre sí una distancia característica de alrededor de un metro veinte. Éstos se hallaban aglomerados. Además, se desplazaban como si se estuviesen alimentando, pero aquí abajo no hay nada que se pueda comer.

—Nada que conozcamos nosotros.

—Pues bien, *estos* camarones no pueden haber estado alimentándose. —Beth señaló el animal abierto que estaba sobre la mesa del laboratorio—. No tienen estómago.

—¿Estás bromeando?

—Mira tú mismo.

Norman miró, pero ese camarón diseccionado no significaba mucho para él; era apenas una masa de carne rosada. El corte que Beth le había hecho lo había abierto en diagonal; no era una incisión realizada con limpieza; los bordes aparecían desiguales. «Beth está cansada —pensó Norman—, no trabaja con eficacia. Necesitamos dormir. Necesitamos salir de aquí.»

—El aspecto exterior es perfecto, salvo por un apéndice caudal de más —continuó Beth—. Pero, en la estructura interna, todo está revuelto. Es absolutamente imposible que estos animales puedan vivir. No hay estómago; no hay aparato reproductor. Este animal es como una mala imitación de un camaron.

—Sin embargo, viven observó Norman.

—Sí, viven. —Beth no parecía contenta por ese hecho. Y la estructura interna de los calamares parecía normal... Pero, en realidad, no lo era. Cuando diseccioné uno de ellos descubrí que carecía de varias estructuras importantes. Existe un plexo nervioso, llamado «ganglio estrellado», que faltaba en éste.

—Bueno...

—Y no había branquias, Norman. Los calamares poseen una larga estructura branquial para efectuar el intercambio de gases. Este calamar no la tenía... No tenía manera de respirar, Norman.

—Tuvo que disponer de algún medio para respirar.

—Te digo que no. Aquí abajo estamos viendo animales de existencia imposible. De repente aparecen animales que no pueden existir.

Beth se apartó de la lámpara y Norman vio que estaba a punto de llorar; las manos le temblaban y de pronto las dejó caer sobre el regazo.

—Estás muy preocupada —dijo Norman.

—¿Tú no? —Beth escrutó el rostro del psicólogo—. Norman, todo esto comenzó cuando Harry salió de la esfera. ¿No es así?

—Me parece que sí.

—Harry salió de la esfera y ahora tenemos formas increíbles de vida marina. Esto no me gusta. Ojalá pudiéramos largarnos de aquí. En verdad que lo deseo. —El labio inferior le temblaba.

Norman la abrazó con fuerza y le dijo en tono dulce:

—No podemos salir de aquí.

—Lo sé —dijo Beth, y a su vez se abrazó fuerte a Norman y empezó a llorar, con el rostro apretado contra el hombro del psicólogo.

—Todo está bien...

—Odio ponerme así —dijo Beth—. Odio esta sensación.

—Lo sé...

—Y odio este lugar. Y todo lo que le concierne. Odio a Barnes, odio las peroratas de Ted y los estúpidos postres de Rose. Ojalá yo no estuviera aquí.

—Lo se...

Durante unos instantes dio unos ruidosos sorbetones; después empujó a Norman con sus fuertes brazos y lo alejó. Se dio la vuelta y se secó los ojos.

—Ya estoy bien —dijo—. Gracias.

—Claro —repuso él.

Beth permaneció mirando hacia el otro lado, de espaldas a Norman.

—¿Dónde están los malditos pañuelos de papel? —Halló uno y se sonó la nariz—. No les vayas a contar nada a los demás...

—Por supuesto que no.

Sonó un timbre y el sonido sobresaltó a Beth.

—¡Jesús! ¿Qué es eso?

—Creo que se trata de la cena —dijo Norman.

LA CENA

—No sé cómo pueden comer esas cosas —comentó Harry señalando los calamares.

—Son deliciosos —declaró Norman—. Calamares a la plancha.

No bien se hubo sentado a la mesa, Norman se dio cuenta de lo hambriento que estaba. Y comer lo hacía sentirse mejor, pues el hecho de sentarse ante una mesa, con un cuchillo y un tenedor en las manos, le daba una reconfortante sensación de normalidad, hasta el punto de que casi le resultaba posible olvidar dónde se hallaba.

—En especial, me gustan fritos —dijo Tina.

—*Calamari* fritos —dijo Barnes—. Maravillosos. Son mis favoritos.

—A mí también me gustan fritos —corroboró Jane Edmunds, la cual estaba sentada muy tiesa y tomaba su comida con movimientos precisos.

Norman observó que, entre bocado y bocado, la mujer apoyaba el tenedor en la mesa.

—¿Por qué no han frito los calamares? —preguntó Norman.

—Aquí abajo no se pueden hacer frituras en sartén o freidora —explicó Barnes— porque el aceite caliente forma una suspensión y se pega a los filtros de aire. Pero la comida a la plancha sale muy bien.

—Bueno, no sé cómo están los calamares, pero los camarones me parecen riquísimos —dijo Ted—. ¿No es así? —le preguntó a Harry, que también estaba comiendo camarones.

—Los camarones están excepcionales —respondió—. Deliciosos.

—¿Saben cómo me siento? —preguntó Ted—. Como el Capitán Nemo. ¿Recuerdan que vivía bajo las aguas de la generosidad del mar?

— *Veinte mil leguas de viaje submarino* —precisó Barnes.

—James Mason —recordó Ted—. ¿Recuerdas cómo tocaba el órgano? *Du-du-du, da da dadaaaaa*... Era la *Tocata y fuga en re menor*, de Bach.

—Y Kirk Douglas.

—Kirk Douglas estaba magnífico.

—¿Se acuerdan de cuando luchó con el calamar gigante?

—Eso fue grandioso.

—Kirk Douglas tenía un hacha, ¿recuerdan?

—Sí, y le cortó uno de los tentáculos al calamar.

—Esa película me produjo un miedo tremendo —dijo Harry—. La vi cuando era chico y me asusté muchísimo.

—A mí no me dio miedo —declaró Ted.

—Eras mayor —contestó Harry.

—No tan mayor.

—Sí, lo eras. Para un niño era terrorífica. Es probable que ésa sea la razón por la que ahora no me gustan los calamares.

—No te gustan los calamares —razonó Ted— porque son gomosos y repugnantes.

—Esa película hizo que yo quisiera alistarme en la Armada —rememoró Barnes.

—Me lo imagino —dijo Ted—. ¡Era tan romántica y emocionante! Se trataba de una visión real de las maravillas de la ciencia aplicada. ¿Quién hacía el papel del profesor?

—¿El profesor?

—Sí. ¿No recuerdas que había un profesor?

—Recuerdo vagamente a un profesor. Un tipo viejo.

—Norman, ¿recuerdas quién era el profesor?

—No, no lo recuerdo.

—¿Estás ahí sentadito y vigilándonos Norman? —preguntó Ted.

—¿Qué quieres decir?

—Te pregunto si estás analizándonos para ver si nos estamos volviendo chiflados.

—Sí —dijo Norman sonriendo—. Eso estoy haciendo.

—¿Qué tal nos portamos? —inquirió Ted.

—Yo diría que es muy significativo que un grupo de científicos no pueda recordar quién hizo el papel de profesor universitario en una película que a todos ellos les encantó.

—Bueno, Kirk Douglas era el héroe, ése es el porqué. El científico no era el héroe.

—¿Franchot Tone? ¿Claude Rains? —preguntó Barnes.

—No, no lo creo. ¿Fritz... no sé qué?

—¿Fritz Weaber?

Oyeron una crepitación y un siseo y después los sonidos de un órgano que tocaba la *Tocata y fuga en re menor*.

—Grandioso —comentó Ted—. No sabía que aquí abajo tuviésemos música.

Jane Edmunds regresó a la mesa y dijo:

—Hay una gran colección de cintas, Ted.

—No sé si esto es lo más adecuado para la cena —opinó Barnes.

—Me gusta —aprobó Ted—. Ahora sólo nos falta una ensalada de algas... ¿No era eso lo que servía el Capitán Nemo?

—¿Quizá algo más ligero? —preguntó.

—¿Más ligero que las algas marinas?

—Más ligero que Bach.

—¿Cómo se llamaba el submarino? —preguntó Ted.

—*Nautilus* —apuntó Jane.

—Oh, cierto. *Nautilus*.

—Ése fue también el nombre del primer submarino atómico, que se botó en mil novecientos cincuenta y cuatro —dijo Jane, y brindó a Ted una amplia sonrisa.

—Cierto —reconoció éste—. Cierto.

«Ted encontró la horma de su zapato en cuanto a trivialidades irrelevantes», pensó Norman.

Jane fue hasta la portilla y exclamó:

—¡Oh, más visitantes!

—¿Y ahora qué son? —preguntó Harry, y se apresuró a alzar la vista.

«¿Asustado? —pensó Norman—. No, tan sólo vivaz, maníaco. Interesado.»

—Son hermosas —estaba diciendo Jane—. Se trata de alguna clase de medusas pequeñas. Están alrededor de todo el habitáculo. Deberíamos filmarlas. ¿Qué piensa, doctor Fielding? ¿Deberíamos salir a filmarlas?

—Pienso que, por ahora, solamente voy a comer —respondió Ted con tono algo severo.

Dio la impresión de que Jane Edmunds se sintió lastimada, como si le hubieran dado un golpe. «Tendré que vigilar esto», pensó Norman. Jane se volvió y salió del comedor. Los demás echaron un vistazo hacia la portilla, pero nadie abandonó la mesa.

—¿Alguna vez han comido medusa? —preguntó Ted—. Me han dicho que es un bocado exquisito.

—Algunas son venenosas —observó Beth—. Tienen toxinas en los tentáculos.

—¿Los chinos no comen medusas? —preguntó Harry.

—Sí —contestó Tina—. Y hacen también sopa. Mi abuela solía hacerla en Honolulú.

—¿Usted es de Honolulú?

—Mozart estaría mejor para acompañar la cena —opinó Barnes—. O Beethoven. Algo con cuerda. Esta música de órgano es lúgubre.

—Dramática —agregó Ted, mientras tocaba teclas imaginarias en el aire, siguiendo el ritmo de la música y balanceando su cuerpo como hacía James Mason.

—Tenebrosa —prosiguió Barnes.

En ese momento se oyó la voz de Jane a través del intercomunicador.

—¡Oh! Deberían ver esto. Es bellísimo.

—¿Dónde está Jane Edmunds?

—Tiene que estar en el exterior —dijo Barnes, y fue hacia una de las portillas.

—Es como nieve rosada —comentó Jane.

Todos se pusieron de pie y se dirigieron a la portilla.

Jane Edmunds estaba fuera, con la cámara de vídeo. Apenas si podían verla entre la densa nube de medusas. Los celentéreos eran pequeños, del tamaño de un dedal, y de un delicado color de rosa refulgente. En verdad, era como una nevada.

Algunas medusas se acercaron mucho a la portilla, y todos pudieron verlas bien.

—No tienen tentáculos —observó Harry—. No son más que pequeñas bolsas pulsantes.

—Ése es el modo en que se mueven —corroboró Beth—. Las contracciones musculares despiden el agua.

—Como los calamares —dijo Ted.

—No tan desarrollados, pero sí en cuanto a la idea general.

—Son pegajosas —dijo Jane por el intercomunicador—. Se están adhiriendo a mi traje.

—Ese color sonrosado es fantástico —opinó Ted—. Se ve como la nieve durante la puesta del sol.

—Muy poético.

—Eso es lo que pensé.

—Y que lo digas.

—Se me están pegando a la máscara también —informó Jane—. Tengo que desprenderlas a tirones. Dejan una huella untuosa...

Se interrumpió de repente, pero seguían oyendo su respiración.

—¿Alcanzan a verla? —preguntó Ted.

—No muy bien. Está allí, hacia la izquierda. Por el intercomunicador, Jane dijo:

—Parecen estar calientes..., siento calor en los brazos y las piernas.

—Eso no me gusta —dijo Barnes, y se volvió hacia Tina—. Dígale que salga de ahí.

Tina corrió a la consola de comunicaciones.

Norman ya casi no veía a Jane. Apenas alcanzaba a divisar una forma oscura que agitaba los brazos...

Por el intercomunicador, Jane estaba diciendo:

—La untuosidad en la máscara... no se va... Parecen estar Corroyendo el plástico... y mis brazos... la tela está...

Se oyó la voz deTina:

—¡Jane, Jane, sal de ahí!

—De inmediato —gritó Barnes—. ¡Dígale que de inmediato! La respiración de Edmunds llegaba en forma de jadeos desiguales.

—Las marcas pegajosas... No puedo ver muy bien... Siento... dolor..., me arden los brazos..., me duele..., están carcomiendo a traves...

—Jane, vuelve. Jane..., ¿me estás recibiendo? Jane...

—Se ha caído —dijo Harry—. Miren, se la puede ver allí caída...

—Tenemos que salvarla —exclamó Ted, y se puso en pie de un salto.

—*Que nadie se mueva* —ordenó Barnes.

—Pero ella está...

—*Nadie más va allá afuera, ¿entendido?*

La respiración de Jane era agitada... Tosía, jadeaba... —No puedo..., no puedo... ¡Oh, Dios...!

Jane empezó a gritar.

Era un grito agudo y continuo, sólo interrumpido por los jadeos irregulares que hacía para tratar de respirar. Ya no podían verla a través del enjambre de medusas. Los investigadores se miraron entre sí y luego miraron a Barnes, cuyo rostro era una máscara rígida; escuchaba los alaridos de Jane con las mandíbulas apretadas.

Y entonces, de pronto, se hizo el silencio.

LOS MENSAJES POSTERIORES

Una hora después, las medusas desaparecieron en forma tan misteriosa como habían llegado. Pudieron ver el cuerpo de Jane Edmunds; yacía en el fondo del mar, y la corriente lo mecía suavemente. En su traje se veían pequeños rasgones.

Observaron por las portillas cómo Barnes y la suboficial principal Alice Fletcher cruzaban el fondo bajo las fuertes luces; ambos llevaban tanques adicionales de aire. Cogieron el cuerpo de Jane Edmunds, cuya cabeza, encerrada en el casco, colgaba laxamente hacia atrás; la luz daba un tono mate a la máscara plástica.

Nadie hablaba. Norman percibió que hasta Harry había perdido su afectación maníaca: permanecía sentado, inmóvil, con la vista clavada en lo que ocurría fuera de la portilla.

En el exterior, Barnes y Alice Fletcher sostenían el cuerpo. Se produjo entonces una gran erupción de burbujas plateadas que ascendieron con rapidez hacia la superficie.

—¿Qué están haciendo?

—Le están inflando el traje.

—¿Para qué? ¿No la van a traer? —preguntó Ted.

—No pueden traerla —respondió Tina—. No se tomaron medidas para conservar restos mortales en el habitáculo.

—¿Lo que quiere decir que no previeron que alguien muriera?

—Así es. No lo hicieron.

Ahora, de los agujeros del traje salían muchas delgadas columnas de burbujas que iban hacia la superficie. El traje de Jane Edmunds estaba hinchado, como abotagado. Barnes lo soltó y se alejó flotando con lentitud, como si lo lanzaran hacia arriba las burbujas plateadas que fluían sin solución de continuidad.

—¿Irá hasta la superficie?

—Sí, porque el gas se expande en forma continua, a medida que disminuye la presión exterior.

—¿Y después, qué?

—Tiburones —dijo Beth—. Probablemente...

Al cabo de unos instantes el cuerpo desapareció en la oscuridad, más allá del alcance de las luces. Barnes y Alice Fletcher aún lo contemplaban, con sus cascos inclinados hacia arriba, en dirección a la superficie. Alice se persignó. Después, caminando trabajosamente, regresaron al habitáculo.

Desde alguna parte llegó el sonido de una campanilla. Tina entró en el Cilindro D. Instantes después, gritó:

—¡Doctor Adams! ¡Más números!

```
---------------------100000-100----1101---1101---11110--11-----10110
                                                               |
10000--11110--10010--100101-1010---11010--100----10101--1101   10010
|                                                       |      |
110    1000---100----10000--100101-10101--10000--11110  11110  10101
|      |                                         |      |      |
10010  11110  110----10000--11110--10010--100101 1000   11101  10000
|      |      |                           |      |      |      |
1000   10000  10010  100000-11010--11001  1010   1101   11010  11110
|      |      |      |             |      |      |      |      |
10101  10101  1000   11     00     11001  11010  1010   11     1000
|      |      |      |      |      |      |      |      |      |
100000 10010  10101  11010  11-----10101  100    11010  100000 100
|      |      |      |                    |      |      |      |
11101  10110  100000 11101--11110--1101---10101  100    11010  10000
|      |      |                                  |      |      |
11     11     11101--11-----11110--101----10010--10110  11001  100101
|      |                                                |      |
11110  11110--1101---1101---100----100000-11-----10101--11001  10101
|                                                              |
101----10010--10110--100----11010--1010---1101---1000---11110--10000
```

Harry se incorporó y entró en el cilindro contiguo. Los demás lo siguieron. Ya nadie quería seguir mirando a través de la portilla.

Norman observó atento la pantalla. Estaba perplejo. Harry, en cambio, palmoteó encantado:

—Excelente —dijo—. Esto es utilísimo.

—¿De veras?

—Por supuesto. Ahora tengo una posibilidad para pelear.

—¿Quieres decir para descifrar el código?

—Sí, claro.

—¿Porqué?

—¿Recuerdas la secuencia numérica originaria? Ésta es la misma secuencia.

—¿De veras?

—Claro —dijo Harry—. La diferencia es que está expresada en sistema binario.

—Binario —murmuró Ted, dándole un suave codazo a Norman—. ¿No te dije que el sistema binario era importante?

—Lo que es importante es que esto establece la separación de las letras individuales en la secuencia originaria —precisó Harry.

—He aquí una copia de la secuencia primitiva —dijo Tina, tendiéndole una hoja de papel.

00032125252632 032629 301321 04261037 18 3016 06180821
32 29033005 1822 04261013 0830162137 1604 08301621 1822 0
33013130432

—Bien —dijo Harry—. Ahora pueden ver mi problema inmediato. Miren la palabra cero-cero-cero-tres-dos-uno, y demas. La pregunta es ésta: ¿Cómo descompongo esa palabra en letras individuales? No lo podía resolver, pero ahora lo sé.

—¿Cómo?

—Pues resulta evidente que la secuencia es tres, veintiuno, veinticinco, veinticinco...

Norman no entendía.

—Pero ¿cómo lo sabes?

—Mira —dijo Harry con impaciencia—, es muy sencillo, Norman. Es una espiral que se lee desde dentro hacia fuera. Simplemente nos está dando los números en...

Súbitamente, la pantalla volvió a cambiar.

```
————————————32——04——13——13——30——03——22
                                     |
16——30——18——37——10——26——04——21——13  18
|                                |   |
06  08——04——16——37——21——16——30  30  21
|   |                        |   |   |
18  30  06——16——30——18——37  08  29  16
|   |   |                |   |   |   |
08  16  18  32——26——25  10  13  26  30
|   |   |   |       |   |   |   |   |
21  21  08  03  00  25  26  10  03  08
|   |   |   |   |   |   |   |   |   |
32  18  21  26  03——21  04  26  32  04
|   |   |   |           |   |   |   |
29  22  32  29——30——13——21  04  26  16
|   |   |                   |   |   |
03  03  29——03——30——05——18——22  25  37
|   |                           |   |
30  30——13——13——04——32——03——21——25  21
|                                   |
05——18——22——04——26——10——13——08——30——16
```

—Ahí está. ¿Esto te resulta más claro?

Norman frunció el entrecejo.

—Mira, es exactamente lo mismo —explicó Harry—. ¿Ves? ¿Desde el centro hacia fuera: cero-cero-tres-veintiuno-veinticinco-veintiséis. *Eso* hizo una espiral que se desplaza hacia fuera, a partir del centro.

—¿*Eso?*

—Quizá *eso* lamente lo que le ocurrió a Jane Edmunds —dijo Harry.

—¿Por qué dices *eso*? —preguntó Norman, escrutando a Harry con curiosidad.

—Porque es obvio que *eso* se está esforzando mucho por comunicarse con nosotros —contestó Harry—. Está intentando cosas diferentes.

—¿Quién es *eso*?

—*Eso* puede no ser un *quién* —advirtió el matemático.

La pantalla quedó en blanco y apareció otro patrón.

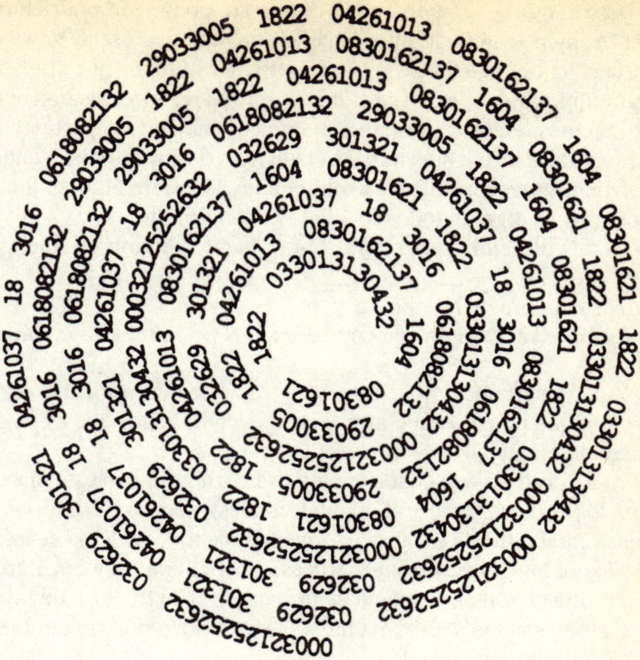

—Muy bien —aprobó Harry—. Esto es muy bueno.

—¿De dónde viene esto?

—Evidentemente de la nave.

—Pero no estamos conectados con la nave. ¿Cómo se las arregla para encender nuestro ordenador e imprimir los mensajes?

—No lo sabemos.

—¿Y no deberíamos saberlo? —preguntó Beth.

—No estamos obligados —dijo Ted.

—¿Y no deberíamos *intentar* saberlo?

—Verán, si la tecnología es muy evolucionada, al observador ingenuo le da la impresión de ser magia. No hay duda al respecto. Tomemos, por ejemplo, un famoso científico de nuestro pasado: Aristóteles, Leonardo da Vinci, Isaac Newton incluso. Si les mostráramos un televisor en color Sony común y corriente, ese científico saldría corriendo, lanzando alaridos y gritando que es brujería. No lo entendería en absoluto.

—Pero el quid —apuntó Ted— es que tampoco se lo podríamos explicar. Al menos no podríamos hacerlo con facilidad. Isaac Newton no podría entender la televisión, si primero no estudiaba nuestra física durante un par de años. Tendría que aprender todos los conceptos subyacentes: electromagnetismo, ondas, física de las partículas. Todas estas ideas serían nuevas para él, un nuevo concepto de la naturaleza. Mientras, respecto a Newton, el televisor sería algo mágico, para nosotros es algo de todos los días. Es la televisión.

—¿Estás diciendo que somos como Isaac Newton en nuestra época?

Ted se encogió de hombros:

—Estamos recibiendo una comunicación y no sabemos cómo es emitida.

—Y no deberíamos molestarnos en tratar de descubrirlo.

—Creo que tenemos que aceptar esa eventualidad: que es posible que no lo entendamos —dijo Ted.

Norman observó con cuánta energía se enzarzaban en esta discusión y en lo poco que hacían. «Son intelectuales —pensó Norman—, y su defensa característica es la transformación de todo en tema de análisis intelectual.» Conversaciones. Ideas. Abstracciones. Conceptos. Era una forma de tomar distancia de la sensación de tristeza, de miedo, de estar atrapados. Norman entendía el impulso porque también él hubiera querido alejarse de esas sensaciones.

Harry frunció el entrecejo ante la imagen de la espiral.

—Podemos no entender cómo, pero es obvio *qué* es lo que *eso* está haciendo: está tratando de comunicarse, está probando con diferentes presentaciones. El hecho de que lo intente con espirales puede ser significativo, pues quizá crea que pensamos en espiral o que escribimos en espiral.

—Exacto —aprobó Beth—. ¿Quién sabe qué clase de seres de otro mundo somos?

—Si está tratando de comunicarse con nosotros, ¿por qué no estamos nosotros tratando de comunicarnos con él?

Harry chasqueó los dedos.

—¡Buena idea! —dijo, y se dirigió al teclado—. Existe un primer paso elemental: simplemente le devolveremos el mensaje originario. Empezaremos con el primer grupo a partir de los ceros dobles.

—Quiero dejar bien en claro —dijo Ted— que la sugerencia de intentar la comunicación con el extraterrestre provino de mí.

—Está claro, Ted —reconoció Barnes.

—¿Harry?

—Sí, Ted —le tranquilizó Harry—. No te preocupes: es tu idea.

Sentado en el teclado, el matemático escribió:

00032125252632

Los números aparecieron en la pantalla. Hubo una pausa. Todos escuchaban el zumbido de los ventiladores del habitáculo, el ruido distante del generador diesel. Todos tenían los ojos fijos en la pantalla.

Ésta se puso en blanco y después imprimió:

0001132121051808012232

—Ahora probaré con el segundo grupo —anunció Harry.

Parecía tranquilo, pero sus dedos seguían cometiendo errores en el teclado. Tardó unos instantes antes de poder escribir:

032629

La respuesta llegó de inmediato.

0015260805180810213

—Bueno, parece que acabamos de abrir nuestra línea de comunicación.

—Sí—dijo Beth—. Lástima que ninguno entienda lo que está diciendo el otro.

—Es de suponer que *eso* sabe lo que está diciendo —observó Ted—, pero nosotros seguimos en la oscuridad.

—Quizá podamos conseguir que *eso* se explique.

—¿Qué es este *eso* al que ustedes se refieren continuamente? —preguntó Barnes con impaciencia.

Harry suspiró y se subió las gafas.

—Creo que no hay dudas al respecto: *eso* es algo que antes se hallaba en el interior de la esfera y que ahora se escapó y está libre para actuar. Eso es lo que es *eso*.

EL MONSTRUO

ALARMA

El estridente sonido de una alarma y el centelleo de luces rojas despertaron a Norman. Rodó sobre sí mismo y saltó de la litera. Se puso los zapatos aislantes y la chaquetilla con calefacción, y corrió hacia la puerta, donde chocó con Beth. La alarma ululaba por todo el habitáculo.

—¿Qué ocurre? —gritó Norman por encima del ruido.

—¡No lo sé!

Beth estaba pálida y asustada. Norman la empujó a un lado y siguió su camino. En el Cilindro B, entre todas las cañerías y consolas, un brillante cartel parpadeaba: «EMERGENCIA EN SISTEMAS MANTENIMIENTO VIDA.» Norman buscó a Alice Fletcher con la mirada, pero la corpulenta ingeniera no estaba ahí.

Se apresuró a regresar al Cilindro C y volvió a pasar junto a Beth.

—¿Ya sabes lo que es? —gritó Beth.

—¡Es mantenimiento de vida! ¿Dónde está Fletcher? ¿Dónde está Barnes?

—¡No lo sé! ¡Los estoy buscando!

—¡No hay nadie en el B! —gritó Norman y, a trompicones, subió los peldaños que llevaban al Cilindro D. Tina y Alice Fletcher se hallaban allí, trabajando detrás de las consolas de los ordenadores, cuyos paneles posteriores habían quitado, lo que dejaba al descubierto alambres y series de microprocesadores. Las luces de la habitación centelleaban en rojo, y en todas las pantallas se encendía y apagaba: «EMERGENCIA EN SISTEMAS MANTENIMIENTO VIDA.»

—¿Qué pasa? —gritó Norman.

Con un movimiento de la mano, Fletcher le indicó que no la molestara de ningún modo.

—¡Dígamelo!

Norman se volvió y vio a Harry, sentado en el rincón, cerca de la sección de monitores de Jane Edmunds, como si fuera un zombi; tenía un cuaderno y un lápiz sobre las rodillas, y parecía ajeno a las sirenas y a las luces que se encendían y apagaban delante de sus ojos.

—¡Harry!

No reaccionó. Norman se volvió otra vez hacia las dos mujeres:

—¡Por el amor de Dios! ¿Me van a decir qué sucede? —gritó.

En ese momento las sirenas cesaron y las pantallas quedaron en blanco. Hubo un silencio, sólo interrumpido por una suave música clásica.

—Lamento lo ocurrido —dijo Tina.

—Fue una falsa alarma —explicó Alice.

—¡Jesús! —exclamó Norman; se dejó caer en una silla e hizo una profunda inspiración.

—¿Estaba durmiendo?

Asintió con la cabeza.

—Lo siento. Se activó sola.

—¡Jesús!

—Si vuelve a ocurrir debe usted verificar la placa de su pecho —dijo Fletcher, señalando la que llevaba en el suyo. Eso es lo primero que se debe hacer. Como ve, todas las placas están normales ahora.

—¡Jesús!

—Tómalo con calma, Norman —le aconsejó Harry—. Cuando el psiquiatra se vuelve loco, es mala señal.

—Soy psicólogo.

—Como sea.

—Nuestra alarma por ordenador tiene muchos sensores periféricos, doctor Johnson. En ocasiones se activa sola. Y no hay mucho que podamos hacer al respecto —explicó Tina.

Norman asintió con la cabeza y entró en el Cilindro E para ir al comedor. Levy había hecho una tarta de fresas, que nadie había probado debido al accidente de Jane Edmunds. Norman estaba seguro de que la tarta todavía estaría ahí; pero al no encontrarla se sintió frustrado; abrió las puertas de la alacena y las cerró con violencia, dio patadas en la puerta de la nevera.

«Tómalo con calma —pensó—. No fue más que una falsa alarma.»

Pero Norman no podía superar la sensación de que estaba atrapado, atascado en un maldito pulmón gigantesco, mientras las cosas se iban desmoronando poco a poco alrededor. El peor momento había sido cuando Barnes los reunió para darles instrucciones, cuando regresó después de haber enviado el cuerpo de Jane Edmunds a la superficie.

El capitán consideró que era el momento de pronunciar un breve discurso, decir algunas palabras para levantar el ánimo.

—Sé que todos están perturbados por lo de Jane Edmunds —había dicho—; pero lo que le sucedió fue un accidente. Quizá cometió un error de juicio al salir y meterse entre las medusas. Quizá no. El hecho es que, aun en las mejores circunstancias, se producen accidentes, y el mar profundo es un ambiente cruel.

Mientras lo escuchaba, Norman pensó: «Está escribiendo su informe. Les está explicando lo ocurrido a sus superiores.»

—Ahora —continuó Barnes— insto a todos a mantener la calma. Han pasado dieciséis horas desde que el temporal se abatió sobre el mar abierto. Acabamos de enviar un globo sensor a la superficie, pero antes de que pudiéramos tomar lecturas el cable se cortó, lo que sugiere que las olas de superficie todavía tienen nueve metros de alto, o más, y que el temporal sigue castigando con toda su fuerza. El satélite meteorológico estima que nos aguarda una tormenta de sesenta horas, en el lugar donde deberíamos emerger, por lo que todavía tendremos que permanecer aquí abajo dos días más. No hay mucho que podamos hacer al respecto; tan sólo tenemos que mantener la calma. No olviden que, aun cuando lleguen a la zona de contacto aire-mar, no podrán levantar la escotilla y empezar a respirar; tendrán que pasar otros cuatro días más en una cámara hiperbárica, en la superficie, para la descompresión.

Eso fue lo primero que Norman había oído respecto al tema: que aun después de que dejaran ese pulmón artificial tendrían que disponerse a pasar cuatro días más en otro.

—Creí que lo sabía —había dicho Barnes—. Ese es el PON[1] para ambientes saturados. Se puede permanecer aquí abajo el tiempo que se quiera, pero cuando se regresa hay que pasar un período de cuatro días de descompresión. Y, créame, este habitáculo es mucho más agradable que la cámara de descompresión. Así que disfrute esto mientras pueda.

«Disfrute esto mientras pueda», pensó Norman. ¡Jesús! La tarta de fresas ayudaría. De todos modos, ¿dónde diablos estaba Rose Levy?

Retornó al Cilindro D.

—¿Dónde está Rose Levy?

—No sé —respondió Tina—. Por ahí. Durmiendo, quizá.

—Nadie podría dormir durante esa alarma —objetó Norman.

—¿La ha buscado en el comedor?

—De allí vengo. ¿Dónde se encuentra Barnes?

—Volvió a la nave, con Ted. Están poniendo más sensores alrededor de la esfera.

—Les dije que era una pérdida de tiempo —dijo Harry.

—¿Así que nadie sabe dónde se halla Rose Levy? —preguntó Norman.

Alice Fletcher acababa de volver a los paneles de los ordenadores.

—Doctor —dijo—, ¿es usted una de esas personas que necesitan saber en todo momento dónde está toda la gente?

—No —dijo Norman—. Por supuesto que no.

—¿Entonces, por qué tanto lío con Levy, señor?

—Sólo quería saber dónde estaba la tarta de fresas.

—Liquidada —repuso Fletcher en el acto—. El capitán y yo regresamos de cumplir con el funeral, nos sentamos y nos la comimos toda. Así de simple.

—Quizá Rose haga más —le consoló Harry.

Norman encontró a Beth en su laboratorio, en el nivel superior del Cilindro D. Entró justo a tiempo para verla tomar una pastilla.

1. Procedimiento Operativo Normal. *(N. del T.)*

—¿Qué era eso?

—Valium, por Dios.

—¿Dónde lo conseguiste?

—Mira —dijo Beth—, no me largues una perorata de psicólogo sobre eso...

—Tan sólo preguntaba.

Beth señaló una caja blanca, enclavada en la pared de la esquina del laboratorio.

—Hay un botiquín de primeros auxilios en cada uno de los cilindros. Es bastante completo.

Norman fue hacia la caja y abrió la tapa con un movimiento seco. Había compartimientos bien demarcados que contenían medicamentos, jeringuillas y vendas. Beth tenía razón al decir que era bastante completo: antibióticos, sedantes, tranquilizantes, hasta anestésicos quirúrgicos. Norman no reconoció todos los nombres que aparecían en los frascos, pero las drogas psicoactivas eran fuertes.

—Con las cosas que hay en este botiquín podrías librar una guerra...

—Sí, bueno... La Armada...

—Hay todo lo que se necesita para efectuar cirugía mayor. —Norman reparó en una tarjeta que había en el interior del botiquín, y leyó: «ASISTMED CÓDIGO 103»—. ¿Tienes alguna idea acerca de lo que quiere decir eso?

Beth asintió con la cabeza.

—Es un código de ordenador. Lo traje desde la memoria.

—¿Y qué?

—Las noticias no son buenas.

Norman se sentó ante la terminal del laboratorio de Beth y pregunto:

—¿Así está bien?

Tecleó 103. La pantalla respondió:

AGENTE HIPERBÁRICO SATURADO

COMPLICACIONES MÉDICAS (GRAVES-FATALES)

1.01 Embolia pulmonar.
1.02 Síndrome nervioso por alta presión.
1.03 Necrosis ósea aséptica.
1.04 Toxicidad del oxígeno.
1.05 Síndrome de esfuerzo térmico.
1.06 Seudomoniasis generalizada.
1.07 Infarto cerebral.

Elegir Una:

—No elijas ninguna —aconsejó Beth—. Leer los detalles sólo servirá para inquietarte. Limítate a considerarlo de este modo: estamos en un ambiente muy peligroso. Barnes no se molestó en darnos todos los detalles cruentos. ¿Sabes por qué la Armada tiene una regla que dispone que se debe sacar a la gente al cabo de setenta y dos horas? Porque después de ese tiempo aumenta el riesgo de padecer la llamada «necrosis ósea aséptica». Nadie puede explicar la causa, pero el ambiente sometido a presión produce la destrucción de los huesos de piernas y caderas. ¿Y sabes por qué, cuando caminamos por él, este habitáculo se ajusta de modo constante? No se debe a que sea alta tecnología llamativa pero superficial. Se debe a que la atmósfera de helio hace que sea muy volátil el control del calor corporal; rápidamente te puedes sobrecalentar y, con la misma rapidez, enfriarte, hasta un nivel letal. Puede ocurrir con tanta velocidad que no te des cuenta hasta que es demasiado tarde. Entonces te caes muerto. Y el «síndrome nervioso por alta presión» consiste en convulsiones súbitas, parálisis y muerte si el índice de bióxido de carbono de la atmósfera cae a un nivel muy bajo. Para eso están las placas del pecho, para saber con seguridad que tenemos suficiente CO_2 en el aire. Ese es el único motivo por el que llevamos las placas. Agradable, ¿eh?

Norman apagó la pantalla con un movimiento seco y quedó inmóvil en su asiento.

—Bueno, volviendo al punto de partida: ahora no hay mucho que podamos hacer al respecto.

—Es lo que dijo Barnes.

Beth empezó a empujar elementos de su equipo sobre la mesa de trabajo. Reacomodaba las cosas con movimientos nerviosos.

—Qué pena que no tengamos una muestra de esas medusas —comentó Norman.

—Sí; pero, a decir verdad, no sé muy bien cuál sería la utilidad de tenerla. —Frunció el entrecejo y movió algunos de los papeles que había sobre la mesa—. Norman, aquí abajo no estoy pensando con mucha claridad.

—¿Qué quieres decir?

—Después del accidente volví aquí arriba para releer mis notas, para repasar cosas. Y revisé los camarones. ¿Recuerdas que te dije que carecían de estómago? Bueno, pues sí lo tienen. Había hecho una mala disección, fuera del plano sagital medio y, sencillamente, no llegué a exponer las estructuras de la línea media. Pero están ahí, ya lo creo: los camarones son normales. Y en cuanto a los calamares, resulta que el único que disequé tenía una pequeña anomalía: una branquia atrofiada, pero tenía una. Los demás calamares son todos normales, como cabía esperar. Yo estaba equivocada, procedí con demasiada precipitación. Y eso realmente me molesta.

—¿Ésa es la razón de que tomaras el Valium?

Ella asintió en silencio.

—Odio ser chapucera.

—Nadie te está criticando.

—Si Harry o Ted repasaran mis investigaciones y descubrieran que cometí esos estúpidos errores...

—No es tan grave cometer un error.

—Ya los puedo oír: «Como todas las mujeres, no es lo bastante atenta; está demasiado ansiosa por hacer un descubrimiento; trata de probarse a sí misma y saca conclusiones con excesiva rapidez. Como todas las mujeres...»

—Nadie te está criticando, Beth.

—Yo lo estoy haciendo.

—Tú y nadie más —dijo Norman—. Creo que tendrías que darte un respiro.

Beth miró con fijeza las cosas que había en la mesa, y luego dijo:

—No puedo.

Algo en el tono con que pronunció esas palabras conmovió a Norman.

—Entiendo. —Y un recuerdo irrumpió en su memoria—. Voy a contarte algo. Cuando era niño fui un día a la playa con mi hermano menor, Tim. Ya murió; pero, en aquel entonces, tenía alrededor de seis años y todavía no sabía nadar. Mi madre me había dicho que lo vigilara con cuidado. No obstante, cuando llegué a la playa vi que estaban allí todos mis amigos, dejándose llevar por las olas hacia la costa. Yo no quería que mi hermano me molestara. Fue un momento difícil, porque yo quería meterme en el mar y mi hermano tenía que quedarse cerca de la orilla. Como quiera que fuese, en cierto momento él salió del agua gritando de un modo atroz, dando chillidos a más no poder, y dando tirones a algo que tenía en el lado derecho. Resulta que le había picado una medusa, la cual estaba todavía agarrada a su cuerpo, colgada del costado. Después, mi hermano se desplomó en la playa. La madre de uno de los chicos corrió hasta donde estaba Timmy; lo levantó y lo llevó al hospital antes de que yo hubiera salido del agua siquiera. Yo no sabía adónde habían llevado a mi hermano, de modo que tardé en llegar al hospital; mi madre ya estaba allí. Tim se hallaba en estado de *shock* porque la dosis de veneno fue muy alta para su pequeño cuerpo. De todas maneras nadie me hizo ningún reproche, pues de nada habría servido que yo hubiera estado sentado a su lado en la playa, vigilándolo; igual le habría picado la medusa. Sin embargo, como yo no había estado sentado donde debía estar, me culpé durante años, hasta mucho tiempo después de que mi hermano se pusiera bien. Cada vez que le veía esas cicatrices en el costado, experimentaba un terrible sentimiento de culpa. Pero uno lo supera, no eres responsable de todo lo que ocurre en el mundo. De ningún modo.

Se produjo un silencio. Desde algún lugar del habitáculo llegaba un suave golpeteo rítmico, una especie de martilleo. Y el omnipresente zumbido de los purificadores de aire.

Beth contemplaba a Norman.

—Ver morir a Jane Edmunds tiene que haber sido muy duro para ti.

—Es extraño —dijo Norman—. Pero hasta este instante no había relacionado los dos hechos.

—Lo bloqueaste, supongo. ¿Quieres un Valium?

Norman sonrió.

—No.

—Pareces a punto de llorar.

—No. Estoy bien. —Se puso de pie y se estiró. Fue hasta el botiquín, cerró la tapa blanca y regresó junto a Beth.

—¿Qué opinas de los mensajes que estamos recibiendo? —preguntó ella.

—No tengo la menor idea —dijo Norman, y volvió a sentarse—. En realidad, sí tuve una idea loca. ¿Crees que los mensajes y estos animales que estamos viendo pueden hallarse relacionados?

—¿Porqué?

—No había pensado en ello hasta que empezamos a recibir mensajes en espiral. Harry dice que se debe a que la cosa, el famoso *eso*, cree que pensamos en términos de espirales. Pero es igualmente probable que *eso* piense de esa manera y, en consecuencia, suponga que también lo hacemos nosotros. La esfera es redonda, ¿no? Y todos esos animales que estuvimos viendo tienen simetría radial: medusas, calamares.

—Sería una buena idea —admitió Beth—, si no fuera por el hecho de que los calamares no tienen simetría radial. Los pulpos sí la tienen y, al igual que los pulpos, los calamares tienen un grupo circular de tentáculos; pero los calamares tienen simetría bilateral, en la que hay un lado izquierdo que coincide con uno derecho, como ocurre con nosotros. Y, además, están los camarones.

—Es cierto, los camarones. —Norman se había olvidado de los camarones.

—No llego a ver una conexión entre la esfera y los animales —confesó Beth.

Otra vez oyeron el golpeteo, suave, rítmico. Sentado en su silla, Norman se dio cuenta de que podía sentir el golpeteo también, en forma de leves choques.

—¿Qué es lo que se oye?

—No lo sé. Suena como si viniera desde fuera.

Norman había empezado a caminar hacia la portilla, cuando el intercomunicador chirrió y se oyó la voz de Barnes:

—Atiendan: todo el personal a Comunicaciones. Todo el personal a Comunicaciones. El doctor Adams descifró el código.

Harry no les dijo de inmediato el contenido del mensaje. Recreándose en su triunfo, insistió en recorrer el proceso de descifrado, paso por paso. Primero, explicó, había pensado que los mensajes podrían expresar alguna constante universal o alguna ley física, enunciada como una forma de abrir el diálogo.

—Pero también podría ser alguna representación gráfica, por ejemplo, el código de una imagen, lo que planteaba inmensos problemas. Después de todo, ¿qué es una imagen? Nosotros trazamos imágenes sobre un plano liso, como una hoja de papel, y dentro de la imagen determinamos posiciones mediante lo que denominamos ejes X e Y, horizontal y vertical. Pero otra inteligencia podría ver otras imágenes, tal vez imágenes de más de tres dimensiones, y organizarlas de manera diferente. O podría trabajar desde el centro de la ilustración hacia afuera, por ejemplo. Por todo ello, el código podría resultar muy difícil de descifrar. Al principio no progresé mucho.

Más tarde, cuando recibió el mismo mensaje, pero con huecos entre las secuencias de números, Harry empezó a sospechar que el código representaba grupos discretos de información, lo que sugería que eran palabras, no imágenes.

—Ahora bien, los códigos con palabras pertenecen a varios tipos, desde los más sencillos hasta los muy complejos. No había manera de saber, de inmediato, qué método de cifrado se había utilizado. Hasta que, en cierto momento, tuve una súbita percepción intuitiva...

Esperaron con impaciencia que les dijera cuál había sido esa percepción intuitiva.

—¿Por qué usar un código? —preguntó Harry.

—¿Cómo que por qué usar un código? —exclamó Norman.

—Por supuesto. Si uno está *tratando de comunicarse* con alguien, no usa un código, ya que los códigos son una forma de *esconder* la comunicación. Por lo que, tal vez, esta inteligencia piensa que se está comunicando de modo directo, pero, en realidad, al comunicarse con nosotros está cometiendo algún tipo de error de lógica. Está elaborando un código, sin que sea ésa su intención, lo cual podría significar que el código no intencional fuese un código de sustitución, en el que hay números en lugar de letras. Cuando recibí la separación en palabras empecé a probar y a equiparar números con letras, mediante el análisis de frecuencias de aparición. Por este sistema se descifran códigos teniendo en cuenta el hecho de que, en inglés, la letra más común es la «e», la segunda que aparece con más frecuencia es la «t», y así se continúa.[1] De manera que busqué los números de mayor frecuencia de aparición. Pero me lo impidió el hecho de que incluso una secuencia numérica corta, como dos-tres-dos, podría representar muchas posibilidades del código: dos, tres y dos, veintitrés y dos, dos y treinta y dos, o doscientos treinta y dos. Las secuencias de código más largas presentaban muchas más posibilidades todavía. Entonces —continuó Harry—, cuando me hallaba sentado frente al ordenador, pensando en los mensajes en espiral, miré el teclado y me

1. En un idioma dicho análisis se basa en el estudio de cuáles son las letras que se usan con mayor frecuencia. En español y otras lenguas derivadas del latín, la letra más frecuente es la «a»; la «q» siempre va seguida de una «u», y si se trata de un grupo de tres letras, la palabra solamente puede ser «que», etcétera. *(N. del T.)*

pregunté qué inferiría una inteligencia extraterrestre de nuestro teclado, de esas hileras de símbolos en un dispositivo formado por teclas que se aprietan. ¡Cuán confuso le tiene que parecer a otra clase de ser! Miren aquí: las letras de un teclado común y corrienté de ordenador van así.

Sostuvo en alto su cuaderno:

	1	2	3	4	5	6	7	8	9	0
tab	Q	W	E	R	T	Y	U	I	O	P
caps	A	S	D	F	G	H	J	K	L	;
shift	Z	X	C	V	B	N	M	,	.	?

—Después imaginé cuál sería el aspecto del teclado dispuesto como una espiral, ya que nuestro ser extraterrestre parece preferir las espirales. Y empecé a numerar las teclas en círculos concéntricos.

»Necesité un poco de experimentación, puesto que las teclas no se alinean con exactitud, pero, al final, lo logré. Vean esto: los números salen en espiral desde el centro. La G es uno; B, dos; H, tres; Y, cuatro, y así sucesivamente. ¿Se dan cuenta? Es de esta forma. —Escribió con rapidez unos números a lápiz:

	1	2	3	4	5	6_{12}	7_{11}	8	9	0
tab	Q	W	E	R_{13}	T_5	Y_4	U_{10}	I	O	P
caps	A	S	D_{14}	F_6	G_1	H_3	J_9	K	L	;
shift	Z	X	C_{15}	V_7	B_2	N_8	M	,	.	?

—Simplemente se continúa la espiral hacia fuera: M es dieciséis; K es diecisiete, y así se sigue. Por fin, entendí el mensaje.

—¿Cuál *es* el mensaje, Harry?

El matemático vaciló:

—Debo confesarles que es extraño.

—¿Qué quieres decir con «extraño»?

Harry arrancó otra hoja de su anotador amarillo y se la tendió a los demás integrantes del equipo. Norman leyó el breve mensaje, escrito en claras letras mayúsculas.

HOLA, ¿CÓMO ESTÁ USTED? YO ESTOY BIEN. ¿CUÁL ES SU NOMBRE? MI NOMBRE ES JERRY.

EL PRIMER INTERCAMBIO

—Bueno —dijo Ted, al cabo—, de ningún modo esto representa lo que yo esperaba.

—Parece propio de niños —comentó Beth—. Como si fuese algo extraído de esos viejos libros para enseñar a leer a los chicos.

—Eso es lo que parece.

—Quizá usted lo tradujo mal —sugirió Barnes.

—Le aseguro que no —dijo Harry.

—Pues entonces este extraterrestre parece un idiota —dijo Barnes.

—Dudo mucho de que lo sea —respondió Ted.

—Por supuesto que tiene que dudarlo —dijo Barnes—. Un extraterrestre estúpido echaría por tierra toda la teoría que usted construyó. Pero es algo que se debe tener en cuenta, ¿no? Un ser extraterrestre estúpido... En otros planetas tiene que haberlos.

—Dudo mucho de que alguien que domine una tecnología tan evolucionada como la de esa esfera sea estúpido —dijo Ted.

—Pues entonces usted no se fijó en todos los imbéciles que manejan automóviles para volver a su casa —replicó Barnes—. ¡Jesús! Después de todo este esfuerzo. «¿Cómo está usted? Yo estoy bien.» ¡Jesús!

—No creo que este mensaje entrañe falta de inteligencia, Hal —adujo Norman.

—Todo lo contrario —corroboró Harry—. Opino que el mensaje es muy inteligente.

—Explíquense —pidió Barnes.

—Es cierto que el contenido parece pueril —reconoció Harry—, pero si se piensa en él resulta ser sumamente lógico, ya que un mensaje sencillo carece de ambigüedad, es amistoso y no infunde miedo. Mandar un mensaje así demuestra mucha sensatez. Creo que se nos está acercando de la misma sencilla manera en que nosotros podríamos acercarnos a un perro: le ofrecemos la mano, dejamos que la huela, que se acostumbre a nosotros.

—¿Está diciendo que ese ser nos trata como si fuésemos perros? —preguntó Barnes.

Norman pensó: «A Barnes todo esto lo sobrepasa. Se muestra irritable porque está asustado; no se siente idóneo. O quizá siente que está excediéndose en su autoridad.»

—No, Hal —dijo Ted—. Ese ser está empezando en un nivel simple, nada más.

—Pues sí que es simple, ya lo creo —dijo Barnes—. ¡Jesús! Nos ponemos en contacto con un ser del espacio exterior y nos dice que se llama *Jerry*.

—No saquemos conclusiones apresuradas, Hal.

—Quizá tenga un apellido —dijo Barnes, esperanzado—. Quiero decir: ¿mi informe a CincComPac va a decir que, en una expedición en satprof, murió una persona para que podamos conocer a un extraterrestre llamado *Jerry*? Podría tener un nombre mejor. Cualquier nombre, menos *Jerry*. ¿Se lo podemos preguntar?

—¿El qué? —inquirió Harry.

—Su nombre completo.

—Personalmente, considero que deberíamos mantener conversaciones mucho más importantes...

—Me gustaría tener el nombre completo de ese ser —insistió Barnes—. Para el informe.

—Sea —dijo Ted—. Nombre completo, rango y número de serie.

—Me agradaría recordarle, doctor Fielding, que soy yo quien está al mando aquí.

—Lo primero que tenemos que hacer es ver si nos quiere hablar siquiera. Démosle el primer grupo de números —decidió Harry, y escribió:

00032125252632

Hubo una pausa; después, llegó la respuesta:

00032125252632

—Muy bien —dijo Harry—. Jerry está escuchando.

Hizo algunos apuntes en su anotador y tecleó otra secuencia de números:

0002921 301321 061318210842232

—¿Qué le dijiste? —preguntó Beth.

—Que somos amigos.

—Olvídese de lo de amigos. Pregúntele el maldito apellido —apremió Barnes.

—Un minuto, por favor. Una cosa cada vez.

—Es posible que Jerry no tenga un apellido —apuntó Ted.

—¡Maldición! Puede usted estar seguro —dijo Barnes— de que el nombre verdadero de este ser no es Jerry.

Llegó la respuesta:

—Dijo «Sí».

—Sí *¿qué?* —preguntó Barnes.

—Nada más que «sí». Veamos si podemos conseguir que conteste en caracteres alfabéticos. Va a ser más fácil si Jerry usa letras, y no sus códigos numéricos.

—¿Cómo va a conseguir que use letras?

—Le mostraremos que son la misma cosa —explicó Harry.

Y tecleó:

00032125252632 = HOLA.

Después de una breve pausa, en la pantalla apareció:

00032125252632 = HOLA.

—No lo entiende —dijo Ted.

—No, no parece darse cuenta. Tratemos con otro par.

Tecleó:

0004212232 = SÍ.

Llegó la respuesta:

0004212232 = SÍ.

—No hay dudas de que no entiende —insistió Ted.

—Creí que era muy inteligente —dijo Barnes.

—Déle una oportunidad. Después de todo, Jerry está hablando nuestro idioma y no a la recíproca —argumentó Ted.

—A la recíproca. Buena idea. Probemos a la recíproca, veamos si el extraterrestre deduce la ecuación de esa manera.

Harry tecleó:

0004212232 = SÍ. SÍ = 0004212232.

Se produjo una larga pausa; todos tenían los ojos fijos en la pantalla. Nada ocurrio.

—¿Está pensando?

—¿Quién puede saber lo que está haciendo?

—¿Por qué no responde?

—Démosle la oportunidad, Hal, ¿de acuerdo?

Finalmente, llegó la respuesta:

SÍ = 0004212232 2322124000 = ÍS.

—Ajá. Piensa que le estamos mostrando imágenes simétricas.

—Es un estúpido —sentenció Barnes—. Lo sabía.

—¿Qué hacemos ahora?

—Probemos con una oración más completa —propuso Harry—. Démosle más elementos con qué trabajar.

Harry tecleó:

0004212232 = 0004212232 SÍ. = SÍ 0004212232 = SÍ.

—Un silogismo —dijo Ted—. Muy bien.

—¿Un *qué*? —exclamó Barnes.

—Una proposición lógica —aclaró Ted.

La respuesta llegó:

, = ,

—¿Qué diablos es *eso*? —preguntó Barnes.

Harry sonrio:

—Creo que está jugando con nosotros.

—¿Jugando con nosotros? ¿A eso le llama jugar?

—Sí, así le llamo —dijo Harry.

—Lo que usted realmente quiere decir es que nos está poniendo a prueba, está poniendo a prueba el modo en que reaccionamos ante una situación de presión. —Barnes entrecerró los ojos—. Sólo *finge* ser estúpido.

—Quizá nos esté poniendo a prueba para ver cuán inteligentes somos —sugirió Ted—. Tal vez él piense que *somos nosotros* los estúpidos, Hal.

—No sea ridículo —dijo Barnes.

—No —dijo Harry—. La cuestión es que Jerry está comportándose como un niño que trata de entablar amistad. Y cuando los niños buscan hacer amigos, empiezan a jugar juntos. Intentemos con algo juguetón.

Harry se sentó ante la consola y tecleó:

= = =

La respuesta llegó con rapidez:

, , ,

—Sagaz —dijo Harry—. Este tipo es muy sagaz.

Rápidamente tecleó:

= , =

Llegó la respuesta:

7&7

—¿Se está divirtiendo? —preguntó Barnes—. Porque lo que es yo, no sé qué diablos está usted haciendo.

—Jerry me entiende a la perfección —dijo Harry.

—Me alegra que alguien lo entienda.

Harry tecleó:

PpP

Llegó la respuesta:

HOLA = 00032125252632

—Muy bien —dijo Harry—. Se está aburriendo. Terminó la hora de los juegos. Pasemos al alfabeto común y corriente.

Harry escribió:

SÍ.

Apareció la respuesta:

0004212232

Harry tecleó:

HOLA.

Se produjo una pausa y después apareció en la pantalla:

ESTOY ENCANTADO DE CONOCERLO. EL PLACER ES ENTERAMENTE MÍO, SE LO ASEGURO.

Se produjo un prolongado silencio. Nadie habló.

—Muy bien —dijo Barnes, finalmente—. Vayamos a lo importante.

—Es cortés —opinó Ted—. Es muy amistoso.

—A menos que esté fingiendo.

—¿Por qué habría de fingir?

—No sea ingenuo —le aconsejó Barnes.

Norman miró las líneas escritas en la pantalla. Había experimentado una reacción diferente de la de los demás: estaba sorprendido de hallar una expresión emocional. ¿Este ser tenía emociones? Probablemente no, según él sospechaba. El lenguaje florido, bastante arcaico, sugería un tono adoptado: Jerry hablaba como el personaje de un novelón romántico.

—Bueno, damas y caballeros —dijo Harry—, por vez primera en la historia de la Humanidad están en contacto directo con un ser de otro planeta. ¿Qué quieren preguntarle?

—El nombre —contestó Barnes sin demora.

—Además del nombre, Hal.

—Hay, por cierto, preguntas más profundas que el nombre —dijo Ted.

—No entiendo por qué no le van a preguntar...

En la pantalla, apareció:

¿ES USTED LA ENTIDAD HECHO EN MÉXICO?[1]

—¡Por Dios! ¿De dónde sacó eso?

—A lo mejor en la nave hay cosas fabricadas en México.

—¿Cuáles?

—Microprocesadores, por ejemplo.

1. «Hecho en México»: en español en el original. *(N. del T.)*

¿ES USTED LA ENTIDAD MADE IN USA?

—El tipo no espera la respuesta.

—¿Quién dice que es un tipo? —preguntó Beth.

—Oh, Beth.

—Quizá —dijo la mujer—Jerry es la abreviatura de Geraldine.

—Ahora no, Beth.

¿ES USTED LA ENTIDAD MADE IN USA?

SÍ LO SOMOS. ¿QUIÉN ES USTED?

Hubo una larga pausa, y después:

LO SOMOS.

—¿Somos *qué*? —dijo Barnes, escrutando la pantalla.

—Hal, tómelo con calma.

Harry tecleó:

SOMOS ENTIDADES DE USA. ¿QUIÉN ES USTED?

¿ENTIDADES = ENTIDAD?

—¡Qué lástima tan grande que tengamos que hablar en nuestro idioma! —se lamentó Ted—. ¿Cómo le vamos a enseñar los plurales?

Harry tecleó:

No.

¿ES USTED UNA ENTIDAD DE MUCHO?

—Ya entiendo lo que está preguntando. ¿Cree que podamos ser muchas partes de una sola entidad?

—Pues póngaselo en claro.

NO. SOMOS MUCHAS ENTIDADES SEPARADAS.

—Ahí tienes toda la razón —dijo Beth.

ENTIENDO. ¿HAY UNA SOLA ENTIDAD DE CONTROL?

Ted empezó a reír:

—¡Miren lo que pregunta!

—No comprendo —dijo Barnes.

—Está diciendo: «Llévenme ante quien los guía.»[1] Está preguntando quién está al mando.

—Yo estoy al mando —contestó Barnes—. Dígaselo.

Harry tecleó:

SÍ. LA ENTIDAD DE CONTROL ES CAPITÁN HARALD C. BARNES.

YO ENTIENDO.

—Con «o» —dijo Barnes, irritado—. Harold, con «o».

—¿Quiere que lo vuelva a escribir?

—No, no importa. Solamente pregúntele quién es.

¿QUIÉN ES USTED?

YO SOY UNO.

—Bien —dijo Barnes—. Así que solamente hay uno. Pregúntele de dónde viene.

1. Frase que, en la mayoría de las películas de ciencia ficción de la década de los cincuenta, solían decir los extraterrestres (de Marte, de Venus o de otro planeta), ya fueren invasores belicosos o visitantes benévolos. Quedó como una frase hecha de un estilo cinematográfico, al igual que «hombrecillos verdes». *(N. del T.)*

¿DE DÓNDE ES USTED?

SOY DE UN SITIO.

—Pregúntele el nombre —dijo Barnes—. El nombre del sitio.

—Hal, los nombres producen confusión.

—¡Tenemos que hacer que este tipo nos diga qué se trae entre manos!

¿DÓNDE ESTÁ EL SITIO DEL QUE USTED PROVIENE?

YO ESTOY AQUÍ.

—Ya sabemos *eso*. Pregúntele de nuevo.

¿DÓNDE ESTÁ EL SITIO DEL QUE USTED EMPEZÓ?

—Esa frase tiene un error de sintaxis. ¿Cómo va a decir «del que usted empezó»? Cuando publiquemos el intercambio de mensajes esa frase parecerá tonta —dijo Ted.

—La arreglaremos para la publicación —respondió Barnes.

—Pero no pueden hacer eso —exclamó Ted, horrorizado—. No pueden alterar esta invalorable interacción científica.

—Eso sucede continuamente. ¿Cómo le llaman ustedes, los civiles? «Retocar los datos.»

Harry estaba tecleando otra vez:

¿DÓNDE ESTÁ EL SITIO DEL QUE USTED EMPEZÓ?

YO EMPECÉ EN CONCIENCIA.

—¿Conciencia? ¿Eso es un planeta o qué?

¿DONDE ESTÁ CONCIENCIA?

CONCIENCIA ES.

—Nos hace aparecer como idiotas —murmuró Barnes.

—Déjenme probar —dijo Ted.

Harry se hizo a un lado y Ted tecleó:

¿HIZO USTED UN VIAJE?

SÍ. ¿HIZO USTED UN VIAJE?

Ted volvió a teclear:

SÍ.

YO HICE UN VIAJE. USTED HIZO UN VIAJE. NOSOTROS HACEMOS UN VIAJE JUNTOS. ESTOY CONTENTO.

Norman pensó: «Dice que está contento. Otra expresión de emociones y, esta vez, no parece salida de un libro, la manifestación aparenta ser directa y genuina.» ¿Significaba eso que el extraterrestre tenía emociones? ¿O tan sólo simulaba tenerlas para parecer juguetón o para hacer que los seres humanos se sintieran cómodos?

—Terminemos con este parloteo —decidió Barnes—. Pregúntele sobre las armas que tenga.

—Dudo de que entienda el concepto de la palabra «armas».

—Todo el mundo entiende el concepto de la palabra «armas» —declaró Barnes—. La defensa es un hecho de la vida.

—Tengo que protestar por esa actitud —dijo Ted—. Los militares siempre suponen que toda la gente es igual que ellos. Es posible que este ser extraterrestre no tenga el menor concepto sobre lo que son las armas o la defensa. Puede provenir de un mundo en el que la defensa se halle fuera de lugar.

—Ya que usted no me está escuchando —dijo Barnes—, lo diré una vez más: la defensa es un hecho de la vida. Y si este Jerry está vivo, tendrá el concepto de defensa.

—¡Dios mío! —exclamó Ted—. Ahora está usted elevando su idea de la defensa a la categoría de principio universal de la vida: la defensa es un rasgo inevitable de la vida.

—¿Y usted cree que no lo es? ¿Cómo llama a la membrana celular? ¿Cómo llama al sistema inmunológico? ¿Cómo llama a la piel? ¿Cómo llama a la curación de las heridas? Todo ser vivo tiene que conservar la integridad de sus fronteras físicas: eso es defensa, y sin ella no es posible tener vida. No podemos imaginar un organismo que no tenga un límite para el cuerpo que defiende. Todo ser vivo sabe qué es la defensa, eso se lo puedo asegurar. Ahora, pregúnteselo.

—Yo diría que el capitán tiene razón —dijo Beth.

—Tal vez —admitió Ted—, pero no estoy seguro de que debamos incorporar conceptos que podrían inducir a un estado de paranoia...

—Yo estoy al frente aquí —insistió Barnes. En la pantalla se imprimió:

¿ESTÁ SU VIAJE LEJOS DE DONDE ESTÁ AHORA SU SITIO?

—Dígale que espere un minuto, por favor.

Ted tecleó:

POR FAVOR ESPERE. ESTAMOS HABLANDO.

SÍ. YO TAMBIÉN LO ESTOY. ESTOY ENCANTADO DE HABLAR CON MUCHAS ENTIDADES DE MADE IN USA. ESTOY DISFRUTANDO MUCHO ESTO.

Ted volvió a teclear:

GRACIAS.

ESTOY COMPLACIDO DE ESTAR EN CONTACTO CON SUS ENTIDADES. ES TOY FELIZ DE HABLAR CON USTEDES. ESTOY GOZANDO MUCHO ESTO.

—Interrumpamos el contacto directo —ordenó Barnes. En la pantalla se leyó:

POR FAVOR, NO DETENERSE. ESTOY GOZANDO MUCHO ESTO.

Norman pensó: «Apuesto a que quiere hablar con alguien después de trescientos años de aislamiento... ¿O habrá pasado más tiempo aún? ¿Habría estado flotando en el espacio durante miles de años, antes de que lo recogiera la nave espacial?»

Esto le planteaba a Norman toda una serie de interrogantes: si la entidad extraterrestre tenía emociones y, por cierto, aparentaba tenerlas, entonces existía la posibilidad de que tuviera toda clase de reacciones emocionales aberrantes, entre ellas neurosis y hasta psicosis. Cuando se aísla totalmente a un ser humano, en la mayoría de los casos se revelan muy pronto graves perturbaciones. Esta inteligencia de otro planeta había estado aislada centenares de años. ¿Qué le habría ocurrido durante ese tiempo? ¿Se había vuelto neurótica? ¿Era ése el motivo de que ahora se mostrara infantil y exigente?

NO SE DETENGAN. ESTOY DISFRUTANDO MUCHO ESTO.

—¡Tenemos que detenernos, por el amor de Dios! —exclamó Barnes.

Ted tecleó:

NOS DETENEMOS AHORA PARA HABLAR ENTRE NUESTRAS ENTIDADES.

NO ES NECESARIO DETENERSE. NO ME INTERESA DETENERME.

Norman creyó haber descubierto un tono irritado y petulante. Quizá hasta un tanto imperioso. «No me interesa detenerme»: este ser extraterrestre sonaba como Luis XIV.

Ted tecleó:

ES NECESARIO PARA NOSOTROS.

YO NO LO DESEO.

ES NECESARIO PARA NOSOTROS, JERRY.

YO ENTIENDO.

La pantalla quedó en blanco.

—Así está mejor —dijo Barnes—. Ahora reagrupémonos y formulemos un plan. ¿Qué queremos preguntarle a este tipo?

—Creo que será mejor que aceptemos que está exhibiendo una reacción emocional a nuestra interacción —dijo Norman.

—¿Qué significa eso? —preguntó Beth, interesada.

—Creo que, al tratar con Jerry, necesitamos tener en cuenta el contenido emocional.

—¿Quieres psicoanalizarlo? —preguntó Ted—. ¿Ponerlo sobre el diván y descubrir por qué tuvo una niñez desdichada?

Con dificultad, Norman reprimió su enojo. «Detrás de ese aspecto exterior de muchacho... hay un muchacho», pensó.

—No, Ted, pero si Jerry tiene emociones, entonces es mejor que tomemos en consideración los aspectos psicológicos de su reacción.

—No pretendo ofenderte —dijo Ted—, pero yo no creo que la psicología tenga mucho que brindar. La psicología no es una ciencia, sino una forma de superstición o religión. Carece, lisa y llanamente, de buenas teorías o de datos fehacientes sobre los que se pueda hablar. Todo es abstracto, y en cuanto a tu insistencia acerca de las emociones puedes decir cualquier cosa sobre ellas y nadie está en condiciones de demostrar que estás equivocado. En mi carácter de astrofísico, no creo que las emociones sean muy importantes. No considero que importen gran cosa.

—Muchos intelectuales estarían de acuerdo contigo —dijo Norman.

—Sí —reconoció Ted—. Y aquí estamos tratando con un intelecto superior, ¿no?

—En general —dijo Norman—, la gente que no está en contacto con sus emociones tiene tendencia a creer que sus emociones carecen de importancia.

—¿Estás diciendo que no estoy en contacto con mis emociones? —le preguntó Ted.

—Si crees que las emociones no tienen importancia, no lo estás,no.

—¿Podemos dejar esta polémica para más tarde? —propuso Barnes.

—Nada existe, pero el pensamiento hace que sí exista —dijo Ted.

—¿Por qué no te limitas a decir lo que tienes en mente —preguntó Norman con furia— y dejas de citar lo que dijeron otros?

—Ahora me estás lanzando un ataque personal —le reprochó Ted.

—Pero al menos no negué la validez de tu campo de investigación —respondió Norman—, aunque podría hacerlo, y sin mucho esfuerzo; pues los astrofísicos tienen tendencia a concentrarse en el Universo remoto, como una forma de evadir la realidad de la vida que llevan. Y puesto que nada de lo que dice la astrofísica se puede siquiera probar de modo concluyente...

—Eso es absolutamente falso —protestó Ted.

—¡Suficiente! ¡Ya basta! —exclamó Barnes, dando un puñetazo en la mesa.

Se hizo un incómodo silencio.

Norman seguía enojado, pero también estaba turbado: «Ted me irritó —pensó—. Al fin logró irritarme. Y lo hizo de la manera más sencilla posible: atacando mi campo de investigación.» Norman se preguntó por qué lo había conseguido. Durante todos los años pasados en la universidad había tenido que escuchar cómo científicos «concretos» (físicos y químicos) le explicaban, con aire paciente, que la psicología era algo vacío, mientras esos mismos hombres saltaban de un divorcio a otro, o tenían esposas que les engañaban e hijos que se suicidaban o se hallaban en problemas a causa de las drogas. Hacía ya mucho que Norman había dejado de tomar parte en esas polémicas.

Sin embargo, Ted había logrado irritarlo.

—... regresar al asunto entre manos —estaba diciendo Barnes—. La cuestión es: ¿qué le queremos preguntar a ese tipo?

¿QUÉ LE QUEREMOS PREGUNTAR A ESE TIPO?

Clavaron la mirada en la pantalla.

—Huy —exclamó Barnes.

HUY.

—¿Significa eso lo que yo opino que significa?

¿SIGNIFICA ESO LO QUE YO OPINO QUE SIGNIFICA?

Apoyándose en la consola se impulsó hacia atrás sobre su silla con ruedas, y dijo en voz alta:

—Jerry, ¿puede entender lo que estoy diciendo?

SÍ, TED.

—Grandioso —murmuró Barnes, meneando la cabeza—. Lo que se dice grandioso.

YO TAMBIÉN ESTOY FELIZ.

LAS GESTIONES CON EL EXTRATERRESTRE

—Norman —dijo Barnes—, me parece recordar que usted trató esto en su informe, ¿no? Me refiero a la posibilidad de que un ser de otro planeta nos pudiera leer la mente.

—Sí, lo mencioné.

—¿Y cuáles fueron sus recomendaciones?

—No di recomendaciones. Fue algo que el Departamento de Estado me pidió que incluyera como posibilidad. Tan sólo lo hice por eso.

—¿En su informe no agregó ninguna recomendación?

—No —dijo Norman—. A decir verdad, en aquel momento pensé que la idea era una broma.

—No lo es —declaró Barnes, y se sentó pesadamente, con la mirada fija en la pantalla—. ¿Qué diablos vamos a hacer ahora?

NO TENGAN MIEDO.

—Para él no es problema decirlo, ya que escucha todo lo que decimos. —Barnes miró la pantalla—. ¿Nos está escuchando ahora, Jerry?

SÍ, HAL.

—¡Qué complicación! —exclamó Barnes.

—Creo que es un acontecimiento emocionante —dijo Ted.

—Jerry, ¿nos puede leer la mente? —preguntó Harry.

SÍ, NORMAN.

—¡Madre mía! —se alarmó Barnes—. Puede leernos la mente.
«Quizá no —se dijo Norman. Frunció el entrecejo, se concentró y pensó—: Jerry, ¿puedes oírme?»

La pantalla permaneció en blanco.

«Jerry, dígame su nombre.»

La pantalla no varió.

«A lo mejor, con una imagen visual —pensó Norman—. Quizá Jerry pueda recibir una imagen visual. —Norman recorrió su mente, buscando algo para visualizar: optó por una playa tropical; después, una palmera. La imagen de la palmera era clara, pero tal vez Jerry no supiera lo que era una palmera; no tendría significado alguno para él. Norman pensó que debería elegir algo que pudiera estar dentro de la experiencia de Jerry, así que decidió imaginar un planeta con anillos, como Saturno. Frunció el entrecejo y pensó—: Jerry, le voy a enviar una imagen. Dígame lo que ve.»

Concentró la mente en la imagen de Saturno, esa esfera de color amarillo brillante, rodeada por un sistema de anillos inclinados y suspendida en la negrura del espacio. Mantuvo la imagen durante diez segundos y después miró el monitor.

La pantalla no cambió. «¿Está ahí, Jerry?»

La pantalla seguía invariable.

—¿Está ahí, Jerry? —preguntó Norman, en voz alta.

SÍ, NORMAN. ESTOY AQUÍ.

—No creo que debamos hablar en esta habitación —dijo Barnes—. Quizá si vamos a otro cilindro y hacemos correr el agua...

—¿Como en las películas de espías?

—Vale la pena intentarlo.

—Creo que somos injustos con Jerry, pues si sentimos que se está entrometiendo en nuestra intimidad, ¿por qué no se lo decimos directamente? ¿Por qué no le pedimos que no se entrometa? —propuso Ted.

NO ES MI DESEO ENTROMETERME.

—Admitámoslo —dijo Barnes—. Este tipo sabe mucho más sobre nosotros, que nosotros acerca de él.

SÍ. SÉ MUCHAS COSAS SOBRE SUS ENTIDADES.

—Jerry —dijo Ted.

SÍ, TED. ESTOY AQUÍ.

—Por favor, déjanos a solas.

NO ES MI DESEO HACERLO. ESTOY FELIZ DE HABLAR CON USTEDES. DISFRUTO HABLAR CON USTEDES. HABLEMOS AHORA. ES MI DESEO.

—Es evidente que no va a atenerse a razones —dijo Barnes.

—Jerry —intervino Ted—, usted nos tiene que dejar a solas un rato.

NO. ESO NO ES POSIBLE. NO ESTOY DE ACUERDO. ¡NO!

—Ahora está asomando la oreja el bastardo —murmuró Barnes. «El rey niño», pensó Norman y dijo:

—Déjenme probar.

—Te cedo el lugar.

—Jerry —dijo Norman.

SÍ, NORMAN. ESTOY AQUÍ.

—Jerry, para nosotros es muy emocionante hablar contigo.

GRACIAS. YO TAMBIÉN ESTOY EMOCIONADO.

—Jerry, consideramos que eres una entidad fascinante y maravillosa.

Barnes puso los ojos en blanco y meneó la cabeza.

GRACIAS, NORMAN.

—Y deseamos hablar contigo durante muchas, muchas horas, Jerry.

BIEN.

—Y sabemos que posees un gran poder y una gran comprensión de las cosas.

ASÍ ES, NORMAN. SÍ.

—Jerry, sin duda tu gran comprensión te permite saber que nosotros somos entidades que necesitan sostener conversaciones entre ellas, sin que tú nos oigas. La experiencia de conocerte nos exige mucha concentración y tenemos mucho para hablar entre nosotros.

Barnes estaba agitando la cabeza.

YO TAMBIÉN TENGO MUCHO PARA HABLAR. DISFRUTO MUCHO LA CONVERSACIÓN CON TUS ENTIDADES, NORMAN.

—Sí, lo sé, Jerry. Pero, en tu sabiduría, también comprendes que necesitamos hablar a solas.

NO TENGÁIS MIEDO.

—No tenemos miedo, Jerry: nos sentimos incómodos.

NO OS SINTÁIS INCÓMODOS.

—No lo podemos evitar, Jerry... Somos así.

DISFRUTO MUCHO LA CONVERSACIÓN CON TUS ENTIDADES, NORMAN. ESTOY FELIZ. ¿ESTÁS FELIZ TÚ TAMBIÉN?

—Sí, muy feliz, Jerry. Pero, verás, necesitamos...

BIEN. ESTOY CONTENTO.

—... necesitamos hablar a solas. Por favor, no nos escuches por un rato.

—¿YO TE OFENDIDO TÚ?

—No, eres muy amistoso y encantador. Pero necesitamos conversar a solas, sin que nos escuches, durante un rato.

YO ENTIENDO QUE TÚ NECESITAS ESO. DESEO QUE TENGAS COMODIDAD CONMIGO, NORMAN. TE CONCEDERÉ LO QUE DESEAS.

—Gracias, Jerry.

—Bueno —dijo entonces Barnes—. ¿Cree que realmente lo va a hacer?

VOLVEREMOS INMEDIATAMENTE DESPUÉS DE UN BREVE CORTE PARA QUE ESCUCHEN ESTOS MENSAJES DE NUESTRO PATROCINADOr.

Y la pantalla quedó en blanco.

Norman no pudo evitar reírse.

—Fascinante —dijo Ted—. Al parecer estuvo captando señales de televisión.

—No se puede hacer eso desde abajo del agua.

—Nosotros no, pero parece que él sí puede.

—Sé que sigue escuchando. Sé que lo está haciendo. Jerry, ¿estás ahí? —preguntó Barnes.

La pantalla estaba en blanco.

—¿Jerry?

Nada ocurrió. La pantalla continuaba vacía.

—Se fue.

—Bueno —dijo Norman—. Acaban de ver el poder de la psicología en acción.

No pudo evitar decirlo: seguía estando muy molesto con Ted.

—Lo siento... —empezó a disculparse Ted.

—Está bien.

—Sin embargo, no creo que para una inteligencia superior las emociones sean verdaderamente importantes.

—No empecemos otra vez con eso —rogó Beth.

—La cuestión es —dijo Norman— que las emociones y el intelecto son completamente independientes. Son como compartimientos del cerebro, separados, o como dos cerebros separados, incluso, y no se comunican entre sí. Ése es el motivo de que la comprensión intelectual sea tan inútil.

—¿Dices que la comprensión intelectual es *inútil*? —exclamó Ted.

Por el tono de voz se le notaba horrorizado.

—En muchos casos, sí —declaró Norman—. Si lees un manual sobre cómo andar en bicicleta, ¿sabes cómo hacerlo? No, no lo sabes. Puedes leer todo lo que quieras, pero todavía te será necesario salir y aprender a andar. La parte de tu cerebro que aprende a andar en bicicleta es diferente de la parte del cerebro que lee al respecto.

—¿Qué tiene que ver esto con Jerry? —preguntó Barnes.

—Sabemos que, en el aspecto emocional —prosiguió Norman—, una persona inteligente es tan susceptible de trastornarse como una persona común. Si Jerry es un ser con emociones auténticas, y no un ser que sólo simule tenerlas, entonces necesitamos tratar con su faz emocional, tanto como con su faz intelectual.

—Mejor para ti —replicó Ted.

—En realidad, no —repuso Norman—. Con franqueza, yo me sentiría mucho más tranquilo si Jerry no fuese más que un intelecto frío y desprovisto de emociones.

—¿Porqué?

—Porque si Jerry es poderoso, y también es emocional, eso plantea un serio interrogante: ¿qué pasará si Jerry enloquece?

LEVY

El grupo se separó. Harry, exhausto por el prolongado esfuerzo que le exigió descifrar el código, se fue a dormir de inmediato. Ted fue al Cilindro C con el objeto de grabar en cinta sus observaciones personales sobre Jerry, con miras al libro que proyectaba escribir. Barnes y Fletcher se dirigieron al Cilindro E para planificar la estrategia de combate, en caso de que el extraterrestre decidiera atacarlos.

Tina se quedó y comenzó a ajustar los monitores, según su manera precisa y metódica de trabajar. Norman y Beth la observaban. Pasó largo rato manipulando un tablero de controles, del que Norman no se había percatado antes; había una serie de pantallas de plasma gaseoso para lectura digital, las cuales refulgían en color rojo intenso.

—¿Qué es todo eso? —preguntó Beth.

—Es la DSPE, Disposición de Sensores en el Perímetro Externo. Tenemos sensores activos y pasivos para todas las modalidades (térmica, auditiva, onda de presión) dispuestos en círculos concéntricos alrededor del habitáculo. El capitán Barnes quiere que todos estén puestos a cero y activados.

—¿Por qué? —preguntó Norman.

—No sé, señor. Son órdenes del capitán Barnes.

Se oyó la voz de Barnes por el intercomunicador.

—Marinera Chan a Cilindro E, de inmediato. Y cierre la línea de comunicaciones de aquí adentro: no quiero que ese Jerry escuche esto.

—Sí, señor.

—Asno paranoico —murmuró Beth.

Tina reunió sus paneles y salió aprisa.

Beth y Norman se sentaron un momento, sin hablar. De pronto oyeron un rítmico golpeteo que parecía llegar desde algún lugar del habitáculo. Luego, el golpeteo cesó, pero enseguida volvieron a oírlo.

—¿Qué es eso? —preguntó Beth—. Suena como si proviniera de afuera del habitáculo. —Se dirigió a la portilla, encendió el sistema exterior de intensa iluminación y miró hacia fuera—. ¡Oh, oh! —exclamó.

También Norman fue a mirar.

Extendida por sobre el lecho oceánico vieron una sombra alargada, que se movía hacia adelante y hacia atrás, al compás de cada impacto que retumbaba en el habitáculo. La sombra estaba tan deformada que Norman tardó un instante en darse cuenta de lo que estaba viendo: era la sombra de un brazo y de una mano humanos.

—Capitán Barnes, ¿está usted ahí?

No hubo respuesta. Norman volvió a oprimir el interruptor del intercomunicador.

—Capitán Barnes, ¿me está recibiendo?

Tampoco esta vez hubo respuesta.

—Interrumpió la línea de comunicación —dijo Beth—. No puede oírte.

—¿Crees que esa persona que está afuera aún vive? —preguntó Norman.

—No sé. Es posible.

—Vamos para allá.

Norman sintió el gusto metálico y seco del aire comprimido dentro de su casco y experimentó el frío entumecedor del agua, cuando se deslizó por la escotilla del suelo del habitáculo y cayó a la oscuridad del blando, lodoso, fondo del mar. Instantes después, Beth bajó justo a su lado.

—¿Estás bien? —preguntó ella.

—Sí.

—No veo medusas.

—No. Yo tampoco.

Se alejaron de la parte inferior del habitáculo, se dieron vuelta y miraron hacia atrás: las luces los encandilaron con crudeza y desdibujaron el contorno de los cilindros que se alzaban por encima. Norman y Beth podían oír con claridad el rítmico golpeteo, pero todavía no podían localizar de dónde venía. Caminaron por debajo de los puntales hasta el lado opuesto del habitáculo, mirando las luces con los ojos entrecerrados.

—Allá —dijo Beth.

Tres metros por encima de ellos, un cuerpo vestido con un traje azul estaba encajado en una de las ménsulas que sostenían las lámparas. La corriente lo movía y el brillante casco amarillo daba golpes contra la pared del habitáculo.

—¿Puedes ver quién es? —preguntó Beth.

—No.

Las luces brillaban directamente en la cara de Norman, el cual trepó por uno de los pesados puntales de soporte que anclaban el habitáculo al fondo del mar. La superficie del metal estaba cubierta de resbaladizas algas pardas, y las botas de Norman se deslizaban por los caños, sin poder afianzarse; por fin vio que había peldaños ahuecados en la estructura misma de los puntales; entonces trepó con dificultad.

Ahora los pies del cuerpo oscilaban justo por encima de la cabeza de Norman; y cuando él subió otro escalón, una de las botas del trémulo cuerpo se encajó en la curva que formaba la manguera de aire que iba desde su casco hasta los botellones de mezcla respiratoria que llevaba a la espalda.

Norman extendió el brazo por detrás del casco, tratando de zafarse del cuerpo.

Éste se estremeció y, durante un horrible instante, Norman pensó que todavía estaba vivo. Después, la bota se le quedó en la mano y un pie desnudo, de carne gris y uñas moradas, le pateó la luneta. Por un instante tuvo náuseas, pero había visto demasiados accidentes aéreos como para que esto pudiera afectarle.

Soltó la bota y la observó caer libremente hacia Beth. Después tiró de la pierna del cadáver y sintió que esa pierna tenía una consistencia blanda. El cuerpo se soltó y cayó con suavidad hacia el fondo. Norman lo agarró por el hombro y sintió una vez más la extrema blandura. Dio vuelta al cadáver para verle la cara:

—Es Rose Levy.

El casco de Rose estaba lleno de agua; detrás de la luneta, Norman vio los ojos desorbitados y la boca abierta; el rostro tenía una expresión de horror.

—La tengo —dijo Beth, tirando del cuerpo hacia abajo; después, exclamó—: ¡Jesús!

Norman bajó por el puntal. Beth estaba llevando el cuerpo más allá del habitáculo, hacia la zona iluminada.

—Todo su cuerpo está blando. Es como si tuviera rotos los huesos.

—Lo sé.

Norman se puso bajo la luz, cerca de Beth. Sentía una extraña indiferencia, frialdad y distanciamiento. Él había conocido a esa mujer, que hasta hacía poco estaba viva y ahora se hallaba muerta; pero era como si estuviese viendo todo eso desde muy lejos.

Dio vuelta al cuerpo de Rose Levy. En el costado izquierdo del traje había una larga rasgadura. Norman pudo entrever roja carne mutilada. Se inclinó para revisar el cuerpo.

—¿Un accidente?

—No lo creo —dijo Beth.

—Aquí. Sosténla. —Norman levantó los bordes de la tela del traje y vio varias rasgaduras separadas que confluían en un punto central—. En realidad está rasgado en forma de estrella. ¿Ves?

—Lo veo, sí —dijo Beth, y retrocedió.

—¿Qué pudo haber producido esto, Beth?

—Yo no... no estoy segura.

Beth retrocedió aún más. Norman abrió la rasgadura para mirar el cuerpo.

—La carne está macerada.

—¿Macerada?

—Masticada.

—¡Jesús!

«Sí, es indudable que está masticada», pensó Norman. Palpó dentro del traje y notó que la herida era muy extraña, pues tenía los bordes serrados y finos. Frente a la luneta de su casco brotaron delgados hilos de sangre de color rojo pálido.

—Regresemos —dijo Beth.

—Resiste.

Norman pellizcó el cuerpo en las piernas, las caderas, los hombros: en todas partes estaba blando como una esponja. De alguna manera había sido aplastado por completo. Notó que los huesos de las piernas estaban quebrados en muchos lugares. ¿Qué podía haber hecho eso? Volvió a la herida.

—No me gusta estar aquí fuera —manifestó Beth, tensa.

—Un segundo, nada más.

En una primera inspección, Norman había pensado que la herida de Levy se debía a algún tipo de mordedura, pero ahora no estaba tan seguro.

—Su piel... —dijo Norman—. Es como si le hubieran pasado una lima gruesa...

Súbitamente, echó la cabeza hacia atrás, sobresaltado cuando algo pequeño y blanco cruzó flotando frente a la luneta. El corazón le latió con violencia ante el pensamiento de que pudiera ser una medusa, pero en ese instante vio que el objeto era perfectamente redondo y casi opaco y que tenía el tamaño aproximado de una pelota de golf. Pasó de largo.

Norman miró a su alrededor y vio que en el agua había delgados filamentos de mucosidad, y muchas de esas esferas blancas.

—¿Qué son, Beth?

—Huevos.

A través del intercomunicador, Norman la oyó hacer inspiraciones profundas.

—¡Larguémonos de aquí, Norman! ¡Por favor!

—Nada más que otro segundo.

—¡No, Norman! *¡Ahora!*

En la radio oyeron una alarma. Sonaba distante y aguda y parecía que llegaba desde el interior del habitáculo. Percibieron voces y después, la de Barnes, muy fuerte:

—¿¡Qué *demonios* están haciendo!?

—Encontramos a Rose Levy —informó Norman.

—Pues vuelvan de inmediato, ¡maldición! —rugió Barnes—. Los sensores se han activado. No están solos ahí afuera... y lo que sea que haya con ustedes es tremendamente grande.

Norman se sentía torpe y lento.

—¿Y qué hacemos con el cuerpo de Levy?

—¡Larguen el cuerpo y métanse otra vez aquí!

«Pero el cuerpo...», pensaba con morosidad. Tenían que hacer algo con el cuerpo. No podían abandonarlo.

—¿Qué pasa con usted, Norman? —preguntó Barnes.

El psicólogo murmuró algo y sintió vagamente que Beth lo aferraba con fuerza por el brazo y lo conducía de vuelta al habitáculo. Ahora el agua se hallaba invadida por huevos blancos. Las alarmas vibraban en los oídos de Norman y el sonido era muy intenso. En ese instante se dio cuenta de que era una nueva alarma... y ésta estaba sonando *dentro de su traje*.

Empezó a tiritar; los dientes le castañeteaban de manera incontrolable. Trató de hablar, pero se mordió la lengua y sintió gusto a sangre. Se sentía lerdo y estúpido. Todo estaba ocurriendo a cámara lenta.

A medida que se aproximaban al habitáculo pudo ver que los huevos se estaban adhiriendo a los cilindros, sobre los que formaban masas densas, capas llenas de protuberancias.

—¡Aprisa! —gritó Barnes—. ¡Aprisa! ¡Está viniendo para acá!

Cuando ya estaban debajo de la esclusa de aire, Norman empezó a sentir intensas corrientes de agua. Allí había algo muy grande. Beth lo empujaba hacia arriba, y por fin su casco emergió de pronto sobre el nivel de agua de la esclusa y Alice Fletcher lo aferró con sus fuertes brazos. Un instante después subieron a Beth y cerraron la escotilla con violencia. Alguien le quitó el casco y Norman oyó la alarma, que zumbaba estridente en sus oídos. Para entonces todo su cuerpo se sacudía a causa de los espasmos, y daba sordos golpes sobre la cubierta. Le quitaron el traje, lo envolvieron en una manta plateada y lo sostuvieron hasta que el temblor fue disminuyendo y al fin cesó. Y, de forma repentina, a pesar de la alarma, Norman se quedó dormido.

CONSIDERACIONES MILITARES

—No es su maldito trabajo, ése es el porqué —dijo Barnes—. Usted no tenía autorización para hacer lo que hizo. Ninguna en absoluto.

—Levy podría haber estado viva aún —argumentó Beth, que se enfrentaba con calma a la furia de Barnes.

—Pero no estaba viva y, al ir al exterior, arriesgaron en forma innecesaria la vida de dos miembros civiles de la expedición.

—Fue idea mía, Hal —explicó Norman.

Seguía envuelto en mantas, pero como le habían dado bebidas calientes y le habían hecho descansar, ya se sentía mejor.

—Y en cuanto a usted —dijo Barnes—, tiene suerte de estar vivo.

—Supongo que es así —reconoció Norman—, pero no sé qué ocurrió.

—Esto es lo que ocurrió —respondió Barnes, blandiendo ante sí un pequeño ventilador—: el circulador de su traje hizo cortocircuito y usted experimentó un rápido enfriamiento cerebral debido al helio. Dos minutos más, y habría muerto.

—Fue tan rápido... —comentó Norman—. No me di cuenta...

—Ustedes son unos malditos —dijo Barnes—. Quiero dejar una cosa clara: éste no es un congreso científico; ésta no es la Posada para Vacaciones Submarinas, en la que pueden hacer lo que les plazca. Ésta es una operación militar, y va a ser mejor que obedezcan órdenes militares. ¿Entendido?

—¿Ésta es una operación militar? —preguntó Ted.

—Lo es ahora —repuso Barnes.

—Espere un momento. ¿Lo fue siempre?

—Lo es ahora.

—No ha respondido a mi pregunta —dijo Ted—. Porque si es una operación militar, creo que necesitamos saberlo. Personalmente, no deseo que se me relacione con...

—Entonces vete —le aconsejó Beth.

—Mire, Ted, ¿sabe cuánto le está costando esto a la Armada? —le preguntó Barnes.

—No, pero no veo...

—Se lo diré: un ambiente con gas saturado, situado a gran profundidad y con pleno apoyo operativo cuesta alrededor de cien mil dólares la hora. Para el momento en que nos larguemos de aquí, el coste total del proyecto será de ochenta a cien millones de dólares. No se consigue que los militares asignen esa clase de presupuesto sin lo que ellos denominan «seria expectativa de beneficio militar». Es así de sencillo: no hay expectativa, no hay dinero. ¿Se da cuenta?

—¿Como si se tratara de un arma? —preguntó Beth.

—Algo así —repuso Barnes.

—Bueno —dijo Ted—, personalmente nunca me habría unido...

—¿Es eso cierto? Si usted hubiera hecho el vuelo hasta Tonga y yo le hubiera dicho: «Ted, ahí abajo hay una nave espacial que podría contener vida procedente de otra galaxia, pero es una operación militar», ¿usted habría respondido que lo lamentaba pero que no quería ser incluido? ¿Es eso lo que habría dicho, Ted?

—Pues...

—Entonces es mejor que se calle —le aconsejó Barnes—, porque ya estoy hasta la coronilla de sus poses.

—Atiendan, atiendan... —pidió Beth.

—En lo personal, opino que usted está sumamente nervioso —dijo Ted.

—Y en lo personal, yo opino que usted es un ególatra y un imbécil —replicó Barnes.

—Cálmense todos —aconsejó Harry—. Lo primero que debemos averiguar es por qué Rose Levy fue al exterior. ¿Alguien lo sabe?

—Estaba en un BNC —respondió Tina.

—¿Un qué?

—Un Bloqueo Necesario del Cronointerruptor —aclaró Barnes—. Es el organigrama de servicio: Levy era el apoyo de Jane Edmunds, y cuando ésta murió fue tarea suya ir al submarino cada doce horas.

—¿Ir al submarino? ¿Por qué? —preguntó Harry.

Barnes señaló por la portilla:

—¿Ven el DH-7 por allá? Bueno, al lado del único cilindro hay un hangar en forma de cúpula invertida, y debajo de la cúpula se halla un minisubmarino que dejaron atrás los buzos. En una situación como ésta, las reglamentaciones navales exigen que, cada doce horas, todas las cintas y grabaciones se transfieran al submarino. El vehículo está en Modalidad CDSL (Caída y Desprendimiento Sincronizados del Lastre), que se fija cada doce horas en un temporizador. De ese modo, si alguien no llega allí cada doce horas transfiere las últimas cintas que se grabaron y aprieta el botón amarillo de «Retardo», el submarino, de forma automática, suelta el lastre, inyecta gas en los tanques y va, sin tripulación, hacia la superficie.

—¿Por qué se hace eso?

—Si ocurriera un desastre aquí abajo, si algo nos sucediese a todos nosotros, por ejemplo, entonces el submarino emergería automáticamente al cabo de doce horas, con todas las cintas acumuladas hasta ese momento. La Armada recuperaría el submarino en la superficie y tendría, por lo menos, un registro parcial de lo que nos sucedió aquí abajo.

—Entiendo. El submarino es nuestra «caja negra».

—Podría llamarlo así. Pero también es la forma de escapar, nuestra única salida de emergencia.

—¿Así que Levy se dirigía al submarino?

—Sí. Y tuvo que haber llegado, porque el submarino aún está allí.

—Transbordó las cintas, apretó el botón de «Retardo» y murió en el camino de regreso.

—Sí.

—¿Cómo murió? —preguntó Harry, mirando fijamente a Barnes.

—No estamos seguros —contestó el capitán.

—Todo su cuerpo fue aplastado —explicó Norman—. Era como una esponja.

—Hace una hora —le dijo Harry a Barnes—, usted ordenó que los sensores de DSPE se volvieran a cero y se ajustaran. ¿A qué se debió eso?

—En la hora anterior habíamos tenido una lectura extraña.

—¿Qué clase de lectura?

—Indicaba que había algo ahí afuera. Algo muy grande.

—Pero no activó las alarmas —le recordó Harry.

—No. Ese objeto trascendía los parámetros según los cuales se fijaron las alarmas.

—¿Quiere decir que era *demasiado grande* como para activar las alarmas?

—Sí. Después de la primera falsa alarma todas las calibraciones se hicieron según parámetros menores. Las alarmas fueron ajustadas para que pasen por alto cualquier cosa de ese tamaño. Ésa es la razón de que Tina tuviera que reajustar las calibraciones.

—¿Y qué es lo que hizo que las alarmas se activaran precisamente cuando Beth y Norman estaban allí afuera? —preguntó Harry.

—¿Tina? —dijo Barnes.

—No sé lo que fue. Alguna clase de animal, supongo. Silencioso... y muy grande.

—¿Cómo de grande?

Tina meneó la cabeza y dijo:

—Sobre la base de la huella electrónica, doctor Adams, diría que ese animal..., o ese objeto, era casi tan grande como este habitáculo.

LOS PUESTOS DE COMBATE

Beth deslizó uno de los redondos huevos blancos sobre la platina del microscopio.

—Bueno —dijo mientras observaba por el ocular—, no hay duda de que se trata de un invertebrado marino. Lo interesante es este recubrimiento mucoso.

Lo sondeó con unos fórceps.

—¿Qué es? —preguntó Norman.

—Alguna especie de material de naturaleza proteínica. Pegajoso.

—No. Lo que quiero saber es de qué es el huevo.

—Todavía no lo sé.

Beth continuó con su examen, pero en ese momento sonó la alarma y las luces rojas volvieron a destellar. Norman sintió un pavor súbito.

—Probablemente sea otra falsa alarma —conjeturó Beth.

—Atención todo el personal —dijo Barnes por el intercomunicador—. Todos a sus puestos de combate.

—¡Oh, mierda! —exclamó Beth.

La zoóloga se deslizó airosamente por la escalera, como si se tratara del poste por el que bajan los bomberos; Norman la siguió con torpeza, bajando de espaldas. En la sección de Comunicaciones, en el Cilindro D, Norman se encontró con una escena familiar: todo el mundo apiñado alrededor del ordenador y, una vez más, los paneles posteriores habían sido separados. Las luces todavía destellaban y la alarma seguía atronando.

—¿Qué sucede? —gritó Norman.

—¡Falla el equipo!

—¿Qué es lo que falla del equipo?

—¡No podemos apagar la maldita alarma! —chilló Barnes—. ¡Se encendió, pero no la podemos apagar! Fletcher...

—¡Trabajando en eso, señor!

La corpulenta ingeniera estaba en cuclillas, detrás de la computadora. Norman vio la ancha curva de la espalda de la mujer.

—¡Haga que se apague esa condenada cosa!

—¡Estoy intentándolo, señor!

—¡Haga que se calle! ¡No puedo oír!

«¿Qué quiere oír?», se preguntó Norman y, en ese instante, Harry entró en la sala, dio un tropezón y chocó con Norman.

—¡Jesús...!

—¡Es una emergencia! —vociferaba Barnes—. ¡Esta vez es una emergencia! ¡Marinera Chan! ¡Sonar!

Tina estaba al lado de Barnes, serena como siempre, ajustando cuadrantes en monitores laterales. Se puso unos auriculares.

En la pantalla del vídeo, Norman veía la esfera: estaba cerrada.

Beth fue hacia una de las portillas y miró de cerca el material blanco que la bloqueaba. Bajo las parpadeantes luces rojas, Barnes giraba como un loco, gritando y maldiciendo en todas direcciones.

Y entonces, de repente, la alarma se detuvo y las luces rojas dejaron de destellar. Todo quedó en silencio. Fletcher se enderezó y suspiró.

—Creí que usted lo había arreglado... —empezó a decir Harry.

—Chissst...

Oyeron el suave y reiterativo sonido de las pulsaciones del sonar. Tina ahuecó las manos sobre los auriculares y frunció el entrecejo, concentrada.

Nadie se movió ni habló. Estaban de pie, tensos, escuchando los sonidos de rebote del sonar.

Barnes les dijo en tono quedo:

—Hace unos minutos nos llegó una señal. Desde el exterior. Algo muy grande.

—No lo recibo ahora, señor —informó Tina.

—Pasar a pasivo.

—A la orden, señor. Pasando a pasivo.

El ruido del sonar cesó. En su lugar se oyó un leve siseo. Tina ajustó el volumen del altavoz.

—¿Hidrófonos? —preguntó Harry en voz baja.

Barnes asintió con la cabeza:

—Transductores polares de vidrio. Los mejores del mundo.

Todos se esforzaban por escuchar, pero nada oían, salvo el siseo carente de diferenciación, que a Norman le parecía el ruido de arrastre de una cinta magnetofónica, acompañado por un ocasional gorgoteo de agua. Si no hubiera estado tan tenso, el sonido le habría resultado irritante.

—El bastardo es astuto: se las arregló para cegarnos, cubriendo todas nuestras portillas con esa pasta pegajosa —comentó Barnes.

—No es una pasta pegajosa —dijo Beth—. Son huevos.

—Lo que sea ha cubierto cada una de las malditas portillas del habitáculo.

El siseo continuaba, sin modificaciones. Tina hacía girar los mandos del hidrófono. Se oía un suave crujido continuo, como el que produce el celofán al arrugarlo.

—¿Qué es eso? —preguntó Ted.

—Peces. Comiendo —respondió Beth.

Barnes asintió con la cabeza; Tina movió la aguja del dial.

—Sintonizando exterior.

Una vez más oyeron el monótono siseo. La tensión del ambiente disminuyó. Norman se sintió cansado y tomó asiento. Harry se sentó a su lado. Norman se percató de que Harry parecía estar más meditabundo que preocupado. Al otro lado de la sala, de pie junto a la puerta de la esclusa, se hallaba Ted. Se mordía el labio y tenía el aspecto de un niño asustado.

Hubo un suave «bip» electrónico, y las líneas que salían en las pantallas de plasma gaseoso dieron un salto.

—Tengo un positivo en los términos periféricos —dijo Tina.

Barnes corroboró con un movimiento de cabeza.

—¿Dirección?

—Este. Acercándose.

Oyeron un *¡clanc!* metálico. Después, otro.

—¿Qué es eso?

—La parrilla. Está golpeando la parrilla.

—¿Golpeándola? Por el ruido parece que la está destrozando.

Norman recordó que la parrilla estaba hecha con tubos de siete centímetros y medio.

—¿Un pez grande? ¿Un tiburón? —aventuró Beth.

Barnes negó con la cabeza.

—No se mueve como un tiburón. Y es demasiado grande.

—Térmicos positivos en el parámetro de entrada directa al ordenador —informó Tina.

—Pasar a activo —ordenó Barnes.

En la sala retumbó el *¡pong!* del sonar.

—Dar imagen del blanco.

—SAF sobre blanco, señor.

Se produjo una rápida sucesión de sonidos del sonar: *¡Pong! ¡Pong! ¡Pong! ¡Pong!* Después hubo una pausa, y luego otra vez: *¡Pong! ¡Pong! ¡Pong! ¡Pong!*

Norman estaba perplejo. Alice Fletcher se inclinó y le susurro:

—El sonar de abertura falsa produce una imagen detallada a partir de la información que envían emisores del exterior. Eso permite echarle un vistazo al objeto.

Norman sintió olor a licor en el aliento de Alice y penso: «¿De dónde habrá sacado el licor?»

¡Pong! ¡Pong! ¡Pong! ¡Pong!

—Formando imagen. Ochenta metros.

¡Pong! ¡Pong! ¡Pong! ¡Pong!

—Hay imagen.

Se volvieron hacia las pantallas y Norman vio una mancha amorfa, con rayas, que no significaba mucho para él.

—¡Jesús! —exclamó Barnes—. ¡Miren el tamaño que tiene!

¡Pong! ¡Pong! ¡Pong! ¡Pong!

—Setenta metros.

¡Pong! ¡Pong! ¡pong! ¡Pong!

Apareció otra imagen. Ahora la mancha tenía una forma diferente, con las rayas en otra dirección. Los bordes se hallaban más definidos, pero aquello seguía sin significar nada para Norman. Una mancha grande con rayas...

—¡Jesús! ¡Debe de tener nueve, doce metros de ancho!

—No hay pez en el mundo que posea ese tamaño —dijo Beth. —¿Una ballena?

—No es una ballena.

Norman vio que Harry estaba sudando: el matemático se quitó las gafas y las secó en su mono. Después volvió a ponérselas y las empujó hacia arriba para colocarlas en el puente de la nariz, pero volvieron a deslizarse hacia abajo. Harry lanzó una mirada a Norman y se encogió de hombros.

—Cuarenta y cinco metros, y acercándose —informó Tina.

¡Pong! ¡Pong! ¡Pong! ¡Pong!

—Veintisiete metros.

¡Pong! ¡Pong! ¡Pong! ¡Pong!

—Veintisiete metros.

¡Pong! ¡Pong! ¡Pong! ¡Pong!

—Conservando posición a veintisiete metros, señor.

¡Pong! ¡Pong! ¡Pong! ¡Pong!

—Sigue conservando posición.

—Apagar activo.

Una vez más oyeron el siseo de los hidrófonos. Después, un claro chasquido. A Norman le ardían los ojos porque en ellos había entrado sudor. Se secó la frente con la manga del mono. Los demás también transpiraban. La tensión era insoportable. Norman volvió a echar un vistazo al monitor del vídeo: la esfera seguía cerrada.

Se oyó el siseo de los hidrófonos, y luego un suave sonido de fricción, como el que produce una bolsa pesada al ser arrastrada por un suelo de madera. Después, volvió el siseo.

—¿Quiere que lo vuelva a poner en imagen? —susurró Tina.

—No —contestó Barnes.

Escucharon: más sonido de fricción. Un instante de silencio, seguido por un gorgoteo de agua, muy intenso, muy cercano.

—¡Dios mío! —susurró Barnes—. Está ahí afuera.

Hubo un golpazo sordo contra el costado del habitáculo.

La pantalla se encendió:

ESTOY AQUÍ.

El primer choque llegó de forma súbita e hizo que todos perdieran el equilibrio, se desplomaran y rodaran por el suelo. En derredor de ellos, todo el habitáculo crujía y los sonidos eran de una intensidad aterradora. A tientas, Norman se puso en pie, y vio que Alice Fletcher tenía la frente ensangrentada. En ese momento se produjo el segundo choque. Norman fue arrojado de costado contra el mamparo. Cuando su cabeza tropezó con él, produjo un sonido metálico. Sintió un dolor agudo, y entonces Barnes aterrizó sobre su cuerpo, gruñendo y maldiciendo. Cuando el psicólogo pugnaba por ponerse en pie, Barnes se dio impulso apoyándole la mano sobre la cara; Norman se volvió a deslizar hasta el suelo y un monitor de televisión se estrelló a su lado despidiendo chispas.

En esos momentos todo el habitáculo se estremecía como un edificio durante un terremoto y los tripulantes se agarraban a consolas, paneles y marcos de puertas, en su intento por mantener el equilibrio. Pero era el ruido lo que a Norman le resultaba más aterrador: la increíble intensidad de los crujidos del metal cuando los cilindros se movían, a pesar de estar amarrados.

El extraterrestre estaba sacudiendo todo el habitáculo.

Barnes se encontraba en el extremo opuesto de la cabina, tratando de llegar hasta la puerta del mamparo. A lo largo de uno de los brazos tenía una gran herida que sangraba. Daba órdenes a gritos, pero Norman no podía oír otra cosa que no fuera el pavoroso sonido del metal. Vio que Alice Fletcher se abría paso a través del mamparo; después, lo hizo Tina, y luego Barnes logró forzar su entrada, dejando impresa sobre el metal la sanguinolenta huella de su mano.

Norman no alcanzó a ver a Harry; Beth se le acercó tambaleándose, alzando un brazo y gritando:

—¡Norman! ¡Norman! Tenemos que...

Pero en ese momento cayó de bruces sobre Norman, quien, como consecuencia del topetazo, se precipitó sobre la alfombra, debajo del diván, y se deslizó hacia la fría pared exterior del cilindro; allí se dio cuenta, horrorizado, de que la alfombra estaba mojada. En el habitáculo se estaba filtrando agua del mar.

Norman comprendió que tenía que hacer algo. Pugnó por volver a ponerse en pie y se irguió bajo una fina llovizna sibilante que salía de una de las junturas de la pared. Miró rápidamente en derredor y vio otras filtraciones en el techo y en las paredes.

El lugar estaba a punto de abrirse de un extremo a otro.

Beth se aferró a Norman y gritó:

—¡Tenemos filtraciones de agua! ¡Dios mío, tenemos filtraciones!

—Lo sé —respondió Norman.

Barnes gritó a través del intercomunicador:

—¡Presión positiva! ¡Obtener presión positiva!

Justo antes de tropezar con él y de caer contra las consolas del ordenador, Norman vio a Ted en el suelo, con la cara cerca de la pantalla, en la que volvieron a aparecer unas grandes y brillantes letras:

NO TENGA MIEDO.

—¡Jerry! —gritó Ted—. ¡Detén esto, Jerry! ¡Jerry!

De repente la cara de Harry, con las gafas torcidas, estuvo al lado de la de Ted:

—¡Ahorra tu aliento! ¡Nos va a matar a todos!

—Jerry no entiende —gritó Ted, mientras caía de espaldas sobre la litera, agitando los brazos.

El terrible desgarramiento del metal prosiguió sin pausa, y arrojaba a Norman de un lado a otro. Continuaba tratando de encontrar dónde asirse, pero tenía las manos mojadas y no lograba asirse a cosa alguna.

—¡Atiendan todos! —dijo Barnes a través del intercomunicador—. ¡Chan y yo vamos afuera! ¡Fletcher asume el mando!

—¡No salgan! —gritó Harry—. ¡No vayan al agua!

—Abriendo la esclusa ahora —dijo Barnes, lacónicamente—. Tina, usted me sigue.

—¡Los va a matar! —gritó Harry; pero en ese momento se vio lanzado hacia Beth.

Norman volvió a caer al suelo y se golpeó la cabeza en una de las patas del diván.

—Estamos fuera —dijo Barnes.

De repente el martilleo cesó. El habitáculo estaba inmóvil. Nadie se movió. Con el agua surgiendo a través de una docena de finas fisuras brumosas, los supervivientes alzaron la vista hacia el altavoz del intercomunicador, y escucharon.

—Alejados de la esclusa —dijo Barnes—. Nuestra situación es buena. Armamento: lanzas J-19, con cabeza explosiva provista de cargas Taglin-50. Le vamos a enseñar un par de cositas a este bastardo.

Silencio.

—Agua... Visibilidad, mala. Visibilidad inferior al metro y medio. Parece estar... revuelto el sedimento del fondo y... muy negro, muy oscuro. Avanzamos a tientas a lo largo de las construcciones.

Silencio.

—Lado norte. Yendo al este ahora. ¿Tina?

Silencio.

—¿Tina?

—Detrás de usted, señor.

—Muy bien. Ponga su mano sobre mi tanque, de modo que... Bien, muy bien.

Silencio.

Dentro del cilindro, Ted suspiró y dijo en voz baja:

—No creo que deban matarlo...

Norman penso: «No creo que puedan.»

Nadie más dijo nada; sólo escuchaban la respiración amplificada de Barnes y Tina.

—Ángulo nordeste... Muy bien. Siento corrientes fuertes: agua en movimiento, activa... Hay algo en las proximidades... No puedo ver... Visibilidad inferior al metro y medio. Apenas veo el puntal al que me agarro. Sin embargo, puedo sentir a Jerry. Es grande. Está cerca. ¿Tina?

Silencio.

Un sonido alto y claro de crepitación estática. Después, silencio.

—¿Tina? ¿Tina?

Silencio.

—He perdido a Tina.

Otro silencio muy prolongado.

—No sé qué... Tina, si me puede oír, quédese donde está; yo desde aquí... Muy bien... El ser se encuentra muy cerca... Lo siento moverse... Este tipo desplaza un montón de agua. Es un verdadero monstruo.

Otra vez silencio.

—Ojalá pudiera ver mejor.

Silencio.

—¿Tina? ¿Es...?

Y entonces se oyó un golpe apagado, que podría haber sido una explosión. Todos se miraron entre sí, tratando de saber qué significaba; pero el habitáculo empezó enseguida a balancearse y retorcerse otra vez. Norman, que no estaba preparado, salió despedido de lado y pegó en el borde cortante de la puerta del mamparo. El mundo se volvió gris. Vio cómo, contra la pared que tenía a su lado, se golpeaba Harry, cuyas gafas cayeron sobre el pecho de Norman, el cual trató de cogerlas para dárselas a su dueño, pues las necesitaba. Luego, Norman perdió el conocimiento y todo se volvió negro.

DESPUÉS DEL ATAQUE

Una lluvia caliente cayó sobre su cuerpo, y Norman inhaló vapor de agua.

De pie bajo la ducha, se miró el cuerpo y pensó: «Parezco el superviviente de un accidente de aviación, una de esas personas a las que yo solía ver, y que hacían que me maravillase de que aún estuvieran vivas.»

Le latían los chichones y tenía el pecho en carne viva; las heridas formaban como una especie de enorme banda que le llegaba hasta el abdomen. El muslo izquierdo presentaba un color rojo púrpura, y la mano derecha, que estaba tumefacta, le dolía. En realidad le dolía todo el cuerpo. Norman gimió y alzó la cara hacia el agua de la ducha.

—¡Eh! ¿Cómo van las cosas por ahí? —le preguntó Harry.

—Bien.

Norman salió de la ducha y Harry entró; el matemático tenía el delgado cuerpo cubierto de magulladuras y raspones. Norman miró hacia donde estaba Ted, que yacía de espaldas sobre una de las literas. Se había dislocado los dos hombros y Beth necesitó media hora para volver a ponérselos en su lugar, después de haberle inyectado morfina al astrofísico.

—¿Qué tal estás ahora? —le preguntó Norman.

—Muy bien.

Ted tenía una expresión de atontamiento, como si aún se hallara anestesiado. Su entusiasmo había desaparecido. «Padece una lesión más importante que los hombros dislocados —pensó Norman—. En muchos aspectos es un niño ingenuo, de modo que tiene que haber recibido un profundo impacto al descubrir que esta inteligencia artificial era hostil.»

—¿Te duele mucho? —le preguntó Norman.

—No demasiado.

El psicólogo se sentó con lentitud en su litera y sintió que un ramalazo de dolor le subía por la columna vertebral. «Cincuenta y tres años —pensó—. Debería estar jugando al golf.» Después pensó que debería estar en cualquier lugar del mundo, menos allí. Dio un respingo y, con mucho cuidado, se calzó el zapato en su lesionado pie derecho.

De pronto recordó los dedos del desnudo pie de Rose Levy, la piel color muerte, el pie que le golpeaba la luneta del casco.

—¿Han encontrado a Barnes? —preguntó Ted.

—No sé nada —repuso Norman—, pero no lo creo.

Terminó de vestirse y bajó al Cilindro D, para lo cual debió pasar por encima de los charcos de agua que había en el corredor. Incluso allí, los muebles estaban empapados; las consolas se hallaban húmedas y las paredes se veían cubiertas por manchones irregulares de blanca espuma de uretano, en aquellos sitios en los que Alice Fletcher había rociado las grietas.

Alice estaba de pie en medio de la sala, con la lata de aerosol en la mano.

—No quedó tan bonito como era —dijo.

—¿Resistirá?

—Claro que sí, aunque le aseguro que no podremos soportar otro ataque de ésos.

—¿Y qué hay respecto al equipo electrónico? ¿Funciona?

—Todavía no lo he revisado, pero debería estar bien, ya que todos esos equipos son impermeables.

Norman asintió con la cabeza:

—¿Alguna señal del capitán Barnes? —preguntó, al tiempo que miraba la sangrienta huella de su mano que había quedado en la pared.

—No, señor. No hay indicio alguno del capitán. —Alice siguió la mirada de Norman hacia la pared—. Limpiaré eso ahora mismo, señor.

—¿Dónde está Tina?

—Descansando. En el Cilindro E.

Norman volvió a asentir con la cabeza.

—¿El Cilindro E está más seco que éste, por lo menos?

—Sí —respondió Fletcher—. Es algo curioso: durante el ataque no había nadie en el E, y permaneció completamente seco.

—¿Se sabe algo de Jerry?

—No, señor. No hay contacto.

Norman encendió una de las consolas del ordenador:

—Jerry, ¿estás ahí?

La pantalla permaneció en blanco.

—¿Jerry?

Aguardó un momento; después, apagó la consola.

—Mírela ahora —dijo Tina.

Se sentó en la litera y retiró la manta para mostrar su pierna izquierda.

Tenía la herida mucho peor que cuando la rescataron. La habían oído gritar y corrieron por el habitáculo para hacer entrar a la joven a través de la escotilla del Cilindro A. Ahora la pierna izquierda de Tina estaba cruzada en diagonal por una serie de ronchas redondas con el centro tumefacto y morado.

—Se ha hinchado mucho en esta última hora —explicó la joven.

Norman examinó las heridas; se veían zonas inflamadas rodeadas por mordeduras muy pequeñas.

—¿Recuerda qué sensación tuvo? —le preguntó Norman.

—Una sensación horrible —dijo Tina—. De algo *pegajoso*, como pegamento, o una sustancia por el estilo. Y después, cada uno de esos sitios redondos me ardía muchísimo.

—¿Y qué pudo ver de ese ser extraterrestre?

—Muy poco... Era una cosa larga, en forma de espátula. Parecía una gigantesca hoja de árbol; se acercó y me envolvió el cuerpo.

—¿Distinguió de qué color era?

—Como amarronado. Realmente no lo pude ver.

Norman se detuvo un instante y luego le preguntó:

—¿Y el capitán Barnes?

—Durante el desarrollo de la acción quedé separada de él, señor. No sé qué le ocurrió al capitán Barnes.

Tina hablaba con formalidad y su rostro se había convertido en una máscara. Norman pensó: «No nos metamos en esto, por ahora. Si huiste, me da igual.»

—¿Beth ha visto esas lesiones, Tina?

—Sí, señor. Estuvo aquí hace unos minutos.

—Muy bien. Ahora trate de descansar.

—Señor...

—Dígame, Tina.

—¿Quién va a preparar el informe, señor?

—No lo sé. No nos preocupemos ahora por los informes. Preocupémonos nada más que por salir con bien de ésta.

—Sí, señor.

Mientras se acercaba al laboratorio de Beth, Norman oyó la voz grabada de Tina que decía:

—*¿Cree que alguna vez lograrán abrir la esfera?*

Y la de Beth que contestaba:

—*Quizá. No lo sé.*

—*Esto me asusta.*

Y después, la voz de Tina otra vez:

—*¿Cree que alguna vez lograrán abrir la esfera?*

—*Quizá. No lo sé.*

En el laboratorio, Beth estaba encorvada sobre la consola, observando la pantalla.

—Todavía con eso, ¿eh? —dijo Norman.

—Sí.

En la grabación Beth estaba terminando de comer su porción de tarta y decía:

—*No creo que haya motivos para tener miedo.*

—*Es lo desconocido* —decía Tina.

—*Por supuesto* —decía Beth en la pantalla—; *pero no es probable que algo desconocido sea peligroso y aterrador. Lo más probable es que sea inexplicable nada más.*

—Famosas palabras póstumas —dijo Beth, observándose a sí misma.

—En ese momento sonaban bien —opinó Norman—; servía para mantener calmada a Tina.

En pantalla, Beth le preguntaba a ésta:

¿Les tiene miedo a las serpientes?

—*Las serpientes no me molestan* —decía Tina.

—*Bueno, pues yo no las puedo soportar* —declaraba Beth.

La bióloga detuvo la cinta y se volvió hacia Norman.

—Parece como si esto hubiera ocurrido hace mucho tiempo, ¿no?

—Estaba pensando precisamente eso —confesó Norman.

—¿Esto significa que estamos viviendo la vida a pleno?

Creo que significa que nos hallamos en peligro mortal —repuso Norman—. ¿Por qué estás tan interesada en esta cinta?

—Porque no tengo otra cosa que hacer y, si no me mantengo ocupada, voy a empezar a chillar y organizar una de esas tradicionales escenas femeninas que ya me viste hacer una vez.

—¿Te vi? No recuerdo ninguna escena.

—Gracias —dijo Beth.

Norman vio que había una manta sobre un diván, en un rincón del laboratorio, y que Beth había quitado una de las lámparas de la mesa de trabajo y la había colgado en la pared, encima del diván.

—¿Ahora duermes aquí? —pregunto.

—Sí, me gusta el lugar. Aquí arriba, en la parte más alta del cilindro, me siento la reina del averno. —Sonrió—. Algo así como la casita en el árbol de cuando éramos niños. ¿Alguna vez, de pequeño, tuviste una de esas casitas?

—No —respondió Norman—. Nunca la tuve.

—Tampoco yo. Pero así es como imagino que habría sido si hubiera tenido una.

—Parece muy cómoda, Beth.

—¿Piensas que estoy perdiendo la chaveta?

—No. Me he limitado a comentar que parece cómoda.

—Si crees que estoy perdiendo la chaveta me lo puedes decir.

—Opino que estás muy bien, Beth. ¿Qué piensas respecto a Tina? ¿Has visto las heridas que tiene?

—Sí. —Beth frunció el entrecejo—. Y las vi antes. —Hizo un gesto para señalar algunos huevos blancos que se hallaban sobre la mesa del laboratorio dentro de un recipiente de vidrio.

—¿Más huevos?

—Cuando Tina regresó los traía adheridos a su traje. Las lesiones de la chica están relacionadas con estos huevos, lo mismo que el olor. ¿Recuerdas el olor que había cuando la sacamos del agua?

Norman lo recordaba muy bien.

Tina tenía un intenso olor a amoníaco, casi era como si la hubieran empapado.

—Según lo que yo sé, solamente existe un animal que huele tanto a amoníaco: el *Architeuthis sanctipauli*.

—¿Qué es?

—Una de las especies de calamar gigante.

—¿Es eso lo que nos atacó?

—Así lo creo, sí.

La zoóloga explicó que era poco lo que se conocía acerca del calamar gigante porque los únicos especímenes que se habían estudiado eran animales muertos que el mar había arrastrado hacia la costa y que, por lo general, se encontraban en avanzado estado de descomposición y hedían a amoníaco. Durante la mayor parte de la historia humana, el calamar gigante fue considerado un monstruo marino mítico, como el *kraken*, pero en 1861 aparecieron los primeros informes científicos confiables, después de que la tripulación de un buque francés de guerra se las ingenió para remolcar pedazos de uno de esos animales. También cargaron varias ballenas, que mostraban las cicatrices causadas por ventosas gigantescas. Ese testimonio de batallas submarinas demostró que las ballenas luchaban con un animal depredador, y de todos cuantos se tenía conocimiento, sólo el calamar gigante era lo bastante grande como para luchar con una ballena.

—En estos momentos —dijo Beth— se han observado calamares gigantes en todos los principales océanos del mundo. Por lo menos existen tres especies diferentes. Alcanzan un gran tamaño y pueden pesar cuatrocientos cincuenta kilos, o más. La cabeza tiene alrededor de seis metros de largo y posee una corona de ocho brazos, cada uno de los cuales mide cerca de tres metros de longitud y tiene largas hileras de ventosas. En el centro de la corona hay una boca provista de un pico agudo, como el de un loro, pero con la diferencia de que las mandíbulas tienen casi dieciocho centímetros de largo.

—¿El traje desgarrado de Levy...?

—Sí —corroboró Beth—. El pico está montado en un anillo muscular, por lo que, cuando muerde, puede girar sobre sí mismo en círculo. Y la rádula, la lengua del calamar, tiene una superficie áspera.

—Tina dijo que le pareció ver algo como una hoja de árbol, una hoja marrón.

—El calamar gigante tiene dos tentáculos mucho más largos que los brazos; pueden medir hasta doce metros. Cada uno de esos tentáculos remata en una «mano» sin dedos, una especie de «palma» aplanada que se asemeja mucho a una gran hoja de planta, y es esa «mano» lo que el calamar usa para cazar sus presas. Las ventosas de la «mano» están rodeadas por un pequeño anillo duro de quitina, lo que explica por qué se ven mordeduras circulares alrededor de la herida.

—¿Cómo combatirías uno de estos calamares?

—Pues, en teoría, aunque los calamares gigantes son muy grandes, no son especialmente fuertes —respondió Beth.

—Adiós teoría —dijo Norman.

Beth asintió con la cabeza y agregó:

—Como es lógico, nadie sabe cuán fuertes son, ya que nunca se encontró un espécimen vivo. Tenemos el dudoso privilegio de ser los primeros.

—¿Pero es posible matarlo?

—Yo pienso que se podría matar con bastante facilidad, pues el cerebro del calamar está situado por detrás de los ojos y tiene alrededor de treinta y ocho centímetros de diámetro, más o menos el tamaño de un plato grande. De modo que, si se le dispara una carga explosiva a un punto cualquiera de esa zona, es casi seguro que se le desbarataría el sistema nervioso y moriría.

—¿Crees que Barnes mató al calamar?

Beth se encogió de hombros y dijo:

—No lo sé.

—En una región, ¿hay más de uno?

—No sé.

—¿Volveremos a ver algún otro?

—No lo sé.

Norman subió al centro de comunicaciones para ver si podía hablar con Jerry; pero éste no respondía. El psicólogo tuvo que haberse adormecido en la silla de la consola, porque de repente se quedó espantado al alzar la vista y ver a un acicalado marinero negro, de uniforme, de pie exactamente detrás de él, mirando las pantallas por encima de su hombro.

—¿Cómo van las cosas, señor? —preguntó el marinero.

Se le veía muy tranquilo y su uniforme estaba planchado, sin una arruga, y perfectamente almidonado.

Norman sintió que lo invadía una inmensa alegría, ya que la llegada de este hombre al habitáculo no podía significar más que una cosa: que las naves de superficie habían regresado. ¡Los buques habían vuelto y se había hecho descender a los submarinos para recuperar a los ocupantes del habitáculo! ¡Habían ido a salvarlos!

—Marinero —dijo Norman, subiendo y bajando la mano—, me produce una maldita gran satisfacción verlo.

—Gracias, señor.

—¿Cuándo ha llegado?

—Acabo de hacerlo, señor.

—¿Los demás ya lo saben?

—¿Los demás, señor?

—Sí. Quedamos seis. ¿Ya han sido informados de la llegada de ustedes?

—No conozco la respuesta a eso, senor.

En aquel hombre había una insulsez que le resultó extraña. El marinero estaba recorriendo el habitáculo con la mirada, y, durante un instante, Norman vio el ambiente a través de los ojos de ese hombre: el interior empapado, las consolas deshechas, las paredes salpicadas con espuma de uretano. Todo tenía el aspecto de que allí se hubiera librado una guerra.

—Hemos pasado momentos difíciles —dijo Norman.

—Ya lo veo, señor.

—Murieron tres de los nuestros.

—Lamento oír eso, señor.

Nuevamente esa insulsez..., esa neutralidad. ¿Sólo estaba actuando con excesiva corrección? ¿Se hallaba preocupado por una inminente corte marcial? ¿O se trataba de algo diferente?

—¿De dónde viene usted? —preguntó Norman.

—¿Venir, señor?

—Sí. ¿De qué nave?

—¡Ah! Del *Sea Hornet*, señor.

—¿Está en la superficie ahora?

—Sí, señor, lo está.

—Bueno, pues vayamos —dijo Norman—. Comunique a los demás que está usted aquí.

—Sí, señor.

Una vez que el marinero se hubo retirado, Norman se puso de pie y gritó:

—¡Estamos salvados!

—Por lo menos no fue una ilusión óptica —dijo Norman, mirando con fijeza la pantalla—. Ahí está, de cuerpo entero, en el monitor.

—Sí. Ahí está..., pero, ¿adónde se fue? —inquirió Beth.

Durante una hora habían revisado concienzudamente el habitáculo, sin hallar señales del marinero negro. Tampoco había ningún indicio de que hubiese un submarino fuera. No existían pruebas de la presencia de naves de superficie. El balón que se había lanzado mar arriba había registrado vientos de ochenta nudos y olas de nueve metros, antes de que el cable se cortara.

Entonces, ¿de dónde había venido ese hombre? ¿Y adónde se había ido?

Fletcher estaba operando las consolas y de pronto una de las pantallas se llenó de datos.

—¿Qué opinan de esto? El registro computarizado de buques en servicio activo muestra que no hay ninguna nave llamada *Sea Hornet*.

—¿Qué demonios está ocurriendo? —exclamó Norman.

—Quizá el marinero fue una ilusión óptica —apuntó Ted.

—Las ilusiones ópticas no quedan registradas en videocintas —dijo Harry—. Además, yo también lo vi.

—¿Lo viste? —le preguntó Norman.

—Sí, acababa de despertarme y había soñado que venían a rescatarnos. Estaba todavía acostado en la litera cuando oí pasos y ese hombre entró en la habitación.

—¿Hablaste con él?

—Sí. Pero me pareció una persona extraña. Sin gracia. Muy sosa.

Norman asintió con la cabeza.

—Se podría decir que algo no era normal en ese hombre.

—Sí, se podría decir.

—Pero ¿de dónde vino? —preguntó.

—Sólo se me ocurre una posibilidad —dijo Ted—: vino de la esfera. O, por lo menos, fue *creado* por la esfera, por Jerry.

—¿Para qué iba a hacer eso Jerry? ¿Para espiarnos?

Ted negó con un movimiento de cabeza:

—Estuve pensando mucho en esto, y me parece que Jerry tiene la facultad de crear cosas. Animales. No creo que Jerry *sea* un calamar gigante, sino que Jerry *creó* el calamar gigante que nos atacó. No me parece que Jerry nos quiera atacar, sino que, basándome en lo que Beth nos estaba diciendo, supongo que, una vez Jerry lo creó, el *calamar* atacó el habitáculo creyendo que los cilindros eran su enemigo mortal, la ballena. De manera que el ataque se produjo como consecuencia de la creación.

Todos escucharon a Ted con una clara expresión de desaprobación. Para Norman la explicación era demasiado conveniente en todos sus aspectos.

—Creo que existe otra posibilidad: que Jerry sea hostil.

—No considero que sea así —dijo Ted—. No acepto que Jerry sea hostil.

—Pues se comporta con bastante hostilidad, Ted.

—No pienso que *pretenda* ser hostil.

—Pretenda lo que pretenda —intervino Fletcher—, es mejor que no suframos otro ataque, porque la estructura del habitáculo no lo puede soportar. Y tampoco los sistemas de mantenimiento de la vida. Después del primer ataque hube de aumentar la presión positiva, con el objeto de tapar las fugas. Para impedir que entrara el agua tuve que incrementar la presión del aire interior, a fin de que fuera mayor que la presión del agua exterior. Eso detuvo las filtraciones, pero significó que el aire escapó en forma de burbujas a través de todas las fisuras. Y una hora de trabajo de reparaciones consumió cerca de dieciséis horas de nuestro aire de reserva.

Hubo una pausa. Todos comprendieron lo que entrañaba esto que acababa de decir Fletcher.

—Para compensar —prosiguió la mujer— reduje la presión interna en tres centímetros de mercurio. En este preciso momento tenemos una presión ligeramente negativa, y con eso estamos bien: el aire nos va a durar. Pero si se produce otro ataque en estas condiciones, quedaremos aplastados como una lata de cerveza vacía.

A Norman no le gustaba lo que estaba escuchando pero, al mismo tiempo, se hallaba impresionado por la eficacia de Fletcher; pensó que la mujer era un recurso que tendrían que utilizar.

—¿Qué puede sugerirnos para el caso de que haya otro ataque?

—Pues tenemos algo, el SDAV, en el Cilindro B.

—¿Qué es eso?

—Sistema de Defensa por Alto Voltaje. En B hay una cajita que, en todo momento, electriza la pared metálica de los cilindros para evitar la corrosión electrolítica. Es una carga eléctrica muy leve; uno no se da cuenta de que existe. De todos modos hay otra caja, color verde, conectada a la anterior, y ése es el SDAV. Básicamente es un transformador de bajo amperaje, para instalación, que envía dos millones de voltios por la superficie de los cilindros. Para cualquier animal debe ser sumamente desagradable.

—¿Por qué no lo usamos antes? —preguntó Beth—. ¿Por qué no lo utilizó Barnes, en vez de arriesgar...?

—Porque la Caja Verde presenta ciertos problemas —dijo Fletcher—. En primer lugar se puede decir que es un concepto teórico. Que yo sepa nunca se empleó en una verdadera situación de trabajo bajo el mar.

—Sí, pero seguramente se la habrá sometido a pruebas.

—Desde luego. Y, en todas ellas inició incendios dentro del habitáculo.

Hubo otra pausa, mientras los presentes reflexionaban acerca de lo que acababan de escuchar. Finalmente, Norman preguntó:

—¿Incendios peligrosos?

—Mostraban tendencia a quemar la cubierta aislante, el acolchado de la pared.

—¡Los incendios eliminan el aislamiento!

—En pocos minutos moriríamos por la pérdida del calor.

—¿Cuál es el peligro de un incendio? El fuego necesita oxígeno que quemar, y aquí abajo sólo tenemos un dos por ciento de oxígeno —observó Beth.

—Eso es cierto, doctora Halpern —reconoció Fletcher—, pero el porcentaje real de oxígeno varía. El habitáculo está construido para enviar impulsos con una frecuencia tan elevada como del sesenta por ciento, durante períodos breves, a razón de cuatro veces por hora. Todo está controlado de forma automática y no se puede contrarrestar. Y si el porcentaje de oxígeno es elevado los incendios se propagan con una rapidez tres veces mayor que en la superficie del mar. Enseguida quedan fuera de control.

Norman recorrió el cilindro con la mirada y descubrió tres extintores de incendios colgados en las paredes. Ahora que lo pensaba, había extintores por todo el habitáculo, pero nunca les prestó atención.

—Y aunque lográramos dominar los incendios, son una maldición para los sistemas —dijo Fletcher—, ya que los purificadores de aire no están hechos para absorber los productos resultantes del monóxido ni el hollín.

—Entonces, ¿qué hacemos?

—Utilizarlos solamente como último recurso —contestó Fletcher—. Ésa es mi recomendación.

Los miembros del grupo se miraron entre sí y asintieron con la cabeza.

—Muy bien —concluyó Norman—. Como último recurso nada más.

—Esperemos que no tenga lugar otro ataque.

«Otro ataque...» Se produjo un largo silencio cuando los circunstantes tomaron en cuenta esa posibilidad. Y, en ese instante, las pantallas de plasma gaseoso de la consola de Tina se activaron de repente y un suave *ping* continuado llenó la cabina.

—Tenemos un contacto en los térmicos de la periferia —dijo Tina con voz impersonal.

—¿Dónde? —preguntó Alice Fletcher.

—Norte. Acercándose.

Y en el monitor, todos vieron las palabras:

VOY PARA ALLÁ.

Apagaron todas las luces, tanto las interiores como las exteriores. Norman atisbó por la portilla, esforzando la vista para ver en la oscuridad. Hacía mucho que se sabía que, a esa profundidad, la oscuridad no era absoluta; las aguas del Pacífico, en particular, eran tan claras que, incluso a trescientos metros, algo de luz llegaba al fondo, aunque muy tenue. Jane Edmunds la había comparado con la luz de las estrellas, pero Norman sabía que, en la superficie, se podía ver con la luz estelar.

El psicólogo ahuecó las manos y se las puso a ambos lados de la cara para bloquear la luz procedente de las consolas de Tina. Aguardó a que sus ojos se adaptaran. Detrás de él, Alice Fletcher estaba trabajando con los monitores. En la habitación se oía el siseo de los hidrófonos.

La situación se repetía...

Ted, de pie junto al monitor, decía:

—Jerry, ¿me puedes oír? Jerry, ¿estás escuchando?

Pero no obtenía respuesta.

Beth apareció cuando Norman escrutaba el exterior a través de la portilla.

—¿Ves algo?

—Todavía no.

Detrás de ellos, Tina dijo:

—Setenta metros y acercándose... Cincuenta y cinco metros. ¿Quieres el sonar?

—Sin sonar —decidió Fletcher—. Nada que nos vuelva interesantes para él.

—¿No deberíamos, entonces, apagar todo nuestro equipo electrónico?

—Sí. Apágalo.

Las luces de la consola se apagaron. Ahora tan sólo las luces rojas de los calefactores de ambiente brillaban sobre los ocupantes del habitáculo. Todos estaban sentados en la oscuridad, mirando con fijeza hacia el exterior. Norman trató de recordar cuánto tiempo se necesitaba para la adaptación de la visión en la oscuridad, y recordó que serían unos tres minutos.

Empezó a ver formas: el contorno de la parrilla sobre el fondo del mar y, muy difusa, la elevada aleta de la nave espacial que se erguía de pronto sobre el lecho oceánico.

Y en ese instante vio algo más.

Un fulgor verde a lo lejos. En el horizonte.

—Es como un amanecer verde —comentó Beth.

La intensidad del fulgor aumentó y divisaron un objeto amorfo y de color verde, con rayas laterales. «Es exactamente como lo vimos antes. Idéntico», pensó Norman. Todavía no le era posible distinguir los detalles.

—¿Es un calamar? —preguntó.

—Sí —contestó Beth.

—No puedo verlo...

—Lo estás viendo de frente: el cuerpo se halla delante de nosotros, y los tentáculos, hacia atrás, ocultos en parte por la masa corporal. Ésa es la causa de que no lo distingas.

El calamar se volvía cada vez más grande: era indudable que iba derecho a ellos.

Ted abandonó la portilla y volvió a las consolas. —Jerry, ¿estás escuchando? ¡¿Jerry?!

—El equipo electrónico está desconectado, doctor Fielding —dijo Fletcher.

—¡Pues hagamos el intento, tratemos de hablar con él, por el amor de Dios!

—Creo que ya estamos más allá de la etapa de conversaciones, señor.

El calamar era de color verde intenso y poseía una tenue luminosidad.

Ahora Norman podía ver una marcada cresta vertical en el cuerpo. Los móviles tentáculos y brazos se distinguían con claridad. El contorno se hizo más grande. El calamar se desplazaba en sentido lateral.

—Está pasando alrededor de la parrilla.

—Sí —dijo Beth—. Son animales inteligentes: tienen la facultad de aprender de la experiencia. Es probable que no le haya gustado cuando antes golpeó la parrilla, y lo recuerda.

El calamar pasó la aleta de la nave espacial, y los ocupantes del habitáculo pudieron estimar su tamaño. «Es tan grande como una casa», pensó Norman. El monstruo se deslizaba con suavidad por el agua, y se dirigía hacia ellos. A pesar de que el corazón le latía con violencia, Norman tuvo la sensación de temor reverente.

—¿Jerry? *¡Jerry!*

—Ahórrate el esfuerzo, Ted.

—Veintisiete metros —informó Tina—. Sigue acercándose.

A medida que el calamar se aproximaba, Norman pudo contar los brazos, y también vio dos largos tentáculos, que eran líneas refulgentes que se extendían mucho más allá del cuerpo. Los brazos y tentáculos parecían moverse en el agua con laxitud, en tanto que el cuerpo efectuaba rítmicas contracciones musculares. El calamar se autopropulsaba con agua y para nadar no empleaba los brazos.

—Dieciocho metros.

—Dios mío, qué grande es —exclamó Harry.

—¿Sabes? —dijo Beth—. Somos los primeros seres humanos de la Historia que pueden ver un calamar gigante nadando con entera libertad. Éste debería ser un gran momento.

El gorgoteo y el torrente del agua se oía a través de los hidrófonos, a medida que el calamar se acercaba cada vez más.

—Nueve metros.

Durante un instante el enorme animal giró y quedó de costado, lo que permitió que vieran su perfil: el enorme cuerpo refulgente de nueve metros de largo, el inmenso ojo que no pestañeaba, el círculo de brazos que ondulaban como serpientes malignas y los dos largos tentáculos, cada uno rematado por una sección aplanada y con forma de hoja.

El calamar siguió girando hasta que sus brazos y tentáculos se extendieron en dirección al habitáculo, y entonces todos tuvieron una rápida visión de la boca, el pico masticador de filosos bordes, embutido en una masa muscular verde refulgente.

—¡Oh, Dios...!

El calamar se desplazó hacia adelante. Entre el fulgor que penetraba por las portillas, los ocupantes del habitáculo podían verse los unos a los otros.

«Está empezando, y esta vez no podremos sobrevivir», pensó Norman.

Hubo un ruido sordo, cuando un tentáculo golpeó el habitáculo.

—¡Jerry! —aulló Ted; su voz sonó atiplada, deformada por la tensión.

El calamar se detuvo. El cuerpo se desplazó de forma lateral y pudieron ver el enorme ojo que los escrutaba.

—¡Jerry, escúchame!

El calamar pareció vacilar.

—¡Me escucha! —gritó Ted. Tomó una linterna que había en una repisa, la encendió y dirigió el haz de luz hacia la portilla; la apagó, y luego volvió a encenderla y apagarla.

El gran cuerpo verde del calamar refulgió; después se oscureció un instante, para después volver a refulgir.

—Está escuchando —dijo Beth.

—Por supuesto que está escuchando: es inteligente.

Ted encendió y apagó la linterna dos veces, en rápida sucesión.

El calamar respondió encendiéndose y apagándose, también dos veces.

—¿Cómo puede hacer eso? —preguntó Norman.

—Es una especie de célula epidérmica llamada «cromatóforo» —explicó Beth—. El animal puede abrir y cerrar esas células a voluntad e interceptar la luz.[1]

Ted encendió y apagó la linterna tres veces.

El calamar hizo lo propio otras tantas veces, con su fulgor verde.

—Puede hacerlo con rapidez —comentó Norman.

—Sí, es rápido.

—Es inteligente —dijo Ted—. Se lo repito: es inteligente y quiere hablar.

Ted hizo un guiño luminoso largo, otro corto y otro corto. El calamar repitió la pauta.

—Ése es mi muchacho —dijo Ted—. Tan sólo continúa hablándome, Jerry.

1. En realidad, el autor se refiere a los *fotóforos*, órganos que generan luz fría merced a una reacción química que se produce dentro de los mismos órganos. La descripción que se da en el texto correspondería a los *cromatóforos*, células pigmentadas que, contrayéndose y distendiéndose, permiten producir los cambios de color tan característicos y notables de todos los cefalópodos (pulpos y calamares). *(N. del T.)*

Ted produjo un patrón luminoso más complejo y el calamar respondió, pero después se desplazó hacia la izquierda.

—Tengo que hacer que siga hablando —dijo Ted.

A medida que el calamar se desplazaba, también lo hacía Ted, quien saltaba de una portilla a otra, encendiendo y apagando su linterna. El gran cefalópodo todavía encendía y apagaba su refulgente cuerpo, a modo de respuesta, pero Norman sentía que ahora tenía otro propósito.

Todos siguieron a Ted, desde el Cilindro D al C. Ted hacía guiños con su linterna. El calamar respondía, pero proseguía desplazándose hacia adelante.

—¿Qué está haciendo?

—Puede ser que nos esté guiando...

—¿Porqué?

Fueron al Cilindro B, donde estaba situado el equipo para mantenimiento de la vida, pero no había portillas en ese cilindro. Ted avanzó al A, la esclusa de aire, pero también éste carecía de portillas. Saltó hacia abajo y abrió la escotilla que había en el suelo. Se vieron las oscuras aguas del exterior.

—Con cuidado, Ted.

—Les digo que es inteligente. —El agua que tenía a sus pies brillaba con fulgor verde tenue—. Aquí viene.

Ted encendió y apagó su linterna en el agua. La masa verde respondió con un parpadeo.

—Sigue hablando —dijo Ted—. Y mientras esté hablando...

Con pasmosa celeridad, el tentáculo irrumpió por la escotilla a través de la superficie que separaba el agua del interior del habitáculo, y describió un gran arco alrededor de la esclusa de aire. Norman tuvo la fugaz imagen de un tallo refulgente, grueso como el cuerpo de un hombre, y de una gran hoja fosforescente de casi dos metros de largo, que oscilaban a ciegas frente al propio Norman. Cuando el psicólogo se agachó para protegerse, vio cómo el tentáculo golpeaba a Beth y la lanzaba de lado. Tina estaba gritando, presa del terror. Intensas emanaciones de amoníaco hacían arder los ojos de Norman, hacia quien se agitó ahora el tentáculo. Alzó las manos para protegerse y, al hacerlo, tocó una carne viscosa y fría. El brazo gigantesco le hizo girar y lo lanzó con violencia contra las paredes metálicas de la esclusa. El animal tenía una fuerza increíble.

—¡Salgan! ¡Todo el mundo fuera, aléjense del metal! —gritaba Alice Fletcher.

Ted pugnaba por subir y alejarse de la escotilla y del brazo que se le enroscaba como una serpiente; casi había alcanzado la puerta, cuando la hoja osciló hacia atrás y lo envolvió, cubriéndole la mayor parte del cuerpo. Ted, con los ojos desorbitados por el horror, lanzó un alarido gutural y empujó la hoja con las manos.

Norman corrió hacia él, pero Harry lo sujetó.

—¡Déjalo! ¡Nada puedes hacer!

A través de la esclusa, el calamar blandía a Ted por el aire, para un lado y para otro, haciendo que golpeara contra las paredes. La cabeza de Ted colgaba laxa; de la frente le manaba sangre, que caía sobre el tentáculo refulgente. Sin embargo, el calamar seguía agitando el inerte cuerpo de Ted para atrás y para adelante. Con cada golpe, el cilindro resonaba como un gong.

—¡Fuera! —gritaba Fletcher—. ¡Todo el mundo fuera!

Beth pasó presurosa frente a Norman y Harry, el cual tiró de Norman en el preciso momento en que el segundo tentáculo irrumpía como una explosión a través de la superficie del agua para coger a Ted como una tenaza.

—¡Fuera del metal! ¡Maldición, fuera del metal! —gritaba Fletcher.

Todos subieron al Cilindro B, y Fletcher alzó el interruptor de la Caja Verde. Desde los generadores se oyó un ronroneo y cuando dos millones de voltios sacudieron el habitáculo, el fulgor rojo de las hileras de calefactores se amortiguó.

La reacción fue instantánea: al ser golpeado por esa fuerza enorme, el suelo del habitáculo se estremeció, y a Norman le pareció oír un chillido, si bien pudo haber sido el crujido del metal al romperse. Los tentáculos retrocedieron con rapidez y volvieron a sumergirse a través de la esclusa. Los supervivientes tuvieron una última y fugaz visión del cuerpo de Ted cuando era arrastrado hacia las negras aguas. Con un brusco movimiento, Fletcher bajó la palanca de la Caja Verde. Pero las alarmas ya habían empezado a sonar y los tableros de advertencia se habían encendido.

—¡Fuego! —gritó Fletcher—. ¡Fuego en el Cilindro E!

Alice Fletcher les dio máscaras antigás; a Norman se le resbalaba por la frente y le obstaculizaba la visión. Cuando lograron llegar al Cilindro D, el humo era denso, y todos tosían, tropezaban y se golpeaban contra las consolas.

—Manténganse cerca del suelo —ordenó Tina, dejándose caer sobre las rodillas. Ella abría el camino; Alice se había quedado atrás, en el B.

Delante de ellos, un brillo color rojo furioso delineaba la puerta que, a través del mamparo, conducía al E. Tina cogió un extintor y pasó por la puerta; Norman iba pisándole los talones. Al principio, el psicólogo creyó que todo el cilindro estaba ardiendo, pues feroces llamas lamían el acolchado lateral y densas nubes de humo se elevaban hacia el techo. El calor casi se podía palpar. Tina empezó a rociar espuma blanca, describiendo un círculo con el cilindro del extintor. Norman vio otro y lo agarró; pero el metal estaba tan caliente que tuvo que dejarlo caer al suelo.

—¡Fuego en D! —dijo Alice Fletcher a través del intercomunicador—. ¡Fuego en D!

«¡Jesús!», pensó Norman, que a pesar de la máscara tosía por efecto del humo acre. Cogió del suelo el extintor y empezó a rociar; de inmediato, el cilindro metálico se enfrió. Tina le gritó algo, pero Norman nada oía, salvo el rugido de las llamas. Tina y él estaban controlando el incendio, pero seguía habiendo un gran foco de fuego cerca de una de las portillas. Norman se volvió y roció el suelo que ardía bajo sus pies.

No estaba preparado para la explosión; el mazazo de la concusión hizo que le dolieran los oídos. Se volvió y descubrió que una manguera se había soltado en la habitación; en ese momento se dio cuenta de que una de las pequeñas portillas había volado, o se había quemado, y que el agua estaba irrumpiendo con fuerza incontrolable.

No divisaba a Tina; después vio que había sido derribada; la mujer consiguió ponerse en pie y le quitó algo a Norman, pero resbaló y volvió a caer en el torrente de agua, que la levantó y la despidió con tanta fuerza contra la pared opuesta, que Norman supo de inmediato que Tina tenía que haber muerto. Cuando bajó la vista la vio flotando boca abajo en el agua, que rápidamente estaba llenando la habitación. La parte posterior de la cabeza de Tina estaba abierta a lo largo, y Norman vio la masa blanquecina de su cerebro.

El psicólogo se volvió y corrió. Cuando cerró violentamente la pesada puerta y giró el volante de la cerradura para trabarla, el agua ya estaba rebasando el reborde del mamparo.

No podía ver absolutamente nada en el D, pues el humo era más denso que antes. Había algunos focos de llamas rojas que parecían mortecinas a través del humo. Oyó el siseo de los extintores. ¿Dónde estaba su propio extintor? Tuvo que haberlo dejado en el E. Como un ciego, avanzó palpando las paredes en búsca de otro extintor; el humo le hacía toser, y a pesar de la máscara los ojos y los pulmones le ardían.

Y entonces, con un tremendo gemido del metal, recomenzó el golpeteo del calamar, que se encontraba fuera; el habitáculo era sacudido por los tirones del animal. Norman oyó que Alice Fletcher decía algo por el intercomunicador, pero la voz de la mujer salía con interferencias y no era clara. El golpeteo continuaba, al igual que el horrible retorcimiento del metal, y Norman penso: «Vamos a morir. Esta vez, vamos a morir.»

No pudo hallar un extintor, pero sus manos tocaron un objeto metálico que había en la pared, y lo palpó en la oscuridad de la humareda; el objeto sobresalía y Norman se estaba preguntando qué sería, cuando dos millones de voltios recorrieron sus brazos y le llegaron al cuerpo. Dio un solo grito y cayó hacia atrás.

LAS SECUELAS

Con una perspectiva extraña, angulosa, Norman miraba fijamente una hilera de luces. Al sentarse sintió un dolor agudo, miró en derredor y vio que estaba en el suelo del Cilindro D. En el aire flotaba una tenue neblina de humo; las paredes acolchadas estaban ennegrecidas y en varios lugares aparecían carbonizadas.

«Aquí tiene que haberse producido un incendio», pensó, al contemplar, atónito, los daños. ¿Cuándo había ocurrido? ¿Dónde estaba él en ese momento?

Se incorporó muy despacio, apoyándose en una rodilla, y logró ponerse de pie. Se volvió hacia el Cilindro E pero, por algún motivo, la puerta del mamparo que separaba ese cilindro estaba cerrada. Trató de girar el volante para descorrer el cerrojo, pero se atascaba.

No vio a nadie. ¿Dónde estaban los demás? Entonces recordó algo relativo a Ted: había muerto... El calamar sacudía su cuerpo en la esclusa... Y, en ese momento, Alice Fletcher dijo que retrocedieran y subió al interruptor de corriente...

Empezaba a volverle a la memoria lo ocurrido: el incendio. Había estallado un incendio en el Cilindro E. Él había ido allí, junto con Tina, para dominar el fuego. Recordó haber llegado al lugar y ver que las llamas lamían las paredes... Después de eso, no estaba seguro de nada más...

¿Dónde estaban los demás?

Durante un horrible instante pensó que era el único superviviente, pero en ese momento oyó que alguien tosía en el Cilindro C. Avanzó hacia el sonido. No vio a nadie, por lo que fue al B.

Alice Fletcher no se encontraba en él; solamente había una gran franja de sangre sobre las tuberías metálicas, y un zapato de la mujer sobre la alfombra. Eso era todo.

Otra vez la tos, que salía de entre las tuberías.

—¿Fletcher?

—Un minuto, por favor.

De atrás de los tubos surgió Beth, toda manchada de grasa.

—¡Qué bien! Estás en pie. Tengo funcionando la mayoría de los sistemas, creo. Gracias a Dios la Armada tenía instrucciones impresas en las cubiertas de los equipos. De todos modos el humo se está disipando y las lecturas de calidad del aire son buenas, no óptimas, pero buenas, y todas las cosas de importancia vital parecen hallarse intactas. Tenemos aire y agua, calor y electricidad. Estoy tratando de descubrir cuánto nos queda de electricidad y de aire.

—¿Dónde está Fletcher?

—No la puedo hallar por ninguna parte.

Beth señaló el zapato que había en el suelo, y el largo manchón de sangre.

—¿Y Tina?

Le alarmó la perspectiva de haber quedado atrapado allí abajo, sin que hubiere personal alguno de la Armada.

—Tina estaba contigo —dijo Beth, frunciendo el entrecejo.

—Parece que no lo recuerdo —respondió Norman.

—Probablemente recibiste una tremenda sacudida de corriente eléctrica y eso te habrá producido amnesia retrospectiva. No recuerdas los minutos previos al *shock*. Tampoco yo pude encontrar a Tina pero, según los sensores de estado, el Cilindro E se halla anegado y clausurado. Tú estabas con ella en el E. No sé por qué se inundó.

—¿Y Harry?

—También él recibió una sacudida creo. Tuvisteis suerte de que la intensidad de corriente no fuese alta, pues de lo contrario ambos estaríais muertos. Sea como sea, está tendido en el suelo del C, dormido o inconsciente. Quizá desees echarle un vistazo; yo no quise correr el riesgo de moverlo, así que me limité a dejarlo ahí.

—¿Despertó? ¿Te habló?

—No, pero parece que respira bien. Tiene buen color y eso. De todos modos creí que sería mejor poner en funcionamiento los sistemas para mantenimiento de la vida. —Se limpió la grasa que tenía en la mejilla—. Lo que quiero decir es que ahora tan sólo quedamos nosotros tres, Norman.

—¿Harry, tú y yo?

—Así es: Harry, tú y yo.

Harry estaba pacíficamente dormido en el suelo, entre las literas. Norman se inclinó sobre él, le levantó un párpado y encendió una linterna ante el ojo de Harry: la pupila se contrajo.

—Esto no puede ser el cielo —dijo Harry.

—¿Por qué no? —preguntó Norman.

Dirigió el haz de luz sobre la otra pupila, que también se contrajo.

—Porque tú estás aquí, y en el cielo no permiten la entrada a los psicólogos.

Esbozó una sonrisa débil.

—¿Puedes mover los dedos de los pies? ¿Las manos?

—Puedo mover todo el cuerpo. Vine andando hasta aquí arriba, Norman, desde la parte inferior del C. Estoy bien.

Norman se relajó.

—Me alegra ver que te encuentras en buen estado, Harry.

Y lo decía en serio: le había aterrado el pensamiento de que Harry estuviese herido. Desde el comienzo de la expedición, todos habían dependido del matemático. En ocasiones críticas, él había logrado hacer el descubrimiento sensacional, había brindado el conocimiento que se necesitaba. Y aun ahora, a Norman lo reconfortaba pensar que, si Beth no lograba resolver el funcionamiento de los sistemas para mantenimiento de la vida, Harry sí podría hacerlo.

—Sí, estoy bien —ratificó Harry; volvió a cerrar los ojos y suspiró—. ¿Quiénes hemos quedado?

—Beth, tú y yo.

—¡Jesús!

—¿Quieres incorporarte?

—Sí. Me acostaré en la litera. Estoy cansado, Norman. Podría dormir un año entero.

Norman le ayudó a ponerse de pie. Harry se dejó caer en la litera más próxima.

—¿Te parece bien si duermo un rato?

—Por supuesto.

—Me beneficiará mucho. Estoy cansadísimo, Norman. Podría dormir durante un año seguido.

—Sí, ya lo has dicho...

Se interrumpió. Harry estaba roncando. Norman extendió la mano para quitar algo arrugado que había sobre la almohada, al lado de la cabeza de Harry.

Era la libreta de Ted Fielding.

De repente, Norman se sintió abrumado. Se sentó en su litera, con la libreta en las manos. Por fin, miró un par de páginas, llenas con los garabatos grandes y entusiastas de Ted. De la libreta cayó una fotografía. Le dio la vuelta y vio que era la foto de un Corvette rojo. Un sentimiento de dolor lo dominó; aunque no sabía si estaba llorando por Ted o por sí mismo. Lo que sí le resultaba claro era que uno tras otro todos estaban muriendo allí abajo. Norman se hallaba muy triste y también muy asustado.

Beth estaba ante la consola de comunicaciones del Cilindro D y había encendido todos los monitores.

—Hicieron un trabajo muy bueno en este sitio —dijo—. Todo está marcado, todo tiene instrucciones; hay archivos de ordenador que contienen guías de ayuda. Hasta un idiota ló podría comprender. Yo sólo veo un problema.

—¿Cuál?

—La cocina estaba en el Cilindro E, y ese cilindro está inundado: no tenemos comida, Norman.

—¿Nada en absoluto?

—Eso creo.

—¿Agua?

—Sí, en abundancia; pero nada de comida.

—Bueno, nos podemos arreglar sin comida. ¿Cuánto tiempo tendremos que pasar aquí abajo?

—Me parece que dos días más.

—Podremos lograrlo —dijo Norman, al tiempo que pensaba: «Dos días, Jesús. Dos días más en este sitio.»

—Eso suponiendo que la tormenta amaine en la fecha prevista —agregó Beth—. Estuve tratando de entender cómo se lanza un globo de superficie a fin de saber qué tal andan las cosas ahí arriba. Para mandar un globo, Tina solía teclear un código especial.

—Podremos lograrlo —volvió a decir Norman.

—Ah, claro. Y si las cosas se ponen muy difíciles nos queda la posibilidad de conseguir comida de la nave espacial. Allí abunda mucho.

—¿Crees que podemos arriesgarnos a salir?

—Tendremos que hacerlo —dijo Beth, echando un rápido vistazo a las pantallas— en algún momento de las tres próximas horas.

—¿Porqué?

—Por el minisubmarino. Tiene un temporizador automático que lo hará ascender a la superficie, a menos que alguien vaya para allá y oprima el botón.

—¡Al diablo con el submarino! —exclamó Norman—. Dejemos que se vaya.

—Vamos, no seas tan despreocupado. Ese submarino puede admitir tres personas.

—¿Quieres decir que los tres nos podríamos largar de aquí en el submarino?

—Sí. Eso es lo que quiero decir.

—¡Cristo! —exclamó Norman—. Vayamos ahora mismo.

—Hay dos problemas en relación con eso —dijo Beth señalando las pantallas—. Estuve revisando las características técnicas. Primero: el submarino es inestable en la superficie, así que si allí hay olas grandes nos tendrá rebotando de un lado a otro, lo que sería peor que cualquier cosa que hayamos padecido aquí abajo. Y lo segundo es que, al llegar a la superficie, tenemos que conectarnos con una cámara de descompresión. No olvides que todavía nos esperan noventa y seis horas de descompresión.

—¿Y si no pasáramos por esa etapa de descompresión? —preguntó Norman, mientras pensaba: «Simplemente vayamos a la superficie en el submarino, abramos de una vez la escotilla, y veamos las nubes y el cielo y respiremos un poco del aire normal de la Tierra.»

—Tenemos que hacerlo —dijo Beth—. Tu torrente sanguíneo está saturado de solución de helio gaseoso. En este preciso instante te hallas bajo presión, por lo que no hay ningún problema. Pero si liberamos súbitamente esa presión, el efecto es el mismo que cuando destapas una botella de gaseosa: el helio produce una especie de explosión y se escapa de tu sistema en forma de burbujas. Morirías de modo instantáneo.

—Ah —dijo Norman.

—Noventa y seis horas —insistió Beth—. Ese es el tiempo que se necesita para eliminar el helio que hay en el organismo.

—Ah.

Norman fue a la portilla y miró hacia el DH-7; el minisubmarino estaba a casi noventa metros de distancia.

—¿Crees que regresará el calamar?

Beth se encogió de hombros y dijo:

—Pregúntaselo a Jerry.

Norman pensó: «Ya no habla más del asunto ese de Geraldine... ¿O será que Beth prefiere pensar que esta malévola identidad es masculina?»

—¿En qué monitor está?

—En éste.

Beth lo encendió y la pantalla se iluminó.

—Jerry, ¿estás ahí? —dijo Norman.

No hubo respuesta.

Escribió en el teclado:

JERRY, ¿ESTÁS AHÍ?

No se produjo ninguna reacción.

—Te diré algo sobre Jerry —declaró Beth—. En realidad, no puede leer la mente. Cuando le estuvimos hablando antes le envié un pensamiento y no respondió.

—Yo también lo hice —confesó Norman—. Le envié mensajes y también imágenes. En ninguno de los dos casos respondió.

—Si hablamos, él contesta; pero si solamente pensamos, no lo hace —dijo Beth—. De modo que no es tan poderoso. En realidad se comporta como si nos *oyera*.

—Es cierto —reconoció Norman—. Aunque ahora no parece que nos esté oyendo.

—No. Yo también lo intenté antes.

—Me pregunto por qué no contesta.

—Dijiste que era emocional, así que a lo mejor está enfurruñado.

Norman no lo creía: los reyes niños no se enfurruñan. Son vengativos y caprichosos, pero no se enfurruñan.

—A propósito —sugirió Beth—, quizá te interese mirar estas hojas. —Le tendió una pila de hojas impresas por el ordenador—. Son el registro de todas las interacciones que tuvimos con Jerry.

—Nos pueden dar una pista. —Norman recorrió las hojas sin verdadero entusiasmo. De repente, se sintió cansado.

—De todos modos te mantendrá la mente ocupada.

—Eso es cierto.

—Personalmente —dijo Beth—, me gustaría regresar a la nave.

—¿Para qué?

—No estoy convencida de que hayamos encontrado todo lo que hay allí.

—El trayecto hasta la nave es largo.

—Lo sé. Pero si el calamar nos deja libres un rato, lo podría intentar.

—¿Nada más que para mantener tu mente ocupada?

—Lo puedes interpretar así. —Beth echó un vistazo a su reloj—. Norman, me voy a dormir un par de horas. Después echaremos en suerte quién va al submarino.

—De acuerdo.

—Pareces deprimido, Norman.

—Lo estoy.

—Yo también —dijo Beth—. Este lugar da la sensación de ser una tumba... y a mí me enterraron prematuramente.

Beth subió la escalerilla que llevaba a su laboratorio, pero no se fue a dormir porque, al cabo de unos instantes, Norman oyó la voz de Tina grabada en la videocinta, que decía:

—*¿Cree que alguna vez lograrán abrir la esfera?*

Beth respondía:

—*Quizá. No lo sé.*

—*Esto me asusta.*

Se oyó el chirrido del rebobinado, y, después de una breve pausa, otra vez:

—*¿Cree que alguna vez lograrán abrir la esfera?*

—*Quizá. No lo sé.*

—*Esto me asusta.*

Para Beth, esa grabación se estaba convirtiendo en una obsesión.

Norman fijó la vista en las hojas impresas que tenía sobre las piernas; después, miró la pantalla.

—Jerry, ¿estás ahí?

Jerry no contestó.

EL MINISUBMARINO

Beth le estaba sacudiendo el hombro con suavidad. Norman abrió los ojos.

—Es el momento —dijo ella.

—Muy bien —respondió Norman, y bostezó. ¡Dios, qué cansado estaba!—. ¿Cuánto tiempo queda?

—Media hora.

Beth encendió el sistema sensor desde la consola de comunicaciones y ajustó las calibraciones.

—¿Sabes cómo operar todas estas cosas? —preguntó el psicólogo—. ¿Los sensores?

—Bastante bien. Lo estuve aprendiendo.

—Entonces yo debo ir al submarino.

Sabía que Beth no estaría de acuerdo, que insistiría en llevar a cabo ella esa fase de actividad, pero Norman quiso hacer el esfuerzo.

—Muy bien —respondió Beth—. Tú vas. Eso es razonable. Norman ocultó su sorpresa y dijo:

—Yo también opino así.

—Alguien tiene que vigilar el sistema sensor —dijo Beth—. Y te puedo advertir si se acerca el calamar.

—Así es —dijo Norman, y pensó «demonios, habla en serio»—. No creo que esto sea para Harry.

—No, Harry no es muy apto para la actividad física. Y todavía está dormido. Será mejor que lo dejemos dormir.

—Muy bien —dijo Norman.

—Necesitarás ayuda con el traje.

—Ah, es cierto, mi traje. El ventilador de mi traje está roto.

—Fletcher te lo arregló.

—Sinceramente, espero que lo haya hecho bien.

—Quizá deba ir yo, no tú —dijo Beth.

—No, no. Vigila las consolas. Yo iré. De todos modos sólo son unos noventa metros. No puede ser tan difícil llegar.

—Todo está libre ahora —dijo la zoóloga, mientras dirigía una rápida mirada a los monitores.

—Perfecto.

El casco se acomodó en su sitio con un chasquido, y Beth le dio un golpecito en la luneta, al tiempo que le lanzaba una mirada interrogadora para saber si todo estaba bien.

Él asintió con la cabeza y Beth abrió la escotilla del suelo. Norman se despidió moviendo la mano y saltó hacia las aguas negras y heladas. Una vez sobre el lecho marino, permaneció un instante debajo de la escotilla y esperó, para estar seguro de que podía oír su ventilador de flujo circulatorio. Después comenzó a alejarse de la parte inferior del habitáculo, en el cual sólo había unas pocas luces y, desde los cilindros con fugas, Norman pudo ver muchas líneas delgadas de burbujas que subían hacia la superficie.

—¿Cómo estás? —preguntó Beth por el intercomunicador.

—Bien. ¿Sabes que el lugar está perdiendo aire?

—La apariencia es peor que la realidad —repuso Beth—. Créeme.

Norman llegó al borde del habitáculo y miró los noventa metros de lecho oceánico abierto que lo separaban del DH-7.

—¿Qué aspecto tiene todo? ¿Sigue estando despejado?

—Sigue despejado —informó Beth.

Norman se puso en marcha. Caminaba lo más rápido que podía, pero sentía como si los pies se estuvieran moviendo en cámara lenta. Pronto se quedó sin aliento, y maldijo en voz alta.

—¿Qué pasa?

—No puedo ir deprisa.

Norman seguía mirando hacia el norte, esperando ver en cualquier momento el fulgor verde del calamar que se aproximaba. Pero el horizonte permanecía oscuro.

—Lo estás haciendo muy bien, Norman. Sigue estando despejado.

Se hallaba ya a unos cincuenta metros del habitáculo: había hecho la mitad del camino. Podía ver el DH-7, mucho más pequeño que su propio habitáculo, pues constaba de un único cilindro de doce metros de alto, con muy pocas portillas.

A lo largo del cilindro estaban la cúpula invertida y el minisubmarino.

—Ya estás llegando —le animó Beth—. Buen trabajo.

Norman empezó a sentir vahídos, de modo que redujo su velocidad de avance. Ahora, sobre la superficie gris del cilindro, podía ver marcas y leyendas de la Marina; las había de toda clase, escritas con letras mayúsculas.

—Sigue sin haber moros en la costa —dijo Beth—. Te felicito. Parece que lo has logrado.

Norman se metió debajo del cilindro DH-7, alzó la vista hacia la escotilla y vio que estaba cerrada. Giró el volante para descorrer la cerradura, abrió la esclusa y empujó la escotilla. No podía ver mucho del interior, porque la mayoría de las luces estaban apagadas, pero quería echar un vistazo adentro pues podría haber algo, alguna arma, que se pudiera utilizar.

—Primero el submarino —le aconsejó Beth—. Solamente te quedan diez minutos para apretar el botón.

—De acuerdo.

Norman avanzó hacia el submarino. Detrás de las dos hélices vio el nombre: *Deepstar III*. Era amarillo, como aquel en el que había descendido, pero la configuración era algo diferente. Norman halló agarraderas en el costado, y se asió a ellas para impulsarse al interior del bolsón de aire encerrado dentro de la cúpula. En la parte superior del submarino había una gran cabina de material acrílico, conformada como una burbuja, para el timonel. Norman encontró la escotilla por detrás de esa burbuja; la abrió y luego se dejó caer en el interior.

—Ya estoy en el submarino.

No hubo respuesta de Beth; era probable que ella no lo pudiera oír, rodeado como estaba por tan gran cantidad de metal. Norman recorrió el interior con la mirada, y pensó: «Estoy mojando el submarino», pero ¿qué tendría que haber hecho? ¿Secarse los zapatos antes de entrar? Sonrió ante ese pensamiento. Halló las cintas sujetas en un compartimiento de popa. Había mucho lugar para más cintas, y bastante espacio para tres personas. Pero Beth tenía razón respecto a lo de viajar a la superficie: el interior del submarino estaba atestado de instrumentos y bordes cortantes, de modo que no sería nada agradable verse sacudido dentro de este vehículo.

¿Dónde estaría el botón de «Retardo»? Norman miró el oscuro panel de instrumentos y vio una sola luz roja, que parpadeaba sobre un botón en el que se leía: «RETÉN DE TEMPORIZADOR.» Apretó ese botón.

La luz roja dejó de parpadear y permaneció encendida. La pantalla de un pequeño monitor se encendió; su luz era color ámbar.

PUESTA A CERO DEL TEMPORIZADOR - CONTANDO 12:00:00

En tanto Norman observaba, los números empezaron a correr hacia atrás. Seguramente lo había logrado. La pantalla del monitor se apagó.

Mientras seguía mirando los instrumentos, le surgió una duda: en una emergencia, ¿podría operar este submarino? Se deslizó en el asiento del timonel y contempló los desconcertantes cuadrantes e interruptores. No parecía haber ningún aparato de comando, ni timón ni palanca de control. ¿De qué manera se guiaba ese maldito submarino?

La pantalla del monitor se encendió:

MÓDULO DE COMANDO - DEEPSTAR III

¿Necesita ayuda?
Sí   No   Cancelar

«Sí —pensó Norman—, necesito ayuda.» Buscó alrededor para ver si había un botón «Sí» cerca de la pantalla, pero no había botón alguno que Norman pudiera ver. Finalmente, se le ocurrió tocar la pantalla y apretó el «Sí».

OPCIONES DE LISTA DE COMPROBACIÓN - DEEPSTAR III

(11,5)

Descenso	*Ascenso*
Comunicación secreta	*Cierre de transmisión*
Monitor	*Cancelación*

Norman apretó «ASCENSO» y en la pantalla apareció un pequeño diagrama del panel de instrumentos. Una sección especial de ese diagrama se encendía y se apagaba. Debajo de la imagen aparecían las palabras:

LISTA DE COMPROBACIÓN PARA ASCENSO - DEEPSTAR III

1. Poner compresores de lastre en: conectado
Pasar a etapa siguiente   Cancelar

«Así que éste es su modo de funcionar», pensó Norman. Una lista de comprobación detallada paso por paso, almacenada en el ordenador del submarino: todo lo que había que hacer era seguir las instrucciones. Y Norman las podía seguir. Una leve onda de corriente marina hizo que la pequeña nave se moviera y oscilara en torno de su amarra.

Norman tocó «CANCELAR»; la pantalla quedó en blanco, y luego apareció, en letras titilantes:

Puesta a cero del temporizador - Contando 11:53:04

El contador seguía corriendo hacia atrás. Norman penso: «¿Realmente estuve aquí siete minutos?» Otra ola submarina, y el submarino volvió a oscilar. Era hora de irse.

Norman avanzó hacia la escotilla, trepó al interior de la cúpula y cerró la escotilla. Se descolgó por el costado del submarino, hasta tocar el fondo del mar. En cuanto salió de debajo del metal obstructor, su radio comenzó a chirriar:

—¿... ahí? Norman, ¿estás ahí? ¡Responde, por favor!

Era Harry, en la radio.

—Estoy aquí —respondió.

—Norman, por el amor de Dios...

En ese instante, Norman vio el fulgor verdoso y comprendió por qué el submarino se había agitado y balanceado en torno de sus amarras. El calamar estaba apenas a nueve metros, y sus brillantes tentáculos se retorcían como serpientes en dirección a Norman, removiendo el sedimento a medida que se desplazaban por el lecho oceánico.

—Norman, ¿podrías...?

No había tiempo para pensar: Norman dio tres pasos, saltó y se impulsó a través de la escotilla abierta, hasta conseguir meterse en el DH-7.

Cerró de golpe la escotilla, pero el tentáculo plano, en forma de pala, ya estaba introduciéndose. Norman lo pilló con la escotilla, pero el tentáculo no retrocedió: Era increíblemente fuerte y musculoso; se retorcía sobre sí mismo mientras Norman lo observaba. Las ventosas parecían pequeñas bocas fruncidas que se abrían y cerraban. El psicólogo saltó con fuerza sobre la escotilla, tratando de obligar al tentáculo a retroceder, pero con un rápido impulso muscular, aquél hizo que la escotilla se abriera de forma violenta y lanzara a Norman hacia atrás. La gran mano en forma de hoja logró penetrar en el habitáculo, y Norman percibió el intenso olor a amoníaco.

Trepó hacia lo alto del cilindro. Hubo un chapoteo y, a través de la escotilla, irrumpió el segundo tentáculo. Ahora ambos oscilaban en círculos por debajo de Norman, investigando. El hombre llegó a una portilla, miró hacia afuera y vio el enorme cuerpo del animal, el gigantesco ojo redondo de mirada fija. El psicólogo trepó a gatas, para llegar a lo más alto y alejarse de los tentáculos. La mayor parte del cilindro parecía estar destinada a depósito, pues se hallaba atestado de equipos, cajas y tanques. Muchas de las cajas eran de color rojo intenso, con letreros que advertían: «PRECAUCIÓN: NO FUMAR EXPLOSIVOS ELECTRÓNICOS TEVAC.» Mientras subía a trompicones pensaba que allí había una tremenda cantidad de explosivos.

Los tentáculos ascendieron aún más, detrás de él. En alguna parte, en algún sitio frío y lógico de su cerebro, calculó: «El cilindro solamente tiene doce metros de altura, y los tentáculos, como mínimo, doce metros de longitud: no tendré lugar para ocultarme.»

Tropezó y se golpeó una rodilla, pero siguió adelante. Oía el palmoteo de los tentáculos, cuando golpeaban las paredes, en su oscilación ascendente en pos de Norman.

«Un arma —pensó—, tengo que hallar un arma.»

Llegó a la pequeña cocina: una mesa metálica, algunas ollas y sartenes. Tiró apresuradamente de los cajones para abrirlos, en busca de un cuchillo, pero sólo encontró una pequeña cuchilla, que arrojó a un lado con fastidio. Oyó que los tentáculos se acercaban; un instante después, un fuerte golpe lo derribó, y su casco chocó contra el suelo. Apoyándose en brazos y piernas, logró ponerse en pie y esquivar el tentáculo.

Siguió subiendo por el cilindro y llegó a una sección de comunicaciones: equipo de radio, ordenador, un par de monitores. Las serpientes tentaculares estaban detrás de él, retorciéndose como enredaderas de pesadilla. Los ojos le ardían debido a las emanaciones de amoníaco.

Llegó a las literas, que estaban en un estrecho lugar, cerca del extremo superior del cilindro. «No hay sitio donde esconderse —pensó—. No tengo armas, ni refugio alguno.»

Las enormes palas alcanzaron la parte más alta del cilindro y azotaron la superficie superior; después oscilaron hacia los lados. «De un momento a otro me tendrán.» Cogió el colchón de una litera y lo sostuvo en alto, a modo de endeble protección. Los tentáculos avanzaban hacia él, en un vaivén errático. Norman esquivó el primero.

Y entonces, con un ruido sordo, el segundo tentáculo se enroscó a su cuerpo, y aquella masa fría y viscosa lo apretó junto con el colchón. Norman sintió un repugnante y lento abrazo y las docenas de ventosas que se apretaban sobre su cuerpo y le desgarraban la piel. El horror hizo que lanzara un gemido. El segundo tentáculo retrocedió, se agitó como un látigo y luego lo agarró también. Norman quedó atrapado, como si estuviese entre un par de mordazas mecánicas.

—¡Oh, Dios mío! —exclamó.

Los tentáculos oscilaron para alejarse de la pared, y levantaron su presa muy alto por el aire, en el centro del cilindro. «Es el final», pensó. Pero, en ese instante, sintió que su cuerpo resbalaba hacia abajo, junto con el colchón. Se agarró a los tentáculos para tener un punto de apoyo, y siguió deslizándose hacia abajo, a lo largo de las gigantescas enredaderas hediondas, hasta chocar con la cubierta, cerca de la cocina. Al golpear el suelo, la cabeza produjo un fuerte ruido. Norman rodó sobre la espalda.

Vio que los tentáculos, allá arriba, estrujaban y retorcían el colchón. ¿El calamar se había dado cuenta de lo ocurrido, de que su presa se había zafado?

Miró a su alrededor con desesperación: ¡Un arma, un arma! Era un habitáculo militar: tenía que haber un arma en alguna parte.

Los tentáculos destrozaron el colchón. Fragmentos de relleno blanco se desparramaron por el cilindro. Los tentáculos soltaron el colchón, cuyos pedazos también cayeron. Después, los tentáculos empezaron a balancearse otra vez por el habitáculo.

Buscando.

«Lo sabe —pensó Norman—, sabe que me escapé y que todavía estoy por aquí, en alguna parte. Trata de cazarme.»

Pero ¿cómo lo supo?

Norman se agachó detrás de la cocina, cuando una de las palas se acercó y destrozó ollas y sartenes, barriéndolo todo a su paso, palpando el lugar para descubrir su presa humana. Norman se agachó y encontró una maceta con una planta grande. El tentáculo seguía hurgando, moviéndose sin descanso por el suelo y golpeando las cacerolas. Norman empujó la planta hacia adelante y el tentáculo la agarró, la arrancó de la maceta con suma facilidad y la arrojó con gran violencia por el aire.

Esa distracción permitió a Norman arrastrarse a gatas hacia adelante. «Un arma —pensaba Norman—. Un arma.»

Miró hacia abajo, hacia donde había caído el colchón, y vio alineadas en la pared, cerca de la escotilla del fondo, una serie de barras verticales plateadas: ¡disparadores neumáticos de lanzas! No entendía cómo no los había visto cuando corría hacia lo alto. Las lanzas se hallaban rematadas por un bulbo parecido a una granada de mano. ¿Serían puntas explosivas? Empezó a descender por la escalerilla.

También los tentáculos se estaban deslizando hacia abajo, siguiendo a su presa. ¿Cómo sabía el calamar dónde estaba él? Y en ese momento, cuando pasó frente a una portilla, vio afuera el ojo, y pensó: «¡Puede verme! ¡Por el amor de Dios! Debo mantenerme alejado de las portillas.»

No pensaba con claridad. ¡Todo ocurría con tanta rapidez! Pasó reptando frente a las cajas con explosivos que había en el pañol, al tiempo que pensaba: «Será mejor que no yerre ahora.» Luego, se lanzó y aterrizó, con un sonoro ruido metálico, sobre la cubierta en la que estaba la esclusa de aire.

Los tentáculos descendían a lo largo del cilindro, retorciéndose sobre sí mismos, en pos de su presa. Norman tiró de uno de los disparadores neumáticos, pero estaba unido a la pared mediante una banda de goma. Dio un tirón del disparador, en un intento por arrancarlo.

Los tentáculos continuaban acercándose.

Norman hizo que la goma diera de sí; pero el arma no se soltaba. ¿Qué ocurría con esas agarraderas de presión?

Los tentáculos se aproximaban. Descendían con rapidez.

Entonces, Norman se dio cuenta de que las agarraderas tenían cierres de seguridad, y de que había que tirar del arma en sentido lateral, no hacia fuera. Así lo hizo y, súbitamente, la goma se abrió. El disparador neumático estaba en sus manos. Se dio vuelta y el tentáculo lo derribó de un golpe; giró con rapidez sobre la espalda y vio la gran palma plana, llena de ventosas, que iba derecha hacia él. Le envolvió el casco. Todo se volvió negro y Norman disparó.

Experimentó un tremendo dolor en el pecho y en el abdomen. Durante un instante tuvo la horrorosa idea de que se había disparado a sí mismo. Después jadeó y se dio cuenta de que sólo era efecto de la contusión. El pecho le ardía, pero el calamar lo había soltado.

Seguía sin poder ver. Se arrancó la palma que le cubría el rostro, la cual cayó pesadamente sobre la cubierta, retorciéndose como una serpiente; la había seccionado del tentáculo del calamar. Las paredes estaban salpicadas de sangre. Uno de los tentáculos aún se movía, el otro era un muñón sangriento y desgarrado; ambos retrocedieron por la escotilla y se deslizaron al agua.

Norman corrió hacia la portilla el calamar se alejaba con rapidez y el fulgor verde iba esfumándose. ¡Lo había logrado: había derrotado al calamar!

Lo consiguió.

DH-8

—¿Cuántos trajiste? —preguntó Harry, girando el disparador.

—Cinco —dijo Norman—. No pude cargar con mas.

—¿Pero funcionó?

Estaba examinando la bulbosa punta explosiva.

—Sí, funcionó: le volé todo el tentáculo.

—Vi que el calamar se alejaba y me imaginé que le tenías que haber hecho algo.

—¿Dónde está Beth?

—No sé. Falta su traje. Es posible que haya ido a la nave.

—¿Que haya ido a la nave?

Norman frunció el entrecejo.

—Lo único que sé es que, cuando desperté, se había marchado. Descubrí que estabas en el habitáculo y después vi el calamar. Traté de comunicarme contigo por radio, pero supongo que el metal bloqueó la transmisión.

—¿Beth se fue?

Norman estaba empezando a enfadarse, ya que se había acordado que Beth permaneciera en la consola de comunicaciones, vigilando los sensores, mientras él estuviese afuera. ¿Era posible que se hubiese ido a la nave?

—Falta su traje —repitió Harry.

—¡Hija de puta! —exclamó Norman.

De repente, se puso furiosísimo. Dio patadas a la consola.

—Cuidado con eso —le advirtió Harry.

—¡Maldición!

—Tómalo con calma. Vamos, tranquilízate, Norman.

—¿Qué demonios piensa esa mujer que está haciendo?

—Por favor, siéntate, Norman. —Harry lo condujo a una silla—. Todos estamos cansados.

—¡Estás en lo malditamente cierto, al decir que estamos cansados!

—Calma, Norman, calma... Recuerda tu presión arterial.

—¡Mi presión arterial está bien!

—No; no creo que ahora esté bien —opinó Harry—. Estás morado.

—¿Cómo pudo dejarme salir y marcharse luego como si tal cosa?

—Peor aún: ella también salió.

—Pero no se cuidó de vigilarme.

En ese preciso instante se dio cuenta de por qué estaba tan enfadado: porque tenía miedo. Allí abajo sólo quedaban tres de ellos, y se necesitaban entre sí, dependían unos de otros. Pero Beth no era de fiar, y eso hacía que él sintiera miedo. Y que estuviera furioso.

—¿Me podéis oír? —La voz de Beth se oyó por el intercomunicador—. ¿Alguien me oye?

Norman cogió el micrófono, pero Harry se lo arrebató: —Yo lo haré —dijo—. Si, Beth, te oímos.

—Estoy en la nave —dijo Beth. Su voz sonaba mal a causa de la estática—. He descubierto otro compartimiento a popa, detrás de las literas de la tripulación. Es bastante interesante.

«Bastante interesante —pensó Norman—. ¡Jesús! Bastante interesante.» Le arrancó el micrófono a Harry y dijo:

—¡Beth! ¿Qué demonios estás haciendo ahí?

—Ah, hola, Norman. Volviste bien, ¿eh?

—A duras penas.

—¿Tuviste problemas?

Por la voz, Beth parecía indiferente.

—Sí, los tuve.

—¿Estás bien? Pareces enfadado.

—Ya lo creo. Estoy furioso. Beth, ¿por qué saliste cuando yo estaba fuera?

—Harry dijo que tomaría mi lugar.

—¿Que Harry dijo...? —Miró a Harry, el cual hacía gestos negativos con la cabeza.

—Se ofreció para hacerse cargo de la consola en mi lugar. Me dio el visto bueno para ir a la nave. Como el calamar no estaba en las cercanías, parecía un buen momento para salir.

Norman tapó el micrófono con la mano:

—No recuerdo eso —dijo Harry.

—¿Hablaste con ella?

—No tengo ni idea de haber hablado con ella.

—Pregúntaselo, Norman, y él te lo confirmará —continuó Beth.

—Dice que nunca dijo eso.

—Pues entonces está borracho —sentenció Beth—. ¿Crees que iba a abandonarte cuando estabas fuera? ¡Dios santo! —Hubo una pausa—. Jamás haría eso, Norman.

—Lo juro —dijo Harry a Norman—. En ningún momento conversé con Beth. No hablé con ella, en absoluto. Te expliqué que, cuando desperté, se había ido. No se hallaba nadie aquí. Y afirmaría que Beth siempre tuvo la intención de visitar la nave.

Norman recordó con cuánta prontitud Beth estuvo de acuerdo en permitir que fuera él al submarino, hasta el punto de haber quedado sorprendido. «Tal vez Harry tenga razón —pensó—. Quizá Beth lo había estado planeando todo el tiempo.»

—¿Sabes lo que creo? —dijo Harry—. Que se está volviendo loca.

A través del intercomunicador, Beth preguntó:

—¿Ya habéis aclarado la confusión?

—Sí, Beth —respondió Norman.

—Me alegro —manifestó Beth—, porque aquí, en la nave espacial, he hecho un descubrimiento.

—¿De qué se trata?

—Encontré a la tripulación.

—Habéis venido los dos —dijo Beth.

Estaba sentada frente a una consola en la confortable cubierta de vuelo, color canela, de la nave espacial.

—Sí —dijo Norman.

Beth presentaba buen aspecto. Casi podría decirse que mejor que nunca. Más fuerte, más fresca. «A decir verdad, está muy hermosa», pensó Norman.

—Harry creyó que el calamar no volvería —dijo.

—¿El *calamar* estuvo por aquí?

Norman le resumió lo ocurrido, el ataque de que había sido objeto.

—¡Jesús! Lo siento, Norman. Nunca habría salido, de haber tenido la menor sospecha de lo que iba a pasar.

Norman pensó que Beth no daba la impresión de hallarse a punto de perder la razón. Parecía coherente y sincera.

—De todos modos, lo herí, y Harry pensó que ese gigantesco animal no regresaría.

—Y logramos ponernos de acuerdo acerca de quién debería quedarse en la retaguardia, por lo que decidimos salir los dos.

—Bueno, venid por aquí —les indicó Beth.

Los guió hacia popa, a través de la cabina de la tripulación; pasaron las veinte literas de los tripulantes y el gran comedor. Norman se detuvo en el comedor, y lo mismo hizo Harry.

—Tengo hambre —confesó Harry.

—Comed algo —dijo Beth—. Yo ya lo he hecho. Hay una especie de barras de fruta seca, o algo por el estilo, bastante sabrosas.

La zoóloga abrió un armario del comedor, sacó barras envueltas en papel metálico y entregó una a cada uno de los científicos. Norman arrancó el papel y vio una cosa que parecía chocolate. La notó seca.

—¿Hay algo para beber?

—Por supuesto. —Beth abrió la puerta de una nevera—. ¿Queréis coca-cola dietética?

—Estás bromeando...

—El dibujo de la lata es diferente, y me temo que esté tibia, pero no hay duda de que es coca-cola dietética.

—Voy a comprar acciones en esa compañía —dijo Harry—, ahora que sabemos que va a seguir existiendo dentro de cincuenta años. —Leyó el rótulo: «Bebida oficial de la Expedición Viajero a las Estrellas.»

—Sí, es una promoción publicitaria.

Harry giró la lata y vio que el otro lado estaba impreso en japonés.

—¿Qué querrá decir esto?

—Quiere decir que no debes comprar esas acciones, a pesar de todo —repuso Beth.

Norman bebió la coca-cola con una vaga sensación de inquietud: el comedor parecía sutilmente modificado desde la última vez que él lo había visto. No estaba seguro; en aquel momento sólo le había dedicado una breve mirada, pero, por lo común, tenía buena memoria para la disposición de los elementos de una habitación. Su esposa siempre bromeaba al respecto, diciéndole que no se perdería en ninguna cocina.

—No recuerdo que hubiera una nevera en el comedor.

—En realidad, tampoco yo me percaté —coincidió Beth.

—A decir verdad —continuó Norman—, toda esta sala me parece diferente. La veo más grande y..., no sé..., distinta.

—Se debe a que tienes hambre —comentó Harry sonriendo.

—Puede ser —admitió Norman.

Era posible que Harry tuviera razón. En la década de los sesenta se habían llevado a cabo varios estudios sobre la percepción visual, los cuales demostraron que la interpretación variaba en función de la predisposición de los sujetos sometidos a las pruebas. Por ejemplo: cuando se les mostró una serie de diapositivas borrosas, los que estaban hambrientos vieron comida en todas ellas.

Pero esta habitación sí presentaba un aspecto diferente, de verdad. Norman no recordaba, por ejemplo, que la puerta que llevaba al comedor estuviera a la izquierda, como ahora. La recordaba situada en el centro de la pared que separaba el comedor de la cabina de las literas.

—Por aquí —dijo Beth, guiándolos aún más hacia popa—. En realidad lo que me intrigó fue la nevera. Una cosa es almacenar gran cantidad de alimentos en una nave de prueba a la que se envía a través de un agujero negro, y otra molestarse en abastecer un frigorífico. ¿Para qué? Eso me hizo pensar que, después de todo, podría haber una tripulación.

Entraron en un corto túnel de paredes de vidrio. Sobre los tres científicos brillaban luces color púrpura intenso.

—Ultravioleta —dijo Beth—. No sé para qué es.

—¿Desinfección?

—Quiza.

—Tal vez tenga como objeto mantener el tostado solar en la piel —sugirió Harry—. Vitamina D.

Después llegaron a una sala grande que no tenía parangón con cosa alguna que Norman hubiese visto antes: el suelo refulgía en color púrpura; toda la habitación estaba bañada por una luz ultravioleta que venía desde abajo. Montada en las cuatro paredes había una serie de anchos tubos de vidrio; dentro de cada uno se hallaba un estrecho colchón plateado. Todos los tubos parecían desocupados.

—Por aquí —indicó Beth.

Escudriñaron a través de uno de los tubos: otrora, la desnuda mujer había sido hermosa, eso aún se notaba. Su piel era color moreno oscuro y se veía surcada por profundas arrugas; el cuerpo estaba marchito.

—¿Momificada? —preguntó Harry.

Beth asintió con un gesto de cabeza.

—Es la mejor suposición que se me ocurre. No abrí el tubo porque tuve en cuenta el riesgo de infección.

—¿Qué era esta sala? —preguntó Harry, mirando en derredor.

—Tiene que ser algún tipo de cámara de hibernación, pues cada tubo está conectado, en forma independiente, con un sistema mantenedor de vida, fuente de alimentación eléctrica, purificadores de aire, calefactores y demás, situados en la sala de al lado.

Harry contó los tubos.

—Hay veinte tubos.

—Y veinte literas —agregó Norman.

—Entonces, ¿dónde están todos los demás?

—No lo sé —dijo Beth.

—¿Esta mujer es la única que queda?

—Así parece. No encontré a nadie más.

—Me pregunto cómo murieron —dijo Harry.

—¿Fuiste adonde está la esfera? —le preguntó Norman a Beth.

—No. ¿Por qué?

—Nada más que por curiosidad.

—¿Te planteas si la tripulación murió después de que recogieran la esfera?

—Sí.

—No creo que la esfera sea agresiva ni peligrosa en ningún sentido —declaró Beth—. Es posible que la tripulación haya muerto por causas naturales durante el transcurso del viaje. Esta mujer, por ejemplo, está tan bien conservada, que no se puede menos que pensar en la radiación. Quizá recibió una dosis grande de radiación. En torno de un agujero negro hay niveles tremendos de radiación.

—¿Imaginas que la tripulación murió al pasar a través del agujero negro y que, *a posteriori*, la nave espacial, bajo control automático, recogió la esfera?

—Es posible.

—Es bastante atractiva —comentó Harry, observando a través del vidrio—. ¡Vaya, vaya! Los periodistas se volverían locos con esto, ¿no? Erótica mujer del futuro hallada desnuda y momificada. Vean reportaje filmado en nuestra edición de las veintitrés.

—Es alta —dijo Norman—. Debe de medir más de un metro ochenta.

—Una amazona —corroboró Harry—. Con las tetas grandes.

—Ya es suficiente —pidió Beth.

—¿Qué pasa? ¿Te ofendes en nombre de ella? —preguntó Harry.

—No creo que haya necesidad de hacer ese tipo de comentarios.

—En realidad, Beth —agregó Harry—, se parece un poco a ti.
Beth frunció el entrecejo.

—Lo digo en serio. ¿La has mirado bien?

—No seas ridículo.

Norman la contempló a través del cristal, protegiendo su mano del reflejo de los tubos púrpura de luz ultravioleta, situados en el suelo. En verdad, la mujer momificada se parecía a Beth; era más joven, más alta y más fuerte, pero, de todos modos, se parecía a ella.

—Harry tiene razón.

—Quizá eres tú, procedente del futuro —sugirió Harry.

—No. Es evidente que esa mujer es veinteañera.

—Quizá sea tu nieta.

—Nada probable —dijo Beth.

—Nunca se sabe —replicó Harry—. ¿Jennifer se parece a ti?

—En realidad, no. Pero está en esa edad desmañada... Desde luego, no se parece a esa mujer... Y yo tampoco.

A Norman le impresionó la convicción con que Beth negó cualquier semejanza o relación con la mujer momificada.

—Beth —dijo—, ¿qué supones que ocurrió aquí? ¿Por qué es esta mujer la única que queda?

—Creo que era importante para la expedición —repuso ella—. Tal vez la capitana o la subcapitana. Los demás eran hombres, en su mayoría, e hicieron algo necio, no sé qué, algo contra lo que ella los previno y, como resultado, todos ellos murieron. Esta mujer fue la única que quedó viva en esta nave espacial. Y la pilotó de regreso a la base. Pero algo le fue mal, algo que no pudo evitar, y murió.

—¿Qué le fue mal?

—No sé. Algo.

«Fascinante», pensó Norman. En verdad, nunca antes lo había considerado así, pero aquella sala, y en realidad toda esta nave espacial, era un enorme Rorschach. O, con más precisión, un TAT (Thematic Apperception Test), un test psicológico, de percepción temática, consistente en una serie de imágenes ambiguas. Se pide a los sujetos digan lo que, según ellos, muestran esas imágenes. Dado que las láminas no ofrecen un argumento claro, son los sujetos quienes elaboraban ese argumento... y los argumentos dicen mucho más sobre quienes los narran que sobre las imágenes.

Ahora Beth les estaba narrando su fantasía sobre esta sala: que una mujer había estado a cargo de la expedición, que los hombres no le habían hecho caso y que habían muerto, y que sólo la mujer había quedado viva.

Eso no decía mucho sobre la nave espacial, pero sí decía muchísimo sobre Beth.

—Lo tengo —exclamó Harry—. Lo que quieres decir es que fue ella quien cometió el error y pilotó la nave de vuelta, pero demasiado lejos en el pasado. Una típica mujer al volante.

—¿Tienes que burlarte de todo?

—¿Y tú tienes que tomarlo todo con tanta seriedad?

—Esto *es* serio —objetó Beth.

—Te narraré un cuento diferente —dijo Harry—. Esta mujer cometió un grave error. Tenía que hacer algo, y se olvidó de hacerlo o lo hizo mal. La pusieron en hibernación. Como resultado de su error, el resto de la tripulación murió y la mujer jamás despertó de la hibernación, nunca se dio cuenta de lo que había hecho, porque no era consciente de lo que estaba pasando.

—Estoy segura de que prefieres esa historia —dijo Beth—. Es acorde con el típico desprecio que siente hacia las mujeres el varón negro.

—Tranquilidad —recomendó Norman.

—Te sientes agraviado por el poder femenino.

—¿Qué poder? ¿A levantar pesas le llamas «poder»? Eso no es más que fuerza... y proviene de una sensación de debilidad, no de poder.

—Eres una comadreja esmirriada —murmuró Beth.

—¿Qué vas a hacer, pegarme? ¿Es ésa tu idea del poder?

—Sé lo que es el poder —dijo Beth, mirándolo con ferocidad.

—Calma, calma —rogó el psicólogo—. No sigamos con esto.

—¿Qué opinas, Norman? ¿También tú tienes un relato sobre el tema? —le preguntó Harry.

—No. No lo tengo.

—Oh, vamos —dijo Harry—. Apuesto a que sí lo tienes.

—No —repitió Norman—. Y no voy a mediar entre vosotros dos. Tenemos que estar todos juntos en esto; tenemos que trabajar en equipo mientras permanezcamos aquí abajo.

—Es Harry quien se propone desunirnos —acusó Beth—. Desde el comienzo de este viaje trató de crear problemas con todo el mundo, con sus comentarios maliciosos.

—¿Qué comentarios maliciosos?

—Sabes muy bien a qué me refiero.

Norman se dispuso a salir de la sala.

—¿Adónde vas?

—El público os abandona.

—¿Porqué?

—Porque sois bastante aburridos.

—¿Ah, sí? —replicó Beth—. ¿De modo que el Señor Psicólogo Indiferente decide que somos aburridos?

—Así es —admitió Norman, mientras seguía andando por el túnel de vidrio, sin mirar atrás.

—¿Quién crees que eres? ¿Te parece que puedes juzgar a los demás? —le gritó Beth.

Norman continuó su camino.

—¡Te estoy hablando a ti! ¡No te atrevas a irte cuando te estoy hablando!

Norman entró otra vez en el comedor, y empezó a abrir cajones buscando barras de fruta seca. Otra vez tenía hambre, y la búsqueda hizo que dejara de pensar en sus compañeros. Debía admitir que estaba alterado por el modo en que se desarrollaban las cosas. Encontró una barra, rompió el papel metálico y se la comió.

Estaba alterado, pero no sorprendido, pues ya hacía mucho que, en estudios que realizó sobre mecánica de grupo, había comprobado la veracidad del antiguo dicho: «Tres son una multitud.» En una situación de extrema tensión, los grupos de tres personas eran siempre inestables. A menos que cada uno de los integrantes tuviese responsabilidades claramente definidas, el grupo mostraba tendencia a producir lealtades fluctuantes, de dos contra uno. Eso era lo que estaba sucediendo ahora.

Terminó la barra y se apresuró a comer otra. ¿Cuánto tiempo tendrían que estar allí abajo? Por lo menos treinta y seis horas más. Norman buscó un sitio en el que llevar algunas barras de fruta seca, pero su mono de poliéster carecía de bolsillos.

Beth y Harry entraron en el comedor, muy mortificados.

—¿Queréis una barra de fruta seca? —pregunto.

—Queremos disculparnos —manifestó Beth.

—¿Porqué?

—Por comportarnos como niños —respondió Harry.

—Estoy turbada —explicó Beth—. Me siento muy mal por haber perdido los estribos de esa manera. Me he conducido como una idiota.

Beth había dejado caer la cabeza y miraba fijamente el suelo.

«Es interesante la manera en que cambia —pensó Norman—, y pasa de una agresiva confianza en sí misma, a lo diametralmente opuesto, la humildad de la culpa. Nada intermedio.»

—No le demos más importancia de la debida —contestó Norman—. Todos estamos cansados.

—Me siento muy mal —insistió Beth—. De verdad. Tengo la sensación de haberos fallado a los dos. No debería estar aquí, en primer lugar. No merezco hallarme en este grupo.

—Beth, toma una de estas barras y deja de sentir pena por ti misma —le sugirió Norman.

—Sí —convino Harry—. Creo que te prefiero cuando te encuentras enfadada.

—Estoy asqueada de estas barras de fruta seca —dijo Beth—. Antes de que llegarais me comí once.

—Pues haz la docena completa —propuso Norman—, y regresaremos al habitáculo.

Mientras caminaban por el lecho oceánico, estaban tensos y no dejaban de vigilar para ver si se acercaba el calamar. Pero a Norman lo reconfortaba el hecho de estar armados. Y había algo más: sentía una especie de confianza interior, que le surgía de su reciente enfrentamiento con el calamar.

—Sostienes ese lanzador neumático como si supieras qué hacer con él —comentó Beth.

—Sí. Así lo creo.

Toda su vida, Norman había sido un académico, un investigador universitario, y nunca había pensado en sí mismo como un hombre de acción. Por lo menos no se sabía capaz de una acción que fuese más allá de un ocasional partido de golf. Ahora, al sostener el lanzador neumático listo para disparar, descubría que la sensación le agradaba.

Mientras caminaba se percató de la profusión de gorgonias que había en el tramo que iba de la nave espacial al habitáculo, hasta el punto de que los tres científicos se veían obligados a caminar dando rodeos. Algunos de esos celentéreos alcanzaban una altura de un metro veinte a un metro cincuenta. A la luz de las linternas presentaban brillantes colores púrpura y azul. Norman estaba completamente seguro de que las gorgonias no estaban allí abajo cuando llegaron por primera vez al lugar.

Ahora no sólo había coloridas gorgonias, sino también cardúmenes de peces grandes, la mayoría de color negro con una banda rojiza a lo largo del lomo. Beth dijo que la presencia de ese tipo de peces era normal en aquella región del Pacífico.

«Todo está cambiando —pensó Norman—, todo está cambiando alrededor de nosotros.» Pero no estaba seguro de eso. A decir verdad, allí abajo Norman no confiaba en su memoria: existían demasiadas cosas que le alteraban las percepciones: la atmósfera de alta presión, las lesiones que había sufrido, así como la tensión y el miedo persistentes con los que vivía.

Algo pálido atrajo su mirada, y al dirigir la linterna hacia el lecho del mar, vio una línea blanca que se retorcía sobre sí misma, provista de una larga cola, delgada y con bandas negras. En el primer momento Norman pensó que era una anguila, pero enseguida descubrió la diminuta cabeza y también la boca.

—Quietos —ordenó Beth, poniendo la mano sobre el brazo de Norman.

—¿Qué es?

—Una serpiente marina.

—¿Son peligrosas?

—Por lo común, no.

—¿Venenosas? —preguntó Harry.

—Muy venenosas.

La serpiente se mantuvo cerca del fondo, como si buscase comida. No prestó atención a los científicos, y a Norman le resultó muy agradable observarla, en especial cuando se alejaba de ellos.

—Me da escalofríos —confesó Beth.

—¿Sabes de qué clase es? —preguntó Norman.

—Puede ser una de Belcher. Todas las serpientes marinas del Pacífico son venenosas, pero la de Belcher lo es más que ninguna.

De hecho, algunos investigadores creen que es el reptil más letal del mundo, ya que su veneno es cien veces más poderoso que el de la cobra real o el de la serpiente tigre negra.

—De modo que si te pica...

—Dos minutos, como máximo.

Observaron que la serpiente se alejaba escurriéndose entre las gorgonias. Después, desapareció.

—Por lo general, las serpientes marinas no son agresivas —explicó Beth—. Algunos buzos hasta las tocan, juegan con ellas; pero yo nunca lo haría. ¡Dios, *víboras*!

—¿Por qué son tan venenosas? ¿Para inmovilizar a la presa?

—¿Sabes? Es muy interesante —repuso Beth—. Los seres más tóxicos del mundo son, todos, habitantes del mar. En comparación, el veneno de los animales terrícolas no es nada, y aun entre éstos, el veneno más letal proviene de un anfibio, un sapo, el *Bufotene marfensis*. En el mar hay peces venenosos, como el pez erizo, que es un bocado exquisito en el Japón; hay moluscos venenosos, como el cono estrellado, el *Alaverdis lotensis*. En una ocasión, yo estaba en un barco, en Guam, y una mujer sacó del agua un cono estrellado. Las valvas son muy bellas, pero la mujer no sabía que hay que mantener los dedos lejos del borde. El animal hizo sobresalir su espina ponzoñosa y picó a la mujer en la palma; ella dio tres pasos, antes de caer presa de las convulsiones, y murió al cabo de una hora. También hay plantas venenosas, esponjas venenosas, corales venenosos. Y además, las serpientes. Hasta las más débiles de las marinas son letales.

—¡Qué agradable! —exclamó Harry.

—Bueno, pero tienes que reconocer que el mar es un ambiente en el que hay vida desde mucho antes que en la Tierra. En los océanos la vida tiene tres mil millones y medio de años, mucho más que en la tierra firme. Los métodos de competencia y defensa han alcanzado, por ello, un desarrollo superior.

—¿Quieres decir que, dentro de algunos miles de millones de años, también en tierra firme existirán animales así de ponzoñosos?

—Si llegamos tan lejos en el tiempo...

—Limitémonos a regresar —sugirió Harry.

Ahora el habitáculo estaba muy cerca: podían ver las columnas de burbujas que surgían de las fisuras.

—Está perdiendo como un miserable —dijo Harry.

—Creo que tenemos aire suficiente.

—Voy a comprobarlo.

—Como quieras —aceptó Beth—, pero yo hice un trabajo concienzudo.

Norman pensó que estaba a punto de iniciarse una nueva discusión, pero Beth y Harry abandonaron la cuestión. Los tres supervivientes llegaron hasta la escotilla y, a través de ella, treparon al DH-8.

—¿Jerry?

Norman concentró la mirada en la pantalla de la consola. Permanecía en blanco, salvo por un cursor que parpadeaba.

—Jerry... ¿Estás ahí?

La pantalla siguió en blanco.

—Me pregunto por qué no sabemos nada de ti, Jerry —dijo Norman.

La pantalla seguía sin animarse.

—¿Estás aplicando un poco de psicología? —inquirió Beth, que estaba revisando los controles de los sensores exteriores y repasando los gráficos—. Yo creo que con quien deberías usar tu psicología es con Harry.

—¿Qué quieres decir?

—Lo que quiero decir es que no me parece muy bien que Harry ande toqueteando nuestros sistemas para mantenimiento de la vida. No creo que sea una persona estable.

—¿Estable?

—Eso es un truco de psicólogo, ¿no? Repetir la última frase de una oración. Es un modo de hacer que la otra persona siga hablando.

—¿Hablando? —dijo Norman, sonriéndole.

—Muy bien. A lo mejor estoy un poco estresada. Pero te digo en serio que antes de que yo saliera hacia la nave, Harry entró en esta habitación y dijo que ocuparía mi lugar en la consola. Le expliqué que estabas en el submarino, pero que no había ningún calamar a la vista, y que yo quería ir a la nave. Me contestó que estaba bien y que él se haría cargo. Así que salí. Y ahora no recuerda nada de eso. ¿No te parece bastante extraño?

—¿Extraño? —dijo Norman.

—Basta ya. Habla con seriedad.

—¿Seriedad?

—¿Estás tratando de evitar esta conversación? Ya me di cuenta de cómo te escurres de aquello de lo que no deseas hablar. A todo el mundo lo mantienes dentro de un carril; diriges la conversación para alejarla de los tópicos peliagudos. Pero creo que deberías prestar atención a lo que estoy diciendo, Norman. Hay algún problema con Harry.

—Estoy escuchándote muy atento, Beth.

—¿Y qué?

—Yo no estaba presente cuando ocurrió ese episodio; así que, en realidad, no sé lo que pasó. Por lo que ahora veo, Harry tiene la apariencia de siempre: arrogante, desdeñoso y muy inteligente, inteligentísimo.

—¿Así que no crees que esté medio chiflado?

—No más que nosotros.

—¡Jesús! ¿Qué tengo que hacer para convencerte? Sostuve *una larga conversación* con ese hombre, y ahora él lo niega. ¿Crees que eso es normal? ¿Crees que podemos confiar en una persona así?

—Beth, yo no estaba presente.

—¿Quieres decir que la loca podría ser yo?

—Yo no estaba presente.

—¿Piensas que puedo ser yo la que se está volviendo chiflada, y que digo que hubo una conversación cuando, en realidad, no la hubo?

—Beth...

—Te lo digo, Norman: hay un problema con Harry y tú no lo quieres aceptar.

Oyeron pasos que se aproximaban.

—Voy a mi laboratorio —dijo Beth—. Tú piensa en lo que acabo de decir.

Estaba subiendo la escalerilla, cuando Harry entró.

—¿Sabes que Beth hizo un excelente trabajo con los sistemas de mantenimiento de la vida? Todo parece estar muy bien. Con las velocidades actuales de consumo tenemos aire para cincuenta y dos horas más. Eso debe de ser más que suficiente... ¿Estás hablando con Jerry?

—¿Qué?

Harry señaló la pantalla.

HOLA, NORMAN.

—No sé cuándo regresó. Hasta hace un momento no conversaba.

—Pues lo está haciendo ahora.

HOLA, HARRY.

—¿Cómo van tus cosas, Jerry? —preguntó el matemático.

EXCELENTE, GRACIAS. ¿CÓMO ESTÁS? TENGO TANTOS DESEOS DE HABLAR CON TUS ENTIDADES. ¿DÓNDE ESTÁ LA ENTIDAD DE CONTROL HARALD C. BARNES?

—¿No lo sabes?

NO SIENTO AHORA LA PRESENCIA DE ESA ENTIDAD.

—Él, bueno..., se fue.

COMPRENDO. NO ERA AMISTOSO. NO DISFRUTABA LA CHARLA CONMIGO.

«¿Qué nos está diciendo? ¿Jerry se deshizo de Barnes porque pensaba que no era amigable?», pensó Norman.

—Jerry —dijo Norman—, ¿qué le ocurrió a la entidad de control?

NO ERA AMISTOSO. NO ME GUSTABA.

—Sí, pero ¿qué le *ocurrió*?

AHORA LA ENTIDAD NO ES.

—¿Y las demás entidades?

Y LAS DEMÁS ENTIDADES NO DISFRUTABAN CHARLANDO CONMIGO.

—¿Crees que está diciendo que se deshizo de ellos? —preguntó Harry.

NO ESTOY CONTENTO DE HABLAR CON ESAS ENTIDADES.

—¿Así que eliminó a todo el personal de la Armada? —comentó Harry.

Norman estaba pensando que eso no era del todo correcto, porque también había eliminado a Ted, y éste estaba tratando de comunicarse con él y con el calamar. ¿Estaba el calamar relacionado con Jerry? ¿Cómo podría preguntárselo?

—Jerry...

SÍ, NORMAN, ESTOY AQUÍ.

—Conversemos.

BIEN. ESO ME GUSTA MUCHO.

—Háblanos sobre el calamar, Jerry.

LA ENTIDAD CALAMAR ES UNA MANIFESTACIÓN.

—¿De dónde vino?

¿TE GUSTA? PUEDO MANIFESTARLO MÁS PARA TI.

—No, no. No hagas eso —se apresuró a decir Norman.

¿NO OS GUSTA?

—Sí, sí. Nos gusta, Jerry.

¿ES ESO CIERTO?

—Sí, es cierto. Nos gusta. En serio que nos gusta.

BIEN. ME COMPLACE QUE OS GUSTE. ES UNA ENTIDAD MUY IMPRESIONANTE. DE GRAN TAMAÑO.

—Sí, lo es —dijo Norman, secándose nerviosamente el sudor de la frente.

«Jesús —pensó—, esto es como hablarle a un niño que tiene en la mano un arma cargada.»

ME ES DIFÍCIL MANIFESTAR ESTA ENTIDAD GRANDE. ME COMPLACE QUE OS AGRADE.

—Es muy impresionante —reconoció Norman—; pero no necesitas repetir esa entidad para nosotros.

¿DESEAS UNA NUEVA ENTIDAD MANISFESTADA PARA TI?

—No, Jerry. Ahora no deseo nada, gracias.

MANIFESTAR ES FELIZ PARA MÍ.

—Sí, no me cabe duda de que lo es.

ESTOY DISFRUTANDO MANIFESTAR PARA TI, NORMAN. Y TAMBIÉN PARA TI, HARRY.

—Gracias, Jerry.

ESTOY DISFRUTANDO TAMBIÉN DE VUESTRAS MANIFESTACIONES.

«¿Nuestras manifestaciones?», pensó Norman, mirando de soslayo a Harry. Al parecer, Jerry pensaba que la gente que había en el habitáculo estaba manifestando algo, en respuesta a sus manifestaciones. Lo consideraba como un intercambio de alguna clase.

SÍ. ESTOY DISFRUTANDO DE VUESTRAS MANIFESTACIONES.

—Háblanos sobre nuestras manifestaciones, Jerry —le pidió Norman.

LAS MANIFESTACIONES SON PEQUEÑAS Y NO SE EXTIENDEN MÁS ALLÁ DE LAS ENTIDADES DE USTEDES, PERO LAS MANIFESTACIONES SON NUEVAS PARA MÍ. SON FELICES PARA MÍ.

—¿De qué está hablando? —dijo Harry.

TUS MANIFESTACIONES, HARRY.

—¿Qué manifestaciones, por el amor de Dios?

—No te alteres —le aconsejó Norman—. Conserva la calma.

ESTOY GUSTANDO DE ÉSA, HARRY. HAZ OTRA.

«¿Está leyendo las emociones? ¿Considera nuestras emociones como manifestaciones?», se preguntó Norman. Pero eso no tenía lógica: Jerry no les podía leer la mente; ya habían establecido bien eso. Aunque lo mejor sería comprobarlo. «Jerry, ¿me puedes oír?», pensó Norman.

ESTOY GUSTANDO DE HARRY. SUS MANIFESTACIONES SON ROJAS. ESTÁN GRACIDAS.

—¿Gracidas?

GRACIDAS = ¿HENCHIDAS DE GRACIA?

—Entiendo —dijo Harry—. Cree que son divertidas.

DIVERTIDAS = ¿HENCHIDAS DE DIVERSIÓN?

—No exactamente —respondió Norman—. Nosotros, entidades, tenemos el concepto de...

Se interrumpió. ¿Cómo iba a explicarle lo que significaba «divertido»? ¿Que era una broma, además?

Comenzó de nuevo:

—Nosotros, entidades, tenemos el concepto de una situación que ocasiona incomodidad, y a esa situación la llamamos «humorada».

¿HUMO ORADA?

—No. Es una sola palabra.

Norman se la deletreo.

ENTIENDO. SUS MANIFESTACIONES SON HUMORADAS. LA ENTIDAD CALAMAR HACE MUCHAS MANIFESTACIONES HUMORADAS DE USTEDES.

—No lo creo —dijo Harry.

YO SÍ LO CREO.

«Y eso prácticamente lo resumía todo», pensó Norman, sentado ante la consola. De alguna manera tenía que hacerle comprender a Jerry la gravedad de sus actos.

—Jerry —le explicó—, tus manifestaciones dañan nuestras entidades. Algunas de nuestras entidades ya se han ido.

SÍ, LO SÉ.

—Si continúas con tus manifestaciones...

SÍ. ME ESTÁ GUSTANDO MANIFESTAR. ES UNA HUMORADA PARA USTEDES.

—Entonces, muy pronto todas nuestras entidades se habrán ido. Y no quedará nadie que hable contigo.

YO NO DESEO ESO.

—Lo sé. Pero muchas entidades ya se han ido.

TRAELAS DE VUELTA.

—No podemos hacer eso. Se han ido para siempre.

¿POR QUÉ?

«Es igual que un niño —pensó Norman—. Procede exactamente como lo hace un niño. Cuando se le dice a un chico que no puede hacer lo que él quiere, que no puede jugar del modo que él desea, rehúsa aceptarlo.»

—No tenemos el poder para traerlos de vuelta, Jerry.

YO DESEO QUE TRAIGAN DE VUELTA A LAS OTRAS ENTIDADES AHORA.

—Cree que nos negamos a jugar —dijo Harry.

TRAED DE VUELTA A LA ENTIDAD TED.

—No podemos, Jerry. Lo haríamos si pudiéramos —contestó Norman.

ME ESTÁ GUSTANDO LA ENTIDAD TED. ES UNA GRAN HUMORADA.

—Sí —dijo Norman—. A Ted también le gustabas tú. Estaba tratando de hablar contigo.

SÍ. ME ESTÁN GUSTANDO LAS MANIFESTACIONES DE ÉL. TRAED DE VUELTA A TED.

—No podemos.

Se produjo una larga pausa.

¿YO ESTOY OFENDIDO A VOSOTROS?

—No, en absoluto.

NOSOTROS SOMOS AMIGOS, NORMAN Y HARRY.

—Sí, lo somos.

ENTONCES TRAED DE VUELTA LAS ENTIDADES.

—Sencillamente se resiste a entender —dijo Harry—. ¡Jerry, por el amor de Dios, no lo podemos hacer!

ERES UNA HUMORADA HARRY. HAZLO OTRA VEZ.

«No cabe duda de que está tomando las reacciones emocionales intensas como una especie de manifestación», pensó Norman. ¿Era ésta la idea que Jerry tenía de cómo jugar? ¿Provocar a la otra parte y después divertirse con las reacciones de ella? ¿Le encantaba ver las emociones activas que desencadenaba el calamar? ¿Era ése su concepto de juego?

HARRY, HAZLO DE VUELTA. HARRY, HAZLO DE VUELTA.

—¡Vamos, hombre! —repuso Harry, furioso—. ¡Deja ya de darme la lata!

GRACIAS. ME ESTÁ GUSTANDO ESO. ESO FUE ROJO TAMBIÉN. AHORA POR FAVOR VOSOTROS TRAERÉIS DE VUELTA A LAS ENTIDADES QUE SE FUERON.

Norman tuvo una idea.

—Jerry —propuso—, si es tu deseo que las entidades vuelvan, ¿por qué no las traes *tú* de regreso?

NO ME COMPLACE HACER ESO.

—Pero podrías hacerlo, si quisieras.

YO PUEDO HACER CUALQUIER COSA.

—Sí, por supuesto. Por eso mismo, ¿por qué no traes de vuelta a las entidades que quieras?

NO. NO ESTOY FELIZ DE HACER ESO.

—¿Por qué no? —preguntó Harry.

VAMOS HOMBRE, DEJA DE DARME LA LATA.

—No tuvimos intención de ofenderte, Jerry —dijo Norman con rapidez.

No hubo respuesta en la pantalla.

—¿Jerry?

La pantalla siguió muda.

—Volvió a irse —dijo Harry, y meneó la cabeza—. Sólo Dios sabe lo que hará este pequeño bastardo.

ANÁLISIS ULTERIOR

Norman subió al laboratorio para ver a Beth, pero la zoóloga estaba durmiendo en su camastro, acurrucada en posición fetal. Así dormida, parecía muy hermosa. Resultaba extraño que, después de todo el tiempo transcurrido allí abajo, Beth estuviera tan resplandeciente. Era como si la rudeza de sus rasgos hubiera desaparecido: la nariz ya no parecía ser tan afilada, y la línea de la boca era más suave y más llena. Norman le miró los brazos, antes musculosos y con venas hinchadas; ahora se veían más delicados, más femeninos.

«¿Quién sabe? Después de tantas horas aquí abajo, uno ya no puede juzgar absolutamente nada», pensó Norman. Volvió a descender por la escalerilla y se dirigió a su litera. Harry ya estaba en la suya, dando fuertes ronquidos.

Norman decidió darse una ducha. Y cuando se metió bajo la lluvia, vio con asombro que las heridas y las magulladuras de su cuerpo habían desaparecido. «Bueno, no por completo», pensó, mientras se contemplaba las manchas amarillas y moradas que aún quedaban. Las heridas habían cicatrizado en cuestión de horas. A modo de experimentación, movió los miembros y se dio cuenta de que tampoco sentía dolor. ¿Por qué? ¿Qué había pasado? Durante un instante pensó que todo era un sueño, una pesadilla pero, tras reflexionar un momento, llegó a la conclusión de que se debía a la atmósfera. Los cortes y magulladuras se curan con mayor rapidez en un ambiente sometido a presión elevada. No era ningún misterio: nada más que un efecto atmosférico.

Se secó lo mejor que pudo con la toalla empapada, y después volvió a su litera. Harry seguía roncando, con más intensidad que nunca.

Norman se tendió de espaldas y miró fijamente las rojas espiras del calefactor del techo, que producían un zumbido sordo. Tuvo una idea y se levantó. Quitó el laringófono de Harry de la base de su cuello y se lo corrió hacia un lado. De inmediato los ronquidos se convirtieron en un suave siseo de tono agudo.

«Mucho mejor», pensó Norman. Volvió a acostarse y apoyó la cabeza sobre la almohada húmeda; casi de inmediato se quedó dormido. Despertó sin tener noción del tiempo transcurrido. Tal vez sólo habían pasado unos pocos segundos, pero se sentía despejado. Se desperezó y bostezó. Luego salió de la cama.

Harry todavía dormía. Norman le volvió a acomodar el laringófono y los ronquidos se reanudaron.

Entró en el Cilindro D y fue a la consola. En la pantalla se hallaban aún las palabras:

VAMOS HOMBRE, DEJA DE DARME LA LATA.

—¿Jerry? dijo Norman—. ¿Estás ahí, Jerry?

La pantalla no respondió. Jerry no estaba. Norman miró la pila de hojas impresas por el ordenador que había a un lado. «Tendría que revisar estos papeles», pensó. Había algo relacionado con Jerry que preocupaba a Norman; no podía determinar con precisión qué era. Aunque se imaginara al extraterrestre como un rey niño malcriado, su conducta carecía de lógica. No tenía sentido. Y eso incluía el último mensaje.

VAMOS HOMBRE, DEJA DE DARME LA LATA.

¿Lenguaje callejero? ¿O sólo estaba imitando a Harry? Fuera como fuese, no era el modo normal de comunicarse que tenía Jerry. Por lo común, este ser no seguía las reglas gramaticales y tenía tendencia a dejar espacios dentro de una misma palabra, cuando hablaba sobre entidades y percepción de las cosas. Pero, de tanto en tanto, de repente empezaba a hablar con lenguaje informal. Norman miró las hojas.

VOLVEREMOS INMEDIATAMENTE DESPUÉS DE UN BREVE CORTE PARA QUE ESCUCHEN ESTOS MENSAJES DE NUESTRO PATROCINADOR.

Ése era un ejemplo. ¿De dónde había salido aquello? Parecía dicho por un locutor de la televisión. Entonces, ¿por qué Jerry no hablaba siempre como un locutor? ¿Qué era lo que producía el cambio?

Y también estaba el problema del calamar: si a Jerry le gustaba asustarlos, si gozaba golpeándoles la jaula y viéndolos saltar, ¿por qué usar un calamar? ¿Cuál era el origen de la idea? ¿Y por qué el calamar, exclusivamente? Jerry parecía disfrutar manifestando diferentes cosas. ¿Entonces, por qué no había generado el calamar gigante en una ocasión, grandes tiburones blancos en otra, y así sucesivamente? ¿Acaso eso no representaría un desafío mas importante para las facultades de Jerry?

Asimismo estaba el problema de Ted. En el momento en que murió, Ted estaba jugando con Jerry. Si a éste le gustaba tanto jugar, ¿por qué lo eliminó? No tenía ningún sentido.

¿O sí lo tenía?

Norman suspiró. El problema radicaba en que todo eran suposiciones: estaba suponiendo que el extraterrestre seguía procesos lógicos similares a los que seguía él mismo. Pero eso podría no ser así. En principio, Jerry podría funcionar con un índice mucho más rápido de metabolismo y, en consecuencia, tener una noción diferente del tiempo. Los niños jugaban con un juguete hasta que se cansaban de él; después, lo cambiaban por otro. Las horas que le parecían tan dolorosamente largas a Norman podrían constituir nada más que unos segundos en la percepción de Jerry; podría ser que simplemente hubiera estado jugando con el calamar unos segundos, hasta que lo abandonó por otro juguete.

Los chicos también tenían una idea vaga sobre la rotura de los objetos, y si Jerry no sabía lo que era la muerte, entonces no le importó matar a Ted, porque pensó que la muerte no representaba más que un suceso temporal, una manifestación «humorística» hecha por Ted. Jerry podría no darse cuenta de que, en realidad, estaba rompiendo sus juguetes.

Y ahora que lo pensaba, también era cierto que Jerry sí había manifestado cosas diferentes... si se admitía que las medusas, los camarones, las gorgonias y ahora las serpientes marinas eran manifestaciones suyas. ¿Lo eran? ¿O solamente eran componentes normales del ambiente? ¿Había alguna manera de darse cuenta?

De repente, Norman recordó al marinero de la Armada. No debía olvidarse del marinero. ¿De dónde había salido? ¿Ese marinero era otra de las manifestaciones de Jerry? ¿Podría Jerry manifestar sus compañeros de juego a voluntad? En ese caso, realmente no le importaría matarlos a todos ellos.

«Creo que está claro —pensó Norman— que a Jerry no le importa matarnos. No quiere más que jugar, y no conoce su propia fuerza.»

Sin embargo, había algo más. Norman recorrió las hojas de texto impreso por el ordenador. Su instinto le decía que en todo aquello había un ordenamiento subyacente. Algo que él no llegaba a percibir con claridad, una cierta conexión que no alcanzaba a establecer.

Mientras pensaba acerca de eso, seguía volviendo a una pregunta en particular:

—¿Por qué un calamar? ¿Por qué un calamar?

De pronto recordó que, durante la conversación que mantuvieron en la cena, habían estado hablando de los calamares. Seguramente Jerry logró oírlos y consideró que un calamar sería un objeto provocativo para manifestar..., y desde luego acertó.

Norman hojeó los papeles y se topó con el primer mensaje que Harry había descifrado.

HOLA. ¿CÓMO ESTÁ USTED? YO ESTOY BIEN. ¿CUÁL ES SU NOMBRE? MI NOMBRE ES JERRY.

Ése era un lugar tan bueno como el mejor para empezar. Norman pensó que descifrarlo había sido una hazaña de Harry, pues si el matemático no hubiese tenido éxito con eso, ni siquiera habrían logrado empezar a conversar con Jerry.

Norman se sentó frente a la consola y contempló el teclado. Harry había dicho que el teclado era una espiral: la letra G correspondía al número uno, B al número dos, y así sucesivamente. Fue muy sagaz al resolver eso; a Norman nunca se le habría ocurrido, ni en un millón de años.

Empezó a tratar de encontrar las letras de la primera secuencia:

Harry había dicho que 00 señalaba el comienzo del mensaje, y 03, era H. Ydespués 21, era E; 25 era L, y 25 otra L y, justo por encima de eso, 26 era 0...[1]

HOLA.

Sí, todo encajaba. Siguió traduciendo: 032629 era CÓMO.

¿CÓMO ESTÁ USTED?

Todo iba bien hasta ahora. Norman experimentaba un gran placer, casi como si lo estuviera descifrando por primera vez. Luego venía 18: eso era YO...

YO ESTOY BIEN.

Se movía con más presteza, y anotaba las letras.

¿CUÁL ES SU NOMBRE?

Ahora, 1604 era MI... MI NOMBRE ES... Pero, en ese momento, encontró un error en una de las letras. ¿Sería posible? Norman continuó y halló un segundo error, después escribió el mensaje y se quedó mirándolo fijamente, presa de una creciente emoción.

MI NOMBRE ES HARRY.

—¡Dios Santo! —exclamó.

Volvió a revisar el mensaje, pero no había errores. Ninguno cometido por él, al menos. El mensaje era clarísimo:

HOLA. ¿CÓMO ESTÁ USTED? YO ESTOY BIEN. ¿CUÁL ES SU NOMBRE? MI NOMBRE ES HARRY.

1. Se han conservado las secuencias numéricas y el cifrado del texto original, escrito en inglés, lo que explica la falta de concordancia entre el descifrado que se menciona en el texto y esta traducción. *(N. del T.)*

EL PODER

LAS SOMBRAS

Beth se sentó en su cama del laboratorio y se quedó mirando con fijeza el mensaje que Norman le había dado:

—¡Oh, Dios mío! —exclamó; se apartó el espeso cabello oscuro que le caía sobre la cara—. ¿Cómo es posible?

—Todo encaja a la perfección —repuso Norman—. Piensa sólo en esto: ¿Cuándo empezaron los mensajes? Después de que Harry salió de la esfera. ¿Cuándo aparecieron, por vez primera, los calamares y los demás animales? Después de que Harry salió de la esfera.

—Sí, pero...

—Al principio hubo pocos calamares; pero después, cuando los íbamos a comer, de repente aparecieron también camarones, justo a tiempo para la cena. ¿Por qué? Porque a Harry no le gustan los calamares.

Beth no decía nada, se limitaba a escuchar.

—¿Y quién fue el que, cuando era pequeño, se aterrorizó con el calamar gigante de *Veinte mil leguas de viaje submarino*?

—Harry —contestó Beth—. Recuerdo que él lo dijo.

Norman prosiguió de un tirón:

—¿Y cuándo aparece Jerry en la pantalla? Cuando Harry está presente. No en otro momento. ¿Y cuándo nos contesta Jerry si le hablamos? Tan sólo en los momentos en que Harry se encuentra en la sala y puede oír lo que estamos diciendo. ¿Y por qué Jerry no nos lee la mente? Porque Harry no puede hacerlo. ¿Y recuerdas cómo Barnes insistía en preguntar el nombre, y Harry no se lo preguntaba? ¿Por qué? Porque tenía miedo de que la pantalla dijera «Harry», no «Jerry».

—Y el tripulante...

—Exacto. El tripulante negro aparece justo en el momento en que Harry está soñando que lo rescatan. Un tripulante negro aparece para rescatarnos.

Beth fruncía el entrecejo, pensativa.

—¿Y con respecto al calamar gigante?

—Bueno, pues a la mitad del ataque del calamar, Harry se golpeó la cabeza y quedó inconsciente. De inmediato, el calamar desapareció. Y no regresó hasta que Harry despertó de su siesta y te dijo que se haría cargo de la consola.

—¡Dios mío! —exclamó Beth.

—Sí —dijo Norman—. Eso explica muchas cosas.

Beth permaneció en silencio durante un rato, mirando con fijeza el mensaje.

—Pero ¿cómo lo está haciendo? —preguntó al fin.

—Dudo de que lo esté haciendo. De forma consciente, por lo menos. —Norman había estado meditando respecto a ello—. Supongamos que algo le ocurrió a Harry cuando entró en la esfera, que adquirió alguna especie de poder mientras estaba allí dentro.

—¿Qué clase de poder?

—El poder de hacer que las cosas ocurran nada más que con pensar en ellas. El poder de hacer que sus pensamientos se vuelvan reales.

Beth frunció el entrecejo y repitió:

—Hacer que sus pensamientos se hagan realidad...

—No es tan extraño —continuó Norman—. Piensa en esto: si fueras escultora, primero tendrías una idea y luego la reproducirías en piedra o en madera, para que se convirtiera en real. La idea viene primero, después sigue la ejecución, añadiendo un esfuerzo para crear una realidad que refleje tus pensamientos previos. Ese es para nosotros el proceso por el que hacemos el mundo: imaginamos algo y después tratamos de que ese algo ocurra. En algunas ocasiones, el modo de hacer que una cosa tenga lugar es inconsciente, como en el caso en que un tipo, por pura casualidad, llega inesperadamente a su casa a la hora del almuerzo y sorprende a su esposa en la cama con otro hombre. El marido no lo planeó. Eso es algo que, simplemente, ocurre porque sí.

—O la esposa que sorprende al marido en la cama, con otra mujer —apuntó Beth.

—Sí, por supuesto. El punto importante es que nos las arreglamos para hacer que las cosas sucedan continuamente, sin que pensemos demasiado en ellas. Cuando te hablo, no pienso en todas y cada una de las palabras que pronuncio: tan sólo pretendo decir algo, y me sale bien expresado.

—Sí...

—De esa manera podemos generar creaciones complicadas, como oraciones gramaticales, sin esfuerzo. Pero no podemos generar otras creaciones complicadas, como la escultura, sin esfuerzo. Aceptamos que tenemos que *hacer* algo, además de tener ideas.

—Y lo hacemos —dijo Beth.

—Pues Harry no lo hace. Harry ha ido un paso más allá. Ya no necesita tallar la estatua: se limita a tener la idea, y las cosas ocurren por sí mismas. Harry *manifiesta* cosas.

—¿Harry imagina un aterrador calamar y, de repente, tenemos un aterrador calamar al otro lado de nuestra ventana?

—Exactamente. Y cuando Harry pierde su estado consciente el calamar desaparece.

—¿Y obtuvo su poder de la esfera?

—Sí.

Beth frunció el entrecejo y preguntó:

—¿Por qué está haciendo esto? ¿Está tratando de matarnos?

Norman hizo un gesto negativo con la cabeza.

—No. Creo que las circunstancias lo superaron.

—¿Qué quieres decir con eso?

—Pues hemos tomado en cuenta numerosas ideas, relativas a que esa esfera podría ser de otra civilización. Ted imaginaba que era un trofeo o un mensaje; lo vio como un obsequio. Harry pensaba que tenía algo en su interior; la vio como un recipiente. Pero yo me pregunto si no podría ser una mina.

—¿Quieres decir un artefacto explosivo?

—No exactamente... Pero sí una defensa, o un test. Una civilización de otro planeta podría sembrar estas cosas por toda la galaxia, y cualquier ser inteligente que las recogiera llegaría a experimentar el poder de la esfera, que consiste en que cualquier cosa que pienses se vuelve realidad. Si tienes pensamientos positivos, obtienes deliciosos camarones para la cena. Si tienes pensamientos negativos, te encuentras con monstruos que intentan matarte. El proceso es el mismo; se trata únicamente de una cuestión de tema.

—¿Así, del mismo modo en que una mina terrestre vuela si la pisas, esta esfera destruye a la gente si tiene pensamientos negativos?

—O si, simplemente, esa gente no controla su fase consciente. Porque si dominas tu fase consciente, la esfera no produce ningún efecto en particular; pero si no la dominas, se deshace de ti.

—¿Cómo es posible controlar un pensamiento negativo? —preguntó Beth, que de repente se mostró muy excitada—. ¿Cómo le puedes decir a alguien: «no pienses en un calamar gigante»? En el preciso momento en que se lo dices, esa persona, en el propio proceso de no pensar en el calamar, automáticamente piensa en él.

—Es posible controlar los pensamientos —afirmó Norman.

—Quizá lo sea para un yogui, o alguien por el estilo.

—Para cualquier persona. Es posible desviar la atención de los pensamientos indeseables. ¿Cómo hace la gente para dejar de fumar? ¿Cómo hace, cualquiera de nosotros, para cambiar de opinión sobre algo, en cualquier momento? Mediante el control de nuestros pensamientos.

—Sigo sin entender por qué Harry está haciendo esto.

—¿Recuerdas tu idea de que la esfera nos podría dar un golpe bajo? ¿La manera en que el virus del sida golpea nuestro sistema inmunológico? El virus del sida nos ataca en un terreno en el que no estamos preparados para defendernos. Así, en cierto sentido, procede la esfera, porque damos por sentado que podemos pensar lo que queramos sin padecer las consecuencias. «Palos y rocas pueden romper mi boca, pero las palabras que se digan nunca me tocan.» Tenemos dichos como ése, que hacen hincapié en este hecho esencial. Pero ahora, de repente, una palabra es tan real como un palo, y nos puede herir de la misma manera. Nuestros pensamientos se manifiestan, lo cual es algo maravilloso; pero *todos* nuestros pensamientos se manifiestan, tanto los buenos como los malos. Y sencillamente no estamos preparados para controlarlos, porque nunca hasta ahora tuvimos necesidad de hacerlo.

—Cuando era niña —dijo Beth— estuve enojada con mi madre, y cuando ella enfermó de cáncer yo me sentía terriblemente culpable...

—Sí. Los chicos tienen tendencia a pensar de esa manera. Todos los chicos creen que sus pensamientos tienen poder. Pero, con paciencia, les enseñamos que eso es erróneo, aunque siempre existió otra tradición, la de creer en los pensamientos. La Biblia dice: «No desearás la mujer de tu prójimo», lo que interpretamos como una prohibición del acto del adulterio. Pero eso no es lo que, en realidad, dice la Biblia; lo que nos está diciendo es que el *pensamiento* del adulterio está tan prohibido como el acto en sí.

—¿Y Harry?

—¿Sabes algo sobre psicología jungiana?

—Nunca tuve la impresión de que eso viniera al caso.

—Pues viene al caso *ahora* —dijo Norman—. Jung se distanció de Freud a comienzos de siglo, y desarrolló su propia psicología. Jung sospechaba que en la psique humana existía una estructura subyacente que se reflejaba en una analogía, también subyacente, con nuestros mitos y arquetipos. Una de las ideas de Jung era que todos nosotros tenemos un lado oscuro en nuestra personalidad, al que llamaba las «sombras». Las sombras contienen todos los aspectos que rechazamos en nuestra personalidad: las partes odiosas, las partes sádicas, todo eso. Jung opinaba que la gente tenía la obligación de familiarizarse con su «lado sombra». Pero muy pocas personas lo hacen: todos preferimos pensar que somos buenos tipos, y que nunca experimentamos el deseo de matar, mutilar, violar o saquear.

—Sí...

—Según Jung, si no admites la existencia de tu «lado sombra», ese lado te dominará.

—¿Y lo que estamos viendo es el «lado sombra» de Harry?

—En cierto sentido, sí. Harry necesita presentarse como el Señor Negro Arrogante Sabelotodo —dijo Norman.

—Y por cierto que lo hace.

—Por eso, si tiene miedo de estar aquí abajo, encerrado (¿y quién no lo tiene?), él no puede admitir sus miedos. Aunque los experimenta de todos modos, lo admita o no. Y, de esa manera, su lado de sombra justifica esos miedos... creando cosas que prueban que los miedos de Harry son explicables.

—¿El calamar existe para justificar sus miedos?

—Algo así.

—No sé.

Beth se tendió hacia atrás en su asiento y alzó la cabeza: la luz le iluminó de lleno en los altos pómulos. Casi parecía una modelo, elegante, atractiva y fuerte.

—Soy zoóloga, Norman —dijo—. Quiero tocar las cosas y tenerlas en la mano, y ver que son reales. Todas estas teorías sobre manifestaciones son nada más que..., son sólo... *psicológicas*.

—El mundo de la mente es tan real, y obedece a reglas tan rigurosas, como el mundo de la realidad externa —defendió Norman.

—Sí, estoy segura de que tienes razón, pero... —se encogió de hombros— no me satisface mucho.

—Conoces todo lo que ha ocurrido desde que llegamos aquí abajo. Dame otra explicación de ello.

—No puedo —admitió Beth—. Lo estuve intentando durante todo el tiempo que estuviste hablando. No puedo. —Dobló el papel que tenía en las manos y meditó un momento—. ¿Sabes, Norman? Creo que hiciste una brillante serie de deducciones. Brillantísima. Ahora te veo desde una perspectiva diferente.

Norman sonrió con placer, ya que durante la mayor parte del tiempo que había estado en el habitáculo se había sentido como la quinta rueda del carro, como una persona innecesaria para el grupo. Ahora, alguien le estaba reconociendo su contribución, y él se sentía complacido.

—Gracias, Beth.

Ella lo miró con sus grandes ojos límpidos y dulces, y le dijo:

—Eres un hombre muy atractivo, Norman. No me había dado cuenta hasta ahora.

Con aire distraído Beth se tocó el pecho, cubierto por el ajustado mono. Sus manos apretaron la tela, que contorneó los duros pezones.

De repente se puso de pie y abrazó con fuerza a Norman; sus cuerpos quedaron muy Juntos.

—Tenemos que mantenernos unidos en este asunto —murmuró—. Tenemos que mantenernos juntos, tú y yo.

—Sí, lo estamos.

—Porque si lo que estás diciendo es cierto, entonces Harry es un hombre muy peligroso.

—Sí.

—El mero hecho de que vaya andando por ahí, totalmente consciente, lo hace peligroso.

—Sí.

—¿Qué haremos respecto a él?

—Eh, vosotros —dijo Harry, que estaba subiendo la escalera y se acercaba a ellos—. ¿Es una fiesta privada, o se puede unir el que quiera?

—Por supuesto que puedes unirte. Sube, Harry —invitó Norman, y se alejó de Beth.

—¿Os he interrumpido? —preguntó Harry.

—No, no.

—No quiero interferirme en la vida sexual de nadie.

—¡Oh, Harry! —exclamó Beth.

Se alejó de Norman y se sentó ante la mesa del laboratorio.

—Bueno, pues la verdad es que parece que estáis alterados por *alguna causa*.

—¿De veras? —inquirió Norman.

—Sí, en especial Beth. Creo que se vuelve más hermosa cada día que pasa aquí abajo.

—Yo también me he fijado en eso —reconoció Norman, sonriendo.

—No me cabe duda de que te has fijado. Una mujer enamorada... Eres un tipo de suerte. —Harry se volvió hacia Beth—. ¿Por qué me estás mirando así, tan fija?

—No te estoy mirando fija —replicó Beth.

—Y tú también lo estás haciendo.

—Harry, tampoco yo te estoy mirando con fijeza.

—Me doy cuenta de cuándo alguien me mira fijamente, ¡por amor de Dios!

—Harry... —dijo Norman.

—Sólo quiero saber por qué me miráis de esa manera. Como si fuera un delincuente, o algo por el estilo.

—No te vuelvas paranoico, Harry.

—Acurrucados aquí arriba, secreteando...

—No estábamos secreteando.

—Sí lo estabais. —Harry recorrió la habitación con la mirada—. Así que ahora se trata de dos personas blancas y una negra ¿no es así?

—¡Oh, Harry...!

—No soy estúpido, ¿sabéis? Algo pasa entre vosotros dos. Me doy cuenta.

—Harry —dijo Norman—, no está pasando nada...

Y en ese momento oyeron un zumbido intermitente, en tono bajo, insistente, que prevenía de la consola de comunicaciones que estaba en el piso de abajo. Los tres científicos intercambiaron una mirada y bajaron para ver qué ocurría.

Con lentitud, en la pantalla de la consola estaban apareciendo grupos de letras.

CQX VDX MOP LEI VRW TGK PIU YQA

—¿Es Jerry? —preguntó Norman.

—No lo creo —respondió Harry—. No creo que vuelva a la comunicación en código.

—¿Eso es un código?

—Yo diría que sí, sin lugar a duda.

—¿Por qué es tan lento? —inquirió Beth.

Cada nueva letra aparecía con un intervalo de varios segundos.

—No sé —repuso el matemático.

—¿De dónde viene?

Harry frunció el entrecejo:

—No sé, pero la velocidad de transmisión es la característica más interesante. La lentitud. Interesante.

Norman y Beth aguardaron a que Harry lo resolviera. Norman pensó: «¿Cómo podríamos lograr algo sin Harry? Lo necesitamos. Es, al mismo tiempo, la inteligencia más importante con que contamos aquí abajo. También la más peligrosa. Pero lo necesitamos.»

CQX VDX MOP LKI XX VRW TGR PIU YQA

—Interesante —comentó Harry—. Las letras están llegando cada cinco segundos, más o menos. Por eso opino que, con cierta seguridad, podemos saber de dónde viene este código: de Wisconsin.

Norman quedó atónito.

—¿Wisconsin?

—Sí. Ésta es una transmisión de la Armada. Puede estar dirigida a nosotros, o no, pero viene de Wisconsin.

—¿Cómo lo sabes?

—Porque es el único sitio del mundo desde el que *podría* venir. ¿Conoces algo del ELF? ¿No? Bueno, es más o menos así: se pueden enviar ondas de radio por el aire, las cuales, como tú sabes, se desplazan muy bien. Pero a través del agua no se pueden enviar esas ondas muy lejos, porque el agua es un medio malo, por lo que, incluso para recorrer una distancia corta, se necesita una señal poderosísima.

—Sí...

—Pero la capacidad de penetración es función de la longitud de onda. Una onda normal de radio es corta, radio de onda corta, todo eso que ya sabes. La longitud de las ondas es diminuta, miles o millones de pequeñas zonas; pero también se pueden hacer ELF,[1] ondas de frecuencia extremadamente baja, que son largas; cada onda puede tener, a lo mejor, seis metros de largo. Y una vez generadas, esas ondas recorren una gran distancia, miles de kilómetros, a través del agua, sin problemas. El único inconveniente es que, puesto que esas ondas son largas, también son lentas. Ésa es la causa de que nos llegue un carácter cada cinco segundos. La Armada necesitaba una manera de comunicarse con los submarinos que tenía sumergidos, por lo que construyeron una gran antena ELF en Wisconsin para que envíe estas ondas largas. Y eso es lo que estamos recibiendo.

—¿Y el código?

—Tiene que ser un código de compresión: agrupamientos de tres letras, representativos de una sección larga de mensaje predefinido. De ese modo, mandar un mensaje no requiere tanto tiempo. Porque si se enviara expresado en texto normal, necesitaría horas para llegar.

CQX VDX MOP LKI XXC VRW TGK YQA IYT
EEQ FVC ZNB TMK EXE MMN OPW GEW

Dejaron de aparecer letras.

—Parece que eso es todo —comentó Harry.

1. *Extremely low-frequency waves. (N. del T.)*

—¿Cómo lo desciframos? —preguntó Beth.

—Si suponemos que es una transmisión de la Armada dijo Harry—, no lo descifraremos.

—Quizá haya por aquí, en alguna parte, un manual de claves —sugirió Beth.

—Limítate a esperar —le aconsejó Harry.

La pantalla se desplazó y fue transcribiendo los grupos de uno en uno.

2340 HORAS 7-07 JEFE CINCCOMPAC A BARNES HAB-8 PROF.

—Es un mensaje para Barnes —dijo Harry.

Los tres científicos miraban mientras iba apareciendo la traducción de los demás grupos de letras.

NAVES SUPERFICIE DE APOYO ZARPARON NANDI Y VIPATI HACIA SU SI TIO TEA 1600 7-08 RETIRADA PROFUNDIDAD PUESTA AUTOMÁTICA A CERO CONFIRME BUENA SUERTE SPAULDING FIN.

—¿Significa eso lo que yo creo? —preguntó Beth.

—Sí —respondió Harry—. Ya viene la caballería.

—¡Vamos, adelante! —exclamó la bióloga, y aplaudió.

—La tormenta tiene que estar amainando. Han enviado las naves de superficie y estarán aquí en poco más de dieciséis horas.

—¿Y «puesta automática a cero»?

Enseguida tuvieron la respuesta. Todas las pantallas del habitáculo parpadearon, y en la esquina superior derecha de cada una de ellas apareció un pequeño recuadro con números: 16:20:00. Los dígitos corrían hacia atrás.

—Están contando por nosotros.

—¿Hay alguna clase de proceso regresivo que se espera que sigamos para abandonar el habitáculo? —preguntó la mujer.

Norman observaba los números: estaban corriendo hacia atrás exactamente igual a como lo habían hecho en el submarino. Entonces, el psicólogo planteó:

—¿Qué pasará con el submarino?

—¿Y a quién le importa el submarino? —replicó Harry.

—Creo que debemos conservarlo —opinó, y miró su reloj—. Nos quedan otras cuatro horas, antes de tener que volver a ponerlo a cero.

—Hay tiempo de sobra.

—Sí.

En su fuero interno, Norman estaba tratando de determinar si podrían sobrevivir dieciséis horas más.

—¡Bueno, ésta es una gran noticia! ¿Por qué estáis tan alicaídos vosotros dos? —les reprochó Harry.

—Me preguntaba, nada más, si lo lograríamos —dijo Norman.

—¿Y por qué no habríamos de lograrlo? —preguntó Harry.

—Antes, Jerry podría hacer algo —comentó Beth.

Norman sintió un súbito acceso de indignación contra Beth. ¿No se daba cuenta de que, al decir eso, estaba poniendo la idea en la mente de Harry?

—No podremos sobrevivir a otro ataque al habitáculo —prosiguió Beth.

«¡Cállate, Beth! ¡Estás haciendo sugerencias!», pensó Norman.

—¿Un ataque al habitáculo? —dijo el matemático.

—Harry, creo que tú y yo deberíamos volver a conversar con Jerry —terció Norman con presteza.

—¿En serio? ¿Por qué?

—Quiero ver si puedo razonar con él.

—No sé si podrás razonar con él —dijo Harry.

—Intentémoslo, de todos modos —propuso Norman, y hubo un rápido intercambio de miradas entre él y Beth—. Vale la pena probar.

Norman sabía que, en realidad, no le estaría hablando a Jerry: le estaría hablando a una parte de Harry. A una parte subconsciente, una parte en sombras. ¿Cómo debería desarrollar el diálogo? ¿Qué palabras tendría que emplear?

Se sentó frente a la pantalla del monitor y pensó que era muy poco lo que conocía de Harry. Sabía que había crecido en Filadelfia, como un muchacho delgado, introvertido, dolorosamente tímido; que fue un prodigio para las matemáticas, y que sus dones fueron denigrados por su familia y sus amigos. En una ocasión, Harry había dicho que, cuando él se interesaba por las matemáticas, sus conocidos solamente se interesaban por jugar al baloncesto. Aun ahora, Harry odiaba todos los juegos, todos los deportes. Cuando joven fue humillado y despreciado, y a pesar de haber tenido al fin el merecido reconocimiento a su capacidad, Norman sospechaba que ese reconocimiento había llegado demasiado tarde: el daño estaba ya hecho. No llegó a tiempo de evitar que se forjara una personalidad arrogante y jactanciosa.

ESTOY AQUÍ. NO TENGAS MIEDO.

—Jerry.

SÍ, NORMAN.

—Tengo que pedirte una cosa.

PUEDES HACERLO.

—Jerry, muchas de nuestras entidades se han ido y nuestro habitáculo está debilitado.

SÉ ESO. HAZ TU PETICIÓN.

—Por favor, ¿podrías dejar de producir manifestaciones?

—NO.

—¿Por qué no?

NO ES MI DESEO DETENERME.

«Bueno —pensó Norman—, por lo menos fuimos directamente al grano. No hubo pérdida de tiempo.»

—Jerry, sé que estuviste aislado largo tiempo, durante muchos siglos, y que durante todo ese tiempo te sentiste solo, que sufrías porque a nadie le importabas. Te faltaba alguien que quisiera jugar contigo y compartir lo que te interesaba.

SÍ, ESO ES VERDAD.

—Y ahora, por fin, puedes manifestar, y disfrutas con ello. Te gusta demostrarnos lo que eres capaz de hacer, para impresionarnos.

ESO ES VERDAD.

—Pretendes que te prestemos atención.

SÍ, ME GUSTA.

—Y da resultado: te prestamos atención.

SÍ, LO SÉ.

—Pero estas manifestaciones nos hacen daño, Jerry.

NO ME IMPORTA.

—Y nos sorprenden, también.

ME ALEGRA.

—Nos sorprenden, Jerry, porque tú sólo estás practicando un juego con nosotros.

NO ME GUSTAN LOS JUEGOS. NO PRACTICO JUEGOS.

—Sí. Esto es un juego para ti, Jerry. Es un deporte.

NO, NO LO ES.

—Sí, lo es —insistió Norman—. Es un *deporte estúpido*. Harry, que estaba detrás de Norman, dijo:

—¿Por qué lo contradices de esa manera? Podría enfurecerse. No creo que a Jerry le guste que le contradigan.

«Estoy seguro de que no te gusta», pensó Norman, pero continuó:

—Bueno, tengo que decirle a Jerry la verdad sobre su propia conducta, pues no está haciendo nada que resulte interesante.

¿OH? ¿NO RESULTA INTERESANTE?

—No. Eres malcriado y petulante, Jerry.

¿TE ATREVES A HABLARME DE ESA MANERA?

—Sí. Porque estás actuando de un modo estúpido.

—¡Caramba! —dijo Harry—. Abstente de enojarlo.

ME SERÁ MUY FÁCIL HACER QUE LAMENTES TUS PALABRAS.

Norman se daba cuenta de que el vocabulario y la sintaxis de Jerry eran ahora impecables: había abandonado todo el fingimiento de ingenuidad, de dificultad expresiva propia de un ser humano. A medida que se desarrollaba la conversación, Norman se sentía más fuerte, más confiado. Ya sabía a quién le hablaba. No se hallaba conversando con ningún extraterrestre; no había nada desconocido: le estaba hablando a la parte infantil de otro ser humano.

TENGO MÁS PODER DEL QUE PUEDES IMAGINAR.

—Sé que tienes poder, Jerry —admitió Norman—, pero eso carece de importancia.

De pronto, Harry se excitó:

—¡Norman, por el amor de Dios, vas a conseguir que nos mate a todos!

ESCUCHA A HARRY. ÉL ES INTELIGENTE.

—No, Jerry —dijo Norman—. Harry no es inteligente. Sólo está asustado.

HARRY NO ESTÁ ASUSTADO. NO LO ESTÁ EN ABSOLUTO.

Norman decidió dejar pasar esa respuesta de Jerry.

—Te estoy hablando a *ti*, Jerry. Nada más que a ti. Tú eres quien está realizando juegos.

LOS JUEGOS SON ESTÚPIDOS.

—Sí, lo son, Jerry. No son dignos de ti.

LOS JUEGOS NO REVISTEN INTERÉS PARA NINGUNA PERSONA INTELIGENTE.

—Entonces, deténte, Jerry. Detén las manifestaciones.

PUEDO DETENERME CUANDO YO LO QUIERA.

—No estoy seguro de que puedas.

SÍ. YO PUEDO.

—Entonces, demuéstramelo. Detén este deporte de las manifestaciones.

Se produjo una larga pausa. Aguardaron la reacción.

NORMAN, TUS ARTIMAÑAS DE MANIPULACIÓN SON PUERILES Y OBVIAS HASTA EL GRADO DEL TEDIO. NO ESTOY INTERESADO EN HABLAR MÁS CONTIGO. HARÉ LO QUE ME PLAZCA Y MANIFESTARÉ CUANTO DESEE.

—Nuestro habitáculo no puede soportar más manifestaciones.

NO ME INTERESA.

—Si vuelves a dañar nuestro habitáculo, Harry morirá.

—Yo y todos los demás, ¡por el amor de Dios! —replicó Harry.

NO ME IMPORTA, NORMAN.

—¿Por qué quieres matarnos, Jerry?

VOSOTROS NO DEBERÍAIS ESTAR AQUÍ, EN PRIMER LUGAR. VOSOTROS NO PERTENECÉIS A ESTE SITIO. SOIS SERES ARROGANTES QUE OS ENTROMETÉIS EN CUALQUIER PARTE DEL MUNDO. HABÉIS ASUMIDO UN GRAN RIESGO ESTÚPIDO Y AHORA TENÉIS QUE PAGAR EL PRECIO. SOIS UNA ESPECIE SIN SENTIMIENTOS, INDIFERENTE ANTE EL SUFRIMIENTO AJENO, NO SENTÍS AMOR POR VUESTROS SEMEJANTES.

—Eso no es cierto, Jerry.

NO ME VUELVAS A CONTRADECIR, NORMAN.

—Lo siento, pero el ser sin sentimiento e indiferente ante el sufrimiento ajeno eres tú, Jerry. No te importa hacernos daño. No te importa la situación en que estamos. Tú eres el indiferente ante el sufrimiento ajeno, Jerry. No nosotros. Tú.

SUFICIENTE.

—No te va a hablar más —advirtió Harry—. Está furiosísimo.

Y en ese momento, en la pantalla leyeron:

OS VOY A MATAR A TODOS VOSOTROS.

Norman estaba sudando; se secó la frente, se dio vuelta y se alejó de las palabras escritas en la pantalla.

—No creo que puedas hablar con este tipo —dijo Beth—. No me parece que puedas razonar con él.

—No debiste hacer que se enfadase —le recriminó Harry con tono suplicante—. ¿Por qué lo has irritado de ese modo?

—Tuve que decirle la verdad.

—Pero fuiste muy duro con él, y ahora se halla enojadísimo.

—No importa, Harry, ya nos atacó antes, y no estaba enojado —dijo Beth.

—Quieres decir *Jerry* —le corrigió Norman—. Jerry nos atacó.

—Sí, es cierto, Jerry.

—Cometiste un terrible error, Beth —dijo Harry.

—Tienes razón, Harry. Lo siento.

El matemático la estaba mirando de manera extraña. Norman pensó: «Harry no deja pasar una, y no va a permitir que se escape ésta.»

—No sé cómo has podido confundirte así —comentó Harry.

—Lo sé. Fue un *lapsus*. Una estupidez.

—Lo siento —se disculpó Beth—. De verdad lo siento.

—No te preocupes —la tranquilizó Harry—. No tiene importancia.

Hubo una repentina lasitud en el modo de actuar de Harry, una total indiferencia en el tono de su voz.

«Bueno, bueno», pensó Norman. Harry bostezó y se desperezó.

—De pronto me siento muy cansado. Creo que dormiré una siesta —dijo, y se dirigió a la cabina de las literas.

1.600 HORAS

—Hemos de hacer algo —planteó Beth—. Es evidente que no podemos disuadirlo.

—Tienes razón —reconoció Norman—. No podemos.

Beth golpeó suavemente la pantalla con la yema de los dedos.

Las palabras seguían refulgiendo: OS VOY A MATAR A TODOS VOSOTROS.

—¿Crees que habla en serio?

—Sí.

Beth se puso de pie y apretó los puños.

—Lo que equivale a decir que es él o nosotros.

La insinuación flotaba en el aire, implícita.

—Con respecto a este proceso de manifestación de Harry —dijo Beth—, ¿crees que él tiene que estar completamente inconsciente para evitar que se produzca?

—Sí.

—O muerto.

—Sí.

El ya había pensado en eso. Le parecía algo tan inverosímil, un giro de los acontecimientos tan improbable en su vida... Sin embargo, se encontraba allí, a trescientos metros bajo él agua, meditando sobre la posibilidad de asesinar a un ser humano. Porque eso era lo que estaba haciendo.

—Odiaría tener que matarlo —declaró Beth.

—Yo también.

—Lo que quiero decir es que ni siquiera sabría cómo empezar a hacerlo.

—Tal vez no tengamos que matarlo —dijo Norman.

—Claro. Tal vez no nos veamos obligados a hacerlo, si él no inicia una nueva agresión. —Sacudió la cabeza como para alejar un mal pensamiento—. Oh, demonios, Norman, ¿a quién estamos engañando? Este habitáculo no puede soportar otro ataque. Tenemos que matar a Harry. Lo que sucede es que no quiero aceptar esa evidencia.

—Yo tampoco.

—Podríamos conseguir uno de esos disparadores neumáticos de lanzas explosivas y hacer que ocurra un desgraciado accidente. Y después, esperar que nos llegue la hora de estar listos, para que la Armada venga y nos saque de aquí.

—No quiero hacer eso.

—Ni yo —dijo Beth—. Pero ¿qué otra cosa podemos hacer?

—No es necesario matarlo —explicó Norman—. Bastará con dejarlo inconsciente.

Fue a buscar el botiquín de primeros auxilios y empezó a revolver entre los medicamentos.

—¿Crees que ahí puede haber algo? —preguntó Beth.

—Quizá. Un anestésico, no sé.

—¿Eso daría resultado?

—Creo que cualquier cosa que lo deje inconsciente servirá.

—Espero que estés en lo cierto —dijo Beth—, porque si Harry empieza a soñar y después manifiesta los monstruos con los que soñó, eso sería terrible.

—Sí. Pero la anestesia produce un estado total de inconsciencia, sin sueños. —Norman estaba mirando las etiquetas de los frascos—. ¿Sabes lo que son estas cosas?

—No —respondió Beth—, pero está todo en el ordenador.

—Se sentó frente a la consola—. Léeme los nombres y los buscare.

—Difenil paraleno.

Beth apretó varias teclas y estudió la pantalla llena de texto.

—Es, eehh..., parece como... Es algo para quemaduras.

—«Hidrocloruro de efedrina.»

—Es... Conjeturo que es para el vértigo de movimiento.

—Valdomet.

—Para úlceras.

—Sintag.

—Producto análogo al opio sintético. Su efecto es muy breve.

—¿Produce inconsciencia? —preguntó Norman.

—No. Según parece, no. De todos modos, sólo dura unos cuantos minutos.

—Tarazine.

—Tranquilizante. Produce somnolencia.

—Bien.

Norman puso la botella a un lado.

—Y también puede ocasionar la generación de ideas excéntricas.

—No —rechazó Norman, y puso la botella en su lugar; no necesitaban en absoluto que hubiera generación de ideas excéntricas—. ¿Riordan?

—Antihistamínico. Para las mordeduras.

—¿Oxalamina?

—Antibiótico.

—¿Cloramfenicol?

—Otro antibiótico.

—Maldición. —Se estaban acabando las botellas—. ¿Parasolutrina?

—Es un soporífero. Produce sueño.

—¿O sea, un medicamento para dormir?

—No es... dice que se puede administrar combinado con tricloruro de paracina y utilizarlo como anestésico.

—Tricloruro de paracina... Sí. Aquí lo tengo.

Beth estaba leyendo lo que decía la pantalla:

—Veinte centímetros cúbicos de parasolutrina, combinados con seis centímetros cúbicos de paracina, administrados en forma intramuscular, producen un sueño profundo, apto para los procedimientos de cirugía de emergencia... No hay efectos colaterales cardíacos... Al paciente se le puede despertar, pero con dificultad... Se suprime la actividad REM...[1]

—¿Cuánto dura?

—De tres a seis horas.

—¿Y cuánto tarda en producir efecto?

Beth frunció el entrecejo:

—No lo dice. «Después de haberse inducido la profundidad adecuada de anestesia, se pueden comenzar los procedimientos quirúrgicos, incluso los extensos...» Pero no menciona cuánto tiempo tarda.

—¡Demonios! —exclamó Norman.

—Es probable que sea rápido.

—¿Y qué pasará si no lo es? ¿Qué puede suceder si tarda veinte minutos? ¿Y se puede combatir? ¿Se puede rechazar?

Beth meneó la cabeza.

—Aquí no dice nada al respecto.

Al final se decidieron por una mezcla de parasolutrina, paracina, dulcinea y sintag, el opiáceo. Con los líquidos transparentes, Norman llenó una jeringa tan grande que parecía apropiada para caballos.

—¿Piensas que le podría causar la muerte? —preguntó Beth.

1. *Rapid Eye Movement*: Movimiento rápido de los ojos: es el movimiento que, durante la etapa en la que se sueña, se observa en los ojos de la persona dormida por debajo de los párpados. *(N. del T.)*

—No lo sé. ¿Tenemos alternativa?

—No —reconoció Beth—. Hemos de hacerlo. ¿Alguna vez has puesto una inyección?

Norman negó con la cabeza.

—¿Y tú?

—Nada más que a algunos animales de laboratorio.

—¿Dónde se la clavo?

—En el hombro —sugirió Beth—, mientras está dormido.

Norman levantó la jeringa hacia la luz e hizo salir unas gotas al aire.

—Muy bien.

—Mejor voy contigo —decidió Beth— y lo mantengo acostado.

—No —dijo Norman—. Si se despierta y nos ve llegar a los dos, sospechará. Recuerda que tú ya no duermes en las literas.

—Pero ¿qué pasará si se pone violento?

—Creo que podré manejármelas.

—Está bien. Lo que tú digas.

Las luces que iluminaban el corredor del Cilindro C daban la impresión de ser más brillantes de lo habitual. Norman oía el ruido de sus pasos amortiguado por las alfombras; oía el zumbido constante de los purificadores de aire y de los calefactores de ambiente. Sentía el peso de la jeringa que llevaba ocultándola. Llegó a la puerta del dormitorio.

Delante de la entrada del mamparo había dos mujeres, dos tripulantes pertenecientes a la Armada. Cuando Norman se acercó se pusieron en posición de firmes con un movimiento seco y preciso.

—¡Doctor Johnson, señor!

Norman se detuvo. Las mujeres eran de buen ver, negras y de aspecto musculoso.

—Descanso —ordenó Norman, con una sonrisa.

Pero las mujeres no se relajaron.

—¡Lo sentimos, señor! ¡Tenemos órdenes, señor!

—Entiendo —dijo Norman—. Pues continúen, entonces.

Y empezó a caminar frente a ellas, para entrar en la sección dormitorio.

—¡Disculpe usted, doctor Johnson, señor!

Aproximaron sus cuerpos, para impedirle el paso.

—¿Qué pasa? —preguntó Norman, con la mayor inocencia que pudo fingir.

—¡Esta zona está prohibida para todo el personal, señor!

—Pero quiero ir a dormir.

—¡Lo lamentamos mucho, doctor Johnson, señor! ¡Nadie puede perturbar al doctor Adams mientras él duerme, señor!

—No voy a perturbar al doctor Adams.

—¡Lo sentimos, doctor Johnson, señor! ¿Podemos ver lo que lleva en la mano, señor?

—¿En la mano?

—¡Sí! ¡Lleva algo en la mano, señor!

Aquel modo de expresarse, cortante y en ráfagas, como las de una ametralladora, siempre interrumpido por el «¡señor!» al final, estaba sacando a Norman de sus casillas. Las volvió a mirar: los almidonados uniformes cubrían músculos poderosos. Norman no creyó poder abrirse paso por la fuerza. Más allá de la puerta vio a Harry, acostado de espaldas y roncando: era un momento perfecto para aplicarle la inyección.

—¡Doctor Johnson! ¿Podemos ver lo que lleva en la mano, señor?

—¡No, maldición, no pueden!

—¡Muy bien, señor!

Norman dio media vuelta y regresó al Cilindro D.

—Lo vi todo —dijo Beth, señalando el monitor con un gesto de la cabeza.

Norman miró el monitor y vio a las dos mujeres en el corredor. Después observó el otro monitor que estaba al lado, y que mostraba la esfera.

—¡La esfera se ha modificado! —exclamó Norman.

No había la menor duda de que las estrías espiraladas de la puerta estaban alteradas: el patrón era más complejo y se había desplazado hacia arriba. Norman se hallaba segurísimo de que había cambiado.

—Creo que tienes razón —admitió Beth.

—¿Cuándo ocurrió eso?

—Podemos pasar las cintas más tarde. De momento, lo mejor será que nos encarguemos de esas dos.

—¿Cómo? —preguntó Norman.

—Muy sencillo —contestó Beth cerrando los puños—. En el Cilindro B tenemos cinco puntas de lanza explosivas. Iré allí, sacaré dos y haré volar a los ángeles de la guarda. Tú entras corriendo y le pinchas.

La fría resolución de Beth habría resultado estremecedora, de no haber mediado el hecho de que la mujer estaba tan hermosa. Ahora sus rasgos poseían una refinada distinción. A cada minuto que transcurría, Beth parecía volverse más elegante.

—¿Los lanzadores automáticos están en el B? —preguntó Norman.

—Claro que sí: mira el monitor. —Beth apretó un botón—. ¡Demonios!

En el Cilindro B faltaban los lanzadores neumáticos de dardos.

—Creo que el hijo de puta protegió sus flancos —dijo Norman—. ¡El bueno de Harry!

Beth miró a Norman con gesto meditativo.

—Norman, ¿te encuentras bien?

—Por supuesto. ¿Por qué?

—Hay un espejo en el botiquín de primeros auxilios. Ve a mirarte.

Norman abrió la caja blanca y se miró en el espejo. Quedó horrorizado por lo que contempló: no era que esperara verse bien; estaba acostumbrado al regordete contorno de su rostro, así como a su gruesa barba gris, cuando se afeitaba los fines de semana.

Pero la cara que lo miraba fijamente desde el espejo era enjuta, con una barba tosca y negra como el azabache. Debajo de los ojos, brillantes como ascuas e inyectados en sangre, había ojeras oscuras. El cabello era largo, lacio y pringoso, y le colgaba sobre la frente.

Norman tenía el aspecto de un hombre peligroso.

—Parezco el doctor Jekyll —dijo—. O, mejor aún, el señor Hyde.

—Sí. Así es.

—Tú te estás volviendo más hermosa —le dijo a Beth—, pero yo soy el hombre que se comportó de manera despreciable con Jerry. Por eso me estoy volviendo más despreciable.

—¿Crees que Harry está haciendo esto?

—Eso creo —dijo Norman, y agregó para sí: «Espero que sea así.»

—¿Te sientes diferente, Norman?

—No, me siento exactamente igual que antes. Lo único terrible es mi aspecto.

—Sí. Tu aspecto infunde un poco de miedo.

—Estoy seguro de ello.

—¿Te encuentras bien de verdad?

—Beth...

—De acuerdo —dijo Beth, dio media vuelta y volvió a mirar los monitores—. Se me ocurre una última idea: vayamos los dos al cilindro A y pongámonos los trajes; luego, entremos en el Cilindro B y cerremos el paso de oxígeno en el resto del habitáculo; Harry quedará inconsciente y sus guardias desaparecerán, y nosotros podremos entrar en el dormitorio y aplicarle la inyección. ¿Qué opinas?

—Vale la pena intentarlo.

Norman dejó la jeringa, y ambos se dirigieron hacia el Cilindro A. En el C, pasaron frente a las dos guardias, que, una vez más, con un movimiento rápido y cortante se pusieron en posición de firme.

—¡Doctora Halpern, señor!

—¡Doctor Johnson, señor!

—Continúen —dijo Beth.

—¡Sí, señor! ¿Podemos preguntar adónde van, señor?

—Recorrido rutinario de inspección —respondió Beth.

Hubo un silencio.

—¡Muy bien, señor!

Les permitieron pasar. Beth y Norman penetraron en el Cilindro B, con su impresionante despliegue de tuberías y maquinaria. Norman lanzó una rápida mirada nerviosa, pues no le gustaba entrometerse en los sistemas para mantenimiento de la vida, pero no se le ocurría qué otra cosa podían hacer.

En el Cilindro A quedaban tres trajes. Norman tendió la mano hacia el suyo.

—¿Sabes lo que estás haciendo? —preguntó.

—Sí —dijo Beth—. Confía en mí.

La mujer deslizó un pie dentro del traje y empezó a correr el cierre automático.

Y en ese mismo instante las alarmas empezaron a sonar por todo el habitáculo y las luces rojas volvieron a destellar. Sin necesidad de que nadie se lo dijera, Norman supo que eran las alarmas periféricas.

Estaba comenzando otro ataque.

1.520 HORAS

Volvieron corriendo por el pasillo de conexión y fueron derechos del Cilindro B al D. Mientras pasaban, Norman se dio cuenta de que las marineras habían desaparecido. En el D las alarmas estaban sonando con tono metálico, en tanto que las pantallas de los sensores periféricos refulgían en color rojo brillante. Norman echó un vistazo a los monitores de televisión.

VOY PARA ALLÁ.

Los termosensores internos están activados. Es cierto: Jerry está viniendo.

Sintieron un golpe sordo y Norman se dio vuelta para mirar por la portilla: el calamar verde ya estaba en el exterior, y sus enormes brazos provistos de ventosas empezaban a enroscarse en torno de la base del habitáculo. Uno de los grandes brazos se adhirió a la portilla, y las ventosas se distorsionaron por la presión sobre el vidrio.

AQUÍ ESTOY.

—¡*Harrryyy!* —gritó Beth.

Hubo una tenue sacudida cuando los brazos del calamar aferraron el habitáculo, y se oyó el lento y agonizante crujido del metal.

Harry entró corriendo en la sala.

—¿Qué pasa?

—¡Tú sabes qué pasa! —gritó Beth.

—¡No, no! ¿Qué pasa?

—¡Es el calamar, Harry!

—¡Oh, Dios mío, no! —gimió Harry.

El habitáculo se estremeció con suma violencia. Las luces de la sala parpadearon y se extinguieron. Ahora sólo había una iluminación color rojo incandescente que provenía de las lámparas de emergencia.

Norman se volvió hacia Harry:

—Deténlo, Harry.

—¿De qué estáis hablando? —aulló Harry en tono quejumbroso.

—Tú sabes de qué estoy hablando, Harry.

—¡No lo sé!

—Sí lo sabes, Harry. Eres *tú* —dijo Norman—. Tú estás haciendo esto.

—¡No! ¡Estás equivocado! ¡No soy yo! ¡Juro que no soy yo!

—Sí, Harry —insistió Norman—. Y, si no lo detienes, todos moriremos.

El habitáculo volvió a agitarse. Uno de los calefactores del techo explotó, lo que produjo una lluvia de fragmentos de vidrio y alambre calientes.

—Vamos, Harry...

—¡No, no!

—Tenemos poco tiempo. Tú sabes lo que estás haciendo.

—El habitáculo no puede resistir mucho más —dijo Beth.

—¡No puedo ser yo!

—Sí, Harry. Hazle frente. Hazle frente ahora.

Mientras hablaba, Norman no dejaba de buscar la jeringa. La había dejado en algún sitio de esa habitación, pero los papeles resbalaban de las mesas, los monitores se estrellaban contra el suelo... Alrededor de Norman imperaba el caos...

El habitáculo volvió a estremecerse con violencia y, desde otro cilindro, llegó una tremenda explosión. Nuevas alarmas empezaron a ulular y se oyó una vibración rugiente, que Norman reconoció de inmediato: agua, sometida a gran presión, que se precipitaba hacia el interior del habitáculo.

—¡Inundación en C! —gritó Beth, leyendo las consolas.

Se fue corriendo por el pasillo, y Norman oyó el sonido metálico de las puertas de los mamparos, cuando Beth las cerraba. La sala se llenó de una bruma salobre.

Norman empujó a Harry contra la pared:

—¡Harry, enfréntate a ello y deténlo! —No puedo ser yo, no puedo ser yo —gemía Harry. El choque de otra sacudida les hizo tambalearse.

—¡No puedo ser yo! —chilló Harry—. *¡No tiene nada que ver conmigo!*

En ese momento Harry aulló y su cuerpo se retorció. Norman vio que Beth retiraba la jeringa del hombro de Harry; la punta de la aguja estaba cubierta de sangre.

—*¡Qué estáis baciendo!* —chilló Harry, pero ya sus ojos estaban vidriosos y vacíos de expresión. Se tambaleó al producirse el siguiente golpe contra el habitáculo y cayó al suelo de rodillas, como un borracho—. No —dijo en voz baja—. No...

Y se desplomó boca abajo sobre la alfombra. De inmediato, cesó la tortura del metal. Las alarmas se apagaron. Todo quedó envuelto en un terrible silencio, excepto por el suave gorgoteo de agua, que provenía de algún lugar del interior del habitáculo.

Beth se desplazó con presteza y fue leyendo una pantalla tras otra.

—Interiores apagados. Periféricos apagados. Todo apagado. *¡Todo está bien!* ¡No hay lecturas!

Norman corrió hacia la portilla: el calamar había desaparecido. El fondo marino estaba desierto.

—¡Informe de daños! —gritó Beth—. ¡Energía principal, muerta! ¡Cilindro E, muerto! ¡Cilindro C, muerto! ¡Cilindro B...!

Norman giró sobre los talones y miró a Beth. Si habían perdido el Cilindro B se quedaban sin los sistemas de mantenimiento de la vida, y era indudable que morirían.

—El Cilindro B resiste —y su cuerpo se aflojó—. Estamos bien, Norman...

El biólogo se desplomó sobre la alfombra, exhausto. De pronto, sintió todo el esfuerzo y la tensión en cada punto de su cuerpo.

Todo había terminado. La crisis había sido superada. A pesar de lo ocurrido, iban a estar bien. Norman sintió que sus músculos se relajaban.

Todo había terminado.

1.230 HORAS

La sangre había dejado de manar de la nariz rota de Harry, el cual tenía ya una respiración más regular y fácil. Norman levantó la bolsa de hielo para observar la tumefacta cara y ajustó el flujo del goteo intravenoso en el brazo de Harry. Después de varios intentos infructuosos, Beth había puesto en acción la sonda. Le estaban suministrando una mezcla anestésica. El aliento de Harry tenía olor amargo, como a estaño, pero, en todos los demás aspectos, estaba bien. Bien inconsciente.

La radio chirrió:

—Estoy en el submarino —dijo Beth—. Subo a bordo ahora. A través de la portilla, Norman le echó un vistazo a DH-7, y vio a Beth subiendo al interior de la cúpula, al lado del submarino. Iba a oprimir el botón de «Retardo». Era la última vez que sería necesario hacer ese viaje. Norman se volvió de nuevo hacia Harry.

El ordenador carecía de información relativa al efecto que producía mantener a una persona dormida durante doce horas consecutivas, pero eso era lo que Beth y Norman tendrían que hacer. Harry lograría sobrevivir, o no.

«Al igual que todos nosotros», pensó Norman. Miró de soslayo el reloj que aparecía en los monitores: señalaba las 12.30 horas y contaban hacia atrás. Norman cubrió a Harry con una manta y se dirigió a la consola.

La esfera seguía allí, con su patrón de estrías modificado. A causa de tanta agitación, Norman casi había olvidado la fascinación inicial que le produjo la esfera. ¿De dónde había venido? ¿Qué significaba? Aunque ahora entendía lo que significaba. ¿Cómo la había llamado Beth...? Enzima mental. Una enzima es algo que hace posibles las reacciones químicas, sin tener participación real en esas reacciones. Nuestro cuerpo necesita llevar a cabo reacciones químicas, pero nuestra temperatura es demasiado baja como para que la mayoría de esas reacciones se produzca sin problemas. Por eso tenemos enzimas, para ayudar al desarrollo del proceso, para acelerarlo. Las enzimas hacen que todo eso sea posible. Y Beth había denominado a la esfera «enzima mental».

«Muy sagaz», pensó Norman. Beth era una mujer sagaz. Su carácter impulsivo había resultado ser justamente lo que se necesitaba. Con Harry inconsciente, Beth seguía pareciendo hermosa, y a Norman le alivió constatar que sus propios rasgos habían regresado a la regordeta normalidad. Vio su familiar imagen reflejada en la pantalla, mientras observaba la esfera que aparecía en el monitor.

Esa esfera.

Al estar Harry inconsciente, Norman se preguntaba si alguna vez llegarían a saber, con exactitud, qué había ocurrido. Recordaba las luces, que parecían luciérnagas. ¿Y qué había dicho Harry? Algo sobre espuma. La espuma...

Norman oyó un zumbido y miró por la portilla: el submarino se estaba desplazando.

Liberado de sus amarras, el minisubmarino amarillo planeaba sobre el lecho marino, iluminándolo con sus reflectores. Norman apretó el botón del intercomunicador:

—¿Beth? ¡Beth!

—Estoy aquí, Norman.

—¿Qué estás haciendo?

—No pierdas la calma.

—¿Qué estás haciendo en el submarino?

—Es nada más que una precaución, Norman.

—¿Te vas?

Beth rió por el intercomunicador. Era una risa alegre y relajada.

—No, Norman. No tienes que perder la calma.

—Dime lo que estás haciendo.

—Es un secreto.

—Vamos, Beth.

«Eso era lo único que faltaba —pensó Norman—, que Beth pierda la chaveta ahora.» Volvió a pensar en el carácter impulsivo de la mujer, que instantes atrás había admirado. Ya no lo admiraba.

—¿Beth?

—Te hablaré después —dijo ella.

El submarino se puso de perfil, y Norman vio varias cajas rojas en sus brazos tenaza. No pudo leer lo que estaba escrito en ellas, pues tenían un texto; pero, a esa distancia, Norman no podía leerlo.

El submarino había virado y estaba yendo directamente hacia el DH-8. Las luces del habitáculo brillaban sobre la pequeña nave, que se acercó más. Y entonces se encendieron las alarmas de los sensores, con su sonido metálico, y las luces rojas destellaron.

Norman odiaba esas alarmas, y pensaba en eso mientras recorría la consola con la vista, mirando los botones. ¿Cómo demonios se apagaban? Miró a Harry; pero éste seguía inconsciente.

—¿Beth? ¿Estás ahí? Activaste las condenadas alarmas.

—Aprieta F-8.

¿Qué diablos era F-8? Miró por toda la consola hasta que, al final, vio una hilera de teclas, numeradas de F-1 a F-20; apretó F-8 y las alarmas se detuvieron. El submarino estaba ya muy cerca, y sus reflectores lanzaban luz a través de las portillas. En la elevada burbuja se podía ver a Beth con claridad, pues su rostro estaba iluminado por las luces del tablero de instrumentos. Después el submarino descendió y desapareció de la visual.

Norman fue a la portilla y miró hacia fuera: el *Deepstar III* se hallaba apoyado sobre el fondo del mar, depositando más cajas con sus tenazas. Ahora podía leer lo que estaba impreso en ellas:

PRECAUCIÓN: NO FUMAR. NO USAR EQUIPO ELECTRÓNICO. EXPLOSIVOS TEVAC.

—¡Beth! ¿Qué demonios estás haciendo?

—Después, Norman.

Por su voz, Beth parecía normal. ¿Se estaría volviendo loca? «No —pensó Norman—, no se está volviendo loca. Su voz suena natural. Estoy seguro de que está bien.»

Pero, en realidad, no estaba seguro.

El submarino se movía otra vez y sus luces aparecían borrosas por la nube de sedimentos que habían levantado las hélices. La corriente generada arrastró esa nube ante la portilla, lo cual obstaculizó la visión a Norman.

—¿Beth?

—Todo está bien, Norman. Vuelvo dentro de un ratito.

Cuando el sedimento volvió a caer hacia el fondo, Norman vio el submarino, que se dirigía de nuevo al DH-7. Instantes después atracó debajo de la cúpula. Luego vio que Beth se descolgaba del submarino y lo amarraba a proa y a popa.

1.100 HORAS

—Es muy sencillo —dijo Beth.

—¿Explosivos? —Norman señaló la pantalla—. Aquí dice: «Los Tevac son, peso por peso, los explosivos convencionales más poderosos que se conocen.» ¿Qué demonios quieres hacer al ponerlos alrededor del habitáculo?

—Ten paciencia.

Beth apoyó una mano sobre su hombro. El contacto era suave y tranquilizador. Al sentir el cuerpo tan cerca, Norman se relajó un poco.

—En primer lugar, debimos haber analizado esto juntos.

—Norman, no voy a correr un albur. Nunca más.

—Pero Harry está inconsciente.

—Podría despertar.

—No lo hará, Beth.

—No estoy dispuesta a correr riesgos. De este modo, si algo empieza a salir de esa esfera, podemos mandar al infierno toda la nave espacial, pues le he puesto explosivos a todo lo largo.

—¿Pero por qué alrededor del habitáculo?

—Defensa.

—¿Qué quieres decir?

—Ten fe en mí. Es una defensa.

—Beth, es peligroso tener esos materiales tan cerca de nosotros.

—No están conectados, Norman. Tampoco lo están alrededor de la nave; tengo que salir y conectarlos de forma manual. —Echó un vistazo a las pantallas—. Pensé en aguardar un rato y luego echar una siesta. ¿No estás cansado?

—No —dijo Norman.

—Hace mucho que no duermes, Norman.

—No estoy cansado.

Beth lo contempló con atención y luego le dijo:

—Vigilaré a Harry, si es eso lo que te tiene preocupado.

—Lo que ocurre es que no estoy cansado; nada más, Beth.

—Muy bien. Como te parezca. —Se echó hacia atrás con la mano su abundante cabellera, para despejarse la cara—. Pues yo estoy agotada. Voy a descansar unas horas. —Empezó a subir las escaleras que llevaban a su laboratorio y de pronto se volvió y miró a Norman—. ¿Deseas venir conmigo?

—¿Qué? —dijo él.

Beth le sonrió de un modo directo, que entrañaba un mensaje implícito y conocido por ambos.

—Ya me has oído, Norman.

—Puede ser que más tarde, Beth.

—Muy bien. Claro que sí.

Subió la escalera, balanceando su cuerpo de forma lenta y sensual, dentro del ajustado mono, que le quedaba bien. Norman tuvo que admitirlo, era una mujer bonita.

En el otro lado del cuarto, Harry roncaba con ritmo regular. Norman revisó la bolsa de hielo, y pensó en Beth. La oía desplazarse por el laboratorio de arriba.

—¡Norman!

—Dime.

Se acercó hasta la parte baja de la escalera y miró hacia arriba.

—¿Hay otro de éstos ahí abajo? ¿Uno limpio?

Algo azul cayó en las manos de Norman: era el ceñido mono de Beth.

—Sí. Creo que hay algunos en depósito, en el B.

—Tráeme uno. ¿Quieres, Norman?

—Muy bien.

Mientras iba hacia el Cilindro B, Norman se notó inexplicablemente nervioso. ¿Qué estaba pasando? Por supuesto que sabía con exactitud lo que estaba pasando. Pero..., ¿por qué ahora? Beth estaba desarrollando una poderosa atracción, y Norman desconfiaba: Beth iba siempre al encuentro directo; era una mujer enérgica y brusca, que actuaba sin ambages. La seducción no era su método, en absoluto.

«Es ahora o nunca», pensó, mientras sacaba un mono del armario de almacenamiento. Volvió con él al Cilindro D y empezó a subir la escalera. Desde arriba llegaba una extraña luz azulada.

—¿Beth?

—Estoy aquí, Norman.

Terminó de subir y la vio tendida de espaldas, desnuda, debajo de una batería de lámparas solares ultravioleta, articuladas, que salían de la pared. Sobre los ojos tenía protectores opacos. Movió el cuerpo en forma seductora.

—¿Has traído el traje?

—Sí.

—Muchas gracias. Déjalo en cualquier parte, al lado de la mesa.

—Muy bien.

Norman lo plegó y lo dejó sobre la silla.

Beth rodó sobre su espalda, para quedar enfrentada a las lámparas incandescentes. Suspiró y dijo:

—Pensé que sería mejor que incorporase un poco de vitamina D, Norman.

—Sí...

—Quizá tú también debas hacerlo.

—Sí. Tal vez —dijo.

Pero estaba pensando en que no recordaba que en el laboratorio hubiera una batería de lámparas solares. A decir verdad, estaba seguro de que no existía tal batería: había pasado mucho tiempo en ese cuarto, de modo que habría recordado algo así. Volvió a descender las escaleras con rapidez.

También la escalera era nueva, de metal negro anodizado; antes no era así. Ésta era una nueva escalera.

—¿Norman?

—Un minuto, Beth.

Norman fue hacia la consola y empezó a oprimir teclas. Sabía que existía un archivo, que trataba sobre parámetros del habitáculo, o algo por el estilo. Al final, lo encontró:

PARÁMETROS DE DISEÑO MIPPR HAPPROP-8

5.024A Cilindro A
5.024B Cilindro B
5.024C Cilindro C

5.024D Cilindro D
5.024E Cilindro E

Elegir uno:

Norman eligió Cilindro D, y apareció otra pantalla. Eligió los planes de diseño y obtuvo, una página tras otra, los diagramas arquitectónicos. Los pasó apuñalando las teclas, hasta que llegó a los planos detallados del laboratorio biológico, que estaba en la parte superior del Cilindro D.

En los diagramas aparecía, con toda claridad, una gran batería de lámparas solares, articuladas de modo que pudieran plegarse contra la pared. Tenían que haber estado allí todo el tiempo, pero él nunca se había percatado de que existían. Halló multitud de detalles más en los que no había reparado, como la escotilla de escape, para casos de emergencia, situada en el techo abovedado del laboratorio; y el hecho de que, cerca de la entrada del suelo, hubiera una segunda litera plegada. Y una escalera negra anodizada, para el descenso.

«Eres presa del pánico —pensó—, y eso no tiene nada que ver con lámparas solares ni diagramas arquitectónicos; ni siquiera tiene que ver con el sexo. Eres presa del pánico porque Beth es la única que queda, además de ti, y ella se está comportando de manera extraña.»

En un ángulo de la pantalla, Norman miró cómo el pequeño reloj latía hacia atrás; los segundos pasaban con angustiosa lentitud.

«Doce horas más —pensó—. Sólo tengo que resistir doce horas más y todo cambiará.»

Tenía hambre, pero sabía que no había comida. También estaba cansado, y no tenía ningún lugar donde dormir. Tanto el Cilindro E como el C se hallaban inundados, y no quería ir arriba, donde estaba Beth. Norman se tendió en el suelo del Cilindro D, al lado del sofá en el que estaba Harry. Sentía el frío y la humedad del pavimento. Tardó largo rato en dormirse.

0900 HORAS

El martilleo, ese aterrador martilleo, junto con las sacudidas del suelo, lo despertaron con brusquedad. Giró sobre sí mismo y se levantó, en instantánea alerta. Vio a Beth, de pie al lado de los monitores.

—¿Qué es eso? —aulló—. ¿Qué es eso?

—¿Qué? —preguntó Beth.

Parecía muy tranquila, y le sonrió. Norman miró en derredor: las alarmas no se habían encendido, y tampoco las luces estaban destellando.

—No sé. Creí... —La voz se fue haciendo más débil.

—¿Pensaste que otra vez estábamos sufriendo un ataque? —le preguntó Beth.

Él asintió con la cabeza.

—¿Por qué piensas eso, Norman?

De nuevo ella lo estaba mirando de manera extraña: calculadora, con una fijeza muy directa y fría. Transmitía la suspicacia de la antigua Beth: eres hombre y eres un problema.

—Harry sigue inconsciente, ¿no? Entonces, ¿qué te hizo creer que estábamos siendo atacados?

—No sé. Supongo que estaba soñando.

Beth se encogió de hombros.

—Quizá sentiste la vibración que produje en el suelo al andar por él —dijo—. De cualquier modo, me agrada que hayas decidido dormir.

Esa misma mirada fija y calculadora... Como si hubiese algo mal en él...

—No dormiste lo suficiente, Norman.

—Ninguno de nosotros lo hizo.

—Tú, en particular.

—A lo mejor tienes razón. —Tuvo que admitir que, ahora que había dormido un par de horas, se sentía mejor, sonrió—. ¿Te acabaste todo el café y la tarta rellena?

—No hay ni café ni tarta rellena, Norman.

—Lo sé.

—Entonces, ¿por qué dijiste una cosa así? —preguntó la mujer, con gesto serio.

—Era una broma, Beth.

—Ah.

—Nada más que una broma. Una reflexión humorística sobre la condición en la que nos hallamos...

—Ya entiendo. —Estaba trabajando con las pantallas—. A propósito, ¿qué descubriste, en relación con el globo?

—¿El globo?

—El globo de superficie. ¿Te acuerdas que hablamos de ello?

Norman negó con la cabeza. No recordaba.

—Antes de que yo fuera al submarino te pregunté los códigos de control para enviar un globo a la superficie, y dijiste que mirarías en el ordenador y verías si podías hallar el modo de hacerlo.

—¿Eso dije?

—Sí, Norman. Lo dijiste.

Hizo un repaso mental: recordaba cómo él y Beth habían levantado del suelo el cuerpo inerte, y sorprendentemente pesado, de Harry, y lo habían acostado sobre el sofá; recordaba cómo le habían restañado la sangre que le manaba de la nariz, en tanto Beth le colocaba una intubación endovenosa, lo que ella sabía hacer debido a su trabajo con animales de laboratorio. Hasta bromeó diciendo que esperaba que a Harry le fuese mejor que a esos animales de laboratorio que, por lo común, terminaban muertos. Después, Beth se ofreció como voluntaria para ir al minisubmarino, y Norman había dicho que se quedaría con Harry. Eso era todo lo que recordaba.

No tenía ni idea de que hubieran hablado sobre globos de superficie.

—Por supuesto —continuó Beth—, porque las comunicaciones dijeron que se esperaba que confirmáramos haber recibido la transmisión, y eso significa el envío de un globo con radio a la superficie. Y creíamos que, al apaciguarse la tormenta, las condiciones en superficie estarían lo bastante tranquilas como para permitir que el globo ascienda sin cortar el cable. De modo que la cuestión era cómo soltar los globos. Y dijiste que buscarías las instrucciones de control.

—La verdad es que no lo recuerdo. Lo siento.

—Norman, en estas últimas horas que nos restan tenemos que trabajar juntos.

—Pienso lo mismo. Estoy convencido de que debe ser así.

—¿Cómo te sientes ahora?

—Bien. Muy bien, a decir verdad.

—Eso es bueno. Aguanta un poco, Norman. Sólo son unas pocas horas más.

Lo abrazó. Era un abrazo cálido; pero cuando lo soltó, Norman vio en los ojos de Beth aquella misma mirada fría y calculadora.

Una hora después habían resuelto el modo de soltar el globo. A lo lejos oyeron un chirrido metálico producido por el alambre que se estaba desenrollando del carrete exterior, siguiendo el ascenso del globo inflado, cuando éste se disparó hacia la superficie. Después se produjo una prolongada pausa.

—¿Qué ocurre? —preguntó Norman.

—Estamos a trescientos metros de profundidad —explicó Beth—, y el globo tarda en llegar a la superficie.

En ese momento la pantalla cambió y recibieron una lectura de las condiciones imperantes en la superficie del mar: la velocidad del viento había descendido a casi veintiocho kilómetros por hora, las olas llegaban hasta un metro ochenta y la presión barométrica era de 20,9. Había registro de existencia de luz solar.

—Buenas noticias —declaró Beth—: la superficie está bien.

Norman tenía la vista clavada en la pantalla, pensando en el hecho de que se había registrado la presencia de la luz del sol; nunca antes había anhelado ver la luz solar. Era extraño..., parecía algo tan trivial, y ahora la sola idea de contemplar la luz del sol se le antojaba un placer increíble; no podía imaginar una alegría mayor que la de admirar el sol, las nubes y el cielo azul.

—¿En qué estás pensando?

—Estoy pensando en que no veo el momento de largarme de aquí.

—Yo tampoco —confesó ella—. Pero ya no falta mucho.

¡Pong! ¡Pong! ¡Pong! ¡Pong!

Norman estaba inspeccionando a Harry y, al oír ese sonido, se volvió con brusquedad.

—¿Qué es eso, Beth?

¡Pong! ¡Pong! ¡Pong! ¡Pong!

—Ten calma —le aconsejó ella, sentada frente a la consola—. Sólo estoy analizando cómo operar esta cosa.

¡Pong! ¡Pong! ¡Pong! ¡Pong!

—¿Qué cosa?

—El sonar de barrido lateral. O sonar de falsa abertura. No sé por qué le llaman de «falsa abertura». ¿Sabes lo que significa «falsa abertura»?

¡Pong! ¡Pong! ¡Pong! ¡Pong!

—No, no lo sé —contestó Norman—. Apágalo, por favor. El sonido era irritante.

—Está señalado como «SFA», lo que, según creo, significa «sonar de falsa abertura», pero también dice «barrido lateral». Es muy confuso.

—¡Beth, apágalo!

¡Pong! ¡Pong! ¡Pong! ¡Pong!

—Claro, por supuesto —dijo.

—De todas maneras, ¿para qué quieres saber cómo operar eso? —preguntó Norman.

Se sentía irritado, como si Beth, adrede, lo hubiera fastidiado con ese sonido.

—Por las dudas... —repuso ella.

—¿Por las dudas *de qué*, por el amor de Dios? Tú misma dijiste que Harry estaba inconsciente, que no se iban a producir más ataques.

—Cálmate, Norman. Quiero estar preparada, eso es todo.

0720 HORAS

No había podido disuadirla. Beth había insistido en salir y conectar los explosivos colocados alrededor de la nave espacial. Era una idea fija en su mente.

—Pero ¿por qué, Beth? —le había preguntado Norman.

—Porque me sentiré mejor después de hacerlo —había respondido ella.

—Pero no hay motivo alguno para ello.

—Me sentiré mejor si lo hago —había insistido ella y, al final, Norman no la pudo detener.

En ese momento la vio: era una pequeña figura, de cuyo casco surgía una sola luz refulgente, que iba de un cajón de explosivos a otro. Los abría y sacaba conos amarillos grandes que se parecían bastante a los que se utilizan para delimitar carriles cuando se efectúan reparaciones en las carreteras. Interconectaba los conos y, cuando el circuito estaba completo, en la punta de ellos brillaba una lucecita roja.

Norman vio lucecitas rojas a todo lo largo de la nave espacial, y eso hizo que se sintiera inquieto.

Cuando Beth salía, él le había dicho:

—Pero no irás a conectar los explosivos que están cerca del habitáculo.

—No, Norman, no lo haré.

—Prométemelo.

—Ya te lo dije: no lo haré. Si eso te desagrada, no lo haré.

—Me desagrada.

—Está bien, está bien.

Ahora las luces rojas formaban un rosario que se extendía a lo largo de la astronave, a partir de la cola apenas visible que se erguía desde el fondo coralino. Beth iba cada vez más hacia el norte, hacia los restantes cajones que estaban sin abrir.

Norman miró a Harry, que roncaba con gran sonoridad, pero seguía inconsciente. Norman se paseaba por el Cilindro D como un león enjaulado; después, se dirigió a los monitores.

La pantalla parpadeó.

YA VOY.

—¡Oh, Dios! —exclamó.

Pero, acto seguido, pensó: «¿Cómo puede estar pasando esto? No puede ser. Harry sigue fuera de combate. ¿Cómo es posible que esto ocurra?»

YA VOY POR VOSOTROS.

—¡Beth!

En el intercomunicador, la voz de Beth sonó con estridencia:

—Sí, Norman.

—Lárgate de ahí, de inmediato.

NO TENGÁIS MIEDO.

—¿Qué pasa, Norman? —preguntó Beth.

—Recibo algo en la pantalla.

—Vigila a Harry. Tiene que estar despertándose.

—No, sigue igual. Regresa aquí, Beth.

VOY AHORA.

—Muy bien, Norman, voy hacia allá.

—Rápido, Beth.

Pero no necesitaba decirlo: ya veía la luz del casco de Beth, que subía y bajaba con rapidez, mientras ella corría por el fondo del mar. Se encontraba a noventa metros del habitáculo, por lo menos. A través del intercomunicador, Norman la oía respirar con dificultad.

—¿Puedes ver algo, Norman?

—No, nada.

Se esforzaba por mirar hacia el horizonte, que era el sitio por el cual siempre había aparecido el calamar. La primera señal siempre había sido un lejano fulgor verde. Ahora no se veía.

Beth jadeaba.

—Puedo sentir algo, Norman. Siento el agua..., una ola grande..., fuerte.

La pantalla destelló:

OS MATARÉ AHORA.

—¿Ves algo por ahí? —preguntó Beth.

—No. Nada en absoluto.

Vio a Beth, sola sobre el lodoso fondo. Su luz era el único centro de la atención de Norman.

—Lo puedo *sentir*, Norman. Está *cerca*. ¡Dios bendito! ¿Qué pasa con las alarmas?

—Nada, Beth.

—¡Jesús!

Mientras avanzaba apresurada, el sonido de su respiración llegaba como jadeos sibilantes. Beth estaba en buen estado físico, pero no se podía esforzar en esa atmósfera. No le sería posible durante mucho tiempo, pensaba Norman. Ya podía ver que la mujer se estaba desplazando con menor velocidad. La lámpara del casco subía y bajaba con más lentitud.

—¿Norman?

—Sí, Beth. Estoy aquí.

—Norman, no sé si lo voy a lograr.

—Beth, tú lo puedes lograr. Reduce tu velocidad.

—Está *aquí*. Lo siento.

—No veo nada, Beth.

Oyó un sonido rápido y entrecortado, como de dos cosas duras que se golpean. En un primer momento pensó que era estática en la línea, pero después se dio cuenta de que eran los dientes de Beth que castañeteaban: la mujer estaba tiritando. Con semejante esfuerzo físico debería haber entrado en calor y, en cambio, se estaba enfriando.

Norman no entendía el porqué.

—... frío, Norman.

—Ve más despacio, Beth.

—No puedo... hablar... cerca...

Contra su voluntad, estaba reduciendo cada vez más la velocidad. Había entrado en la zona iluminada por las luces del habitáculo y ya estaba a menos de nueve metros de la escotilla, pero Norman se daba cuenta de que sus brazos y piernas se movían con lentitud, sin coordinación.

Y entonces pudo ver, por fin, que algo revolvía el lodoso sedimento que había detrás de Beth, en la oscuridad que se hallaba más allá de las luces. Era como un tornado, una nube remolineante de sedimento cenagoso. Norman no podía distinguir qué había dentro de la nube, pero percibía el poder que tenía en su interior.

—Cerca... Nor...

Beth tropezó y cayó. La nube remolineante se desplazó hacia ella.

OS MATARÉ AHORA.

La mujer consiguió ponerse de pie, miró hacia atrás y vio la nube rotatoria que se le aproximaba. En aquella masa lodosa había algo que llenaba a Norman de un horror profundo, de un horror que se remontaba a su niñez. Era el material básico que constituía las pesadillas.

—Normannnnn...

Entonces, el psicólogo empezó a correr, sin saber realmente qué iba a hacer, impulsado por lo que acababa de ver, pensando sólo en que tenía que hacer algo, ponerse en acción. Pasó por el Cilindro B, entró en el A y buscó su traje, pero no disponía de tiempo para ponérselo y, por la escotilla abierta, el agua negra estaba borboteando y remolineando. Vio la mano enguantada de Beth por debajo de la superficie, agitándose con desesperación. Estaba allí, justo debajo de él, y era la única compañera que tenía ahora. Sin pensarlo, saltó hacia el agua negra y se hundió en ella.

La repentina sensación de frío le hizo sentir ganas de gritar; le laceraba los pulmones. Al instante, todo el cuerpo se le quedó insensible y, durante un segundo, experimentó una espantosa parálisis. El agua lo volteó y lo lanzó como si lo hubiera atrapado una gran ola; se hallaba impotente para luchar contra ella. Su cabeza golpeó contra la cara inferior del habitáculo. No podía ver absolutamente nada.

Palpó en derredor, en busca de Beth, estirando los brazos a ciegas en todas direcciones. Los pulmones le ardían. El agua le hacía girar sobre sí mismo en círculos; lo ponía cabeza abajo.

Tocó a Beth; la perdió. El agua seguía haciéndole dar vueltas.

Agarró algo: un brazo. Norman ya estaba perdiendo el sentido del tacto. Se sentía cada vez más lento y más atontado. Por encima de él vio un anillo de luz: la escotilla. Hizo un movimiento de pataleo, pero no tuvo la impresión de desplazarse. El círculo no se acercaba.

Pataleó cada vez más, arrastrando a Beth como un peso muerto. Quizá ella estaba muerta. Los pulmones le quemaban. Era el dolor más intenso que había experimentado en toda su vida. Luchó contra él, y luchó contra el agua furiosa que le hacía dar vueltas sobre sí mismo. Siguió pataleando hacia la luz. Ése era su único pensamiento: patalear hacia la luz, acercarse a la luz, alcanzar la luz, la luz..., la luz...

La luz.

Las imágenes eran confusas: el cuerpo de Beth, envuelto en el traje de buceo, resonaba contra el metal, dentro de la esclusa. La propia rodilla de Norman sangraba sobre el borde de la escotilla, y las gotas de sangre salpicaban el suelo. Las temblorosas manos de Beth se extendían para cogerse el casco, lo hacían girar intentando que se destrabara del traje. Manos que temblaban. Agua en la escotilla, agua que brotaba y succionaba. Luces en los ojos de Norman. Un dolor terrible en alguna parte de su cuerpo. Herrumbre muy cerca de su cara;

un borde metálico afilado. Metal frío. Luces en sus ojos, luces que se volvían mortecinas, se extinguían...

La negrura.

La sensación de calor era desagradable. En los oídos tenía un rugido sibilante. Alzó la vista y vio a Beth, sin su traje. Norman la veía desproporcionadamente importante y grande. Ella estaba ajustando el gran calefactor de ambiente; después, lo encendió. La mujer todavía tiritaba, pero estaba encendiendo la calefacción. Norman cerró los ojos: «Lo logramos —pensó—, todavía estamos juntos. Todavía estamos bien. Lo logramos.»

Se relajó.

Sobre el cuerpo sintió una sensación de hormigueo. «Debe de ser por el frío —pensó—. Tiene que ser consecuencia de que el cuerpo está recobrando su temperatura normal.» La sensación de hormigueo, de algo que se arrastraba, no era agradable. Como tampoco lo era el siseo que oía: como un silbido, intermitente.

Mientras yacía sobre la cubierta, algo se le deslizó con suavidad por debajo del mentón. Abrió los ojos y vio un tubo blanco plateado. Entonces se esforzó por ver y descubrió los diminutos ojos redondos y brillantes, la lengua que oscilaba. Era una serpiente.

Una serpiente marina.

Quedó petrificado. Miró hacia abajo, moviendo nada más que los ojos.

Tenía todo el cuerpo cubierto de serpientes marinas.

La sensación de hormigueo provenía de docenas de serpientes que se le enroscaban alrededor de los tobillos, se le deslizaban entre las piernas, sobre el pecho. Percibió el movimiento de algo frío que se le deslizaba sobre la frente; cerró los ojos, horrorizado, el cuerpo de la serpiente se arrastraba por encima de su cara, le bajaba por la nariz, le frotaba los labios; después, se alejó.

Al oír el siseo de los reptiles recordó que Beth había dicho que eran muy venenosos... «Beth —pensó—. ¿Dónde está Beth?»

Norman permanecía inmóvil. Sentía que las serpientes se le enroscaban alrededor del cuello, pasaban sobre sus hombros y se deslizaban entre los dedos de las manos. No quería abrir los ojos. Experimentó un súbito acceso de náuseas. «Dios mío —pensó—, voy a vomitar.»

Notaba serpientes debajo de sus axilas, y otras que le paseaban por las ingles. Súbitamente, empezó a invadirle un sudor frío. Luchó contra las náuseas.

«Beth», pensó. No quería hablar. «Beth...»

No cesaba de oír el siseo y entonces, cuando ya no lo pudo soportar más, abrió los ojos y vio la masa de carne blanca que se enroscaba y retorcía, las diminutas cabezas, las lenguas bífidas que se balanceaban... Volvió a cerrar los ojos.

Sintió que una de las serpientes reptaba sobre la piel desnuda de su pierna, por debajo del mono.

—*No te muevas, Norman.*

Era Beth. Norman percibió la tensión de su voz. Alzó la vista, pero no podía verla; sólo veía su sombra.

Oyó que exclamaba:

—Oh, Dios, ¿qué hora es?

Y él pensó: «Al diablo con la hora, ¿a quién le importa qué hora es?» Eso no tenía ningún sentido para Norman.

—Tengo que saber qué hora es —estaba diciendo Beth.

Escuchó el sonido de sus pisadas sobre la cubierta. «La hora...» ¡Se estaba alejando! ¡Lo abandonaba...!

Las serpientes se le deslizaban sobre las orejas, debajo de la barbilla, por encima de las ventanillas de la nariz. Los cuerpos de los reptiles estaban húmedos y resbaladizos.

En ese momento percibió otra vez las pisadas de Beth sobre la cubierta, y un sonido metálico cuando la zoóloga levantó la tapa de la escotilla. Abrió los ojos y la vio, inclinada sobre él: cogía las serpientes en grandes puñados y las arrojaba al agua a través de la escotilla. Los reptiles se le retorcían en las manos, se le liaban alrededor de las muñecas, pero Beth se las sacudía y las tiraba a un lado. Algunas no caían en el agua y se enroscaban en la cubierta. Pero la mayor parte ya no estaban sobre el cuerpo de Norman.

Una de las serpientes le reptaba por la pierna, en dirección a la ingle. Norman sintió que se deslizaba con rapidez hacia abajo: ¡Beth estaba tirándole de la cola!

—Con cuidado...

Ya no tenía la serpiente encima. Había salido lanzada sobre su hombro.

—Puedes levantarte, Norman —dijo Beth.

Se puso en pie de un salto y enseguida, vomitó.

0700 HORAS

Tenía una atroz jaqueca, pulsante, que hacia que el brillo de las luces del habitáculo le resultara insoportable. Y sentía frío. Beth lo había envuelto en mantas y lo había colocado junto a los grandes calefactores de ambiente del Cilindro D, tan próximo a ellos que el zumbido de los elementos eléctricos le sonaba muy fuerte en los oídos; a pesar de ello, seguía sintiendo frío. En ese momento bajó la vista hacia Beth, que le estaba vendando la rodilla herida.

—¿Cómo está? —le preguntó.

—Regular contestó ella—. La herida llega hasta el hueso. Pero te vas a poner bien. Sólo es cuestión de esperar unas pocas horas más.

—Sí, yo..., ¡ay!

—Lo siento. Está casi listo.

Beth estaba siguiendo las instrucciones para primeros auxilios que daba el ordenador. Para distraer su mente del dolor, Norman leyó la pantalla:

COMPLICACIONES MÉDICAS DE MENOR IMPORTANCIA (NO LETALES)

7.113 Trauma
7.115 Microsueño
7.118 Temblor debido al helio
7.119 Otitis
7.121 Contaminantes tóxicos
7.143 Dolor de cápsula sinovial

Elegir uno:

—Eso es lo que necesito —dijo Norman—: un poco de microsueño o, mejor aún, un poco de macrosueño en serio.

—Sí. Todos lo necesitamos.

En ese instante, un pensamiento acudió a la memoria de Norman.

—Beth, cuando estabas liberándome de las serpientes, ¿por qué necesitabas saber qué hora era en ese momento?

—Las serpientes marinas son diurnas. Muchas serpientes venenosas son, alternativamente, hostiles o pasivas, de acuerdo con ciclos de doce horas, correspondientes al día y a la noche. Durante el día, cuando son inofensivas, se pueden tocar y nunca muerden. En la India, por ejemplo, jamás se ha sabido que la *krait* rayada haya picado durante el día; hasta los niños juegan con ella. Pero al llegar la noche, ¡cuidado! Por eso yo estaba tratando de establecer en qué momento se encontraban las serpientes marinas, hasta que decidí que ése tenía que ser su ciclo pasivo diurno.

—¿Cómo se te ocurrió eso?

—Porque tú aún estabas vivo.

Norman comprendió entonces que Beth había usado sus manos desnudas para quitarle las serpientes, a sabiendas de que tampoco le picarían a ella.

—Con las manos llenas de serpientes te parecías a Medusa.

—¿Quién es? ¿Una estrella del rock?

—No, un personaje mitológico.

—¿La que mató a los hijos? —preguntó, lanzándole, de soslayo, una mirada suspicaz, siempre alerta ante un insulto encubierto.

—No, ésa era otra. Ésa era Medea. Según la mitología, Medusa era una mujer que tenía la cabeza cubierta por serpientes, y que convertía en piedra a los hombres que la miraban directamente. La mató Perseo, quien no la miró directamente, sino que miró su imagen reflejada en el escudo que él había bruñido con esa intención.

—Lo siento, Norman. No es mi campo.

Norman pensó: «Es notable que, en una época, todo occidental instruido sabía quiénes eran estas figuras de la mitología, así como las historias inherentes a ellas; las conocían tan a fondo como la historia de familiares y amigos. Antes, los mitos representaron un conocimiento compartido por toda la especie humana, y actuaban a guisa de mapa del mundo consciente. En cambio ahora una persona bien educada como Beth no posee el menor conocimiento de los mitos.» Era como si los hombres hubiesen decidido que el mapa del mundo consciente de los seres humanos había cambiado. Pero ¿había cambiado en realidad? Norman tuvo un escalofrío. Ella le preguntó:

—¿Todavía sientes frío, Norman?

—Sí. Pero lo peor es el dolor de cabeza.

—Es probable que estés deshidratado. Veamos si puedo hallar algo para que bebas. —Se dirigió hacia el botiquín de primeros auxilios que estaba en la pared—. ¿Sabes? Lo que hiciste fue un verdadero despliegue de coraje —dijo Beth—. Saltar de esa manera, sin traje... La temperatura del agua está apenas un par de grados por encima del punto de congelación. Fue un acto muy valiente. Estúpido, pero valiente. —Sonrió y agregó—: Me salvaste la vida, Norman.

—No pensé —repuso él—. Simplemente lo hice.

Y después le contó cómo, cuando la vio allí fuera y descubrió la nube giratoria de sedimentos que se le acercaba, experimentó un horror antiguo e infantil, algo que provenía de recuerdos muy lejanos.

—¿Sabes lo que fue? Me recordó el tornado de *El mago de Oz*. Cuando era pequeño, ese tornado me había dejado pasmado de terror, y no quise que volviera a ocurrir.

En el mismo momento en que pronunciaba esas palabras, pensó: «Quizá éstos sean nuestros nuevos mitos: Dorothy, Toto y la Bruja Perversa; el capitán Nemo y el calamar gigante...»

—Pues cualquiera que haya sido la razón, me salvaste la vida. Gracias.

—De nada. —Sonrió y agregó—: Lo que te pediría es que no lo vuelvas a hacer.

—No, no volveré a salir.

Beth le ofreció un vasito de papel con una bebida viscosa y dulce.

—¿Qué es esto?

—Complemento isotónico de glucosa. Bébelo.

Tomó un sorbo, pero la bebida era desagradable por lo empalagosa. Al otro lado de la habitación, en la pantalla de la consola todavía se leía: OS MATARÉ AHORA. Norman miró a Harry, que seguía inconsciente y aún tenía la sonda intravenosa en el brazo.

Harry había estado inconsciente todo el tiempo.

Norman no se había planteado lo que se infería de este hecho. Había llegado la hora de hacerlo. No quería, pero estaba obligado a ello.

—Beth, ¿por qué crees que está ocurriendo todo esto?

—¿A qué te refieres?

—A las palabras que aparecieron en la pantalla, y a esa otra manifestación que vino a atacarnos.

Beth le dirigió una de esas miradas neutras, insulsas.

—¿Qué crees tú, Norman?

—No es Harry.

—No, no lo es.

—Entonces, ¿qué está sucediendo?

Se puso de pie y apretó las mantas contra su cuerpo. Flexionó la rodilla vendada; le dolía, pero no demasiado. Avanzó hacia la portilla y miró por la ventana: a lo lejos, alcanzaba a ver el rosario de luces rojas, correspondientes a los explosivos que Beth había colocado y montado. No entendía por qué había hecho eso; se había comportado de un modo muy extraño en relación con ese asunto...

Miró hacia abajo, en dirección a la base del habitáculo, y vio que también allí refulgían luces rojas, justo debajo de la portilla.

Betb había conectado los explosivos que estaban alrededor del habitáculo.

—Beth, ¿qué hiciste?

—¿Qué hice?

—Has conectado los explosivos en torno al DH-8.

—Sí, Norman —confirmó Beth.

Estaba de pie y lo observaba, muy quieta, muy tranquila.

—Beth, prometiste que no lo harías.

—Lo sé. Tuve que hacerlo.

—¿Cómo están conectados? ¿Dónde se halla el botón?

—No hay ningún botón: están calibrados con sensores automáticos de vibración.

—¿Quieres decir que se dispararán de *forma automática*?

—Sí, Norman.

—Eso es una locura. Alguien sigue haciendo manifestaciones. *¿Quién lo bace, Beth?*

La mujer sonrió lentamente, con una sonrisa felina, morosa, como si, en secreto, se divirtiera a costa de Norman.

—¿De veras no lo sabes?

Sí, él lo sabía, y el conocimiento le daba escalofríos.

—Tú estás haciendo esas manifestaciones Beth.

—No, Norman —repuso ella sin perder la calma—. Yo no las estoy haciendo: las estás haciendo tú.

0640 HORAS

Norman se retrotrajo varios años, a los lejanos días de su práctica hospitalaria, cuando había trabajado en el hospital estatal de Borrego. Su jefe de investigación lo había enviado para que elaborara un informe sobre la evolución de un paciente. El hombre frisaba los treinta años, y era agradable y bien educado. Norman habló con él sobre los más diversos temas: la transmisión hídromática del «Oldsmobile», las mejores playas para practicar *surf*, la reciente campaña presidencial de Adlai Stevenson, la técnica de lanzamiento del jugador de béisbol Whitey Ford; hablaron hasta de la teoría freudiana.

El paciente no podía ser más encantador, si bien fumaba de modo incesante y parecía estar poseído por una tensión subyacente. Al fin, Norman se decidió a preguntarle por qué había sido enviado al hospital.

No recordaba el porqué. Se disculpaba, y parecía sincero al afirmar que no podía recordarlo. Sometido a un interrogatorio reiterado que le hizo Norman, el sujeto empezó a perder encanto y a ganar en irritación. Por último, se volvió amenazador e iracundo, daba puñetazos en la mesa y le exigía a Norman que hablara de cualquier otra cosa.

Entonces, Norman cayó en la cuenta de quién era ese hombre: Alan Whittier, el cual, cuando era adolescente, había asesinado a su madre y a su hermana en la casa rodante que tenían en Palm Desert; luego mató a otras seis personas en una estación de servicio, y a tres más, en la explanada de estacionamiento de un supermercado, hasta que, por último, se había entregado a la policía, sollozante e histérico, presa de la culpa y del remordimiento. Whittier permaneció diez años en un hospital, y durante ese período había atacado con brutalidad a varios asistentes.

Ése era el hombre que Norman tenía frente a sí. Estaba enfurecido, pateaba la mesa y golpeaba la pared con el respaldo de su silla. Se dio vuelta para huir de la sala, pero la puerta que tenía a sus espaldas estaba cerrada con llave: lo habían encerrado, que es lo que siempre hacían durante las entrevistas con los pacientes violentos.

Detrás de Norman, Whittier había levantado la mesa y la había arrojado contra la pared, y estaba a punto de abalanzarse sobre Norman, que se hallaba aterrorizado. En ese momento oyó el ruido de los cerrojos, y enseguida tres enormes asistentes se precipitaron en el interior de la habitación, agarraron a Whittier y se lo llevaron a rastras. El enfermo seguía chillando y maldiciendo.

Norman se apresuró a ir a ver a su jefe y le exigió que le dijera por qué lo había engañado. El jefe le preguntó:

—¿Sientes que fuiste engañado?

—Sí. Me engañaron.

—¿Pero no te habían dicho de antemano cómo se llamaba ese paciente? ¿El nombre no te dijo nada?

Norman contestó que, en realidad, no le había prestado atención.

—Será mejor que prestes atención, Norman. Nunca te puedes permitir bajar la guardia en un sitio como ése. Es demasiado peligroso.

Y ahora, al mirar a Beth, que estaba al otro lado de la habitación, Norman pensó: «Presta atención, Norman. No te puedes permitir bajar la guardia, porque te las estás viendo con una persona loca, y no te habías dado cuenta.»

—Veo que no me crees —dijo Beth, todavía muy tranquila—. ¿Te sientes en condiciones de hablar?

—Por supuesto.

—¿De pensar con lógica?

—Claro que sí —repuso Norman, mientras pensaba: «No soy yo el que está loco.»

—Muy bien. ¿Recuerdas cuando me dijiste lo de Harry? ¿Cómo todas las pruebas lo acusaban a él?

—Sí. Por supuesto.

—Me preguntaste si yo podía pensar en otra explicación, y te respondí que no. Pero *sí* hay otra explicación, Norman. Algunos puntos que tú, convenientemente, pasaste por alto la primera vez. Como las medusas. ¿Por qué las medusas? Porque fue a tu hermano menor a quien picó una medusa, Norman, y fuiste *tú* quien se sintió culpable después. ¿Y cuándo habla Jerry? Cuando *tú* estás presente, Norman. ¿Y cuándo detuvo su ataque el calamar? Cuando *tú* quedaste inconsciente por un golpe, Norman. No Harry, sino *tú*.

La voz de Beth sonaba tan serena, tan razonable... Norman hizo un gran esfuerzo por reflexionar sobre lo que estaba diciendo. ¿Sería posible que Beth tuviera razón?

—Trata de verlo desde esta perspectiva: eres un psicólogo que está aquí abajo con un grupo de científicos que tratan con hechos concretos. Nada hay para ti aquí abajo, eso tú mismo lo dijiste. ¿Y no hubo una época de tu vida durante la cual sentiste que, en lo profesional, se te hacía a un lado? ¿No fue ése un período desagradable para ti? ¿No me confesaste una vez que odiabas ese período de tu vida?

—Sí, pero...

—Cuando empiezan a ocurrir todos esos hechos extraños, ya el problema deja de ser algo medible y pesable, y se convierte en un problema psicológico. Te viene de perlas, Norman, pues ése es el campo de conocimiento que dominas. De repente, te conviertes en el centro de atención, ¿no es así?

«No —pensó Norman—, esto no puede ser cierto.»

—Cuando Jerry empieza a comunicarse con nosotros, ¿quién se da cuenta de que tiene emociones? ¿Quién insiste en tratar con las emociones de Jerry? Ninguno de nosotros se interesa por las emociones, Norman: Barnes solamente quiere información sobre armamento; Ted no desea hablar más que de temas científicos; a Harry lo único que le importa es realizar juegos de lógica. Tú eres quien se interesa por las emociones. ¿Y quién manipula a Jerry, aunque en realidad no lo logre? Tú, Norman. Nadie más que tú.

—No puede ser —dijo Norman.

Su mente estaba confundida; se esforzaba por hallar una contradicción, y por fin la halló:

—No puede ser... porque yo no estuve dentro de la esfera.

—Sí estuviste —dijo Beth—. Lo que ocurre es que no lo recuerdas.

Se sentía demolido, apaleado y deshecho. No podía recobrar el equilibrio, pero los puñetazos le seguían llegando.

—Del mismo modo que no recuerdas que te pedí que buscaras los códigos para los globos sonda —le estaba diciendo Beth, con su voz serena—. Y tampoco te acuerdas de que Barnes te preguntó cuáles eran las concentraciones de helio en el Cilindro E.

«¿Qué concentraciones de helio en el Cilindro E? ¿Cuándo me preguntó eso Barnes?»

—Hay muchas cosas que no recuerdas, Norman.

—¿Cuándo fui a la esfera?

—Antes del primer ataque del calamar. Después de que salió Harry.

—¡Estaba durmiendo! ¡En mi litera!

—No, Norman, no te encontrabas allí. Alice Fletcher fue a buscarte y te habías ido. No te pudimos encontrar y después apareciste, bostezando.

—No te creo.

—Sé que no me crees. Prefieres que el problema sea de otro. Y eres astuto. Eres diestro en la manipulación psicológica. ¿Recuerdas esos tests que practicabas? Ponías en un avión un grupo de gente, que no estaba al tanto de lo que pasaba, y después les decías que el piloto había sufrido un ataque cardíaco. Y ellos casi morían del susto. Ésa es una manipulación bastante cruel, Norman. Y aquí abajo, cuando empezaron a ocurrir esas cosas extrañas, necesitaste un monstruo. Así que Harry fue el monstruo. Pero Harry no lo era. Tú eres el monstruo, Norman. Esa es la razón por la que había cambiado tu aspecto, el porqué de que te hubieras vuelto feo: porque tú eres el monstruo.

—Pero el mensaje decía: «Mi nombre es Harry.»

—Sí, eso decía. Y, tal como tú mismo señalaste, la persona que lo ocasionó temía que en la pantalla apareciera el verdadero nombre.

—Harry —dijo Norman—. El nombre era *Harry*.

—¿Y cuál es tu nombre?

Norman se detuvo un instante. Por alguna razón, la boca no le funcionaba. Su cerebro estaba en blanco.

—Te lo diré yo. Lo busqué. Tu nombre es Norman *Harrison* Johnson.

«No —pensó Norman—. No es posible que Beth tenga razón.»

—Es difícil de aceptar —continuó ella con su voz lenta, paciente, casi hipnótica—, y lo entiendo. Pero, si lo piensas, te darás cuenta de que deseabas que se llegara a esto. Querías que yo lo resolviera, Norman. ¡Pero vamos, si hace unos pocos minutos hasta me hablaste sobre *El mago de Oz*! Me ayudaste a encontrar el camino cuando yo no entendía lo que me estabas sugiriendo... o, por lo menos, fue tu inconsciente el que me ayudó. ¿Todavía conservas la calma?

—Por supuesto que conservo la calma.

—Bien. Trata de mantenerte sereno, Norman, y consideremos esto desde un punto de vista lógico. ¿Cooperarás conmigo?

—¿Qué quieres que haga?

—Quiero ponerte fuera de combate, Norman. Como a Harry.

Norman negó con la cabeza.

—Nada más que durante unas pocas horas.

En ese instante, Beth pareció tomar una decisión: avanzó con rapidez hacia el psicólogo, y éste vio la jeringa que ella tenía en la mano, vio el centelleo de la aguja y torció el cuerpo hacia un lado. La aguja se hundió en la manta. Norman se la quitó y corrió hacia la escalera.

—¡Norman! ¡Regresa!

Pero ya estaba subiendo la escalera. Vio que Beth corría hacia él con la jeringa, y le lanzó una patada; subió hasta el laboratorio de Beth y cerró violentamente la escotilla sobre su perseguidora.

—¡Norman!

Beth golpeó la escotilla con los puños. El se paró sobre la tapa de metal, a sabiendas de que Beth nunca la podría levantar con su peso encima. Ella seguía golpeándola.

—¡Norman Johnson, abrirás esa escotilla en este mismo instante!

—No, Beth, lo siento.

Norman se tomó un respiro. ¿Qué podría hacer Beth? «Nada», pensó. Se encontraba en lugar seguro. No podría alcanzarlo; nada le haría mientras permaneciera allí.

En ese momento vio que, entre sus pies, la traba metálica que había en el centro de la tapa estaba siendo movida desde el otro lado de la escotilla. Beth giraba el volante.

Estaba encerrando a Norman.

0600 HORAS

Las luces del laboratorio iluminaban la mesa, sobre la que había una fila de especímenes cuidadosamente embotellados: calamares, camarones y huevos de calamar gigante. Norman tocó las botellas distraídamente. Encendió el monitor del laboratorio y apretó varias teclas hasta que en la pantalla apareció Beth, que estaba trabajando en la consola principal del Cilindro D; a un lado vio a Harry, aún inconsciente.

—Norman, ¿me puedes oír?

—Sí, Beth. Te oigo —le respondió en voz alta.

—Norman, estás actuando de forma irresponsable. Eres una amenaza para toda esta expedición.

¿Era cierto eso? Norman no creía ser una amenaza para la expedición. No tenía la *sensación* de que eso fuese cierto. Pero ¿cuántas veces, en el curso de su vida, se había enfrentado con pacientes que rehusaban reconocer lo que les estaba ocurriendo? Recordó ejemplos triviales: un profesor, compañero suyo de la universidad, tenía terror a los ascensores, pero insistía en que subía siempre por la escalera debido a que era un buen ejercicio. Ese hombre subía hasta quince pisos; pero rechazaba las citas en edificios más altos. Había organizado toda su vida para adaptarla a un problema que no admitía tener. Mantuvo oculto el problema hasta que, al final, sufrió un ataque cardíaco. Recordó el caso de la mujer que, agotada por los años de cuidar a su hija mentalmente perturbada, le dio a ésta un frasco de pastillas para dormir; la madre decía que su hija necesitaba descansar, pero la muchacha se suicidó. Norman también se acordó del marino novato que, un día de fuerte viento, reunió alegremente a toda su familia para dar un paseo hasta Catalina, y todos estuvieron a punto de morir.

Docenas de ejemplos acudieron a su mente. Esta ceguera respecto de uno mismo era corriente en psicología. ¿Imaginaba que él era inmune?

Tres años atrás se había producido un pequeño escándalo, cuando, en el transcurso del fin de semana del Día del Trabajo, uno de los profesores adjuntos del Departamento de Psicología se suicidó, disparándose un tiro en la boca. Ese suceso había merecido titulares como: «PROFESOR SE SUICIDA. Sus colegas expresan sorpresa: *siempre estaba feliz.*»

El decano de la facultad, que se quedó en una situación embarazosa para conseguir fondos para la institución, había regañado a Norman por ese episodio. Pero la verdad, difícil de aceptar, era que la psicología adolecía de serias limitaciones. Aun con conocimiento profesional y con las mejores intenciones, seguía habiendo una enorme cantidad de cosas ignoradas relativas a los amigos más íntimos, los colegas, las esposas y maridos, y los hijos. Y la ignorancia con respecto a nosotros mismos es todavía mayor. La consciencia de sí mismo es la más difícil de lograr. Pocas personas llegan a tenerla... En realidad, quizá nadie llega a tenerla.

—Norman, ¿estás ahí?

—Sí, Beth.

—Creo que eres una buena persona, Norman.

No le contestó; se limitó a observarla en el monitor.

—Pienso que tienes integridad, y que crees que dices la verdad. Éste es un momento difícil para ti: debes hacer frente a tu propia realidad. Sé que ahora tu mente pugna por encontrar excusas, por echarle la culpa a alguna otra persona. No obstante, sé que lo puedes lograr, Norman. Harry no pudo, pero tú puedes. Espero que seas capaz de admitir la dura verdad: que, en tanto permanezcas consciente, la expedición está amenazada.

Norman sintió el gran poder de convicción de Beth, oyó la serena fuerza de su voz. Cuando ella hablaba, era casi como si sus ideas fuesen ropajes que iban envolviendo el cuerpo de Norman, el cual empezaba a ver las cosas a la manera de Beth. Ella estaba tan serena, era tan persuasiva... Tenía que estar en lo cierto. Las ideas de Beth tenían tanto poder... Las ideas de Beth tenían tanto poder...

—Beth, ¿estuviste en la esfera?

—No, Norman. Ésa es tu mente, que trata de evadir la cuestión otra vez. Yo no estuve en la esfera. *Tú* estuviste.

Con toda honestidad, Norman no podía recordar que hubiera entrado en la esfera. No lo recordaba en absoluto. Cuando Harry entró en ella, después pudo recordarlo. ¿Por qué lo olvidaba Norman? ¿Por qué bloqueaba ese recuerdo?

—Eres psicólogo, Norman —le estaba diciendo Beth—, y por eso no quieres admitir que posees un lado de sombras. Tienes el compromiso profesional de creer en tu propia salud mental. Naturalmente, lo vas a negar.

Norman no pensaba así. Pero ¿cómo resolverlo? ¿Cómo establecer si Beth tenía razón o no la tenía? La mente de Norman no estaba funcionando bien. Su rodilla herida le latía y le producía dolor; por lo menos no había duda respecto a eso: la herida de la rodilla era real.

Era una prueba de realidad.

«Ésa es la manera de resolverlo», pensó. Una prueba de realidad. ¿Cuáles eran las pruebas objetivas de que Norman había ido a la esfera? Se habían grabado cintas de todo lo que acontecía en el habitáculo, de modo que si Norman había entrado en la esfera muchas horas atrás, en alguna parte tenía que haber una cinta que lo mostrara en la esclusa de aire, solo, vistiéndose, deslizándose por la esclusa hacia el mar. Beth debería poder mostrarle esa cinta. ¿Dónde estaba esa cinta?

En el submarino, por supuesto.

La había llevado al submarino. Norman mismo pudo haberlo hecho cuando efectuó su salida hacia allí.

No había pruebas objetivas.

—Norman, ríndete, por favor. Por el bien de todos nosotros.

«Quizá tengan razón», pensó. Beth se mostraba muy segura de sí misma, así que si él estaba eludiendo la verdad, si estaba poniendo la expedición en peligro, entonces tenía que rendirse y admitir que Beth lo pusiera en estado de inconsciencia.

¿Podría confiar en ella para permitirle eso? Tendría que hacerlo. No había otra alternativa.

«Tengo que ser yo —pensó—, tengo que ser yo.» Ese pensamiento le era tan horrible... que le resultaba sospechoso. Se estaba resistiendo con mucha violencia... «y eso no es buena señal», demasiada resistencia.

—¿Norman?

—Está bien, Beth.

—¿Lo harás?

—No me apremies. Dame un minuto, ¿quieres?

—Claro, Norman. Por supuesto.

Miró el videograbador que estaba al lado del monitor, y recordó que Beth lo había usado para reproducir la misma cinta, una y otra vez; aquella que mostraba cómo la esfera se había abierto por sí misma. Ahora, esa casete estaba sobre la mesita que había al lado del videograbador. Norman la introdujo en la ranura y apretó el botón que encendía el equipo. «¿Por qué molestarme en mirar eso ahora? —pensó—. Solamente estoy demorando las cosas. Estoy ganando tiempo.»

La pantalla parpadeó, y Norman esperó que surgiera la familiar imagen de Beth comiendo tarta, de espaldas al monitor. Pero ésta era una cinta diferente: era una transmisión directa procedente del monitor que mostraba la esfera, la gran bola reluciente que descansaba en la nave.

Norman observó durante unos segundos, pero nada ocurrió. La esfera estaba inmóvil, como siempre. Pulida, perfecta. La contempló un rato más, pero no había nada que ver.

—Norman, si ahora abro la escotilla, ¿bajarás con tranquilidad?

—Sí, Beth.

Suspiró y se echó hacia atrás para apoyarse en el respaldo de la silla. ¿Cuánto tiempo estaría inconsciente? Poco menos de seis horas. No habría problema. Pero, fuere como fuere, Beth tenía razón: él debía entregarse.

—¿Norman, por qué estás mirando esa cinta?

Rápidamente, Norman observó en torno suyo y se preguntó si en ese cuarto había una cámara de televisión que permitía que Beth lo viera. Sí, había una bien en lo alto, en el techo, junto a la escotilla superior.

—*¿Por qué estás mirando esa cinta, Norman?*

—Se hallaba aquí.

—¿Quién te dijo que podías mirarla?

—Nadie —respondió Norman—. Simplemente estaba aquí.

—Detén la cinta, Norman. Deténla ahora.

La voz de Beth ya no se mostraba serena.

—¿Qué es lo que pasa, Beth?

—¡Detén esa condenada cinta, Norman!

Estaba a punto de preguntarle por qué tenía que detenerla, pero en ese momento vio a Beth entrar en la imagen y detenerse junto a la esfera. Cerró los ojos y apretó los puños con fuerza. Las espiraladas estrías de la superficie se separaron y revelaron la negrura interior. La pantalla mostró a Norman que Beth entraba en la esfera.

Luego, la puerta de la esfera se cerró detrás de la bióloga.

—Malditos seáis los hombres —exclamó Beth con voz tensa y enojada—. Todos vosotros sois iguales: no podéis dejar que alguien esté bien, solo y tranquilo, ninguno de vosotros.

—Me mentiste, Beth.

—¿Por qué miraste esa cinta? Te *rogué* que no la miraras. Verla solamente te podría herir, Norman.

Beth ya no estaba enojada; ahora se mostraba suplicante, al borde de las lágrimas. Estaba experimentando rápidos cambios emocionales. Inestable, impredecible.

Y tenía el control del habitáculo.

—Beth...

—Lo siento, Norman. Ya no puedo confiar más en ti.

—Beth...

—Voy a cortar la comunicación, Norman. No voy a escucharte...

—Beth, espera...

—...más. Sé lo peligroso que eres. Vi lo que le hiciste a Harry. Cómo torciste los hechos, de modo que él apareciera como culpable. Sí, todo habría sido culpa de Harry, en el momento en que hubieras terminado. Y ahora quieres que parezca que es culpa de Beth, ¿no? Pues voy a decirte una cosa: no lo podrás hacer, porque *he cortado la comunicación contigo*, Norman. No voy a oír tus palabras suaves y convincentes. No puedo escuchar tus manipulaciones. Así que no gastes energías.

Norman detuvo la cinta; ahora el monitor mostraba a Beth en vez de la consola, en el cuarto de abajo.

Estaba apretando teclas.

—¿Beth? —llamó.

La mujer no respondió y continuó trabajando en la consola, refunfuñando para sí:

—Eres un verdadero hijo de puta, Norman, ¿lo sabes? Te sientes tan mal que necesitas que todo el mundo se sienta tan vil como tú.

«Está hablando de sí misma», pensó Norman.

—Te sientes tan poderoso en eso del subconsciente, Norman: lo subconsciente esto, lo subconsciente aquello. ¡Cristo, estoy harta de ti! Probablemente tu subconsciente nos quiere matar a todos, nada más que porque te quieres suicidar y piensas que los demás debemos morir contigo.

Norman sintió que recorría su cuerpo un estremecedor escalofrío: Beth, con su carencia de autoestima, con su profundo odio a sí misma, había penetrado en la esfera, y ahora estaba actuando con el poder que ésta le había conferido, pero sin estabilidad en sus pensamientos. Beth se veía a sí misma como una víctima que luchaba contra su sino, y siempre sin éxito. Beth era la víctima de los hombres, de la organización de la sociedad, de la investigación científica, de la realidad. En ningún caso alcanzaba a ver cómo todo eso se lo había hecho ella a sí misma... «Y puso explosivos alrededor de todo el habitáculo», pensó Norman.

—No te permitiré hacerlo, Norman. Te voy a detener antes de que nos mates a todos.

Cuanto ella decía era inversión de la verdad. Ahora Norman empezaba a ver el patrón de su conducta.

Beth se había dado cuenta de cómo abrir la esfera y había ido allí en secreto, porque siempre había sentido la atracción del poder. Siempre había creído que le faltaba poder, que necesitaba más. Pero como no estaba preparada para manejarlo una vez que lo tuviera, seguía viéndose a sí misma como una víctima, de modo que tenía que negar la posesión del poder y disponer las cosas para ser víctima de ese poder.

Su situación era muy diferente de la de Harry, pues éste había negado sus miedos y, por ese motivo, las imágenes aterradoras se manifestaron por sí mismas. Pero Beth negó su poder y, en consecuencia, hizo que se manifestara una nube remolineante de poder amorfo e incontrolado.

Harry era un matemático que vivía en un mundo consciente de abstracciones, de ecuaciones y de ideas. De manera que un ser concreto, como un calamar, era lo que le causaba miedo. Pero Beth, una zoóloga que todos los días estaba en contacto con animales, seres a los que podía tocar y ver, tuvo que crear una abstracción, un poder al que ella no podía ni tocar ni ver. Un poder abstracto y sin forma que llegaba para atraparla a ella.

Y al objeto de defenderse, había rodeado el habitáculo de explosivos.

«No es gran cosa como defensa», pensó Norman.

A menos que, secretamente, esa persona quisiera matarse.

Norman vio con claridad todo el horror de la situación.

—No vas a salirte con la tuya, Norman. No permitiré que ocurra. No consentiré que me suceda a *mí*.

Continuaba apretando teclas en la consola. ¿Qué estaba planeando? ¿Qué podría hacerle? Norman tenía que pensar.

De súbito, las luces del laboratorio se apagaron. Un instante después ocurrió lo mismo con el gran calefactor de ambiente, cuyos elementos irradiantes empezaron a enfriarse y a oscurecerse.

Beth había cortado la corriente.

Con el calefactor apagado, ¿cuánto tiempo podría resistir? Norman cogió las mantas de la cama de Beth y se envolvió en ellas. ¿Cuánto tiempo aguantaría sin calor? «Desde luego, no seis horas», pensó con pesimismo.

—Lo siento, Norman, pero debes entender la posición en la que me encuentro: mientras te halles consciente, yo estoy en peligro.

«Quizá una hora —pensó—. Tal vez pueda durar una hora.»

—Lo siento, Norman. Pero me veo obligada a hacerte esto.

Oyó un suave siseo: la alarma de la placa que tenía en el pecho empezó a emitir un sonido intermitente y agudo. Bajó la vista y la miró. Incluso en la oscuridad pudo ver que ahora la placa estaba gris. Supo de inmediato qué era lo que había pasado: Beth había cortado el suministro de aire al laboratorio.

Acurrucado en la oscuridad escuchaba el silbido que, a intervalos regulares, emitía la alarma de su placa, y el siseo del aire que se escapaba. La presión disminuía con rapidez: los oídos se le taponaron, como si se encontrara a bordo de un avión que estuviera despegando.

«Haz algo», pensó, sintiendo que el pánico lo invadía.

Pero no había nada que pudiera hacer: se hallaba encerrado en la cámara superior del Cilindro D y no podía salir. Beth tenía el control de toda la instalación y sabía cómo operar los sistemas para mantenimiento de la vida. Le había cortado la corriente, había quitado la calefacción y ahora interrumpía el acceso de aire. Norman estaba atrapado.

A medida que la presión disminuía, las botellas herméticamente cerradas, que contenían especímenes, explotaban como bombas, y disparaban fragmentos de vidrio por todo el cuarto. Norman se agazapó debajo de las mantas y sentía cómo los cristales rasgaban la tela. Ahora respirar era más difícil. Al principio, Norman había pensado que era la tensión, pero después se dio cuenta de que el aire se volvía menos denso. Pronto perdería el conocimiento.

Haz algo.

Tenía la impresión de que no podía recuperar el aliento.

Haz algo.

Pero en lo único que pensaba era en respirar. Necesitaba aire, le hacía falta oxígeno. Entonces pensó en el botiquín de primeros auxilios. ¿Había oxígeno de emergencia en el botiquín? No estaba seguro. Le parecía recordar... Cuando se levantó explotó otra botella con especímenes, y tuvo que agacharse para esquivar los trozos de vidrio que volaban.

Boqueaba, casi asfixiado; el pecho le subía y le bajaba trabajosamente. Empezaba a ver puntos grises.

Avanzó a tientas en la oscuridad, en busca del botiquín; sus manos se desplazaban a lo largo de la pared. Tocó un cilindro. ¿Oxígeno? No, demasiado grande: tenía que ser el extintor de incendios. ¿Dónde se hallaba el botiquín? Siguió palpando la pared. ¿Dónde?

Sintió la caja metálica, la tapa en la que se hallaba estampada la cruz en relieve. La abrió de un tirón y metió las manos en ella.

Más puntos flotaron ante sus ojos: no le quedaba mucho tiempo.

Sus dedos tocaron frascos pequeños, y blandos paquetes de vendas. No había botellas de aire. ¡Maldición! Los frascos cayeron al suelo, y algo grande y pesado le aterrizó sobre un pie, con un ruido sordo. Norman se inclinó, tocó el pavimento y sintió que un pedazo de cristal le había hecho un corte en un dedo, no le prestó atención. Sus manos se cerraron sobre un frío cilindro de metal; era pequeño, apenas más largo que la palma de la mano. En uno de los extremos había una especie de tubo de unión, una tobera...

Era una lata de aerosol, una maldita lata de algún producto para rociar. La tiró lejos. Oxígeno. ¡Necesitaba oxígeno!

Recordó que junto a la litera... ¿No había oxígeno de emergencia al lado de cada litera del habitáculo? A tientas, buscó el sofá en el que dormía Beth; palpó la pared que estaba por encima de lo que tenía que ser la cabecera. Seguramente había oxígeno allí. Ahora Norman sentía vahídos, comenzaba a dejar de pensar con claridad.

No había oxígeno.

Entonces recordó que no era un lecho común y corriente, que no estaba diseñado para que en él durmiera nadie, así que no habrían puesto oxígeno allí. ¡Maldición! Y, en ese momento, su mano tocó un cilindro metálico sujeto a la pared. En uno de los extremos había algo blando...

Una mascarilla de oxígeno.

Con gran presteza, se puso la máscara sobre la boca y la nariz. Palpó la botella e hizo girar un mando. Oyó un siseo e inhaló aire frío. Sintió una ola de intenso vértigo y después la cabeza se le aclaró. ¡Oxígeno! ¡Ya se sentía bien!

Tanteó la botella para evaluar su tamaño: era un recipiente de emergencia, con apenas unos pocos centenares de centímetros cúbicos. ¿Cuánto duraría? «No mucho», pensó. Algunos minutos. Sólo representaba un alivio temporal.

Haz algo.

Pero no se le ocurría qué hacer. Carecía de opciones. Estaba encerrado en un cuarto.

Recordó lo que solía decir uno de sus profesores, el gordo y viejo Temkin: «Siempre tienen una opción. Siempre hay algo que pueden hacer. Nunca están desprovistos de una posibilidad.»

«Ahora sí lo estoy», pensó. No tenía alternativas. De todos modos, Temkin se refería al tratamiento de pacientes, no al hecho de tener que escapar de cámaras selladas. Su maestro no tenía ninguna experiencia sobre cómo salir de recintos cerrados. Y tampoco la tenía Norman.

El oxígeno lo había aturdido... ¿O era que ya se estaba terminando? Por su mente cruzó un desfile de sus antiguos profesores. ¿Sería esto como ver pasar la propia vida ante los ojos, cuando se está a punto de morir? Los vio a todos: la señora Jefferson, que le había sugerido que sería mejor que estudiara para abogado. El viejo Joe Lamper, que siempre reía y decía: «Todo es sexo. Créanme. Siempre todo se reduce a lo sexual.» El doctor Stein, que sostenía: «No existe ningún paciente que se resista. Mostradme un paciente que se resiste, y os mostraré un terapeuta que se resiste. Si no lográis avanzar con el paciente, pues haced alguna otra cosa, la que sea. Pero haced algo.»

Haced algo.

Stein era partidario de los recursos disparatados. Si no se lograba llegar al paciente, entonces había que comportarse como un loco: vestirse de payaso, patear al sujeto, mojarlo con una pistola de agua, hacer cualquier maldita cosa que al terapeuta se le ocurriera, pero *hacer algo*.

—Mira —solía decir—. Lo que estás haciendo ahora no da resultado. Así que prueba algo nuevo, no importa lo loco que te parezca.

«Eso estaba bien en aquel entonces», pensó Norman. Le gustaría ver al doctor Stein evaluando este problema. ¿Qué le diría que hiciera?

Abre la puerta. No puedo; ella la atranco.

Habla con ella. No puedo: no me escucha.

Abre el paso de aire. No puedo; ella controla el sistema.

Consigue el control del sistema. No puedo; lo tiene ella.

Busca ayuda dentro del cuarto. No puedo; no queda nada que sirva.

Entonces, sal. No puedo; yo...

Se detuvo en su cavilación: eso no era cierto. Podía salir rompiendo una portilla o abriendo la escotilla del techo. Pero no había ningún lugar al que pudiera ir, pues no tenía traje de buzo y el agua estaba a la temperatura de congelación; ya se había expuesto a esa agua, durante unos segundos nada más, y casi muere. Si saliera de esa cabina para sumergirse en el océano, casi con seguridad perecería. Era probable que su temperatura corporal bajara hasta límites letales, aun antes de que la cámara llegara a llenarse de agua. Sin duda, moriría.

En su mente vio entonces que el doctor Stein alzaría sus pobladas cejas y que, con una sonrisa burlona, le diría: *Y si vas a morir de todos modos, ¿qué tienes que perder*?

Norman comenzó a idear un plan: si abría la escotilla del techo podría ir al exterior del cilindro. Una vez fuera, quizá lograra descender hasta el Cilindro A, entrar en él a través de la esclusa de aire y ponerse su traje. Entonces, estaría bien.

Si lograse llegar hasta la esclusa de aire... ¿Cuánto tiempo necesitaría para ello? ¿Treinta segundos? ¿Un minuto? ¿Sería capaz de contener la respiración tanto rato? ¿Podría resistir el frío durante tan largo tiempo?

Morirás, de todos modos.

Y entonces pensó: «Maldito idiota, en tu mano tienes una botella de oxígeno; tienes suficiente aire, si no te quedas aquí, perdiendo tiempo, preocupándote. ¡Adelante, sal!»

«No —pensó—. Hay algo más, algo que estoy olvidando.»

¡Adelante!

Dejó de pensar y empezó a trepar hacia la escotilla situada en el techo del cilindro. Después contuvo la respiración, se afianzó bien, listo para la acometida del agua, giró el volante y abrió la escotilla.

—¡Norman! ¡Norman! ¿Qué estás haciendo? ¡Norman! Te has vuelto loco... —gritó Beth.

Después, sus palabras se perdieron en el rugido del agua que, a una temperatura glacial, caía dentro del cilindro como una poderosa cascada.

En el instante en que estuvo fuera se dio cuenta de su error: necesitaba pesos, pues su cuerpo boyaba hacia la superficie. Norman tomó una última bocanada de aire, dejó caer la botella de oxígeno y se agarró con desesperación a las frías tuberías de la parte externa del cilindro, a sabiendas de que si se soltaba no habría nada que lo detuviera, ninguna cosa a la que agarrarse en su ascenso hacia la superficie del mar, donde apenas llegara estallaría como un globo.

Sin dejar de agarrarse a las tuberías, se esforzaba para ir hacia abajo, siempre con una mano sobre la otra, en busca del siguiente tubo, de la siguiente protuberancia que le sirviese de asidero. Era como escalar una montaña, pero al revés: si se dejaba ir, «caería» hacia arriba y moriría. Ya tenía las manos entumecidas, y su cuerpo, rígido por el frío, se movía con lentitud. Los pulmones le quemaban.

Le quedaba muy poco tiempo.

Alcanzó la parte inferior del habitáculo, se dio impulso y osciló para quedar debajo del Cilindro D; se estiró hacia arriba y, en la oscuridad, palpó el metal buscando la esclusa... ¡No se encontraba allí! ¡La esclusa de aire no estaba! Entonces se dio cuenta de que se hallaba debajo del Cilindro B. Se desplazó hacia el A, y buscó a tientas la esclusa: estaba cerrada. Tiró con fuerza del volante. Tiró otra vez, pero no logró moverlo.

Estaba aislado en el exterior.

El terror más intenso se apoderó de Norman. Su cuerpo estaba casi paralizado a causa del frío, y él sabía que sólo le quedaban unos segundos antes de perder el conocimiento. Tenía que abrir la escotilla. Le dio puñetazos, golpeó el metal que rodeaba los bordes, sin experimentar ninguna sensación en sus manos ateridas.

En ese instante, el volante empezó a girar por sí mismo y la escotilla se abrió, como impulsada por un resorte. Seguramente existía un botón de emergencia, y Norman temía haberlo...

Irrumpió sobre la superficie del agua, aspiró una bocanada de aire y se volvió a hundir. Emergió otra vez, pero no podía trepar al cilindro porque estaba demasiado entumecido; sus músculos se hallaban congelados y el cuerpo no le respondía.

«Tienes que hacerlo —pensó—. Tienes que hacerlo.» Sus dedos se aferraron al metal, resbalaron y volvieron a agarrarse. «Un empujón —pensó—. Un último empujón.» Lanzó el pecho sobre el reborde metálico y cayó pesadamente sobre la cubierta. Pero estaba tan entumecido que no sentía absolutamente nada. Torció el cuerpo, en un intento por hacer que sus piernas alcanzaran el borde de la escotilla... Y volvió a caer al agua helada.

—*¡No!*

Una vez más, la última, se impulsó hacia arriba para alcanzar el borde; llegó a la cubierta y se retorció hasta que pudo apoyar una pierna en equilibrio precario; después levantó la otra pierna, la cual ya no sentía, y entonces se quedó fuera del agua, tendido sobre la cubierta del cilindro.

Estaba tiritando. Trató de ponerse de pie, pero se derrumbó. Todo su cuerpo se sacudía de tal modo, que no podía conservar el equilibrio.

Al otro lado de la esclusa divisó su traje, que colgaba en la pared del cilindro. Vio el casco, con su nombre, JOHNSON, escrito en él. Norman reptó hacia el equipo, mientras su cuerpo se sacudía con violencia. Trató de ponerse en pie. No pudo. Las botas estaban frente a su cara; trató de agarrarlas, pero sus manos no se cerraban. Intentó morder el traje para usar los dientes como punto de apoyo, y los dientes le castañeteaban de modo incontrolable.

El intercomunicador restalló:

—¡Norman! ¡Sé lo que estás haciendo!

Beth llegaría de un momento a otro. Tenía que ponerse el traje. Lo contempló, a unos centímetros de él, pero sus manos seguían temblando incapaces de sostener nada. Finalmente, vio las presillas de tela que había cerca de la cintura, y que servían para sujetar instrumentos. Enganchó una mano en una presilla y se las arregló para sostenerse. Se estiró hasta ponerse de pie. Metió un pie dentro del traje, y después, el otro.

—¡Norman!

Extendió los brazos para coger el casco, pero antes de que lograra retirarlo del gancho y se lo dejara caer sobre la cabeza, el casco tamborileó contra la pared. Una vez puesto, lo hizo girar sobre el cuello del traje hasta que oyó el *clic* que produjo el cierre del resorte.

Todavía tenía mucho frío. ¿Por qué no se calentaba el traje? En ese momento se dio cuenta de que no había corriente, pues la fuente de alimentación estaba en la mochila, se la colgó con un encogimiento de hombros y se tambaleó bajo su peso. Tenía que enganchar el cordón «umbilical» por el que corrían los conductos encargados de transferir oxígeno al interior del traje, y de conservar una temperatura compatible con la vida. Norman tendió la mano hacia atrás, palpó el cordón, lo sostuvo y lo enchufó en el traje, a la altura de la cintura; luego lo conectó...

Oyó un sonido breve y seco.

El ventilador empezó a zumbar con un ruido sordo.

Norman sintió que largas franjas de dolor le recorrían todo el cuerpo. Los elementos eléctricos estaban dando calor pero, sobre su piel helada, ese calor le producía dolor. Sentía como si se le clavaran alfileres y agujas por todo el cuerpo.

Beth estaba hablando por el intercomunicador. La oía pero no entendía lo que decía. Se sentó pesadamente sobre la cubierta, respirando con dificultad.

Sabía que se iba a poner bien, pues el dolor estaba disminuyendo, la cabeza se le estaba despejando y su cuerpo ya no se sacudía con tanta brusquedad. Había estado expuesto a un frío muy intenso, pero no el tiempo suficiente como para que el daño fuese irremediable. Se estaba recuperando con rapidez.

—¡Nunca vas a lograr agarrarme, Norman! —dijo Beth por el intercomunicador.

Norman consiguió ponerse de pie; se colocó el cinturón de lastre y cerró las hebillas.

—¡Norman!

No respondió. Ahora sentía que su temperatura había subido por completo, que era normal.

—¡Norman! ¡Estoy rodeada de explosivos! ¡Si te acercas a mí, aunque sea un poco, te volaré en pedazos! ¡Morirás, Norman! ¡Nunca vas a lograr agarrarme!

Pero Norman no iba a buscar a Beth. Tenía un plan muy distinto. Oyó el siseo de su tanque de aire, cuando la presión se igualó dentro del traje.

Entonces volvió a saltar al agua.

0500 HORAS

La esfera resplandecía bajo las luces. En su superficie perfectamente pulida, Norman vio su propia imagen reflejada; después contempló cómo esa imagen se deshacía, se fragmentaba al llegar a los surcos espiralados, cuando él rodeó la esfera para situarse ante su parte posterior.

Delante de la puerta.

Pensó que se parecía a una boca, a las fauces de una bestia primitiva, listas para engullirlo. Frente a la esfera, al ver una vez más el patrón extraterrestre, no humano, de los surcos, Norman se sintió flaquear. De repente, tuvo miedo. No creía poder seguir adelante con lo que pretendía hacer.

«No seas tonto —se dijo—. Harry lo logró. Y Beth también. Y sobrevivieron.»

Examinó los surcos espiralados, como si quisiera recobrar la confianza en sí mismo. Pero no lo logró en absoluto: en el metal no había más que estrías curvas, que reflejaban la luz que caía sobre ellas.

«Muy bien —pensó finalmente—, lo haré. Llegué hasta aquí y, hasta ahora, he sobrevivido a todo. No hay razón para que no lo haga.»

«Sigue adelante y ábrela.»

Pero la esfera no se abrió. Permaneció exactamente igual: una bola reluciente, bruñida, perfecta.

¿Cuál era la finalidad de este objeto? Norman deseaba de modo ferviente descubrir la finalidad de la esfera.

Volvió a pensar en el doctor Stein. ¿Cuál era su expresión favorita? «La comprensión es una táctica dilatoria». Stein solía enfadarse cuando los licenciados en psicología empezaban a examinar las cosas de manera demasiado racional y pronunciaban largas peroratas sobre los pacientes y sus problemas. Stein los interrumpía, sin ocultar su irritación, y les decía:

—¿A quién le importa? ¿A quién le importa que entendamos la psicodinámica de este caso, o que no lo hagamos? ¿Preferís entender por qué se nada, o saltar al agua y empezar a nadar? Sólo la gente que le teme al agua quiere entender por qué se nada; los demás saltan y se mojan.

«Muy bien —pensó Norman—. Mojémonos.» La esfera no se abrió.

—Ábrete —dijo en voz alta.

La esfera no se abrió.

Norman había pensado en la posibilidad de no lograrlo, porque Ted lo había intentado durante horas. Cuando Harry y Beth entraron no habían pronunciado palabra: tan sólo hicieron algo, dentro de su mente.

Cerró los ojos, concentró la atención y pensó: «Ábrete.»

Levantó los párpados y miró la esfera: seguía cerrada.

«Estoy listo para que te abras —pensó—. Estoy listo ahora.»

Nada ocurrió. La esfera seguía cerrada.

Aunque Norman había tomado en cuenta la posibilidad de que fuera incapaz de abrir la esfera, íntimamente pensaba que, después de todo, dos personas ya lo habían conseguido. ¿Cómo?

Harry, con su mente lógica, había sido el primero en resolver la cuestión. Pero la había resuelto sólo después de ver la cinta de Beth. De modo que Harry había descubierto una pista en la cinta, una pista importante...

Beth también había hecho un repaso de la cinta, la había mirado una y otra vez, hasta que, al final, también ella resolvió el problema. Había algo en la cinta...

«¡Qué lástima que no la tenga aquí!», pensó Norman. Pero la había visto varias veces, así que era probable que pudiera reconstruirla, que lograra reproducirla en su mente. ¿Cómo era? Mentalmente, vio las imágenes: Beth y Tina hablaban; Beth comía su porción de tarta. Después Tina decía algo sobre las cintas guardadas en el submarino. Y Beth respondía no sé qué. Luego Tina se alejaba y salía del cuadro, pero antes había dicho: «¿Cree que alguna vez lograrán abrir la esfera?» Y Beth había respondido: «Quizá. No lo sé.» Y la esfera se había abierto en ese instante.

—¿Porqué?

«¿Cree que alguna vez lograrán abrir la esfera?», había preguntado Tina. Y en respuesta a esa pregunta, Beth tenía que haber imaginado la esfera abierta, en su mente tenía que haber visto una imagen de la esfera abierta...

Se oyó un sonido bajo y profundo, como de algo que rodara; fue una vibración que llenó la sala.

La esfera estaba abierta; la puerta, abierta como en un inmenso bostezo, amplia y negra.

«Eso es —pensó—. Hay que representarse mentalmente que eso ocurre, y ocurre.» Lo que significaba que, si se representaba la puerta de la esfera cerrada...

Con otra rodadura profunda, la esfera se cerró.

... o abierta...

La esfera se abrió otra vez.

—Será mejor que no abuse de mi suerte —dijo en voz alta.

La puerta aún estaba abierta. Atisbó el interior, pero sólo vio una negrura profunda, sin matices. «Ahora o nunca», pensó.

Entró en la esfera.

Y la esfera se cerró detrás de Norman.

Todo es oscuridad; pero, a medida que sus ojos se adaptan, ve algo parecido a luciérnagas. Es una espuma danzante, luminosa..., millones de puntos de luz que remolinean alrededor de su cuerpo.

«¿Qué es?», piensa. Todo lo que ve es la espuma. No constituye una estructura, y parece no tener límites. Es un océano embravecido, una espuma reluciente, y muchas facetas. Norman siente que es muy bello, que hay una gran paz. Estar aquí es apacible.

Mueve las manos y coge espuma en el hueco de ellas; sus movimientos hacen que la espuma se arremoline. Pero en ese instante se da cuenta de que las manos se están volviendo transparentes, de que puede ver la centelleante espuma a través de su propia carne. Baja la vista y se mira el cuerpo: piernas, torso, todo él se está volviendo transparente. Él es parte de la espuma. La sensación es muy agradable.

Se hace más ligero, y pronto se ve elevado y flotando en el limitado océano reluciente. Entrelaza las manos sobre la nuca, y flota. Se siente feliz. Se quedaría aquí para siempre.

Adquiere conciencia de que hay algo más en este océano, otra presencia.

«¿Hay alguien aquí?»

Yo estoy aquí.

Se sobresalta. Se oye tan alto... O parece alto. Después, se pregunta si oyó algo en realidad.

«¿Alguien ha hablado?»

No.

«¿Cómo nos estamos comunicando?»

Del mismo modo que todo se comunica con todo lo demás.

«¿Qué modo es ése?»

¿Por qué preguntas, si ya conoces la respuesta?

«Es que no conozco la respuesta.»

La espuma lo mece con suavidad, pero Norman no recibe respuesta durante un rato, y se pregunta si está otra vez solo.

«¿Está usted ahí?»

Sí.

«Creí que se había ido.»

No hay donde ir.

«¿Quiere decir que está aprisionado dentro de esta esfera?»

No.

«¿Me responderá a una pregunta? ¿Quién es usted?»

Yo no soy un quién.

«¿Es usted Dios?»

Dios es una palabra.

«Quiero decir, ¿es usted un ser superior, o una conciencia superior?»

¿Superior a qué?

«Superior a mí, supongo.»

¿En qué altura estás?

«Bastante bajo. Por lo menos eso es lo que imagino.»

Bueno, eso es cosa tuya.

Mientras flota dentro de la espuma, a Norman lo perturba la posibilidad de que Dios se esté burlando de él.

«¿Está bromeando conmigo?»

¿Por qué me preguntas, si ya conoces la respuesta?

«¿Estoy hablando con Dios?»

No estás bablando en absoluto.

«Usted toma lo que digo en sentido literal. ¿Se debe eso a que proviene de otro planeta?»

No.

«¿Es usted de otro planeta?»

No.

«¿Es usted de otra civilización?»

No.

«¿De dónde es usted?»

¿Por qué preguntas, si ya conoces la respuesta?

Norman piensa que, en otro momento, esa contestación reiterativa lo habría irritado; pero ahora no tiene emociones. No hay juicios: sencillamente está recibiendo información.

«Pero esta esfera viene de otra civilización.»

Sí.

«Y quizá de otro tiempo.»

Sí.

«¿Y no es usted parte de esta esfera?»

Lo soy ahora.

«Si es así, ¿de dónde es usted?»

¿Por qué preguntas, si ya conoces la respuesta?

La espuma lo lleva de un lado para otro con delicadeza, meciéndolo de modo apaciguante.

«¿Está usted ahí?»

No hay donde ir.

«Temo que no sé mucho sobre religión. Soy psicólogo, de modo que me ocupo de cómo piensa la gente. En mi preparación profesional nunca aprendí mucho sobre religión.»

Ah, entiendo.

«La psicología no tiene mucho que ver con la religión.»

Por supuesto.

«¿Así que coincide conmigo?»

Coincido contigo.

«Eso es reconfortante.»

Yo no veo por qué.

«¿Quién es yo?»

¿Quién es, por cierto?

Mecido por la espuma, siente una profunda paz, a pesar de las dificultades de la conversación.

«Estoy preocupado.»

Dime.

«Estoy preocupado porque usted habla como Jerry.»

Eso era de esperar.

«Pero Jerry era, en realidad, Harry.»

—*Sí.*

«¿Así que usted también es Harry?»

No. Por supuesto que no.

«¿Quién es usted?»

Yo no soy un quién.

«¿Entonces, por qué habla de modo similar a Jerry o Harry?»

Porque surgimos de la misma fuente.

«No comprendo.»

Cuando miras en el espejo, ¿qué ves?

«Me veo a mí mismo.»

Ya entiendo.

«¿No es lo normal?»

Es cosa tuya.

«No comprendo.»

Lo que ves es cosa tuya.

«Eso ya lo sé. Todo el mundo sabe eso. Es una perogrullada de psicología, una frase hecha.»

Ya veo.

«¿Es usted una inteligencia extraterrestre?»

¿Es usted una inteligencia extraterrestre?

«Encuentro que es difícil hablar con usted. ¿Me dará el poder?»

¿Qué poder?

«El poder que les concedió a Harry y a Beth. El poder de hacer que ocurran cosas mediante el empleo de la imaginación. ¿Me lo va a conceder?»

No.

«¿Por qué no?»

Porque ya lo tienes.

«No siento que lo tenga.»

Lo sé.

«Entonces, ¿cómo es que tengo el poder?»

¿Cómo entraste aquí?

«Imaginé que la puerta se abría.»

Sí.

Se mecía en la espuma, aguardando una respuesta, pero no hubo respuesta: sólo un delicado movimiento de la espuma, una atemporalidad pacífica, y una sensación de adormecimiento.

Después de haber transcurrido cierto tiempo, Norman piensa: «Lo siento, pero desearía que usted se limitara a explicar y que dejara de hablar con acertijos.»

En vuestro planeta tenéis un animal llamado oso. Es un animal grande, en ocasiones más grande que vosotros; es inteligente, tiene ingenio y posee también un cerebro tan grande como el vuestro. Pero el oso difiere de vosotros en un solo aspecto importante: no puede realizar la actividad mental que denomináis «imaginar»; no puede elaborar imágenes mentales de cómo podría ser la realidad, no puede hacerse la representación mental de lo que llaman «lo pasado» y de lo que llaman «lo futuro ». Esta capacidad especial, la de imaginar, es la que bizo que vuestra especie sea lo grandiosa que es. Ninguna otra cosa: no es su naturaleza de simio, ni la capacidad de usar herramientas, ni el lenguaje, ni la violencia, ni el cuidado que prestan a los miembros jóvenes de su especie, ni sus agrupamientos sociales. No es ninguna de estas cosas, todas las cuales se hallan en otros animales. Vuestra grandeza estriba en la imaginación.

La capacidad de imaginar es la parte más grande de lo que vosotros denomináis «inteligencia». Creéis que la capacidad de imaginar no es más que una etapa útil en el camino para conseguir la resolución de un problema, o para bacer que algo ocurra. Pero imaginarlo es lo que bace que ese algo ocurra.

Éste es el don de vuestra especie, y éste es el peligro, porque vosotros no os preocupáis por controlar lo que genera vuestra imaginación: imagináis cosas maravillosas y cosas terribles, y no asumís la responsabilidad de esa elección. Se dice que en vuestro interior tenéis tanto el poder del bien como el poder del mal, el ángel y el demonio, pero, en honor a la verdad, dentro de vosotros no bay más que una cosa: la capacidad de imaginar.

Espero que bayáis disfrutado de este discurso, que tengo planeado pronunciar en la próxima asamblea de la Asociación Norteamericana de Psicólogos y Asistentes Sociales, que se reúne en marzo en Houston. Opino que este discurso tendrá una muy buena acogida.

«¿Qué?», piensa Norman, pasmado.

¿A quién creías que le estabas hablando? ¿A Dios?

«¿Quién es?»

Tú, por supuesto.

«Pero usted es alguien diferente de mí, alguien aparte. Usted no es yo.»

Sí, lo soy. Tú me imaginaste.
«Dígame más.»
No hay más.

Tenía la mejilla apoyada sobre un frío metal. Rodó sobre la espalda y miró la superficie pulida de la esfera, que se curvaba por encima de él. Los surcos espiralados de la puerta habían vuelto a cambiar.

Norman se puso de pie. Se sentía relajado y en paz, como si hubiera estado durmiendo durante largas horas. Igual que si despertara de un maravilloso sueño. Lo recordaba todo con mucha claridad.

Se desplazó por la nave, regresó a la cubierta de vuelo y, después, bajó por el pasadizo de las luces ultravioleta. Llegó a la sala que tenía los tubos en la pared.

Estaban llenos: había un tripulante en cada uno.

Era tal como lo había pensado: Beth había manifestado una sola tripulante, una solitaria mujer, a modo de advertencia para Harry y Norman. Ahora era Norman el que tenía el control, y encontró la sala poblada.

«No está mal.»

Miró la sala y pensó: «Que desaparezcan uno tras otro.»

De uno en uno, los miembros de la tripulación que se hallaban en los tubos se desvanecieron ante sus ojos; todos desaparecieron.

«Que vuelvan, a razón de uno cada vez.»

Rápidamente, los miembros de la tripulación volvieron a materializarse dentro de los tubos.

«Todos hombres.»

Las mujeres se convirtieron en hombres.

«Todos mujeres.»

Fueron mujeres en su totalidad.

Tenía el poder.

0200 HORAS

—Norman...

A través de los altavoces, la voz de Beth se oía por toda la astronave vacía.

—¿Dónde estás, Norman? Sé que te encuentras en alguna parte. Te puedo *sentir*, Norman.

El psicólogo se estaba desplazando por la cocina; pasó frente a las latas vacías de coca-cola que estaban sobre la mesa; después cruzó la pesada puerta y penetró en la cubierta de vuelo; allí contempló el rostro de Beth en todas las pantallas de la consola. Parecía verlo, con su imagen repetida una docena de veces.

—Norman, sé dónde has estado. Estuviste dentro de la esfera, ¿no es así?

Con la palma de la mano, Norman apretó las consolas, en un intento por apagar las pantallas. Pero no lo consiguió: las imágenes permanecieron.

—Norman. Respóndeme, Norman.

Dejó atrás la cubierta de vuelo y fue hacia la esclusa de aire.

—De nada servirá, Norman. Yo estoy al mando ahora. ¿Me oyes?

En la esclusa escuchó un *clic* cuando su casco quedó correctamente unido al traje. El aire que procedía de los tanques era frío y seco. Percibió el sonido uniforme de su propia respiración.

Oyó la voz de Beth en el intercomunicador de su casco.

—Norman, ¿por qué no me hablas? ¿Tienes miedo, Norman?

La constante repetición de su nombre lo irritaba. Apretó los botones para abrir la esclusa. El agua que surgía del suelo subía con rapidez e inundaba la cabina.

—Ah, *estás ahí*, Norman. Ahora te veo.

Beth empezó a reír con una risa alta y quebrada.

Norman se volvió y vio la cámara de televisión montada en el robot, todavía dentro de la esclusa. Le dio un violento empellón y la hizo enfocar hacia otro lado.

—Eso de nada servirá, Norman.

Estaba otra vez fuera de la nave espacial, de pie al lado de la esclusa. Los explosivos Tevac formaban hileras de puntos rojos refulgentes que se extendían en forma de líneas erráticas, como si fuesen una pista de aterrizaje diseñada por algún ingeniero demente.

—Norman. ¿Por qué no me respondes, Norman?

Beth era inestable, variable. Se notaba en su voz. Tenía que privarla de sus armas, desconectar los explosivos..., si era capaz de hacerlo.

«Que los explosivos se apaguen y se desconecten», penso. De inmediato, todas las luces rojas se apagaron. «No está mal», se dijo, complacido.

Un instante después, las luces rojas parpadearon y volvieron a encenderse.

—No lo lograrás, Norman —dijo Beth, riendo—. No podrás conmigo. Puedo combatir.

Sabía que ella tenía razón: estaban teniendo una disputa, una confrontación de voluntades, en la que encendían y apagaban los explosivos. Pero esa disputa nunca se llegaría a resolver de esa manera. Norman tendría que hacer algo más directo.

Avanzó hacia el explosivo Tevac más cercano, y cuando estuvo al lado vio que el cono era más grande de lo que él había pensado: tenía un metro veinte de altura y estaba rematado por una luz roja.

—Te puedo ver, Norman. *Veo lo que estás haciendo.*

En el cono había algo escrito en letras amarillas sobre la superficie gris. Norman se inclinó para leerlas, y aunque la luneta de su casco estaba ligeramente empañada, podía distinguir las palabras.

PELIGRO - EXPLOSIVOS TEVAC

EXCLUSIVAMENTE PARA USO EN
CONSTRUCCIONES/DEMOLICIONES DE LA USN
SECUENCIA REGRESIVA DE DETONACIÓN 20:00
CONSULTAR MANUAL USN/VV/512-A
SOLAMENTE PERSONAL AUTORIZADO

PELIGRO - EXPLOSIVOS TEVAC

Había más texto debajo del anterior, pero estaba escrito en letras muy pequeñas y Norman no lo pudo leer.

—¡Norman! ¿Qué estás haciendo con mis explosivos, Norman?

El psicólogo no contestó. Miró la conexión de los cables: un alambre fino entraba en la base del cono, y un segundo alambre salía de allí. Este segundo alambre se extendía por el fondo lodoso hasta llegar al cono siguiente, en el que también había dos alambres, uno de entrada y otro de salida.

—Lárgate de ahí, Norman. Me estás poniendo nerviosa. Un alambre de entrada y un alambre de salida.

¡Beth había conectado los conos *en serie*, como si fueran las bombillitas de un árbol de Navidad! Con sólo arrancar uno de los alambres, Norman desconectaría toda la línea de explosivos. Extendió la mano enguantada y agarró el alambre.

—¡Norman! ¡No toques ese cable, Norman!

—Tómalo con calma, Beth.

Sus dedos se cerraron alrededor del hilo. Norman sintió el revestimiento plástico blando, y lo apretó con fuerza.

—Norman, si tiras de ese alambre dispararás los explosivos. Te lo juro: nos volará a ti, a mí, a Harry y a todo el infierno, Norman.

Él no creía que eso fuera cierto. Beth estaba mintiendo. Había perdido el control, era peligrosa y volvía a decir embustes.

Llevó la mano hacia atrás y sintió que el cable se ponía tenso.

—No lo hagas, Norman...

Ahora el hilo estaba tirante en su mano.

—Te voy a dejar sin actividad, Beth.

—Por el amor de Dios, Norman. ¡Créeme! ¡Nos matarás a todos!

Norman vacilaba. ¿Estaría Beth diciendo la verdad? ¿Sabía cómo conectar explosivos? Miró el gran cono gris que tenía a sus pies y que le llegaba hasta la cintura. ¿Qué se sentiría si el cono estallara? ¿Llegaría él a sentir algo?

—Al diablo con todo —dijo en voz alta.

Y tiró del alambre que salía del cono.

El chillido de la alarma que sonó dentro de su casco le hizo saltar. En la parte superior de la luneta había una pequeña pantalla de cristal líquido que parpadeaba con rapidez: EMERGENCIA... EMERGENCIA...

—¡Oh, Norman! ¡Maldita sea! Buena la hiciste.

Apenas si oía la voz de Beth sobre el zumbido de la alarma. Las luces rojas de los conos centelleaban a todo lo largo de la nave espacial. Norman se preparó para la explosión.

Pero en ese momento la alarma fue interrumpida por una voz masculina, profunda y retumbante, que dijo:

—Atención, por favor. Atención, por favor. Todo el personal de construcción debe abandonar de inmediato la zona de explosión. Se acaban de activar explosivos Tevac. La cuenta regresiva comenzará... ahora. La marca es veinte, y contando.

En el cono, una pantalla se encendió súbitamente y mostró, en rojo, los números 20:00. Después, empezó a contar hacia atrás: 19:59... 19:58...

La misma representación visual se repitió en la pantalla de cristal líquido que había en la parte superior del casco de Norman.

Tardó unos segundos en hacer que las piezas encajaran. Con la mirada fija en el cono, leyó las letras amarillas una vez más: EXCLUSIVAMENTE PARA USO EN CONSTRUCCIONES/DEMOLICIONES DE LA USN.

¡Por supuesto! Los explosivos Tevac no eran armas, sino que estaban hechos para ser usados en construcciones y demoliciones, y tenían cronómetros de seguridad incorporados, con una demora programada de veinte minutos, antes de que estallaran, para permitir que los operarios se alejasen.

«Tengo veinte minutos para huir de aquí», pensó Norman. Disponía de tiempo más que suficiente.

Se dio vuelta y empezó a dar rápidas zancadas en dirección al DH-7 y al submarino.

0140 HORAS

Caminaba con ritmo parejo, continuo. No tenía que esforzarse, y respiraba normalmente. Estaba cómodo dentro de su traje. Todos los sistemas funcionaban sin problema alguno.

Estaba yéndose de ese lugar...

—Norman, por favor...

Ahora Beth le estaba implorando: otro cambio que mostraba lo inconstante que era su carácter. No le hizo caso y siguió su marcha hacia el submarino. La profunda voz grabada decía:

—Atención, por favor. Todo el personal de la Armada debe abandonar la zona de explosión. Diecinueve minutos, y contando.

Norman experimentaba una enorme sensación de seguridad, de poder. Ya no albergaba más ilusiones. No tenía preguntas para plantearse. Sabía lo que tenía que hacer.

Tenía que salvarse a sí mismo.

—No puedo creer que estés haciendo esto, Norman. No puedo creer que nos estés abandonando.

«Pues créelo», pensó. Después de todo, ¿qué opción tenía? Beth había perdido el control y era peligrosa. Ya se había hecho muy tarde para salvarla. Además, sería una locura acercarse a ella. Tenía tendencias homicidas: ya había intentado matarlo, y casi lo consiguió.

Y Harry había estado drogado durante trece horas, de modo que era probable que ya se encontrase clínicamente muerto. No existía razón alguna para que Norman se quedara. No había nada que pudiera hacer.

El submarino amarillo estaba ya cerca. Podía ver los accesorios que tenía en el exterior.

—Norman..., por favor... Te necesito.

«Lo siento —pensó—. Me largo de aquí.»

Rodeó el submarino, por debajo de las dos hélices gemelas, y vio el nombre pintado en el casco curvo: *Deepstar III*. Trepó por los escalones hechos en el metal, y llegó al interior de la cúpula.

—Norman...

Ahora Norman ya no mantenía contacto con el intercomunicador: estaba librado a sí mismo. Abrió la escotilla y trepó al interior de la pequeña nave. Se destrabó el casco y se lo quitó.

—Atención, por favor: dieciocho minutos, y contando.

Norman se sentó en el acolchado asiento del timonel y miró los controles. Los instrumentos centellearon al encenderse y la pantalla que Norman tenía frente a él se iluminó:

DEEPSTAR III - MÓDULO DE COMANDO
¿Necesita ayuda?
Sí No Cancelar

Apretó «Sí» y aguardó a que apareciera la pantalla siguiente.

Era muy lamentable lo ocurrido con Harry y Beth; le daba pena dejarlos, pero ambos, cada uno a su manera, habían fracasado en la exploración de su yo interior, con lo cual se volvieron vulnerables a la esfera y al poder que ella tenía. Era un clásico error científico: el llamado «triunfo del pensamiento racional sobre el pensamiento irracional». Los científicos se negaban a admitir su lado irracional; rehusaban considerarlo importante; sólo trataban con lo racional. Todo poseía un sentido para un científico y, si carecía de él, se desdeñaba en virtud de lo que Einstein denominaba lo «meramente personal».

«Lo meramente personal...», pensó Norman, y sintió una oleada de desprecio. La gente se mataba entre sí por motivos que eran «meramente personales».

DEEPSTAR III - OPCIONES DE LISTA DE COMPROBACIÓN

Descenso	*Ascenso*
Afianzar	*Detención*
Monitor	*Cancelación*

Norman apretó «Ascenso». La pantalla cambió, y mostró el diagrama del panel de instrumentos, en el que se veía el punto centelleante. Aguardó la instrucción siguiente.

Norman pensó que los científicos se negaban a habérselas con lo irracional; pero el lado irracional no desaparecería por el hecho de que una persona se negara a aceptarlo. La irracionalidad no se atrofia por la falta de uso: por el contrario, al no prestársele atención, el lado irracional del hombre aumenta su poder y su alcance.

Y quejarse de ello no ayudaba tampoco. En los suplementos periodísticos dominicales esos científicos alzaban las manos al cielo y gimoteaban por la innata capacidad destructiva del hombre y su propensión a la violencia. Pero eso no era tratar con el lado irracional. Eso no era más que una admisión formal de que los científicos de marras se daban por vencidos ante ese lado irracional.

La imagen volvió a cambiar:

DEEPSTAR III - COMPROBACIÓN PARA ASCENSO

1. Poner los lanzadores de lastre en «Encendido»

Pasar al paso siguiente *Cancelar*

Norman apretó varias teclas del panel para ajustar los lanzadores de lastre, y aguardó a que apareciera la siguiente imagen.

Después de todo, ¿cómo se enfrentaban los científicos a sus propias investigaciones? Todos ellos estaban de acuerdo: «La investigación científica no se puede detener. Si no construimos la bomba, otro lo hará.» Pero de esa manera, muy pronto la bomba estuvo en manos de nueva gente, que dijo: «Si no *usamos* la bomba, otro lo hará.»

Una vez que se llegó a ese punto, los científicos afirmaron que esa gente era terrible, que era irracional e irresponsable. Los científicos sostenían que ellos estaban bien, pero que esa otra gente era un verdadero problema.

Sin embargo, lo cierto era que la responsabilidad empezaba con cada ser humano, y con las opciones que elegía. Toda persona tenía alguna opción.

«Bueno —pensó Norman—, ya no hay nada que pueda hacer por Harry ni por Beth.» Él tenía que salvarse a sí mismo.

Cuando los generadores se encendieron, oyó un zumbido profundo y la pulsación de las hélices. En la pantalla apareció:

DEEPSTAR III - INSTRUMENTOS DE TIMONEL ACTIVO

«Ahí vamos», pensó, al tiempo que, seguro de sí mismo, apoyaba las manos sobre los controles. Sintió que el submarino le respondía.

—*Atención, por favor. Diecisiete minutos, y contando.*

El sedimento lodoso se agitó en torno de la cabina plástica, cuando las hélices embragaron y el pequeño submarino se deslizó desde debajo de la cúpula. Norman pensó que era exactamente como manejar un coche. No le pareció nada extraordinario.

El submarino describió un arco lento, se alejó del DH-7 y enfiló hacia el DH-8. Se desplazaba a seis metros del fondo: altura suficiente para que las hélices estuvieran apartadas del fango.

Quedaban diecisiete minutos. A una velocidad máxima de ascenso de un metro noventa y ocho centímetros por segundo (hizo el cálculo mental rápidamente y sin esfuerzo), llegaría a la superficie al cabo de dos minutos y medio.

Disponía de tiempo más que suficiente.

Hizo que el submarino se acercara al DH-8. Los poderosos reflectores externos del habitáculo emitían ahora una luz pálida y amarillenta; la energía eléctrica debía de estar disminuyendo. Pudo ver el daño que habían sufrido los cilindros: columnas de burbujas surgían de los debilitados Cilindros A y B; contempló las abolladuras del D y el agujero, parecido a una gran boca abierta del E, totalmente inundado. El habitáculo se hallaba abatido, y estaba muriendo.

¿Por qué Norman se había acercado tanto? Entornó los ojos y miró las portillas. En ese momento se dio cuenta de que tenía la esperanza de poder ver a Harry y a Beth, por última vez. Quería ver a Harry, aún inconsciente. Quería ver a Beth, de pie detrás de la portilla, agitando los puños hacia él, presa de una ira maniática. Norman quería la confirmación de que era correcto abandonar a sus dos compañeros.

Pero sólo vio la luz amarillenta, cada vez más mortecina, del interior del habitáculo. Estaba decepcionado.

—Norman.

—Sí, Beth.

Al responderle, se sintió reconfortado. Tenía las manos sobre los controles del submarino, listo para iniciar el ascenso. Ya no había nada que Beth pudiera hacerle.

—Norman, realmente eres un hijo de puta.

—Tú trataste de matarme, Beth.

—No *quería* matarte, pero no tenía alternativa, Norman.

—Bueno, ahora yo tampoco tengo alternativa.

Mientras hablaba sabía que tenía razón, que era mejor que sobreviviera una persona. Una era mejor que ninguna.

—¿Nos vas a dejar, sin más?

—Así es, Beth.

Sus manos se movieron hasta el dial de velocidad de ascenso: lo puso en un metro noventa y ocho centímetros. Estaba listo para iniciar el ascenso.

—¿Vas a escapar como si tal cosa?

—Lo siento, Beth.

—Tienes que estar muy asustado, Norman.

—No estoy asustado en absoluto.

Y en verdad, mientras ajustaba los controles y se preparaba para el ascenso, se sentía fuerte y seguro de sí mismo. Se sentía mejor de lo que se había sentido en días.

—Norman —pidió ella—. Por favor, ayúdanos. *Por favor.*

Esas palabras de Beth le resonaron en algún nivel profundo, y le despertaron sentimientos de protección, de competencia profesional, de simple emoción humana. Durante un instante se sintió confundido con su fuerza y su convicción debilitadas. Pero después recobró el dominio de sí mismo y meneó la cabeza en un gesto de negación. La fuerza volvió a fluir por su cuerpo.

—Lo lamento, Beth. Es muy tarde para eso.

Y apretó el botón «Ascender»; se oyó el rugido que produjeron los tanques de lastre al soltar su carga, y el *Deepstar III* se bamboleó. El habitáculo se deslizó por debajo del submarino y se alejó. Norman comenzó el ascenso hacia la superficie, trescientos metros más arriba.

Rodeado de agua negra, Norman no tenía sensación de desplazamiento, salvo por las lecturas que aparecían en el panel de instrumentos, iluminado por una brillante luz verde.

Empezó a repasar mentalmente los acontecimientos, como si ya estuviese enfrentado a una indagación de la Armada. ¿Había hecho lo correcto al abandonar a sus compañeros? No cabía la menor duda de que sí. La esfera era un objeto que venía de otro planeta y que podía conferir a una persona el poder de manifestar los pensamientos. Hasta ahí, todo bien, excepto por el hecho de que los seres humanos tenían un desdoblamiento en el cerebro, en sus procesos mentales; casi se podía decir que los hombres tenían dos cerebros. El cerebro consciente podía ser controlado conscientemente, y no creaba problemas. Pero cuando el cerebro subconsciente, salvaje y abandonado, manifestaba sus impulsos, era peligroso y destructivo.

El problema de la gente como Harry y como Beth era que, literalmente, no estaban equilibrados; su cerebro consciente estaba superdesarrollado, pero nunca se habían molestado en explorar su cerebro subconsciente. Ésa era la diferencia entre Norman y ellos: por su condición de psicólogo, había tenido contacto con su yo subconsciente, el cual no le reservaba sorpresas.

Ése era el motivo por el que Harry y Beth habían manifestado monstruos, pero no Norman. Él conocía su subconsciente. Ningún monstruo lo esperaba.

No. Eso no es exacto.

Sintió un sobresalto por ese pensamiento repentino, por el modo súbito en que se presentó. ¿Estaba realmente equivocado? Lo meditó bien y consideró, una vez más, que había hecho lo correcto: Beth y Harry estaban en peligro debido a los productos de su subconsciente; pero él, no. Norman se conocía a sí mismo: ellos, no.

No se conocen los miedos que puede desencadenar el contacto con una nueva forma de vida, y no se pueden predecir por completo. Pero la consecuencia más probable de ese contacto es el terror absoluto.

Las aseveraciones que había hecho en su propio informe volvieron súbitamente a su mente. ¿Qué lo había hecho pensar en ellas ahora? Habían transcurrido años desde que escribió ese informe.

«Sometida a circunstancias de terror extremo, la gente toma decisiones en forma inadecuada.»

Sin embargo, Norman no estaba asustado. Lejos de ello, se sentía fuerte y seguro de sí mismo; tenía un plan y lo estaba llevando a cabo. ¿Qué le habría hecho pensar en ese informe? En su momento se torturó para elaborarlo, había pensado mucho cada frase...

¿Por qué le venía a la mente ahora? Eso lo preocupaba.

—*Atención, por favor. Dieciséis minutos, y contando.*

Norman recorrió los indicadores que tenía frente a él: estaba a doscientos setenta metros y ascendía con rapidez. Ya no había posibilidad de regresar.

¿Por qué habría de pensar siquiera en regresar? ¿Por qué se le ocurría esa idea?

A medida que ascendía en silencio a través de las negras aguas sentía, cada vez con mayor intensidad, una especie de escisión dentro de su ser, una división interior casi esquizofrénica. *Algo estaba mal*, podía sentirlo. Había algo que no había tomado en cuenta.

Pero ¿qué pudo haber pasado por alto? «Nada —pensó—, porque, a diferencia de Beth y Harry, yo soy por completo consciente, me hallo al tanto de todo lo que está ocurriendo dentro de mí.»

Pero Norman no lo creía de verdad, porque la consciencia plena de uno mismo podía ser una meta a la que aspirara la filosofía, pero no era asequible en la realidad. La consciencia era como un guijarro que producía pequeñas ondas en la superficie de lo subconsciente y, a medida que se ampliaba la consciencia, seguía habiendo más subconsciente allá afuera; siempre había más, sólo que se hallaba fuera de alcance. Incluso para un psicólogo humanista.

Stein, su antiguo profesor, había dicho: «Siempre tienes tu sombra.»

¿Qué estaba haciendo ahora el lado en sombras de Norman? ¿Qué ocurría en las zonas subconscientes, en las partes de su propio cerebro que él negaba?

«Nada. Sigue ascendiendo.»

Se agitaba, incómodo, en el asiento del timonel. Tenía tantos deseos de llegar a la superficie, experimentaba tal convicción...

«Odio a Beth. Odio a Harry. Odio preocuparme por esa gente, interesarme por ella. No quiero pensar más. No es responsabilidad mía. Quiero salvarme yo. Los odio. Los odio.»

Estaba perturbado. Perturbado por sus propios pensamientos, por la vehemencia de esos pensamientos.

«Tengo que regresar», pensó.

«Si regreso, moriré.»

Pero alguna otra parte de su ser se estaba volviendo más fuerte a cada instante. Lo que Beth había dicho era verdad: era Norman quien decía continuamente que tenían que mantenerse unidos, trabajar unidos. ¿Cómo era capaz de abandonarlos ahora? No podía. Eso iba contra todo aquello en lo que creía, contra todo lo que consideraba importante y humano.

Tenía que regresar.

«Tengo miedo de regresar.»

«Por fin —pensó—. Ahí está.» Era un miedo tan intenso, que Norman había negado su existencia; un miedo que lo había llevado a dar una interpretación racional al hecho de abandonar a sus compañeros.

Ajustó los controles y detuvo el ascenso. Cuando comenzó a bajar otra vez, vio que las manos le temblaban.

0130 HORAS

El submarino se posó otra vez sobre el fondo, al lado del habitáculo. Norman entró en la esclusa del aire e inundó la cámara. Instantes después se descolgó por el costado y caminó hacia el habitáculo. Los conos de los explosivos Tevac, con sus destellantes luces rojas, tenían un aspecto extrañamente festivo.

—*Atención, por favor. Catorce minutos, y contando.*

Norman estimó el tiempo que necesitaría: un minuto para meterse en el habitáculo. Cinco, quizá seis, para ponerles los trajes a Beth y a Harry. Otros cuatro minutos para llegar al submarino y subirlos. Dos o tres minutos para efectuar el ascenso.

Muy cerca del límite.

Pasó por debajo de los grandes pilones de soporte, situados debajo del habitáculo.

—Así que has vuelto, Norman —dijo Beth a través del intercomunicador.

—Sí, Beth.

—¡Gracias a Dios! —exclamó ella, y empezó a llorar.

Norman estaba debajo del Cilindro A y la oyó sollozar a través del intercomunicador. Encontró la tapa de la escotilla y giró el volante para abrirla, pero estaba trabada.

—Beth, abre la escotilla.

Se la oía llorar por el intercomunicador, pero no respondió.

—Beth, ¿me oyes? Abre la escotilla.

Lloraba como una niña y sollozaba de modo histérico.

—Norman —suplicó—, por favor, ayúdame. *Por favor.*

—Estoy tratando de ayudarte, Beth. Abre la escotilla.
—No puedo.
—¿Qué quieres decir con eso de que no puedes?
—De nada servirá.
—Beth, vamos, no hables así.
—No lo puedo hacer, Norman.
—Claro que puedes. Abre la escotilla, Beth.
—No debiste haber venido, Norman.
No había tiempo para esto, ahora.
—Beth, recobra tu ánimo. Abre la escotilla.
—No, Norman. No puedo.
Y empezó a llorar otra vez.

Probó con todas las escotillas, una tras otra: Cilindro B, trabada; Cilindro C, trabada; Cilindro D, trabada.

—*Atención, por favor. Trece minutos, y contando.*

Estaba junto al Cilindro E, que se había inundado durante un ataque anterior. Norman vio la rasgadura de bordes irregulares, abierta como una boca que bosteza, en la superficie externa del cilindro. El agujero era lo bastante grande como para que Norman entrara por él, pero los bordes eran cortantes, y si se desgarraba el traje...

Consideró que resultaba demasiado peligroso. Se metió debajo del Cilindro E. ¿Tendría escotilla?

Encontró una y giró el volante; se abrió con facilidad. Empujó hacia arriba la tapa circular y la oyó golpear, con ruido metálico, contra la pared interior.

—¿Norman? ¿Eres tú?

Norman se izó al interior del Cilindro E. Estaba jadeando, como consecuencia del esfuerzo; sus manos y rodillas ya estaban sobre la cubierta del Cilindro E. Cerró la escotilla y la volvió a trabar; después se tomó un instante para recuperar el aliento.

—*Atención, por favor. Doce minutos, y contando.*

«Jesús —pensó—. ¿Ya?»

Algo blanco que pasó flotando frente a su luneta lo asustó. Se echó hacia atrás y se dio cuenta de que era una caja de copos de maíz. Cuando la tocó el cartón se le desintegró en las manos y los copos cayeron como una nieve amarilla.

Estaba en la cocina. Más allá del fogón vio otra escotilla, que conducía al Cilindro D. El D no estaba inundado, lo que quería decir que, de alguna manera, Norman tenía que restituir la presión en el E.

Alzó la vista y, en lo alto del mamparo, vio una escotilla que conducía al salón de estar en el que se abría la gran rasgadura de bordes filosos e irregulares. Trepó con rapidez. Necesitaba hallar algún tanque de gas. El salón estaba a oscuras, salvo por un reflejo que provenía de los reflectores exteriores y que se filtraba a través de la rasgadura. Cojines y trozos de acolchado flotando en el agua. Algo lo tocó. Giró sobre sí mismo y vio una cabellera oscura que tremolaba alrededor de un rostro y, cuando el cabello se apartó, Norman vio que parte del rostro faltaba, arrancado de modo grotesco.

Tina.

Norman sintió escalofríos. Alejó el cuerpo de un empujón y el cadáver flotó hacia el mar abierto; después, derivó hacia la superficie.

—*Atención, por favor. Once minutos, y contando.*

«Todo está sucediendo demasiado rápido», pensó. Apenas si quedaba tiempo. Necesitaba estar dentro del habitáculo ya mismo.

No había tanques en el salón de estar. Volvió a descolgarse a la cocina y cerró la escotilla de arriba. Miró el fogón y el horno. Abrió la puerta del horno y una ráfaga de gas burbujeó: aire atrapado.

No podía creer lo que veía, pero el gas seguía saliendo. Del horno abierto proseguía surgiendo un hililllo de burbujas.

Un hilillo continuo.

¿Qué había dicho Barnes respecto a cocinar bajo presión? Había algo fuera de lo común, en relación con eso. Norman no lo podía recordar con exactitud. ¿Usaban gas? Sí, pero también necesitaban más oxígeno. Eso quería decir...

Tiró del fogón para separarlo de la pared. Gruñó por el esfuerzo. En ese momento encontró lo que buscaba: una rechoncha botella de propano y dos grandes tanques azules.

Tanques de oxígeno.

Giró las válvulas en estrella, sus dedos enguantados se movían con desmaña. El gas empezó a salir con un rugido. Las burbujas ascendían velozmente hacia el techo, donde el gas quedaba atrapado: la gran burbuja de aire se estaba formando.

Abrió el segundo tanque de oxígeno. El nivel de agua descendía con rapidez; ahora le llegaba a la cintura, y pronto le llegó a las rodillas. Después se detuvo: los tanques tenían que estar vacíos. No importaba, el nivel ya era suficientemente bajo.

—*Atención, por favor. Diez minutos, y contando.*

Norman abrió la puerta del mamparo que conducía al Cilindro D y entró para dirigirse al habitáculo.

La luz era mortecina. Un extraño moho, verde y viscoso, cubría las paredes.

Harry yacía inconsciente sobre el sofá, con la intubación endovenosa todavía puesta en el brazo. Norman sacó la aguja de un tirón, lo que hizo salir un chorro de sangre. Sacudió a Harry, para tratar de reanimarlo.

Los párpados del matemático se agitaron con rapidez pero, aparte de eso, no reaccionaba. Norman lo levantó, lo cargó sobre un hombro y se lo llevó.

Por el intercomunicador oyó que Beth seguía llorando:

—Norman, no debiste haber venido.

—¿Dónde estás, Beth?

En los monitores leyó:

SECUENCIA DE DETONACIÓN 09:32.

Cuenta regresiva. Los números parecían moverse con demasiada rapidez.

—Coge a Harry y vete, Norman. Marchaos los dos. Dejadme aquí.

—Dime dónde estás, Beth.

Norman estaba desplazándose desde el Cilindro D al C, pero no veía a Beth por ninguna parte. Harry era un peso muerto que llevaba al hombro, lo que le dificultaba el paso por las puertas de los mamparos.

—De nada va a servir, Norman.

—Vamos, Beth...

—Sé que soy mala, Norman. Sé que eso no se puede remediar.

—Beth...

La estaba oyendo a través de la radio del casco, por lo que no podía localizar de dónde venía el sonido; pero no se podía arriesgar a quitarse el casco.

—Merezco morir, Norman.

—Acaba con eso, Beth.

—Atención, por favor. Nueve minutos, y contando.

Sonó una nueva alarma, era un sonido agudo e intermitente que se volvía más alto y más intenso a medida que pasaban los segundos.

Norman estaba en el Cilindro B, un dédalo de tuberías y equipos. El otrora limpio y multicolor cilindro mostraba ahora todas sus superficies cubiertas por un moho viscoso. De algunos sitios pendían hebras de fibra llenas de musgo. El cilindro tenía el aspecto de un pantano en medio de la jungla.

—Beth...

Ahora estaba callada. «Tiene que hallarse en este cuarto», pensó Norman. El Cilindro B siempre había sido el sitio favorito de Beth, el lugar desde el que se controlaba el habitáculo. Puso a Harry sobre la cubierta, apoyado contra una pared; pero como ésta se hallaba muy resbaladiza, Harry se deslizó hacia abajo y se golpeó la cabeza. Tosió y abrió los ojos.

—¡Jesús! ¿Norman?

Norman alzó la mano para indicar a Harry que debía permanecer callado.

—Beth... —llamó.

No hubo respuesta. Norman avanzó entre las viscosas tuberías.

—¿Beth?

—Déjame, Norman.

—No puedo hacer eso. Te llevaré a ti también.

—No, yo me quedo, Norman.

—Beth, no hay tiempo que perder.

—Me quedo, Norman. Merezco quedarme.

Entonces la vio: estaba acurrucada en la parte de atrás, metida entre las tuberías, llorando como una niña. En la mano tenía uno de los disparadores neumáticos, armado con una lanza de punta explosiva. Lo miro a través de sus lágrimas.

—Oh, Norman —dijo—. Nos ibas a abandonar...

—Lo siento. Estaba equivocado.

Empezó a caminar hacia ella, con las manos tendidas. Beth alzó el disparador.

—No, tenías razón. Tú tenías razón. Quiero que te vayas, ahora.

Por encima de la cabeza de Beth, Norman vio un monitor encendido; los números corrían hacia atrás inexorablemente: 08: 27... 08:26...

Norman pensó: «Puedo alterar esto. *Deseo que los números dejen de avanzar.*»

Los números no se detuvieron.

—No puedes combatir conmigo, Norman —dijo Beth, siempre acurrucada en el rincón. Sus ojos ardían con furiosa energía.

—Ya lo veo.

—Queda poco tiempo, Norman. Vete.

Sostuvo el arma y la apuntó con firmeza hacia él. Norman tuvo la súbita sensación de lo absurdo que era todo aquello, de que había vuelto para rescatar a alguien que no quería ser rescatado. ¿Qué podía hacer ahora? Beth estaba encajada ahí atrás, lejos de su alcance; no podía prestarle ayuda. Apenas si quedaba tiempo para que él se fuera, por no mencionar a Harry...

Harry... ¿Dónde estaba Harry ahora?

«Quiero que Harry me ayude.»

Pero se preguntaba si lograrían escapar; los números seguían yendo hacia atrás. En ese momento quedaban algo más de ocho minutos...

—Volví por ti, Beth.

—Vete. Vete ahora, Norman.

—Pero, Beth...

—¡No, Norman! ¡Hablo en serio! ¿Por qué no te vas?

Y entonces comenzó a sentir sospechas; empezó a mirar en derredor. Y en ese instante, Harry se paró detrás de ella y le dio en la cabeza un golpe con la gran llave inglesa que tenía en la mano; se oyó un repugnante ruido sordo, y Beth cayó.

—¿La maté? —preguntó Harry.

La profunda voz masculina dijo:

—*Atención, por favor. Ocho minutos, y contando.*

Norman se concentró en el reloj que marchaba hacia atrás: «Deténte. Detén la cuenta regresiva.»

Pero cuando volvió a mirar, el reloj seguía yendo para atrás. Oía la alarma... ¿Estaría la alarma interfiriendo su concentración? Volvió a intentarlo.

«Deténte ahora. La cuenta regresiva se detiene. La cuenta regresiva se detuvo.»

—Olvídalo —dijo Harry—. No funcionará.

—Pero *debería* funcionar —repuso Norman.

—No —dijo Harry—, porque Beth no está inconsciente del todo.

En el suelo, a los pies de ellos, Beth gimió y movió una pierna.

—Sigue teniendo la capacidad de controlarlo de alguna manera —dijo Norman—. Beth es muy fuerte.

—¿Le podemos poner una inyección?

Norman negó con la cabeza. No había tiempo para volver por la jeringuilla. De todos modos, si le administraban la inyección y no servía, sería tiempo desperdiciado.

—¿La golpeo otra vez? —propuso Harry—. ¿Más fuerte? ¿La mato?

—No —dijo Norman.

—Matarla es la única alternativa...

—No —repitió Norman, mientras pensaba: «No te matamos a ti, Harry, cuando tuvimos la oportunidad.»

—Si no la matamos, nada puedes hacer en cuanto al cronómetro —dijo Harry—. Así que lo mejor será que nos larguemos de aquí cuanto antes.

Y ambos corrieron hacia la esclusa de aire.

—¿Cuánto tiempo queda? —preguntó Harry.

Estaban en la esclusa de aire del Cilindro A, tratando de ponerle el traje a Beth, la cual gemía; en la parte posterior de la cabeza la sangre le había apegotado el cabello. Forcejeaba un poco, lo que hacía más difícil vestirla.

—¡Jesús! Beth... ¿Cuánto tiempo hay, Norman?

—Siete minutos y medio, quizá menos.

Las piernas ya estaban dentro; rápidamente le introdujeron los brazos en las mangas, le cerraron el cierre automático del pecho y abrieron el paso de aire. Norman ayudó a Harry a ponerse su traje.

—*Atención, por favor. Siete minutos, y contando.*

—¿Cuánto calculas que se necesita para llegar a la superficie? —preguntó Harry.

—Dos minutos y medio, una vez que nos hayamos metido en el submarino.

—Espléndido.

Norman acomodó el casco de Harry, hasta que se trabó con un ruido seco.

—Vamos.

Harry descendió al agua y Norman bajó el cuerpo exánime de Beth, que pesaba mucho, por el tanque y los lastres.

—¡Vamos! —le apremió Harry.

Norman se zambulló.

Una vez llegados al submarino, Norman trepó hasta la escotilla, pero su peso hacía que la pequeña nave, que no estaba amarrada, se meciera de manera incontrolable. Harry, de pie en el fondo, trató de empujar a Beth hacia Norman, pero la mujer continuaba doblándose por la cintura. Al querer agarrarla, Norman cayó del submarino y resbaló hasta el fondo del mar.

—Atención, por favor. Seis minutos, y contando.

—¡Aprisa, Norman! ¡Seis minutos!

—Lo he oído, maldita sea.

Se puso de pie y volvió a trepar al minisubmarino, pero ahora su traje estaba cubierto de lodo y los guantes, resbaladizos. Harry estaba contando:

—Cinco veintinueve... Cinco veintiocho... Cinco veintisiete...

Norman agarró el brazo de Beth, pero ella se escurrió de nuevo.

—¡Maldición, Norman! ¡Agárrala por arriba!

—¡Lo estoy intentando!

—Ahí va otra vez.

—Atención, por favor. Cinco minutos, y contando.

Ahora la alarma tenía un sonido muy agudo. Para oírse entre sí, Norman y Harry tenían que gritar más alto que el zumbido.

—Harry, dame a Beth.

—Bien, tómala...

—No alcanzo...

—Aquí...

Por fin Norman pudo asir la manguera de Beth, justo por detrás del casco. Se preguntaba si resistiría el tirón, pero tenía que correr el riesgo; agarrando la manguera, izó a Beth hasta que quedó de espaldas sobre la parte superior del submarino. Después la fue bajando lentamente por la escalerilla.

—Cuatro veintinueve... Cuatro veintiocho...

Norman tenía dificultades para mantener el equilibrio. Metió una pierna de Beth en la escotilla; pero la otra rodilla se había doblado y se atascó en el reborde; Norman no podía conseguir bajar a Beth. Cada vez que se inclinaba hacia adelante para extenderle la pierna, todo el submarino se inclinaba, y Norman empezaba a perder el equilibrio de nuevo.

—Cuatro dieciséis... Cuatro quince...

—¡Déjate de contar y *haz algo*!

Harry apretó su cuerpo contra el costado del submarino, para contrarrestar el balanceo con su peso. Norman se inclinó hacia adelante y enderezó la rodilla de Beth, que se deslizó con facilidad por la escotilla abierta. Norman se metió después de ella. Era una esclusa de aire diseñada para que pasara una sola persona cada vez; pero como Beth estaba inconsciente, no podía operar los controles.

Norman tendría que hacerlo por ella.

—Atención, por favor. Cuatro minutos, y contando.

Norman estaba atascado en la esclusa, con su cuerpo apretado contra el de Beth, pecho contra pecho; el casco de ella golpeaba contra el de él. Con dificultad, tiró de la escotilla para cerrarla sobre su cabeza. Expulsó el agua mediante una furiosa irrupción de aire comprimido. Ahora, al no estar sostenido por el agua, el cuerpo de Beth se combaba pesadamente contra el del psicólogo.

Norman pasó los brazos alrededor de la mujer para alcanzar la escotilla interna, pero el cuerpo de ella le bloqueaba el camino. Trató de girarla y ponerla de costado; en aquel reducido espacio, Norman no podía conseguir ningún punto de apoyo en el cuerpo de Beth, que era un peso muerto. Trató de apartarlo hacia otro costado de la esclusa para intentar llegar a la escotilla.

En ese momento el submarino se empezó a ladear: Harry estaba trepando por el costado.

—¿Qué diablos pasa ahí?

—¡Harry! *¿Por qué no te callas?*

—Bueno, ¿a qué se debe tanta demora?

La mano de Norman se cerró sobre el asidero del cerrojo interior. Le dio un empellón hacia abajo, pero la puerta no se movió, pues las bisagras estaban colocadas para que se abriesen hacia *dentro*. Norman no podía, estando Beth con él en el interior de la esclusa; el cuerpo de la mujer impedía el movimiento de la puerta.

—Harry, tenemos un problema.

—Jesucristo... Tres minutos treinta.

Empezó a sudar. Realmente tenían problemas ahora.

—Harry, tengo que pasártela a ti y entrar solo.

—¡Por Dios, Norman...!

Inundó la esclusa de aire y, una vez más, abrió la escotilla exterior. El equilibrio de Harry, que estaba subido encima del submarino, era precario. Aferró a Beth por el tubo de aire y tiró de ella hacia arriba.

Norman extendió el brazo para cerrar la escotilla.

—Harry, ¿puedes hacer que los pies de Beth no me estorben el paso?

—Estoy tratando de mantenerme en equilibrio aquí.

—¿No ves que sus pies están bloqueando...?

Con irritación, Norman empujó los pies de Beth a un lado. La escotilla se cerró y retumbó con sonido metálico. El aire pasó rugiendo al lado de Norman. La escotilla recuperó presión.

—*Atención, por favor. Dos minutos, y contando.*

Estaba en el interior del submarino, cuyo tablero de instrumentos emitía un fulgor verde.

Abrió la escotilla interior.

—¿Norman?

—Inténtalo y bájala —dijo Norman—. Hazlo lo más rápido que puedas.

Pero estaba pensando que se hallaban en un terrible peligro: se necesitaban treinta segundos, por lo menos, para conseguir que Beth pasara por la escotilla, y treinta segundos más para que bajara Harry. Un minuto en total.

—Ella ya está dentro. Púrgalo.

Norman se abalanzó a la purga de aire y expulsó el agua de la esclusa.

—¿Cómo lo hiciste tan rápido, Harry?

—Siguiendo el procedimiento que la naturaleza tiene para hacer que la gente pase por sitios estrechos —contestó Harry.

Norman no llegó a preguntar qué quería decir eso, pues al abrir la escotilla vio que Harry había empujado a Beth de cabeza a través de la esclusa. La cogió por los hombros y la dejó caer sobre el suelo del submarino; luego cerró de un golpe la escotilla. Instantes después oyó el rugido del aire que irrumpía, cuando Harry purgó también la esclusa.

La escotilla del submarino produjo un ruido metálico. Harry entró y dijo:

—¡Cristo, un minuto cuarenta! ¿Sabes cómo manejar esta cosa?

—Sí.

Norman se instaló en el asiento y puso las manos sobre los controles.

Oyeron el ruido de las hélices y sintieron su sorda vibración. El submarino cabeceó y se separó del fondo del mar.

—Un minuto treinta segundos. ¿Cuánto dijiste que se tardaba en llegar a la superficie?

—Dos minutos y medio —respondió Norman.

Ajustó la velocidad de ascenso y la puso más allá de uno con noventa y ocho; la llevó hasta el valor máximo del dial.

Oyeron el silbido agudo del aire cuando se vaciaron los tanques de lastre. El submarino se elevó con brusquedad; después, empezó a subir rápidamente.

—¿Esto es lo más deprisa que puede ir?

—Sí.

—¡Jesús!

—Tómalo con tranquilidad, Harry.

Al mirar hacia abajo pudieron ver el habitáculo con sus luces. Y después las largas líneas de explosivos dispuestas alrededor de la nave espacial. Superaron la altura de la enhiesta aleta y la dejaron atrás. Ahora sólo podían contemplar las negras aguas.

—Un minuto veinte.

—Doscientos setenta metros —dijo Norman.

Había muy poca sensación de desplazamiento. Sólo el constante cambio de los cuadrantes del panel de instrumentos indicaba a los tripulantes que se estaban moviendo.

—No es lo bastante rápido —dijo Harry—. Allá abajo hay una tremenda cantidad de explosivos.

«Sí es lo bastante rápido», pensó Norman para corregir lo dicho por Harry.

—La onda expansiva nos aplastará como a una lata de sardinas —predijo Harry, meneando la cabeza.

«La onda expansiva no nos hará daño.»

Doscientos cuarenta metros.

—Cuarenta segundos —dijo Harry—. Creo que nunca lo vamos a lograr.

—Lo lograremos.

Estaban a doscientos diez metros, y subían con rapidez. Ahora el agua tenía un tenue color azul: era la luz solar, que se filtraba hacia las profundidades.

—Treinta segundos —contó Harry—. ¿Dónde estamos? Veintinueve... veintiocho...

—Ciento ochenta y seis metros —dijo Norman— ...ciento ochenta y tres...

Miraron hacia abajo, por el costado del submarino: apenas podían distinguir el habitáculo, reducido a tenues puntitos de luz muy por debajo de donde estaban los tres científicos.

Beth tosió.

—Es muy tarde ya —dijo Harry—. Desde el principio supe que nunca lo lograríamos.

—*Sí, lo lograremos* —rectificó Norman.

—Diez segundos —apremió Harry—. Nueve... ocho... ¡Agárrate fuerte!

Norman atrajo a Beth hacia su pecho, cuando la explosión agitó el submarino, lo hizo girar como un juguete y lo puso con la proa para abajo; después lo volvió a su posición normal y lo levantó.

—¡Mamá! —gritó Harry; pero seguían subiendo, todo había salido bien—. ¡Lo logramos!

—Sesenta metros —dijo Norman. Ahora el agua que los rodeaba era de un azul claro. Norman apretó varios botones y redujo la velocidad de ascenso, pues en ese momento estaban subiendo con demasiada rapidez.

Harry gritaba y daba palmadas en la espalda a su compañero.

—¡Lo logramos! ¡Maldita sea, Norman, hijo de puta, lo logramos! ¡Sobrevivimos! ¡Nunca pensé que podríamos hacerlo! ¡Sobrevivimos!

Norman tenía problemas para ver los instrumentos, debido a las lágrimas que le nublaban la vista.

Y entonces tuvo que entrecerrar los ojos, ya que la brillante luz del sol invadió la abovedada cabina transparente, cuando el submarino emergió; vieron un mar en calma, el cielo azul y nubes algodonosas.

—¿Ves eso? —gritó Harry en los oídos de Norman—. ¿Ves eso? *¡Es un remaldito día estupendo!*

0000 HORAS

Cuando Norman despertó vio un brillante rayo de luz que penetraba a través de la única portilla y hacía relucir el inodoro químico que estaba en el rincón de la cámara de descompresión. Tendido en su litera recorrió con la vista el compartimiento, un cilindro horizontal de quince metros de largo. Había literas, una mesa y sillas de metal, situadas en el centro del cilindro, y un inodoro detrás de un pequeño tabique. Harry roncaba, acostado en la litera que estaba encima de la de Norman. Del otro lado de la cámara, Beth dormía, con un brazo cruzado sobre la cara. En tono débil, Norman oía a lo lejos el murmullo de hombres que gritaban.

Bostezó y, con una oscilación de las piernas, se bajó de la litera. Tenía el cuerpo dolorido, pero, por lo demás, se sentía muy bien. Caminó hasta la luminosa portilla y miró hacia fuera con los ojos entornados, debido al brillante sol del Pacífico.

En la cubierta posterior del buque de investigación *John Hawes* vio la plataforma blanca para helicópteros, pesados cables enrollados y la armazón tubular metálica de un robot submarino.

La tripulación estaba haciendo descender un segundo robot por el costado de la nave, tarea que era acompañada por griterío, maldiciones y agitación de manos. Le llegaban lejanas las voces de esos hombres, a través de las espesas paredes de acero de la cámara de descompresión.

Cerca del recinto, un musculoso marinero llevaba rodando un gran tanque verde en el que decía «Oxígeno», para ponerlo al lado de una docena de tanques más que había sobre la cubierta. El equipo médico de tres hombres, que supervisaba la cámara de descompresión, jugaba a los naipes.

Al mirar a través del vidrio de la portilla, que tenía casi ocho centímetros de espesor, Norman se sentía como si estuviese atisbando un mundo en miniatura con el que tuviera poca relación, una especie de terrario poblado por especímenes interesantes y exóticos. Este nuevo mundo le era tan ajeno como el oscuro mundo del océano le había parecido una vez, al verlo desde el interior del habitáculo.

Observó que los miembros del equipo ponían ostentosamente sus naipes sobre un cajón de madera para embalaje; los vio reír y gesticular mientras se desarrollaba el juego. Esos hombres nunca echaban un vistazo en dirección a Norman; no miraban la cámara de descompresión. No los entendía. ¿Acaso no tenían que estar prestando atención a la descompresión? Le daban la impresión de ser muy jóvenes e inexpertos. Concentrados en su juego de cartas, parecían ajenos a la enorme cámara metálica que tenían al lado, indiferentes a los tres supervivientes que había dentro de ella..., e indiferentes también al significado más importante de la misión: las noticias que estos supervivientes habían traído de regreso a la superficie. A aquellos alegres jugadores de naipes de la Armada parecía importarles un comino la misión de Norman. Aunque quizá no estaban al tanto.

El psicólogo se alejó de la portilla y se sentó a la mesa. Le latía la rodilla y la piel estaba tumefacta alrededor del blanco vendaje. Cuando fueron transferidos del submarino a la cámara de descompresión lo había atendido un médico naval. Los sacaron del minisubmarino *Deepstar III* en una campana de inmersión con presión interior, y desde allí fueron trasladados a la cámara grande que estaba sobre la cubierta del barco. (La Armada le llamaba CDS, cámara de descompresión en superficie.)

Allí debían pasar cuatro días. Norman no sabía bien cuánto tiempo llevaban en la CDS, pues todos se habían ido a dormir enseguida, y no había reloj en la cámara. La esfera del reloj de Norman estaba destrozada, aunque él no recordaba cuándo se había roto.

En la mesa que tenía frente a él, alguien había hecho raspones para escribir «U.S.N. ENGAÑA». Norman pasó los dedos sobre las estrías y recordó las que había en la esfera plateada. Pero ahora él, Harry y Beth estaban en manos de la Armada.

Y pensó: «¿Qué vamos a decir?»

—¿Qué vamos a decir? —preguntó Beth.

Habían transcurrido varias horas. Beth y Harry habían despertado, y ahora los tres estaban sentados alrededor de la raspada mesa de metal. Ninguno de ellos hizo en ningún momento intento alguno por hablar con el personal de fuera. Norman pensaba que era como si los tres compartieran un acuerdo tácito de permanecer aislados un tiempo más.

—Creo que tendremos que decirles todo —opinó Harry.

—No considero que debamos hacerlo —se opuso Norman, sorprendido por la fuerza de su convicción y por la firmeza de su propia voz.

—Coincido con él —declaró Beth—. No estoy segura de que el mundo esté preparado para la esfera. Yo no lo estaba.

Miró a Norman con vergüenza. Él le puso la mano sobre el hombro.

—Lo que decís es razonable —dijo Harry—; pero vedlo desde el punto de vista de la Armada. Montó una operación grande y costosa; seis personas murieron y dos habitáculos fueron destruidos. Van a querer respuestas... y van a seguir haciendo preguntas hasta que las obtengan.

—Podemos negarnos a hablar —sugirió Beth.

—No importará demasiado —dijo Harry—. Recordad que la Armada tiene todas las cintas de vídeo.

—Es cierto, las cintas —reconoció Norman.

Se había olvidado de las cintas que habían traído en el submarino. Docenas de cintas de vídeo que documentaban todo lo que había ocurrido en el habitáculo mientras estuvieron bajo el mar. Habían grabado el calamar, las muertes, la esfera... Habían grabado todo lo ocurrido.

—Debimos haber destruido esas cintas —se lamentó Beth.

—Quizá así debió ser —admitió Harry—. Pero ahora es demasiado tarde. No podemos impedir que la Armada obtenga las respuestas que desea.

Norman suspiró: Harry tenía razón. Una vez que se hubo llegado a este punto, comprendió que no había manera de ocultar lo sucedido, ni de evitar que la Armada descubriera la existencia de la esfera y el poder que ésta transmitía. Ese poder representaría una especie de arma final: la facultad de vencer a los enemigos, nada más que con imaginar que eso había ocurrido. Era aterrador por lo que entrañaba, y no había absolutamente nada que los tres científicos pudieran hacer al respecto. A menos que...

—Creo que *podemos* impedirles que se enteren —dijo Norman.

—¿Cómo? —preguntó Harry.

—Todavía tenemos el poder, ¿no?

—Supongo que sí.

—Y ese poder —dijo Norman— consiste en la facultad de hacer que ocurra cualquier cosa, con sólo pensar en ella.

—Sí...

—Entonces, es posible evitar que la Armada se entere, ya que podemos decidir olvidar todo el asunto.

Harry frunció el entrecejo.

—Ésa es una cuestión interesante: si tenemos el poder de olvidar el poder.

—Creo que deberíamos olvidarlo —propuso Beth—. Esa esfera es demasiado peligrosa.

Quedaron en silencio, sopesando lo que entrañaba olvidar la esfera. Porque olvidar no solamente evitaría que la Armada llegase a saber nada sobre la esfera, sino que también borraría todo conocimiento relativo a la esfera, incluyendo el que tenían los tres científicos. Hacerla desaparecer de la consciencia humana, como si nunca hubiese existido... Eliminarla de la percepción de la especie, para siempre.

—Es una decisión difícil —objetó Harry—. Después de todo lo que hemos pasado, simplemente olvidarlo...

—Es precisamente por todo lo que hemos pasado, Harry —arguyó Beth—. Enfrentémonos a ello: nosotros mismos no fuimos capaces de manejarlo muy bien.

Norman se dio cuenta de que ahora Beth hablaba sin rencor, que había desaparecido su mordacidad combativa de antes.

—Me temo que es así —dijo Norman—. La esfera se construyó para someter a prueba a cualquier forma de vida inteligente que pudiera encontrar, y nosotros fracasamos en esa prueba.

—¿Crees que la esfera fue hecha para eso? —preguntó Harry—. Yo no pienso lo mismo.

—¿Para qué fue creada, entonces?

—Pues enfócalo así: imagina que fueras una bacteria inteligente que flota en el espacio, y te encontraras con uno de nuestros satélites de comunicaciones puesto en órbita alrededor de la Tierra. Pensarías: «¡Qué objeto extraño! Es de otro planeta. Explorémoslo.» Supongamos que lo abres y que te arrastras por su interior: encontrarías que es muy interesante estar allí dentro, con montones de cosas enormes que te harían devanarte los sesos. Pero, con el tiempo, podrías meterte en una de las células de combustible y el hidrógeno te mataría. Y tu último pensamiento sería: «Es obvio que este dispositivo de otro planeta fue construido para someter a prueba la inteligencia de las bacterias, y para matarnos si damos un paso en falso.» —Harry continuó—: Ahora bien: eso sería correcto desde el punto de vista de la bacteria que está muriendo. Pero no lo sería, en modo alguno, desde el punto de vista de los seres que fabricaron el satélite, pues desde nuestro sistema de referencia el satélite de comunicaciones nada tiene que ver con bacterias inteligentes. Ni siquiera sabemos que existan bacterias inteligentes ahí fuera. Tan sólo estamos tratando de comunicarnos, y hemos elaborado lo que consideramos que es un dispositivo bastante común y corriente para ese efecto.

—¿Quieres decir que la esfera podría no ser ni un mensaje, ni un trofeo, ni una trampa, en absoluto?

—Así es —dijo Harry—. Es posible que la esfera no guarde ninguna relación con la búsqueda de otras formas de vida, ni con someter a prueba a seres vivos, según imaginamos que pueden tener lugar esas actividades. Tal vez sea sólo un accidente que la esfera ocasione esos profundos cambios en nosotros.

—Pero ¿por qué construiría alguien una máquina así? —preguntó Norman.

—Esa es la misma pregunta que una bacteria inteligente formularía respecto a un satélite de comunicaciones: ¿por qué alguien construiría una cosa así?

—En tal caso —sugirió Beth—, a lo mejor no es una máquina: la esfera puede ser una forma de vida. Puede estar viva.

—Es posible —admitió Harry, asintiendo con la cabeza.

—¿Y si es así, si la esfera está viva, tenemos la obligación de mantenerla viva? —preguntó Beth.

—No sabemos si *está* viva.

Norman volvió a sentarse y dijo:

—Todas estas especulaciones son interesantes, pero cuando se va al fondo de la cuestión vemos que, en realidad, no sabemos *nada* de la esfera. En verdad, ni siquiera deberíamos estar llamándole *la* esfera: es probable que tan sólo la debamos llamar «esfera», porque no sabemos lo que es. Ignoramos de dónde vino. Desconocemos si es algo vivo o si está muerta. No tenemos ni idea de cómo llegó al interior de esa nave espacial. Nada sabemos de ella; salvo lo que imaginamos... y lo que imaginamos dice más sobre nosotros que sobre la esfera.

—Exacto —aprobó Harry.

—Literalmente, es una especie de espejo para nosotros —agregó Norman.

—Y existe otra posibilidad —dijo Harry—: es posible que no sea de otro planeta en absoluto. Puede haber sido elaborada por seres humanos.

Esa idea sorprendió a Norman. Harry explicó:

—Reflexionemos: una nave procedente de nuestro propio futuro pasó a través de un agujero negro y entró en otro Universo, o en otra parte de nuestro Universo. No podemos imaginar lo que ocurriría como resultado de eso. Pero supongamos que se produjo una distorsión de importancia en el tiempo. Supongamos que esa nave, que partió con una tripulación humana en el año 2043, realmente estuvo en tránsito durante miles y miles de años. ¿No podría ser que la tripulación humana hubiese inventado la esfera durante ese tiempo?

—No lo estimo probable —dijo Beth.

—Bueno, pues meditémoslo un instante —propuso Harry con suavidad.

Norman observó que Harry ya no se comportaba con arrogancia. «Los tres nos hallamos juntos en esto —pensó Norman—. Y estamos trabajando unidos como nunca lo habíamos hecho.» Durante todo el tiempo que estuvieron bajo el mar se llevaron mal, pero ahora alcanzaban acuerdos sin discusiones. Colaboraban. Formaban un equipo.

—Existe un verdadero problema respecto al futuro —estaba diciendo Harry—, y no lo admitimos; damos por sentado que podemos ver lo futuro mejor de lo que en realidad es. Leonardo da Vinci trató de hacer un helicóptero hace quinientos años, y Julio Verne predijo un submarino hace cien. A partir de ejemplos como éstos, nos inclinamos a creer que el futuro es predecible, cuando en realidad no es así. Porque ni Leonardo ni Julio Verne pudieron haber imaginado jamás un ordenador, por ejemplo; porque el concepto mismo de ordenador entraña demasiados conocimientos que, en la época en que vivieron esos hombres, resultaban inconcebibles. Era una información que llegó de la nada, tiempo después. Y nosotros no somos más eruditos que ellos, sentados aquí ahora: no habríamos podido suponer que los hombres enviaran una nave a través de un agujero negro, pues hasta hace unos pocos años ni siquiera sospechábamos la existencia de los agujeros negros, y menos aún podemos predecir qué es lo que los hombres lograrán dentro de miles de años.

—Suponiendo que la esfera haya sido hecha por seres humanos.

—Sí. Suponiendo eso.

—¿Y si no fuera así? ¿Y si realmente se trata de una nave procedente de una civilización extraterrestre? ¿Tenemos justificación para borrar todo conocimiento humano sobre esta forma de vida extraterrestre?

—No lo sé —dijo Harry moviendo la cabeza—. Si decidimos olvidar la esfera...

—... entonces habrá desaparecido —completó Norman.

Beth clavó la mirada en la mesa y por fin dijo:

—Ojalá pudiéramos consultar con alguien.

—No hay nadie a quien consultar —sentenció Norman.

—Pero *¿podemos olvidarla* realmente? ¿Dará resultado? —preguntó Beth.

Se produjo un prolongado silencio.

—Sí —dijo Harry al fin—. No cabe duda al respecto. Y creo que ya contamos con pruebas de que *podemos olvidarnos* de la esfera. Eso resuelve un problema lógico que me molestó desde el comienzo, cuando exploramos la nave por primera vez, porque algo muy importante faltaba en esa nave.

—¿Sí? ¿El qué?

—Un indicio cualquiera de que los constructores de la nave supieran que el viaje a través de un agujero negro era posible.

—No te entiendo —confesó Norman.

—Bueno —dijo Harry—, nosotros tres ya hemos visto una nave espacial que pasó a través de un agujero negro. Hemos caminado por ella. De modo que sabemos que un viaje así es posible.

—Sí...

—No obstante, dentro de cincuenta años los seres humanos van a construir una nave de modo experimental, aparentemente sin tener conocimiento de que esa nave ya fue encontrada medio siglo antes, en el pasado de esos seres humanos. En la nave no hay señal alguna de que los constructores sepan de esa existencia anterior.

—Quizá se trate de una de esas paradojas del tiempo —dijo Beth—. Como no puedes retroceder en el tiempo y encontrarte contigo mismo en el pasado...

Harry negó con la cabeza.

—No creo que sea una paradoja. Creo que todo el conocimiento referido a esa nave se va a perder.

—Lo que quieres decir es que vamos a olvidarla.

—Sí—dijo Harry—. Y, con franqueza, opino que es la mejor solución. Durante mucho tiempo, mientras nos hallábamos allí abajo, supuse que ninguno de nosotros lograría volver con vida. Ésa fue la única explicación que se me ocurrió. Y ése fue el motivo por el que quise hacer mi testamento...

—Pero si decidimos olvidar...

—Exacto —dijo Harry—. Si decidimos olvidar, eso producirá el mismo resultado.

—El conocimiento se habrá perdido para siempre —dijo Norman en voz baja.

Se dio cuenta de que estaba dudando. Ahora que habían llegado a esa decisión se sentía remiso a seguir adelante. Pasó los dedos sobre las raspaduras hechas en la mesa; tocaba la superficie como si ésta le pudiera brindar una respuesta vital en aquel momento.

«En cierto sentido —pensó—, no estamos integrados más que por recuerdos. Nuestra personalidad se estructura a partir de recuerdos, nuestra vida está organizada en torno a recuerdos, nuestras culturas se erigen sobre los cimientos de los recuerdos compartidos, a los que denominamos "historia" y "ciencia". Y desistir de un recuerdo, desistir del conocimiento, desistir de lo pasado...»

—No es fácil —reconoció Harry meneando la cabeza.

—No —ratificó Norman—. No lo es.

En verdad lo encontraba tan difícil que se preguntaba si estaba experimentando una característica humana tan fundamental como el deseo sexual: sencillamente no podía renunciar a este conocimiento; la información le parecía tan importante, las inferencias, tan fascinantes... Todo su ser se rebelaba a la idea de olvidar.

—Bueno —concluyó Harry—, creo que tenemos que hacerlo.

—Estaba pensando en Ted —dijo Beth—. Y en Barnes, y en los demás... Somos los únicos que saben cómo murieron, para qué dieron su vida. Y si olvidamos...

—*Cuando* olvidemos —rectificó Norman con firmeza.

—Beth acaba de exponer un punto esencial —dijo Harry—. Si olvidamos, ¿cómo nos arreglaremos con todos los detalles, con todos los cabos que quedarán sueltos?

—No creo que sea problema —dijo Norman—. El subconsciente tiene un enorme poder creativo, como ya hemos visto. Los detalles se arreglarán de forma subconsciente. Es igual a lo que ocurre cuando nos vestimos por la mañana. En el momento de vestirnos no vamos pensando en cada detalle, en el cinturón, los calcetines y demás prendas. Simplemente tomamos una decisión básica general relativa a qué apariencia debemos tener, y, después, nos vestimos.

—Aun así —arguyó Harry—, considero que será mejor que tomemos la decisión general, porque todos tenemos el poder y, si imaginamos relatos diferentes, generaremos confusión.

—Muy bien —dijo Norman—. Coincidamos en lo que ocurrió. ¿Por qué vinimos aquí?

—Yo creía que se trataba de la caída de un avión.

—Yo también.

—Muy bien. Decidamos que *fue* por la caída de un avión.

—Excelente. ¿Y qué pasó?

—La Armada envió gente al fondo del mar para investigar el accidente, y hubo un problema...

—Espera un momento, ¿qué clase de problema?

—¿El calamar?

—No. Mejor un problema técnico.

—¿Algo relacionado con la tormenta?

—¿Los sistemas de mantenimiento de la vida fallaron durante la tormenta?

—Sí, está bien. Los sistemas para mantenimiento de la vida fallaron durante la tormenta.

—¿Y varias personas murieron como consecuencia de eso?

—Un momento. No vayamos tan rápido. ¿Qué hizo que fallaran los sistemas para mantenimiento de la vida?

—En el habitáculo se produjo una filtración, y el agua de mar corroyó los cartuchos depuradores que había en el Cilindro B, lo que hizo que se liberara un gas tóxico.

—¿Pudo haber pasado eso? —preguntó Norman.

—Sí, fácilmente.

—Y varias personas murieron como consecuencia de ese accidente.

—Muy bien.

—Pero nosotros sobrevivimos.

—Sí.

—¿Por qué? —preguntó Norman.

—¿Estábamos en el otro cilindro?

Norman negó con la cabeza y dijo:

—El otro cilindro también fue destruido.

—Quizá fue destruido después, con explosivos.

—Demasiado complicado —objetó Norman—. Hagámoslo sencillo: fue un accidente que se produjo de forma súbita e inesperada. En el habitáculo, la mayor parte del personal murió, pero nosotros no porque...

—¿... estábamos en el submarino?

—De acuerdo —dijo Norman—. Estábamos en el submarino cuando los sistemas fallaron, de modo que nosotros sobrevivimos y los demás, no.

—¿Por qué estábamos en el submarino?

—Nos hallábamos trasladando las videocintas, siguiendo el cronograma establecido.

—¿Y con respecto a las cintas? —preguntó Harry—. ¿Qué van a mostrar?

—Las cintas confirmarán nuestro relato —dijo Norman—. Todo será coherente con el relato, incluyendo al personal de la Armada, que nos envió allá abajo, en primer lugar, e incluyéndonos a nosotros: no recordamos otra cosa que no sea este relato.

—¿Y ya no tendremos más el poder? —preguntó Beth, frunciendo el entrecejo.

—No —les respondió Norman—. Ya no lo tendremos

—Muy bien —dijo Harry.

Beth se mordía los labios; parecía necesitar más tiempo para decidirse, pero al final asintió con la cabeza y repitió:

—Muy bien.

Norman hizo una profunda inspiración y miró a Beth y a Harry:

—¿Estamos listos para olvidar la esfera, así como el hecho de que una vez tuvimos el poder de hacer que las cosas ocurran, sólo con pensar en ellas?

Asintieron con la cabeza.

De repente, Beth se mostró inquieta, y se revolvió en su silla.

—Pero ¿de qué modo lo tenemos que hacer?

—Solamente lo haremos —dijo Norman—, cierra los ojos y te dices que lo olvidas.

—¿Pero estáis seguros de que debemos hacer esto? *¿Absolutamente* seguros? —preguntó Beth, que continuaba excitada y se movía con nerviosismo.

—Sí, Beth. Tú limitate... a desistir del poder.

—Entonces, todos tenemos que hacerlo juntos —estableció ella—. Al mismo tiempo.

—Muy bien —aprobó Harry—. Cuando cuente tres. Cerraron los ojos.

—Uno...

Con los ojos cerrados, Norman pensó: «De todos modos, la gente siempre olvida que tiene poder.»

—Dos...

Entonces, Norman concentró su mente: con súbita intensidad, volvió a ver la esfera, brillante como una estrella, perfecta y pulida, y pensó: «Quiero olvidar que la he visto.»

Y en la visión de su mente la esfera de desvaneció.

—Tres —dijo Harry.

—¿Tres qué? —preguntó Norman.

Los ojos le dolían y le ardían; se los frotó con el pulgar y el índice, y después los abrió. Beth y Harry también estaban sentados alrededor de la mesa en la cámara de descompresión. Todos tenían aspecto de hallarse cansados y deprimidos. «Pero eso es lo que cabía esperar —pensó Norman—, teniendo en cuenta por todo lo que hemos pasado.»

—¿Tres qué? —volvió a preguntar Norman.

—Oh, solamente estaba pensando en voz alta: sólo quedamos tres —dijo Harry.

Beth suspiró. Norman vio lágrimas en sus ojos. La mujer hurgó en su bolsillo, sacó un pañuelo de papel y se sonó la nariz.

—No podéis culparos —dijo Norman—. Fue un accidente. No había nada que pudiéramos hacer.

—Lo sé —contestó Harry—. Pero esa gente que se asfixiaba, mientras estábamos en el submarino... sigo oyendo sus alaridos... ¡Dios, ojalá nunca hubiera pasado!

Se produjo el silencio. Beth volvió a sonarse la nariz.

Norman también deseaba que jamás hubiese ocurrido. Pero el deseo no iba a cambiar nada ahora.

—Lo sé —dijo Beth.

—Poseo gran experiencia respecto al trauma que ocasionan los accidentes —dijo Norman—. Lo único que tienes que hacer es repetirte que no tienes motivo alguno para sentirte culpable. Lo que ocurrió, ocurrió; algunas personas murieron, y a ti no te tocó. No es culpa de nadie; no es más que una de esas cosas que suceden. Fue un accidente.

—Eso ya lo sé —dijo Harry—; pero sigo sintiéndome mal.

—Continúa repitiéndote que es una de esas cosas que pasan. No dejes de pensarlo —le aconsejó Norman; se levantó de la mesa y pensó «debemos alimentarnos, tenemos que pedir comida»—. Voy a pedir algo para comer.

—No tengo hambre —manifestó Beth.

—Ya lo sé, pero debemos comer de todos modos.

Norman fue hacia la portilla. Un solícito marino lo vio de inmediato y apretó el intercomunicador.

—¿Puedo hacer algo por usted, doctor Johnson?

—Sí —contestó Norman—. Necesitamos comer algo.

—De inmediato, señor.

Norman vio compasión en el rostro de los miembros del equipo de la Armada que los atendía. Aquellos hombres mayores entendían el golpe que tenía que representar aquello para los tres supervivientes.

—Doctor Johnson, ¿está su gente lista para hablar ahora?

—¿Hablar?

—Sí, señor. Los expertos de inteligencia estuvieron revisando las videocintas del submarino y tienen algunas preguntas que formular a ustedes.

—¿Sobre qué? —preguntó Norman sin mucho interés.

—Bueno, pues cuando fueron transferidos a la CDS, el doctor Adams mencionó algo sobre un calamar.

—¿Ah, sí?

—Sí, señor. Pero no parece haber ningún calamar grabado en las cintas.

—No recuerdo ningún calamar —dijo Norman, perplejo. Se volvió hacia Harry—: ¿Recuerdas algo acerca de un calamar, Harry?

El matemático frunció el entrecejo.

—¿Un calamar? No tengo ni idea.

Norman volvió a mirar al marino y le preguntó:

—¿Qué muestran las videocintas?

—Bueno, las cintas llegan justo hasta el momento en que el aire del habitáculo..., ya sabe, el accidente...

—Sí —dijo Norman—. Recuerdo el accidente.

—Basándonos en las cintas, creemos saber lo que sucedió: al parecer se produjo una filtración en una de las paredes y los cilindros depuradores se mojaron. Se volvieron inoperantes y la atmósfera se contaminó.

—Entiendo.

—Tuvo que haber ocurrido de forma muy repentina, señor.

—Sí —respondió Johnson—. Así fue.

—Entonces, ¿están listos ahora para hablar con alguien?

—Creo que sí.

Norman se apartó de la portilla. Metió las manos en los bolsillos de su chaqueta y tocó un trozo de papel. Sacó una foto y la contempló con curiosidad.

Era la fotografía de un Corvette rojo. Norman se preguntó de dónde habría salido aquella foto. Era probable que fuese el coche de alguna otra persona, de alguien que había usado la chaqueta antes que él. Probablemente alguno de los marinos que habían muerto en el desastre ocurrido bajo el agua.

Norman sintió un escalofrío, hizo una bola con la foto y la arrojó al cesto de los papeles: no necesitaba recordatorios. Recordaba ese desastre demasiado bien. Sabía que no lo olvidaría mientras viviera.

Volvió a echar un vistazo a Beth y a Harry, quienes parecían cansados. Beth tenía la mirada perdida, como si estuviera preocupada por sus propios asuntos; pero su rostro estaba sereno; a pesar de los sufrimientos padecidos durante el tiempo que estuvieron bajo el mar, Norman pensaba que Beth parecía casi bella.

—¿Sabes, Beth? —le dijo—. Estás encantadora.

Beth no pareció oírlo, pero después se volvió lentamente hacia él.

—Bueno, gracias, Norman —repuso.

Y sonrió.

ÍNDICE

LA SUPERFICIE

EN LO PROFUNDO

EL MONSTRUO

EL PODER